Element 8

Das Flüstern der Erde

von Wolfgang Kirchner

SHADOW PRESS

Shadow Press e.U., Wien
2. überarbeitete Auflage

Gestaltung Cover und Karte: www.Zny.at
Element8-Logo: Gudrun Bajc
Lektorat: Sandra Lode
www.element8-fantasy-buecher.com

Für dich
und die Anderen

Damit du dich in der Welt »Artei« besser orientieren kannst, findest du zu Beginn eine Karte, die wichtigsten Charaktere und eine Vorstellung der Völker.

Das Glossar befindet sich im Anhang.

CHARAKTERE AUF SEITEN DER ERDE

Aura – ein stummes Findelkind; lebt im Fleeran bei den Narau

Baldrian – ein Wiesel und Narnas Freund

Aldra Nordwind – Dorfvorsteherin in Witwit

Erian Dämmerschein – ein Junger Aldir, der auf der Reise in den Süden ist

Halbschatten – Erians Pferd

Narimba – ein Pflanzenwesen und Hüterin des Waldes

Narna Feuervogel – eine junge Erdläuferin vom Stamm der Naldar; lebt in den Tiefen des Flüsterwaldes

Nisbert, Gevatter – ein Drogu mit Igel als Seelentier; lebt im Fleeran

Sira Taublatt – Priesterin und Ausbilderin von Narna

Xiran – ein Drogu und Krieger; sein Seelentier ist die Ziege

CHARAKTERE AUF SEITEN DES LICHTS

Fiora von Ragon – gehört dem Luftvolk an und ist die Geliebte des Königs der Rastrovi

Hirak al Quaiissar – Kommandant der Ildamaer, einer Eliteeinheit der Lichtkrieger

Kornilius Luchterbuckel der Siebzehnte – ein alter Forscher vom Volk der Hohengrim

Kreton Morgenwasser (auch »Monsignore« genannt) – Vikar und Schatzmeister bei den Brüdern des Lichts, dem größten Orden des Lichtvolkes

Talias Starkhand – Gehilfe von Kreton Morgenwasser

DIE SIEBEN VÖLKER

Auf »Artei« leben sieben Völker, die jeweils einem der Elemente Erde, Licht, Erz, Luft, Feuer, Wasser und Zeit zugeordnet sind.

Nari – Volk des Elementes Erde

Naldar

Die Naldar sind Erdläufer, klein, kräftig gebaut, mit spitzen Ohren. Eine Besonderheit ist ihre verlängerte große Zehe, mit der sie greifen und hervorragend klettern können. Sie benutzen ausschließlich Dinge, die die Natur ihnen schenkt, so tragen sie Kleider aus Blättern oder Tierhäute.

Aldir

Die Aldir sind zart gebaut, groß gewachsen und haben wie die Naldar spitze Ohren. Ihre Körper sind bunt bemalt, sie tragen Schmuck und Kleidung aus Stoff.

Narau

Die Narau sind Pflanzenwesen, deren zumeist grünliche oder bräunliche Haut an Baumrinde erinnert. Ihre Haare sind von einem Flechtwerk aus kleinen Ästen, Blättern oder Beeren durchsetzt.

Drogu

Die Drogu sind Tiermenschen, deren Haut – je nach Seelentier – stellenweise fellartig, schuppig oder mit Federn geschmückt ist. Sie besitzen häufig Hörner, Klauen oder Reißzähne, wie sie auch bei ihren Seelentieren vorkommen.

Ildae – Volk des Elementes Licht

Die Ildae sehen aus wie Menschen. Ob groß, klein, dick, dünn, blond, rot- oder schwarzhaarig, fast alle haben zwei Augen, zwei Beine und zwei Arme.

Grim – Volk des Elementes Erz

Hohengrim

Die Hohengrim sind klein, stark und zäh. Sie sind meist gut gekleidet oder gerüstet. Lange und kunstvoll verzierte Bärte gehören zu ihren Markenzeichen.

Buckler

Die Buckler sind klein, sehnig und muskulös. Sie haben große Augen und blasse Haut, die meist unter einer Schicht Dreck verborgen ist. Bärte sieht man bei ihnen selten.

Odogrim

Von den Odogrim zeugen bloß noch alte Schriften und zerfallene Bauwerke. Der Legende nach haben die Letzten von ihnen Artei vor langer Zeit verlassen.

Rastrovi – Volk des Elementes Luft

Rastovar

Die Rastovar sind von mittlerer Größe. Auffällig sind ihre schmalen, mandelförmigen Augen und ihre helle Haut. Sie färben ihre Haare und tragen bunte Kleidung.

Windwächter

Die Windwächter sind etwas größer als die Rastovar und tragen auf dem Rücken ein Flügelpaar aus zumeist weißen Federn, mit dem sie fliegen können.

Tarweii – Volk des Elementes Feuer

Die Tarweii haben bronzefarbene oder dunkle Haut und fast ausschließlich schwarze Haare. Auffällig sind ihre kunstvollen Frisuren, die ihre Clan-Zugehörigkeit unterstreichen.

Olumot – Volk des Elementes Wasser

Olari

Die Olari sind Menschen, die auf dem Wasser leben. Sie sind meist braun gebrannt und zäh.

Olken

Die Olken sind Fischwesen mit Flossen an Kopf, Armen und Beinen. Zwischen ihren vier Fingern und den Zehen befinden sich schwach ausgeprägte Schwimmhäute. Ihre Kiemen unter dem Rippenbogen ermöglichen es ihnen, auch unter Wasser zu atmen.

Nyrne – Volk des Elementes Zeit

Die Nyrne sind klein, meist hellhäutig, und ihre Haare sind weiß. Sie kleiden sich in dicke Felle und tragen oftmals erlegte Tiere: Bärenfelle, Eulenhelme, Wolfsmützen, Tatzenhandschuhe, Fuchsschwänze oder Waschbärstiefel.

Prolog

Die Erdläufer leben zurückgezogen in den nördlichen Tiefen des Flüsterwalds von und mit der Natur und kennen keine Sorgen. Es ist gewöhnlich, wenn sie in ihrem Leben kein einziges Mal auf Angehörige anderer Völker treffen. Sie kennen »die Anderen« nur aus Erzählungen, die mal mehr, mal weniger der Realität entsprechen. So denken sie, die Ildae könnten zaubern, die Nyrne Barfuß über das Eis laufen, ohne die Kälte zu spüren, und die Tarweii köpften jeden, der in ihr Territorium eindringt. Es macht ihr Leben aufregend und auch ein bisschen gefährlich, daher bleiben die Naldar - wie die Erdläufer in ihrer Sprache heißen - unter sich und verlassen den Flüsterwald selten. Alles, was rundherum passiert, betrifft sie nicht und ihr beschauliches Leben im Einklang mit der Natur bleibt sorglos. Doch der Tag kam, mit dem sich alles änderte.

»Ein besonderer Stern schien helle. Nur an diesem Tag, nur zu dieser Stund'. Acht Kindlein gebar das Schicksal. Sieben schrien wie aus einem Mund. Doch das achte, das achte blieb stumm. Ihre Herzen nähren Hoffnung und Leid. Ihr Weg ist das Schicksal einer ganzen Zeit.«

Der gestürzte Feuervogel

Erian fand sie leblos unter einem Schwarzdornbusch. Einige Monde hatte es gedauert, bis er die Erdläuferin aufgespürt hatte, nun lag sie bäuchlings vor ihm. Ihr Kleid aus rotbraunen Blättern ließ sie beinahe eins mit dem Waldboden werden, lediglich die Beine schauten hervor. Ein Sperling pickte Ungeziefer aus ihrem roten Haar und hätte der Vogel seiner Familie nicht »Futter« zugerufen, wäre er vorbeigerannt.

Erian entfernte einen Ast, den sie mit ihrer abgewinkelten großen Zehe festhielt, wie mit dem Daumen einer Hand. Er hatte von den Erdläufern gehört, begegnet war er bis jetzt noch keinem. Erian packte zu, um sie aus dem Gebüsch zu zerren. Als würde er einen hundertjährigen Seemann aus den Fluten ziehen, so ledrig und zerfurcht waren ihre Sohlen und so mühsam war es, sie herauszubekommen. Sie maß nur etwa fünf Fuß, war jedoch kräftig gebaut.

Einige Blätter ihres Kleides verfingen sich in den Dornen und enthüllten, dass sie darunter nackt war. Als er sie auf den Rücken drehte, sah er, dass ein Ohr an der Spitze aufgerissen, das linke Auge zugeschwollen und die Haut über ihrer Nase aufgeplatzt war. Winzige Tropfen ihres Lebenssaftes vermischten sich unauffällig mit zahllosen Sonnensprossen, als hätte sie in eine überreife Frucht gebissen. Eine dünne Blutspur klebte wie ein Haar an ihrer hohen Wange. Sie war jung und reizvoll.

Erian nahm ihre schlanke Hand in seine, tupfte mit feuchtem Moos das Blut von ihrer Stirn und bestrich ihre Wunden mit einem dicken Brei aus heilenden Pflanzen. Als er ihre wunden Lippen berührte, öffnete sie den Mund einen Spalt. Weiße Zähne blitzten hervor und ein seegrünes Auge ließ ihn eintauchen.

»Wo bin ich?«, fragte die Erdläuferin mit tiefer Stimme, deren Kratzen an einen Vogel erinnerte.

»In Sicherheit«, antwortete Erian und flößte ihr belebenden Kräutersud ein. Sie trank und schlief ein.

Als die Erdläuferin nach zwei Tagen erwachte, war Erian gerade dabei, ihre Arme von einer Schicht Dreck zu befreien. Eine blaue Bemalung am Unterarm kam zum Vorschein: zwei Bäume, deren Äste wie Arme abstanden und sich gegenseitig festhielten. Gelbe, leuchtende Flecken symbolisierten die Blätter. Die Erdläufer hielten ihr Leben durch Zeichnungen auf der Haut fest, wusste er. Beim anderen Arm musste er seine Nägel einsetzen. Ihre feinen Härchen klammerten sich an den Erdklumpen fest, als wollten sie darin wurzeln. Behutsam schabte er über ihren sehnigen Oberarm und legte den Ansatz eines Males frei.

Er bemerkte nicht, wie sie zu sich kam. Ganz plötzlich packte sie seinen Arm. Mit einem Ruck lag er am Boden, sie auf ihm. Sie presste ihre festen Oberschenkel in seine Rippen und eine Hand fuhr an seinen Hals. Die Muskeln ihres Armes traten hervor, als sie den Druck auf seine Kehle erhöhte. Sie schob das Kinn vor, entblößte ihre Zähne und Speichel floss aus ihrem Mundwinkel. Fauchend wie eine Wildkatze drückte sie einen langen Fingernagel unter sein Auge. Dann hielt sie inne.

Die Erdläuferin erwachte wie aus einem Traum, sah seine Augen, die aus den Höhlen traten und lockerte ihren Griff, der rote Abdrücke hinterließ. Sie warf den Kopf in den Nacken und blähte ihre Nasenlöcher auf, wie ein Frosch seine Backen. Sie schnupperte. Vorsichtig betastete sie ihre Stirn, die Zunge schnellte hervor und nahm etwas von dem Pflanzenbrei auf.

»Danke«, sagte sie und sprang durch das Unterholz davon.

Als sie bei ihrem Stamm auftauchte, dämmerte der Morgen. Sie schlich ins Vorratskogi, nahm eine Handvoll getrockneter Beeren und setzte sich auf einen Ast der riesigen Ulme. Während sie genüsslich eine Frucht nach der anderen kaute, stellte sie fest, dass alles seinen geregelten Lauf nahm. Nasi, die Älteste, schnarchte, dass es im ganzen Dorf zu hören war. *Sogar im Schlaf erzählst du Geschichten,* dachte sie. Nirak verließ als Erster sein Kogi und pisste hinter einen Haselstrauch. Sie rümpfte die Nase. *Kannst du nicht etwas weiter weggehen? Oder möchtest du zeigen, dass es dein Revier ist?* Die kleine Luwin schrie. Das kräftige Saugen, das folgte, konnte sie durch die dünnen Wände hören. Ein leiser Gesang legte sich über das Dorf. *Sira betet. Ich hoffe, sie verzeiht mir.*

Ein Sperling setzte sich zu ihr auf den Ast. Freudig nahm er eine Beere und flog davon. Sie wusste nicht, wie lange sie weg gewesen war. Hier hatte sich nichts verändert. *Was sollte sich auch ändern? Ich könnte mein halbes Leben weg sein, und wenn ich wiederkomme, würde ich denken, es wäre morgen. Einzig die Natur zeigt mir, dass ich lebe.*

Sie strich über ein Blatt, das in kräftigem Rot leuchtete, kühle Windstöße erwachten mit der Sonne und stellten die Härchen auf ihrem Arm auf. Die Kugelhäuser schwangen sanft zwischen den Bäumen wie Mohnkapseln auf einem Feld, nur eine einzelne dunkle Wolke stand am Himmel. *Bald werden die Blätter fallen.* Leise summte sie ein Lied, das von einem Baum handelte, der sich weigerte, sein Laub herzuschenken. Ihre Mutter hatte es immer gesungen, wenn die Rit-Winde ihr Kogi so sehr schüttelten, dass sie sich festhalten mussten, um nicht herumzurollen. Sie starrte auf das rote Blatt, pflückte es mit einem Ruck ab und riss mit ihren langen Nägeln Löcher hinein. Bis der Duft nach Lavendel und ein Hauch Minze ihr Einhalt geboten, peinigte sie das Blatt und ließ das Gerippe rasch unter ihrem Kleid verschwinden. *Sira.*

»Mein verlorenes Küken hat den Heimweg gefunden!« Sira verschränkte ihre Arme und hob das Kinn. »Wie es aussieht, hatten die Erdgeister höhere Aufgaben für dich.«

Sie wollte mit ihrer Tirade fortfahren, doch dann klebte ihr Blick an der wunden Stirn. Falten bildeten sich in ihrem Gesicht, das ansonsten glatt war und glänzte wie eine Kastanie. Zärtlich befühlte sie die Verletzung.

»Bei den Nahiri, was ist dir zugestoßen?« Sie stellte sich auf die Zehenspitzen und nahm sie in ihre Arme. »Narna, schön, dass du wieder hier bist«, flüsterte die Priesterin.

Narna löste ihre Umarmung und starrte auf Siras verzierte Halsriemen, die unter den ersten Strahlen der Sonne glitzerten. »Alles bestens.«

Sira kannte sie gut genug, um zu wissen, dass sie heute nichts mehr erfahren würde. »Komm mit, ich habe Tee aufgebrüht.«

Narna nahm das Angebot an und war froh, als sich Aldina zu ihnen gesellte. *Ich wusste nicht, dass ich mich jemals über ihren Anblick freuen würde.* Doch die Freude verflog, als Aldina ihre Verletzungen musterte.

»Da hat wohl jemand eine stürmische Liebesnacht hinter sich.«

Narna verbiss sich eine Antwort und riss im Geiste Aldinas Ranunkel eine Blüte aus. *Drei. Alles wie immer.* Seit sie von ihrer Mutter das Zählen gelernt hatte, stellte sich Narna die Aura ihrer Mitbewohner als Blume vor. Sieben Blütenblätter zierten die unversehrte Ranunkel. Wenn sie jemand verletzte, riss sie eines davon aus. *Ich weiß noch nicht was passiert, wenn jemand keine Blüten mehr hat.*

»Oder hast du dir ein Liebesnest gebaut, so lange, wie du weg warst?«, fragte Aldina.

Sie wollte aufspringen, doch Sira legte eine Hand auf ihre Schulter. »Heute Abend erzählst du mir bei einer Tasse Manaki, was vorgefallen ist.«

Für Narna klang das wie eine Drohung, und ihr Bauch verkrampfte sich.

»Ich muss dir auch etwas berichten«, flüsterte ihr die Priesterin ins Ohr. »Es wird unseren Dorfmüttern nicht gefallen, obwohl es nur ein paar faule Trauben sind.«

In ihrer Stimme schwang etwas Ungewohntes mit - Furcht. *Möglicherweise ist doch etwas vorgefallen, während ich weg war.*

Kreton Morgenwasser

Graf Hegor von Weihersrand, genannt »der Schöne«, lud am achtunddreißigsten Tag im Mond des Feuers zu seinem Lichtfest. Wer von Bedeutung war oder dies dachte, wurde auf sein Schloss nahe der Stadt Kreutingen geladen.

Kreton Morgenwasser, auch »der Monsignore« genannt, war in Gedanken versunken, als die Kutsche in den Schlosspark einbog. Seit ihm Emerald Palantos in einer Projektion gezeigt hatte, was geschehen würde, ließen ihn die Bilder nicht mehr los. Lebendig wie ein Traum hatten sie ihn von der Wahrheit überzeugt: *Die Schattenheere werden sich formieren und uns angreifen, Artei überrennen, mein Volk versklaven. Das Zeitalter des Lichts neigt sich zu Ende, unsere Feinde werden ein neues Zeitalter einläuten - das Zeitalter der Schatten.*

Immer wieder stiegen die Bilder in ihm hoch: Er fand sich in einem Zelt, hörte rundherum aufgeregte Stimmen militärische Befehle rufen. Die Anspannung konnte er förmlich spüren – etwas Großes stand bevor. Den Mann, der eintrat und ihn aufforderte mitzukommen, konnte er nur verschwommen sehen und seine Stimme war verzerrt. Kreton trat aus dem Zelt und sah sich in einem riesigen Heerlager, dessen Truppen bis zum Horizont reichten. Nicht nur Lichtkrieger in ihren glänzenden Rüstungen, da war er sicher. Über ihnen patrouillierten Sturmreiter der Rastrovi die auf ihren Pantoren in Formation flogen und auf einer Anhöhe konnte er mehrere Schussanlagen der Grim erkennen. Möglicherweise sah er Kampfechsen der Tarweii, doch es konnten auch die Kizmas der Nyrne gewesen sein. Es schien, als würden alle Völker gemeinsam in die Schlacht ziehen. *Sie ziehen in die Schlacht. Alle gemeinsam. Nur gegen wen? Wer ist so bedrohlich, dass die Völker alles aufbieten, was sie haben? Wer ist der Feind?* Noch bevor er es erriet, befand er sich in einer schwarzen, wabernden Wolke. *Die Schatten.* Unzählige Schatten mischten sich unter seine Mitstreiter und vollbrachten in Windeseile ihr tödliches Werk. Bis auch ihn eine vollkommene Dunkelheit umgab.

Noch war es nicht zu spät! Es hatte einen höheren Zweck, dass der Gott des Lichts ihm diese Botschaft gesandt und ihn für seine Mission auserwählt hatte: Der Monsignore würde alles daran setzen, um das Schicksal seines Volkes abzuwenden und seine Widersacher zu vernichten - alles. Denn er hatte die Beziehungen, die Macht und das Geld. Die Lösung schien einfach: Er musste an das sagenumwobene Artefakt gelangen, mit dem er die Schatten beherrschen konnte. *Das Artefakt! Wie viele Kopfschmerzen wird es mir noch bereiten und wann wird sich dieser wirrköpfige Luchterbuckel endlich melden?* Der Monsignore wusste nicht einmal, ob dieses Hirngespinst tatsächlich existierte oder nur eine Erzählung aus alten Schriftrollen war. Doch solange das Gegenteil nicht bewiesen war und er keine andere Lösung für sein Problem fand, musste er an diesem Strohhalm weiter saugen, auch wenn er sich daran verschluckte.

Seine Mission war heikel, denn wenn das Oberhaupt seines Ordens davon Wind bekam, war es vorbei. *Niemals darf Ildon Melufis von dem Zeitzauber erfahren, den Emerald in meinem Beisein gewirkt hat, und keinesfalls darf er wissen, wie viel aus den Truhen meiner Brüder bereits in die Suche nach dem Artefakt geflossen ist.*

Heute Abend würde er seinem Ziel einen bedeutenden Schritt näher kommen - wenn sein Vorhaben gelang.

Die Räder der Kutsche gerieten ins Rutschen, als die Pferde in die Zufahrt zum Schloss einbogen. Der Monsignore bemühte sich, seinen Kopf aufrecht zu halten. Mit der flachen Hand, die in einen weißen Handschuh gehüllt war, strich er sich übers Haar und prüfte den Sitz seiner Frisur. Keines der schwarzen Haare hatte es gewagt, sich aufzurichten – wie ein Helm lagen sie auf seinem Haupt, glatt und mit Öl getränkt. *Ein Lichtfest am Schatten-Tag! Wo bleiben denn da die guten Sitten? Andererseits sieht man die Lichtspiele dann auch bei Tage. Man könnte meinen, wir bekämpfen die Dunkelheit mit Lichtern. Schon besser.*

Der Monsignore fuhr mit dem Daumen in den Spalt an seiner Oberlippe. *So ein heller Funke aus des Schönen finsterem Stübchen? Da er achtunddreißig Jahre alt wird, sieht es vielmehr danach aus, als hätte er den Tag einfach wegen des Datums gewählt.*

Als die Rösser anhielten, ließ Kreton den Wagenschlag öffnen und war darauf bedacht, beim Aussteigen seine roten Lederschuhe nicht zu beschmutzen. Sein Auftritt wirkte bedächtig und dennoch erhaben, er passte zu seinem Amt wie seine Garderobe: schneeweiß, teilweise durchdrungen von dunklem Zwirn aus Kerten. Eingehüllt in einen purpurnen Umhang, der hinter ihm herschwebte, Ton in Ton mit dem Stoff um seine Hüften. An einer silbernen Kette baumelte eine gläserne Pyramide des Lichts - edel, ohne zu protzen.

Kein Empfang im Garten, nur ein paar Fackeln, die den Weg erhellen. Der Schöne hat den Schatten-Tag bloß wegen des Datums gewählt. »Pah!« *Wie einfältig!* Verächtlich stieß er die Luft durch seine Schneidezähne aus und schritt auf das Schloss zu.

Etwas vorgebeugt, den Kopf leicht nach unten geneigt und die Hände vor der Brust gefaltet, stelzte der Monsignore durch das Tor, wie ein Kranich, der sich nach Beute umsieht. Gestört wurde seine friedvolle Erscheinung lediglich durch das Klackern seiner hölzernen Absätze, das von den steinernen Palastwänden widerhallte. Die riesigen Wandteppiche, die Szenen großer Schlachten zeigten, konnten daran nichts ändern.

Der Monsignore hielt inne und betrachtete ein Knüpfwerk, das offensichtlich den Sieg König Helmots am Steinernen Vorhang zeigte. Ein hoher Ritter, der mit seiner Lanze einen Grim aufspießte. *Welche Narretei. Damals gab es noch einen König. Sie sollten besser sein Ende zeigen. Doch wer möchte schon sehen, wie eine Wilde von ihrem Baum herunterkriecht und ein ganzes Königreich stürzt.*

Kreton stellte sich vor, wie er auf dem Thron säße. *Absurd diese Idee. Ich hätte ständig gegen Neider, Emporkömmlinge und Umstürze zu kämpfen. Wahre Macht braucht kein Zepter. Sie regiert mit der Münze.* Als Schatzmeister der Brüder des Lichts, dem einflussreichsten Orden der Ildae, wusste er das, und alle anderen wussten es auch. Zwei Diener in roten Roben verneigten sich.

Der Haushofmeister empfing ihn mit übertriebenen Gesten. »Monsignore Kreton Morgenwasser, ich bin entzückt, Euch begrüßen zu dürfen.«

Die Andeutung eines Lächelns verbreiterte Kretons Lippenspalt und ließ seine Schneidezähne hervorblitzen. Seine eng stehenden grauen Augen und die abstehenden Ohren trugen das Ihrige dazu bei, dass er hinter vorgehaltener Hand

»die Ratte« genannt wurde. Rasch fuhren seine Finger hoch und sein Kopf vor, um diesen Makel zu verdecken. Es sah aus, als tupfte er sich vom Mundwinkel einen Tropfen Suppe ab. Da hörte er in seinem Rücken rasche Schritte, die sich näherten. *Die Prinzessin hat endlich hergefunden. Gehilfe nennt er sich. Doch er ist keine Hilfe, er ist ein Furunkel an meinem Arsch.*

»Monsignore Morgenwasser, verzeiht, dass ich so spät komme. Ich ...«

Mit einer scharfen Handbewegung schnitt er ihm das Wort ab. Er musterte den beleibten Jungen, der schnaufend dastand und mit rotem Kopf zu ihm aufblickte. »Wir haben uns heute ja richtig rausgeputzt. Was hat er da an seinem Kinn? Soll das ein Bart werden?«

Sein Gehilfe nickte verlegen.

Wenigstens hat er seine Zotteln gekämmt, sonst denken sie noch, ich hätte einen Grim mitgebracht.

Der Gescholtene trat von einem Fuß auf den anderen. Mit dem Hemdsärmel wischte er sich über die feuchte Stirn.

»Talias, du gehst jetzt zu unserem Gastgeber Hegor von Weihersrand und beobachtest ihn. Wenn er alleine ist, sag ihm, dass ich beim Zehnerläuten am Eingang des Lustgartens auf ihn warte. Gib ihm das.« Er reichte dem Jungen ein kleines Briefchen.

Talias nahm es in seine dicken Finger, rümpfte die Nase und kniff die Augen zusammen.

Beim Herrn des Lichts, muss man diesem Tölpel denn alles erklären? Der Monsignore senkte seine Stimme. »Graf Hegor ist der Große mit der seltsamen Frisur, seine Haare sehen aus, als wären sie um einen Besen gewickelt worden und vorne sind sie kurz wie bei einem Pferd. Wenn ich mich nicht täusche, wird er der neue Vorsteher der Grafen im Weisenrat.« *Und ich täusche mich selten.*

Talias spitzte seine Lippen.

»Folge einfach dem Lachen seines dicken Weibes, es hört sich an wie der Brunftschrei eines Hirschen und sollte selbst von dir nicht überhört werden können.«

Talias verschränkte die Arme hinter dem Rücken.

»Was ist jetzt noch?«

»Mein Onkel«, begann sein Gehilfe leise, »wenn Ihr gestattet ...«

»Sobald dein Auftrag erledigt ist, kannst du tun und lassen, was du willst.« *Nur weiß ich nicht, ob sich der Onkel freuen wird, den verstoßenen Neffen zu sehen.*

Langsam drehte sich sein Gehilfe um und watschelte wie eine Ente davon. *Zumindest hat er heute ein sauberes Hemd angezogen. Dass man es auch hinten in die Beinkleider steckt, wird er wohl nie lernen.*

Kreton stolzierte weiter und mischte sich unter die Gäste. Mit einem Handkuss grüßte er die Gastgeberin, Gräfin Luzilda von Weihersrand. Er riss seine Augen weit auf, als er bemerkte, wie hervorragend ihr Duft zum Kleid passte. *Es riecht nach Schaf, und sie sieht aus wie eines.*

Dem Befehlshaber der Satander Spitzen winkte er kumpelhaft zu. *Wie heißt er noch mal? Es hat etwas mit seiner Männlichkeit und einem Abtritt zu tun. Abort? Arwort! Arwort Eichenstab.* Diesmal verbarg Kreton sein Lachen nicht hinter der Hand und sein Adamsapfel hüpfte vor Erheiterung auf und ab. Der Kommandant schien erfreut, erkannt worden zu sein, und fuchtelte mit beiden Armen, um die Begrüßung zu erwidern.

Als der Monsignore Fürst Angvar von Verdun, einen Gesandten des Luftvolkes, erblickte, steuerte er auf diesen zu. *Der Gastgeber hat seine Hausaufgaben gemacht. Er weiß, wen er von den Rastrovi einladen muss, um eine Verbindung zum König des Luftvolkes zu bekommen.* Bevor er sein Ziel jedoch erreichte, stellte sich ihm ein kleiner rotbäckiger Mann in einer einfachen Kutte in den Weg. Seinen Wanst zierte ein Gebilde aus Stroh. Beim zweiten Hinsehen erkannte er, dass es eine siebenseitige Pyramide darstellen sollte. *Was will dieser Bierkutscher von mir? Und wer kommt auf die Idee, ein Lichtsymbol aus Stroh zu basteln?*

Freundlich lächelnd fragte er: »Mit wem habe ich das Vergnügen, werter Prior?«

»Monsignore Morgenwasser, entschuldigt meine Unverfrorenheit. Selius Binder, ich bin Prior der Abtei in Fuchsloch. Ich hatte Euch bereits drei Mal geschrieben.«

Kreton kniff die Augen zusammen, reckte den Hals vor und vergrub seinen Mund in der Hand. *Er ist der lästige Knabe mit der Almosenkutsche.* »Helft mir auf die Sprünge, was war Euer Begehr?«

»Ein Wagen, mit dem wir die Armen und Kranken versorgen können.«

»Eine hervorragende Idee. Doch unsere Mission ist es, den Glauben zu stützen. Deshalb bauen wir prächtige Sinoden, in denen jeder willkommen ist. Wenn jemand die Hilfe unseres Herrn wünscht, so soll er gefälligst zu ihm kommen.«

Die Glocke, die zum Speisen rief, rettete ihn vor dem ehrgeizigen Prior.

Der Monsignore nahm an der großen Tafel Platz. *Der Gastgeber hat keine Ahnung, welchen Einfluss ich habe, sonst hätte er mich näher zu sich gesetzt. Vielleicht ist es besser so für mein*

Vorhaben. Kreton musterte die Gäste. *Er setzt sich einen Tarweii-Häuptling auf den Schoß, möchte wohl die Beziehungen zum Feuervolk verbessern. Ich würde ja zuerst abwarten, wer ihren Clankrieg gewinnt und dann den Sieger einladen.* Die Gemahlin des Gastgebers lachte, dass der Tisch bebte, sie unterhielt sich mit einem großen blassen Kerl, dessen Kopf eine Mütze zierte. *Wo Feuer ist, kann das Wasser nicht weit sein. Wenn das nicht Sadokan von Sedoke ist, der Herr der tausend Inseln. Eine interessante Begleitung hat er mitgebracht: Die Olkin säuft, als würde sie Wein atmen.* Er strich sich über die Oberlippe. *Ja, ja, die Kiemen müssen immer feucht bleiben.*

Kreton prostete seinen Tischnachbarn zu. Er trank nicht, sondern nippte nur. *Bei mir müssen lediglich die Lippen feucht bleiben, ich lebe nicht von Wasser - ich lebe von Worten.* Er aß ein wenig von den Pasteten, kostete vom Wild, ließ sich noch etwas Soße für den Schneekuchen bringen, lachte über die derben Witze Theowill Starkhands und tanzte mit Fiora von Ragon, der man ein Verhältnis zum König des Luftvolkes nachsagte. Zeitig vor dem Zehnerläuten schlich er in den Garten.

Der Graf ließ ihn für seinen Geschmack zu lange warten. *Er sollte nicht vergessen, wem er das Geld für seinen Palast schuldet.* Geleitet von drei Wachen, in roten Waffenkleidern, trat er schließlich auf Kreton Morgenwasser zu.

»Aber Monsignore, was sollen denn die Leute denken, wenn man uns tuschelnd zwischen den Hecken sieht?« Der Graf kicherte und schritt zum Eingang des Irrgartens, wo er zu Kretons Erleichterung zwei der Bewacher am Eingang patrouillieren ließ. Der Monsignore folgte ihm mit großen Schritten, dahinter der Wachmann, ein Hüne mit dunkler Haut, der einigen Abstand hielt.

Immer tiefer drangen sie in das von Fackeln erhellte Grün vor, sprachen kein Wort, nur der Kies knirschte unter ihren Füßen, bis aus der Dunkelheit ein Teich auftauchte, an dessen gegenüberliegendem Ufer man die Umrisse einer Hütte ausmachen konnte. *Bald ist es geschafft.*

Akis Reben

Narna zögerte ihren Besuch bei der Priesterin hinaus, doch irgendwann gab es keine Ausflüchte mehr. Die Dämmerung war hereingebrochen, die Gebete beendet, und der Dorfplatz lag still zwischen den Bäumen, wie ein unberührtes Instrument. Gesenkten Hauptes schritt sie zu Siras Kogi, wo sie bereits erwartet wurde.

Narna setzte sich auf den dick geknüpften Teppich und verschränkte die Arme, während die Hohepriesterin zwei tönerne Becher hervorholte und aus einem Krug einschenkte.

»Du warst lange weg, Narna. Deine Lippen sehen aus, als hättest du einen Felsen geküsst.«

Narna schwieg.

»Wir hätten uns gefreut, wenn du an unseren Gebeten teilgenommen hättest, oder wenn deine Aufgaben vollbracht wären – doch das ist ein anderes Kapitel. Immerhin ist es dir trotz deines Zustandes nicht entgangen, dass sich der Flüsterwald verändert.«

Narna nickte, obwohl sie sich ganz und gar nicht sicher war, was Sira damit meinte.

»Die Tiere verlassen ihre gewohnten Pfade und es wachsen Pflanzen, deren Samen schon vor der Geburt der Ältesten im Boden geschlummert haben müssen.«

Narna hatte davon nichts mitbekommen.

»Ein Reiter wurde gesehen - möglicherweise ist er nicht alleine.«

Spricht sie von dem Jungen aus dem Stamm der Aldir?

»Es könnte ein Ildae oder auch Schlimmeres gewesen sein«, sagte Sira.

Mutter hat mir vom Lichtvolk erzählt. Von den gläsernen Palästen, in denen sie beten, den Türmen bis in den Himmel und den gepflasterten Straßen. Vielleicht nimmt mich ja einer von ihnen mit.

»Wenn sich die anderen Völker bekriegen, ist es mir einerlei - die Baumgeister werden ihren Grund kennen. Doch wenn unser Frieden dadurch in Gefahr gerät, müssen wir handeln!«

»Was hat der Reiter getan?«, fragte Narna.

»Womit wir bei den faulen Trauben wären. Du kennst ja Akis Leidenschaft für gute Tropfen und den kleinen Garten am Sonnhang, wo er Wein pflanzt. Es ist ein gutes Plätzchen, der Boden ist trocken, der Hang liegt in der Sonne und jedes Jahr erntet er beim ersten Neumond des Ildirn.« Sira schluckte, als sie fortfuhr.

»Noch nie hat ein Tier eine Beere davon genommen, doch letzte Nacht wurden alle Stöcke leergefressen. Ich fand keinen Hinweis, wer es war: keine Fußabdrücke, kein Fell, Federn oder Haare, keinen Kot - nichts. Ich dankte den Baumgeistern dafür, obwohl es sich falsch anfühlte, und frage mich, was sie mir zeigen wollten.«

Sira und ihre Baumgeister. Wie wäre es, wenn einfach jemand Hunger hatte? Narna reichte Sira ihren leeren Becher, die ihn füllte.

»Ich musste an die Prophezeiung der Nahiri denken. Nasi und Aki wissen noch nichts von den leeren Rebstöcken, doch morgen muss ich es ihnen anvertrauen.«

Die Falte auf ihrer Stirn verheißt nichts Gutes. Ich kenne diese Grube. »Welche Prophezeiung?«, fragte Narna.

Sira schenkte sich nach und rückte näher. Die Priesterin legte ihr die Hand auf den Arm und fuhr im Flüsterton fort:

»Wenn sich das Licht über die Sonne erhoben,
das alte Tier der Rebe gewogen,

die unaussprechliche Saat gedeiht,
das Unsterbliche sein Grab entweiht,
rote Schwinge den Tode bringt,
die Erde ihren Kampf beginnt,
das alte Heiligtum erlischt,
die dunkle Zeit anbricht.

Es ist nur ein Gefühl, ich denke, dass sich die Prophezeiung bald erfüllt - möglicherweise hat es bereits begonnen.« Sira trank ihren Becher in einem Zug aus. »Beim Wurzeln spürte ich die Unruhe aus den anderen Wäldern.«

Ich weiß nicht, ob ich glauben soll, dass sie mit anderen, die weit entfernt sind, über die Erde sprechen kann. Mutter behauptete auch, sie kann es.

»Narna, ich denke, dass wir hier nicht länger sicher sind.«

Jetzt trank Narna ihren Becher in einem Zug aus. *Ich möchte ohnehin weg. Am liebsten mit dem jungen Aldir.*

»Und wann erzählst du mir von ihm?«, brach Sira das Schweigen.

Manchmal denke ich, sie kann meine Gedanken lesen. Narna lächelte. »Es ist schon spät. Wie wäre es, wenn du morgen bei mir isst, dann erfährst du alles.« *Zumindest werde ich mich bemühen, ihr eine glaubhafte* Geschichte *aufzutischen.*

»Versprichst du mir, dass du morgen alle Gebete besuchst und dich um den Baum der Niremi kümmerst?«

Immer diese verdorrten Bäume. »Versprochen.«

Narna umarmte Sira und wankte ein wenig, als sie das Kogi der Priesterin verließ. *Ich muss bald aufstehen, wenn ich* ihn *vor dem Morgengebet sehen möchte.*

In der Falle

Graf Hegor und der Monsignore umrundeten den Teich, der in der Mitte des Irrgartens lag. Es roch nach Fisch und Öl, Nebelschwaden trieben an der Oberfläche und ein Steg führte aufs Wasser hinaus. Am Ende der Planken ragte eine Hütte aus den Schatten: Still lag sie da – das Dach spitz, der Eingang schmal. Kerzenschein im Inneren zeichnete sich an einem zugehängten Fenster auf der Seeseite ab und ließ für einen Wimpernschlag einen Schatten über den Stoff huschen. Das dürfte den Wachmann veranlasst haben, loszustürmen und den Grafen am Betreten zu hindern.

»Wartet!« Er schob seinen massigen Leib an ihm vorbei und zur Tür hinein.

Kreton sah ihn das erste Mal aus der Nähe: Er hatte bronzefarbene Haut und kurzes, pechschwarzes Haar. *Ein Tarweii in den Diensten des Lichts? Hier spielt jemand mit dem Feuer.*

Während er wartete, beobachtete der Monsignore eine Ente, die von einem Ufer zum anderen schwamm. Ungeduldig ließ der Graf seinen Kopf hin und her pendeln - er wirkte nervös.

»Ihr solltet auf Euren Wachhund hören, er wird umgehend wieder hier sein«, kam Kreton dem Wartenden zuvor, der dabei war, die Geduld zu verlieren. Ein Knarren ließ beide durchatmen.

»Alles sauber«, vermeldete der Hüne.

Der Monsignore hielt dem Grafen die Tür auf und schloss hinter ihm ab. *Der schwierigste Teil ist geschafft. Jetzt kümmere ich mich um den Riesen.*

Der Krieger stand etwa zwanzig Schritte entfernt unter einer Pinie verborgen. Angestrengt fixierte er das Fenster, ließ seinen

Blick über das Wasser streifen, immer eine Hand auf dem Knauf seines Schwertes.

Kreton trat vor ihn, musterte ihn von unten bis oben, starrte auf die kurz geschorenen Haare. *Deine Brüder vom Feuervolk tragen ihre Frisuren wie Banner vor sich her. Und du? Du hast dir deinen Stolz abgeschnitten.* Ernste Augen unter den buschigen Brauen, eine Narbe auf der Backe, verschlossener Mund und breiter Kiefer. Der Nacken eines Stieres, der aus dem Kragen quoll, breite Schultern, ein schwerer Umhang und das Lichtsymbol auf dem Brustpanzer. Er stank nach Schweiß und Waffenöl. *Das wird kein leichtes Unterfangen.*

»Kommandant Hirak al Quaiissar?«

Der Hüne nickte.

Kreton redete lange auf ihn ein. Als er dachte, der Moment wäre gekommen, warf er ihm einen Beutel zu. Der Krieger fing ihn mit einer Hand, blitzschnell fuhr die andere unter seinen Umhang, ein Dolch blitzte auf und öffnete den Beutel. Der Hüne warf einen kurzen Blick hinein und grinste.

»Gut«, sagte er zu Kreton.

Geschäftspartner mit einfachem Charakter sind mir die liebsten. Du zahlst und weißt, was du bekommst.

Kreton wartete hinter der Hütte, aus der ein anschwellendes Stöhnen zu ihm drang. Als er ein Pochen vernahm, schloss er die Tür auf. Ein sichtlich berauschter Graf wankte aus der Hütte.

»Habe ich zu viel versprochen? Ihr gestattet, Euer Gnaden?«, fragte ihn Kreton, nahm ein Taschentuch, tupfte ihm etwas Blut von der Nase und zupfte mit zwei Fingern ein Haar von dessen Lippe.

»Prächtig!«, antwortete Graf Hegor von Weihersrand.

Der Monsignore warf einen klimpernden Sack zur Tür hinein, dann verließen sie den Teich ebenso schweigend, wie sie gekommen waren.

Kreton Morgenwasser war zufrieden - er mochte es, den Preis eines Grafen zu kennen. Hegor von Weihersrand konnte man mit drei Jünglingen kaufen. Sie mussten mit Holzschwertern gegen ihn fechten und ihn dabei »Hegor den Hässlichen« nennen. *Doch weshalb man gekauft wird, sollte man wissen.* Dieser Graf hatte keinen Schimmer.

Was nimmt man nicht alles auf sich, um ungestört mit einem Kommandanten plaudern zu können? Vor allem mit einem, dessen Truppe offiziell nicht existiert. Die Ildamaer sind mein. Schon bald würde Hirak mit seinen Reitern in den Norden reisen und alles für seine Mission vorbereiten. *Zu gegebener Zeit werde ich ihn einweihen, doch vorerst soll er glauben, dass wir auf Schatzsuche sind. Die Truhen des Odobert, pah! Wenn man ihnen versprach, sie mit Gold zu überschütten, glaubten sogar die Erwachsenen an Märchen.* Er dachte an seinen Vorgesetzten, Proton Ildon Melufis. *Wie immer wird er von alledem nichts mitbekommen, er kriegt auch ein Märchen zu hören - eines, das ihm gefällt.*

Der Monsignore unterließ es, zur Tafel zurückzukehren und sich zu verabschieden. *Sie sind ohnehin alle zu betrunken, als dass sie sich erinnern könnten.* Seine schwarze Kutsche mit den vier Schimmeln wartete bereits - ein lautes Schnarchen drang aus dem Inneren. *Meine linke Hand ist wieder einmal eingeschlafen.* Er musste die schweren Beine seines Gehilfen auf die Seite schieben, um Platz im Wagen zu finden. Zweimal klopfte er, dann fuhren sie los.

Die Abtei der Brüder des Lichts zu Kreutingen war ein einfaches Haus: Weder das Gebäude noch die Bewohner waren etwas Besonderes. In Palantis gab es solche Glaubenshäuser in jedem Dorf. Die Ildae bauten sie alle nach den gleichen Plänen, lediglich die Größe variierte, abhängig von der Bevölkerungszahl. Eine niedrige Mauer lief rundherum, ein kleiner Hof wurde von den Zimmern der Glaubensbrüder umschlossen, daneben befand sich das Hauptgebäude mit dem Auditorium und dem Wirtschaftstrakt, an den sich ein zweiter Hof mit einem Turm am anderen Ende anschlossen. Die Turmspitze war aus Bronze, bunte Fenster säumten die Wände und zu seinen Füßen lag die Sinode, ein Heptagon, aus dem eine langgezogene Ecke wie ein Lichtstrahl in den Hof ragte.

Kreton Morgenwasser rammte Talias einen Ellbogen in die Rippen, als die Kutsche anhielt, stieg aus und suchte das Gebetshaus auf, bevor er sich zur Ruhe begab. Zu dieser Stunde lag die Sinode verlassen da. Die Mitte der Nacht musste bereits überschritten sein.

Der Monsignore legte seine Kleidung ab: Die roten Schuhe, den purpurnen Umhang, seinen festlichen Rock, die dünnen Strümpfe, den Leinenschurz. Behutsam drehte er den goldenen Siegelring, der ihn als Schatzmeister auszeichnete, und zog ihn vom Mittelfinger. Es folgten der silberne Vikarsring und sein »Leibwächter«, wie er den dritten Ring, ein weißes Oval, nannte. Zuletzt entledigte er sich seiner weißen Handschuhe.

Als er vollkommen nackt war, stellte er sich vor die Lichtöffnung an der spitzen Seite des Schiffes. Tagsüber ließen die Sonnenstrahlen, die durch das schmale Fenster fielen, prächtige Farben durch den Raum tanzen, nachts musste er sich mit einer flackernden Feuerschale begnügen. Er öffnete ein kleines Fläschchen, leerte den Inhalt über seinen Kopf und verteilte mit sanften Bewegungen die ölige Flüssigkeit auf seinem Körper. Rosenduft erfüllte den Raum.

Der steinerne Boden war angenehm kalt. Er stellte die Füße nebeneinander, streckte die Knie durch und beugte den Oberkörper nach unten, bis er die Wangen zwischen seinen Knien spürte. Die Hände führte er gefaltet von hinten durch die Beine, die Fingerspitzen auf das Feuer gerichtet. Es wärmte seinen Körper, als seine Stimme von den Wänden hallte:

»Alles war, ist und werde Licht.

Es gibt nur eine Quelle des Lichts.

Ehre den Herrn des Lichts.

Sei treu dem Lichte, sonst keinem.

Erhelle deine Welt durch das Licht.

Eins sind die im Lichte, ehre sie.

Lehre die, die nicht stehen im Lichte.

So möge es leuchten!«

Dann legte er sich flach auf den Boden und begann ein Gespräch mit dem Herrn des Lichts, das er niemanden hören ließ, außer den Angesprochenen selbst.

Herr, Ihr habt mich, Kreton Morgenwasser, einen einfachen Vikar aus dem Orden der Brüder des Lichts, für Eure heiligste Aufgabe auserwählt. Dafür danke ich Euch. Ich spüre, wie die Macht des Schicksals mit mir an einem Strang zieht. Wie Ihr alles verfügt, um mir das Erreichen meiner Aufgabe zu erleichtern.

Er atmete tief durch.

Herr, Ihr ließet mich die Dunkelheit sehen. Eure Antwort ist die eine Waffe, die unsere Widersacher für immer vernichten wird. Gebt mir die Weisheit und Kraft, sie zu finden. So möge es leuchten!

Gereinigt begab er sich in seine Kammer und versank in tiefem Schlaf, bis ihn ein zaghaftes Klopfen weckte. Im Schlafrock öffnete er seinem Gehilfen die Tür.

»Monsignore Morgenwasser, einen gesegneten Morgen wünsche ich Euch.«

»Wenn du mich um diese Zeit aufsuchst, wird es wichtig sein. Komm auf dein Begehr zu sprechen.«

»Der Grim, der neulich bei Euch war.«

Und weiter?

»Der wirre Alte mit der Kappe.«

»Ich weiß, welchen du meinst. Ich verkehre ja nicht in den Trinkhallen von Zmir!«

»Er ist eingetroffen und ...«

Weiter kam er nicht. Kreton Morgenwasser schob ihn beiseite und machte sich mit großen Schritten auf den Weg.

Lebende Bäume

Narna schlief unruhig, bis die Gedanken an den jungen Aldir den Schlaf besiegten und sie aufstand. Sie streifte ihr Blätterkleid über und aß ein paar Nüsse. *Die Waben nehme ich für ihn mit.* Mit dem Beutel in einer Hand kletterte sie die Äste hinunter. Der Boden war feucht, sie spürte den Nebel im Gesicht.

Erst als das Dorf weit hinter ihr lag und sie den Weg zu seinem Unterstand einschlug, begann es zu dämmern. In freudiger Erwartung erklomm sie das kleine Plateau, auf dem er sich eingerichtet hatte. Narna sah sofort, dass er weg war. *Die Feuerstelle ist kalt. Er muss also bereits gestern gegangen sein. Kluger Kerl, er hält sich von mir fern.*

Narna stopfte alle Waben auf einmal in ihren Mund und schlenderte, den Kopf gesenkt, ziellos umher. Boxte einen Baum in den Bauch, der ihr in die Quere kam, und riss Halme mit ihren Zehen aus. Ohne es zu wollen, landete sie in der Nähe von Akis Weingarten. *Wenn ich schon da bin, kann ich mir das Werk der Unholde wenigstens ansehen.* Sie folgte einem langgezogenen Pfad, der vom Wald wegführte und an einem Hang endete.

Der Nebel hing in der Talsohle wie Schaum in einem geleerten Krug. Narna watete durch den Dunstschleier den Hang hinauf. Alles war gedämpft: Das Licht, ihre Schritte, ihre Gedanken. Sie befühlte die geschundenen Reben, die zerrissenen Blätter, die kahlen Stängel. Knorrige Äste einer alten Kastanie ragten inmitten der Sträucher hervor. *Hat sich da etwas bewegt?* Sie ging auf den Baum zu. *Irgendetwas stimmt nicht.* Gedämpft nahm sie Geräusche wahr, als würde der

Baum sprechen. *Wenn es nach den Dorfmüttern geht, gibt es Bäume, die einstmals als Nari aus Fleisch und Blut unter uns weilten. Doch dass sie sprechen, davon habe ich noch nie gehört.*

Narna blieb stehen und lauschte angestrengt in den Nebel hinein - die Stimmen waren verstummt. Schemenhaft konnte sie die roten Blätter ausmachen, die sich sanft bewegten. *Weshalb sind sie rot? Wieso bewegen sie sich? Es ist windstill.*

Die Antwort kam vom Baum: Die Rotkrähen flogen auf, pickten, rissen, schrien. Narna zerrten an ihrem Beutel, kratzten auf ihren Armen, durchlöcherten die Blätter ihres Kleides. Das laute »Roahhh, Roaaah, Roahhh« fuhr ihr unter die Haut und die kalten Schnäbel gruben sich in ihr Fleisch. Narna schwang ihre Fäuste und rannte. Eine Krähe verfing sich in ihren Haaren, hackte auf ihren Arm ein, bis Blut hervorquoll. Sie packte zu und warf den Angreifer zu Boden. »Geh weg von mir!«

Als Narna den Fuß des Hügels erreichte, war der Spuk vorüber. Nach Atem ringend, drehte sie sich um. Der Nebel hatte sich verzogen und die Rotkrähen waren fort. Der Baum stand einsam zwischen den Reben: kahl, ausgezehrt, tot.

Narna ließ sich fallen, vergrub ihre Nägel in der Erde und senkte den Kopf, bis ihre Stirn den Boden berührte. *Seit wann haben es auch die Tiere auf mich abgesehen?* Sie spuckte Blut und betastete mit der Zunge ihre offenen Lippen, dachte an den unbekannten Jungen. *Er hätte mich mit seinem Dolch schützen können.*

Narna setzte sich und fischte ein kleines ledernes Säckchen aus ihrem Beutel. Zitternd glitten ihre Finger hinein und betasteten den Inhalt - sie zögerte. Ein Strahl der aufgehenden Sonne kitzelte ihre Nase. *Ich habe es Sira versprochen, wenn ich mich beeile, bin ich beim Morgenritual im Dorf. Jetzt habe ich immerhin eine Geschichte für sie - ob sie mir die glauben wird?* Sie schloss das Ledersäckchen, verstaute es und verließ den Weingarten. Die feinen Linien aus Blut, die ihren Arm umschlangen, bemerkte sie nicht.

Narna schaffte es, rechtzeitig zum Morgengebet ins Dorf. Wie ein Schneckenhaus reihten sich die Dorfbewohner auf. Jeder wusste, wo sein Platz in der Schlange war: Im Zentrum Nasi, die Erdmutter, dann die Ältesten aus dem Rat, ihren Aufgaben entsprechend. Nauri, die für die Vorräte zuständig war, gefolgt von Kami, die sich um die Kogis und das Feuer kümmerte. Nisar, die sich um die Erde, die Pflanzen und Tiere sorgte. Sildra, die Krankheiten und Verletzungen behandelte. Ximena, die für die Probleme der Bewohner ein Ohr hatte. Sura, die mit Liedern und Instrumenten betraut war. Sira, die den Nachwuchs ausbildete. Dann folgten die einfachen Priesterinnen, die Erwachsenen und die Kinder. Narna hockte sich vor Aldina in die Reihe, hinter ihr folgten Ximon, Nassi, Eria, Smila.

Aldina blickte verächtlich auf ihren Arm und flüsterte: »War wohl wieder eine anstrengende Nacht, Feuerkopf.«

Jetzt erst sah Narna die dünnen Fäden, die von ihrem Mal ausgingen und wie Tentakel ihren Arm umschlangen. *Was geht Aldina das an?* Sie grub ihre Nägel in die Erde und biss die Zähne zusammen, bis ihr Kiefer knirschte. *Beherrsch dich,* mahnte sie sich. *Begnüge dich damit, ihrer Ranunkel etwas auszureißen.* Im Geiste zupfte sie Aldinas gelber Blume eine Blüte aus. *Zwei.* Sie lächelte und musste an den jungen Aldir denken, der sie gefunden hatte. *Ich weiß nicht einmal seinen Namen.* Mit zufriedener Miene begann sie laut mitzusingen.

Narna überzog ihre Arme mit einer frischen Schicht Schlamm, bevor sie Sira aufsuchte, um ihre Anweisungen zu erhalten. Sie musste sich um den Baum der Niremi kümmern, der angeblich aus einer verstorbenen Priesterin erwachsen war. Ihre Aufgabe bestand darin, ihn zu waschen, das Geäst zu putzen und mit ihm zu beten. *Es ist immer die gleiche Litanei. Was sich der hölzerne Freund wohl dabei denken wird?*

Das Schwierigste an ihrer Aufgabe war, den Baum zu finden - denn er stand irgendwo mitten im Flüsterwald. Kein Weg führte hin, kein Bach vorbei, kein Fels war in der Nähe, darum brach sie sofort auf, um es hinter sich zu bringen.

Die Sonne stand hoch, als sie die verkrüppelte Ulme auf einer kleinen Lichtung fand. Der Stamm war gekrümmt, die Krone bog sich zur Seite, das Holz leuchtete in saftigem Grün und die Blätter gelb. Es war seltsam still - kein Vogel zwitscherte, und der Wind schien zu schlafen. *Wenigstens kein Nebel.* Als sie das dicke Blatt, das ein tönernes Gefäß umschloss, entfernte, durchströmte der Duft von Salbei, Heldenkraut und Blattfuß die Luft. Narna rollte das Blatt zusammen, tauchte es in die Flüssigkeit und besprenkelte, ein Lied singend, das Heiligtum. Ein Geräusch am Rande der Lichtung ließ sie innehalten.

Sie sah sich um - nichts. Warf ihren Kopf in den Nacken und schnupperte - nichts. Narna beendete das Lied des Lebens und begann, sich um das gelbe Kleid des Baumes zu kümmern: Zupfte Blätter ab, entfernte dürre Äste und reinigte die Rinde. Ein Harzfleck machte ihr zu schaffen. Sie schrubbte, als könnte sie ihren Kummer wegkratzen, Ihre Gedanken bei dem jungen Aldir. *Ich hasse den Tag, an dem ich ihn kennengelernt habe. Wahrscheinlich ist er längst weitergezogen. Trotzdem möchte ich ihn noch einmal wiedersehen.*

Als sich eine Hand auf ihre Schulter legte, fuhr sie herum. Abwehrend hob sie die Arme und streckte die Fingernägel aus. »Kannst du dich nicht bemerkbar machen?«

»Ich habe es versucht, doch du warst zu sehr in deine Arbeit vertieft. Ich bin überrascht, mit welcher Leidenschaft du dich um unser Heiligtum kümmerst«, sagte Sira.

»Ich geb mein Bestes.«

»Es besteht also Hoffnung. Das ist gut.«

Sira lächelte, half ihr bei der Baumpflege, sie beteten gemeinsam und verließen die Lichtung, als leichter Wind aufkam.

Zuerst war sie nicht sicher. *Es könnte ein Sperling sein.* Doch als die Melodie abrupt abbrach und dann in einer anderen Tonlage erklang, war sie sich sicher. *Ich kenne diese Melodie.* Sie wusste nicht, weshalb, doch sie hatte mit dem jungen Aldir zu tun. *Er ist noch hier.*

Besuch eines Grim

»Kummt rosch, ich muss Euch wos zeigen!«

Der Monsignore hatte den schmächtigen Forscher vom Volke der Grim noch nie so außer Atem gesehen. Schon bei langsamen Bewegungen schnaubten die Leute vom kleinen Volk wie Rösser. Nun war es ihm, als stünde sein Besucher gleich einem Teekessel kurz vor der Explosion. Der ansonsten immer gelassene und meist langsam schleichende Kornilius Luchterbuckel der Siebzehnte hatte es eilig und Kreton musste sich ranhalten, damit ihn der Alte auf dem Weg in seine Kammer nicht überholte.

Diese Aussprache. Ich verstehe sein Genuschel kaum, wenn er vor mir steht, und jetzt rennt er auch noch! Vielleicht ist es ja diesmal ein Durchbruch. Euphorie wollte sich bei Kreton jedoch nicht einstellen. *Wie oft haben wir gedacht, wir haben es? Wie oft waren wir sicher, auf der richtigen Spur zu sein? Wie oft haben wir Reisen geplant und einen Trupp ans andere Ende Arteis geschickt? Ohne Erfolg.* Er würde erst zufrieden sein, wenn er das Ding in seiner Hand hielt.

Der Besucher nahm seinen Beutel von der Schulter und begann, darin herumzusuchen. Er fischte einen Stapel Papiere heraus, legte ihn auf den Tisch und wühlte mit seinen klobigen Fingern darin. »Wo ist denn jetzt die Korte?«, zischte er durch seinen Bart, spielte mit den Perlen, die hineingeflochten waren, fing an zu schwitzen und nahm seine feste Filzkappe ab. Die weißen Haare darunter bildeten einen Kranz. »Oh hier ist sie! Seht her.«

Der Grim breitete eine Karte aus, die bei jeder Berührung seiner Finger zu zerreißen drohte, doch er behandelte das

Papier geschickter, als man vermuten mochte. Der Monsignore konnte nichts erkennen, zu verblasst waren die Linien. *Alte Pergamente, alte Wahrheiten.*

»Wir brauchen mehr Licht!« Kreton entzündete eine Laterne und wollte sie auf das Papier stellen.

»Nicht auf die Korte!«

Wie es aussah, musste er sie halten. *Immerhin schnauft er nicht mehr wie ein Ross, und ich verstehe sein Genuschel besser.*

»Kommt näher. Noch näher. Damit Ihr es sehen könnt.« Kreton ekelte sich davor, sich dem Forscher weiter zu nähern. Denn umwuchert von seinem fettigen, langen Bart hatte der Grim ein Maul voll fauliger Zähne. *Sein Rachen stinkt, als wäre er eine Höhle verwesender Ratten. Wahrscheinlich* IST *er eine Höhle verwesender Ratten,* dachte der Monsignore und konnte sich ein Schmunzeln nicht verkneifen. *Und wenn schon, er ist der Beste auf diesem Gebiet. Keiner kennt sich so gut mit alten Schriften aus, und niemand weiß annähernd so viel über die vergessenen Stollen der Odogrim wie er. Mal sehen, ob wir heute einen Schritt vorwärtskommen.*

»Ihr ahnt ja nicht, welchem Zufall wir den Fund dieser Karte zu verdanken haben.«

Zufall, Zufall, ich glaube nicht an Zufälle. Was sollte einem zufallen, wenn man nicht bereit ist, etwas anzupacken? Ich werde ein andermal auf diese Geschichte zu sprechen kommen. Jetzt kommt schon zum Punkt, alter Mann! »Das erzählt Ihr mir bei Gelegenheit. Ich kann es nicht erwarten, Eure Neuigkeiten zu erfahren«, sagte der Monsignore.

»Also, es ist so«, sprach Kornilius Luchterbuckel der Siebzehnte und holte mit seinen Armen weit aus. »Ihr erinnert Euch doch sicher an die Expedition vor drei Jahren an der hohen Schanze, als wir die kleine Rumpelbahn in Betrieb nahmen, um das Geröll aus dem verschütteten Stollen abzutransportieren.«

»Ich erinnere mich sehr gut. Ich erinnere mich an alle unsere *erfolglosen* Unternehmungen«, unterbrach ihn der Monsignore ungehalten.

»Ja, also, damals war das Problem, dass vieles mit den Briefen des Hylophemus übereinstimmte, doch die Details deckten sich nicht annähernd.«

Herr des Lichts, hilf mir, dass er zur Sache kommt.

Kornilius blickte von der Karte auf und sah ihm ins Gesicht. »Könnt Ihr mir folgen? Bin ich zu schnell? Unterbrecht mich einfach, wenn Ihr Fragen habt.«

Der Monsignore biss die Zähne zusammen und rang um seine Beherrschung. »Fahrt doch fort, werter Kornilius, ich kann Euch gut folgen.«

»Also, um noch einmal auf die Details in den Briefen des Hylophemus zu kommen, die auch den Überlieferungen der Nahiri, im Besonderen der Baumtafeln von Fleewin gleichen. Also, wo war ich? Ach ja. Damals vor drei Jahren hatten wir also das Problem, dass sich der große Plan mit unserem deckte, jedoch die Details teilweise ganz und gar danebenlagen.«

Wenn er so weiterschwafelt, wird er das Ende seines Satzes nicht mehr erleben, weil er vorher an Altersschwäche stirbt.

»Um es Euch mit einer Parabel zu umschreiben: Der Braten sah auf den ersten Blick gleich aus, doch die Beilagen waren andere, und auch das Fleisch erwies sich bei genauerer Betrachtung nicht als das eines Satander Weiderinds, sondern das eines einfachen Esels. Doch jetzt passt alles. Das Grab befindet sich in Zokarim.«

Der Grim schwieg und sah den Monsignore erwartungsvoll an. Doch dieser war in Gedanken versunken und hatte nicht mehr zugehört. *Einen so wirren Kopf habe ich noch nie erlebt. Ein Wunder, dass er überhaupt eine einzige Information findet.* Sein Arm schmerzte von der schweren Laterne, und er spürte, wie er Hunger bekam. Seine Gedanken schweiften zu seinem letzten Gebet ab. *Hat mich der Herr erhört und diesen Grim geschickt?*

»Wie, was? Könnt Ihr das wiederholen?«, stammelte Kreton verdutzt.

Der kleine Alte freute sich, da er erstmals ein Lächeln beim Monsignore erblickte.

»Ja, also ...«, hob er feierlich an, »... diesmal passt alles! Zokarim ist der Ort, den wir suchen. Hier, in diesem Gebiet, muss das Grab sein.« Der dicke Zeigefinger des Alten blieb vor den langen Zacken liegen.

»So weit im Norden? Seid Ihr Euch Eurer Sache gewiss?«, fragte Kreton und stellte die Laterne beiseite - er wollte alle Zweifel ausgeräumt haben.

»Nun ja, ich habe einige alte Stollenkarten der Odogrim studiert. Ihr wisst ja, dass ich dazu eigens in den Dunkelkamm gewandert bin, um dort drei Monde mit dem Kopieren der riesigen Stollenkarten zu verbringen. Wir benötigten acht Mann und Hunderte Lichtflügler, um für ausreichende Beleuchtung zu sorgen, das hat mich achthundert Oktale gekostet.«

Mich gekostet, wollte der Monsignore einwerfen, doch er hielt sich zurück, damit der Grim zum Ende kam.

»Mein Kreuz hat mir das bis heute nicht verziehen. Drei Monde lang auf dem Rücken liegend auf die Decke starren, das alles bei schlechtem Licht. Da weiß man, wie sich die Kertener Hurenmädchen fühlen müssen, bloß sind die um einiges jünger als unsereins.«

»Ja, ich weiß, die Stollenkarten. Passt denn die Zeit?«, warf Kreton ein.

»Die Zeit passt, denn die Anlage ist in den alten Steinkarten der Odogrim verzeichnet.«

»Das erfreut mich sehr.« *Einen Haken gibt es, ich kann es förmlich riechen.* »Wie sieht es mit der Lage aus?«

»Tja, das ist der einzige Punkt, der mir Kopfzerbrechen bereitet. Entweder die Odogrim haben einen Stollen gegraben, der mindestens sechs Meilen lang ist - was schlicht unglaublich wäre, denn der längste bisher bekannte Stollen ist vier Meilen lang und wurde erst in den letzten Jahren mit neuartigen Mitteln fertiggestellt. Wenn es aus dieser Zeit einen derartig langen Tunnel gäbe, dann ...« Es war, als würde er ein Schluchzen unterdrücken. »... wäre das eine unvorstellbare Meisterleistung der Odogrim.« Bedächtig schwieg er.

»Oder?«, warf der Monsignore ungeduldig ein.

»Oder, es wäre das Verrückteste, das ich je erlebt habe: Die Anlage befindet sich nicht unter Tage, sondern auf einem Hochplateau. Seht her.«

Der Grim fischte ein Blatt hervor, auf dem konzentrische Kreise zu sehen waren. »Üblicherweise legt man die Wege rund um den Berg an. Doch es wäre auch möglich, dass sie die Wege im Inneren angelegt haben. Ihr müsst es Euch wie einen Trichter vorstellen.«

Er legte seine Händen zu einer Schale zusammen. »Es wäre ...« Der kleine Mann begann zu stottern und musste die Tränen zurückhalten. Bedächtig nahm er seine Kappe in die Hände, bevor er fortfuhr. »Es wäre ein ... ein Wunder!«

»Was benötigt Ihr?«, fragte Kreton.

»Ich brauche einen Trupp, mit dem ich die westlichen Ausläufer der langen Zacken absuchen kann. Reiter,

Kundschafter, ein paar Buckler, um Proben zu nehmen. Wir müssten mit den ansässigen Nari-Stämmen sprechen. Wenn wir Flugreiter hätten, könnten diese das Gebiet abfliegen. Das würde uns gewiss weiterhelfen.«

Nichts dergleichen werdet Ihr unternehmen. »Vergesst nicht, wir gehen auf Schatzsuche. Unsere Mission wird im Verborgenen stattfinden. Keine Nari, Rastrovi oder sonstiges Volk. Es genügt mir, wenn die Buckler davon wissen.« Der Monsignore rieb sich das Kinn. »Ihr bekommt einen Trupp Lichtkrieger. Um die Buckler müsst Ihr euch selbst kümmern, das dürfte nicht allzu schwierig sein, wenn ich den Vorschuss bedenke, den Ihr erhalten habt.«

Der Grim schwieg.

Kretons Zähne knirschten, so stumm hatte er den Alten noch nie erlebt. »Ihr habt bereits alles ausgegeben?«. *Ich gebe ihm einfach mehr, bevor er aufzählt, wofür er das Geld ausgegeben hat.* »Auch wenn es schmerzt, bekommt Ihr weitere zweitausend.«

Die fauligen Zahnstummel traten hervor, als der Forscher lachte. »Wunderbar. Es wird nicht zu Eurem Nachteil sein.«

Der Grim begann, mit den Perlen in seinem Bart zu spielen. Nachdenklich sah er auf die Karten. »Wenn es diesen Sechsmeilenstollen wirklich gibt, könnte es Jahre dauern, bis wir am Ziel sind. Außer ...« Er machte eine bedeutungsvolle Pause. »... wir haben Glück - unverschämtes Glück.«

»Packt Eure Sachen! Der Kommandant der Lichtkrieger wird Euch in zwei Tagen abholen«, antwortete der Monsignore. »Dieses Mal *haben* wir Glück – dafür werde ich persönlich sorgen.«

Weiße Reiter

Als Narna mit Sira an den Weg zum Dorf gelangte, wurde das Flötenspiel immer lauter. *Jetzt muss es sogar ihr auffallen. Ich muss zu ihm!*

»Sira, ich muss mein Kleid ausbessern. Wir sehen uns bei der Abendkost!« Ohne ihre Reaktion abzuwarten, bog Narna in das Dickicht und folgte dem Lied des Sperlings.

Er saß unter einem alten Ahornbaum auf einer Lichtung und ließ seine Finger geschickt über das hölzerne Instrument wandern. Erst als Narna direkt vor ihm stand, blickte er auf.

»Rote Naldar. Du hier?«

So wie er die Frage stellte, war er keineswegs überrascht, sie zu sehen.

Narna lächelte und es war das erste Mal, dass er beide Augen sah, eines davon umringte ein dunkles Band.

»Ich bin Narna«, sagte sie, wandte sich ab und musterte die Blätter des Baumes. Behutsam begann sie, einige davon abzuzupfen.

Sie kniete sie sich neben ihn, löste einige zerrissene Blätter aus ihrem Kleid und legte sie in ihren Schoß. Die frischen Blätter bestrich sie mit Harz aus einem kleinen Behältnis.

»Ich dachte, du wärst längst fort«, sagte Narna.

Anstatt zu antworten, stellte sich Erian hinter sie, schob ihr Haar zur Seite und legten ihren Nacken frei. Mit dem Daumen strich er ihren Hals entlang. »Ich bin Erian«, hauchte er ihr ins Ohr.

Ihre kräftigen Hände packten zu, erschrocken wich er zurück. Narna zog ihn fest zu sich und fixierte lange seine Augen, mit den Fingern befühlte sie sein dichtes dunkles Haar.

Er spürte ihre festen Brüste, die sich gegen seinen Bauch drückten. Ihre schmalen Lippen öffneten sich und fanden seine Wange, dann führte sie seine Hand zum Mund und leckte seinen Handrücken ab.

Ihr Becken presste sich gegen seinen Körper, sie schloss die Augen, warf ihren Kopf wie ein heulender Wolf zurück und schnupperte.

Gierig saugte sie seinen Duft ein, seinen Atem, das Haar, den Schweiß, seine Erregung.

Narna erstarrte, als sich ein fremder Geruch unter den seinen mischte und stieß ihn unsanft von sich - witterte, lauschte, suchte. »Wir müssen weg!«

Narna hatte die Pferde gehört und griff nach Erians Tasche. »Komm mit«, flüsterte sie.

Kaum tauchten sie ins Dickicht ein, vernahm sie fremde Stimmen - drei in Weiß gehüllte Gestalten ritten auf die Lichtung und sahen sich um.

»Ich muss zu meinem Lager, sie dürfen es nicht finden. Lebewohl«, sagte Erian.

Noch bevor sie etwas erwidern konnte, war er fort.

Als Narna ins Dorf kam, verschloss eine dichte Wolkendecke den Himmel. Die Schwalben flogen tief und fraßen ihre Opfer in Greifweite über Narnas Kopf. Sie sog den frischen Wind ein. *Er kündigt Regen an. Hoffentlich dauert es nicht mehr allzu lange. Wenn mir der Aldir-Junge verwehrt bleibt, möchte ich wenigstens den Regen genießen.* Sie stieg hinauf zu ihrem Kogi und bereitete alles für Siras Besuch vor: Heißen Anistee, Brot, Hokibeeren, frische Kerzen und blauen Wein.

Mit den ersten Regentropfen traf Sira ein.

»Ich weiß, du würdest ein gemeinsames Bad bevorzugen, doch mir wäre es recht, wenn wir im Trockenen bleiben«, sagte Sira und lächelte.

»Schade, dann müssen wir uns wohl anders ersäufen«, sagte Narna und lachte laut los.

Zur Begrüßung legten sie sich gegenseitig die linke Hand auf die Schulter. Narna reichte Sira einen Becher. »Mit Tee, versteht sich.«

Sira setzte sich auf ein Strohkissen. »Narna, du siehst gut aus. Ich spreche nicht von deinen Wunden - schon lange habe ich dich nicht mehr lachen hören, du leuchtest förmlich.«

Narna schoss die Röte ins Gesicht.

»Erzähl mir von deinem Freund«, forderte die Priesterin sie auf.

Ich kann wohl gar nichts für mich behalten, dachte Narna.

»Er heißt Erian, ist groß, hat dunkles Haar und spielt wunderbar Flöte.« Narna fing an, mit der Ranke in ihrem Haar zu spielen.

»Das ist es aber nicht«, sagte Sira.

»Das ist nicht was?«

»Der Grund, weshalb du dich zu ihm hingezogen fühlst.«

Weshalb muss sie immer alles ganz genau wissen? Ich werde dir nicht verraten, dass er ein Aldir ist. Narna leerte ihren Teebecher in einem Zug und griff zum Weinkrug.

»Wie immer hast du recht.« Sie trank einen Schluck und nahm vom Brot. *Was erzähle ich ihr? Ich weiß nichts über ihn.* »Er kann zuhören.«

Sira wartete gespannt und riss ein Stück Rinde vom Brot. »Das ist alles?«, fragte sie.

»Und er ist noch da, nachdem er mich kennengelernt hat.«

Sira nahm Narnas Hand in die ihre. »Ich freue mich für dich, nichts möchte ich mehr, als dass du glücklich bist.« Jetzt nahm auch sie von dem Wein. »Wirst du ihn wählen?«

Narna verschluckte sich fast an ihrem Brot. Darüber hatte sie noch nicht nachgedacht.

Sira schien ihre Gedanken zu lesen. »Viel Zeit bleibt dir nicht mehr, der Mond nimmt bereits ab.«

Sira schloss ihre großen braunen Augen, bis nur noch eine weiße Sichel unter den dunklen Wimpern hervorschien. Sie legte ihre Fingerspitzen zu Kreisen zusammen, stützte die Ellbogen auf ihre Knie und hob das Kinn. Wie eine Schlange umwand ein Lederriemen ihren Hals, dessen bunte Steine im Kerzenschein funkelten. Erst jetzt bemerkte Narna die kleinen Zöpfe, die in Siras kastanienbraunes Haar geflochten waren und die Perlen an den Enden, die klackten, als sie aufeinandertrafen.

Der helle Klang von Siras Stimme begleitete das Trommeln der Regentropfen.

»Die schmale Sichel holt die Sterne vom Himmel.
Sie tanzen mit uns der Erde Willen.
Das Weibe den Mann sich wählt,
mit dem sie durch die kalte Zeit geht.
Die irdnen Geister schallen der Sieben.
Schützen der Erde Volk mit ihrem Segen.
Niras nre, niras nre.«

Narna wurde warm, und die Kerzen schienen höher zu brennen. Ihr gefiel die Vorstellung, Erian zum Mann zu wählen. *Wenn ich jemals einen wähle, dann ihn. Doch da gibt es einen Haken.* Ohne nachzudenken, brach es aus ihr heraus.

»Er ist ein Aldir.«

Narna kippte den Wein hinunter und wartete gespannt auf Siras Reaktion. Als die Priesterin nichts erwiderte, fuhr sie fort. »Er trägt einen blauen Mantel aus festem Stoff, ein Hemd mit Kragen und lederne Schuhe. Sein Flötenspiel verzaubert mich, seine dunklen Augen fesseln mich, und der Duft nach Zirbenholz lässt mich meine Sorgen vergessen.«

Sira lächelte, doch die Falte auf ihrer Stirn sagte Narna, dass ihr etwas missfiel. *Es ist nicht, weil er ein Aldir ist, etwas beunruhigt sie.*

»Ich möchte ihn kennenlernen.«

Narna wollte das nicht. Sie wusste nicht, weshalb, doch es schien ihr besser, wenn Erian keinen aus dem Dorf kennenlernte. *Am liebsten würde ich ohnehin mit ihm fortziehen.* Um das Thema zu wechseln, kam sie auf die Geschichte ihres Unfalls zu sprechen. Sie schilderte den Angriff der Rotkrähen, gab jedoch einen anderen Ort an.

»Ich dachte nicht, dass du mir glaubst«, sagte Narna. »Nachdem du mir von der Prophezeiung erzählt hast, könnte es dich aber doch interessieren. Möglicherweise waren es ja die Rotkrähen, die Akis Reben leer gefressen haben?« Narna sah Sira direkt in die Augen und wartete ihre Antwort ab.

»Möglich. Vor Kurzem hätte ich noch gesagt, da hatte jemand zu viele Schattenröhrlinge - Narna, ich glaube dir, und es nährt meine schlimmsten Befürchtungen.«

Narna bot der Priesterin noch etwas von den Hokibeeren an, doch diese lehnte ab. »Ich gehe, bevor wir diesen schönen Abend an dunkle Gedanken verlieren. Ich danke dir, Narna.«

So fest, wie Sira sie zum Abschied drückte, erkannte Narna plötzlich, was die Priesterin beunruhigte. *Sie fürchtet, dass ich gehe. Mit Erian weggehe. Und sie hat keine Ahnung, wie sehr ich es will.*

Narna sah, wie die dicken Tropfen auf dem Kogi zerplatzten und in dünnen Linien hinabrannen - endlich konnte sie in den Regen hinausgehen. Sie tanzte, sprang durch die Pfützen, trank Wasser, das von den großen Blättern eines Manukbaumes herabstürzte wie ein Wasserfall, setzte sich auf einen Stein und streckte ihre Arme von sich. Der Regen wusch die Schlammschicht von ihrem Oberarm.

Sie betrachtete das Mal das sie seit ihrer Geburt trug. War es meistens unscheinbar und blass, hatte es nun eine satte dunkelgrüne Färbung angenommen. Sie spürte es gelegentlich pulsieren und beobachte, wie es sich veränderte - im Tempo einer sich öffnenden Blüte wechselten Form und Farbe. Narna griff in den Matsch und verdeckte es mit einer dicken Schicht Schlamm.

Der Regen ließ nach und versiegte dann gänzlich. *Morgen werde ich Erian suchen.*

Aufbruch

Fast genau einen Mond nach dem Besuch des Forschers vom Volke der Grim, erhielt Kreton Morgenwasser einen Brief von eben diesem. »Wir sind in Zokarim. Es ist ein Wunder! Euer Kornilius Luchterbuckel der Siebzehnte.« Ein Schreiben von Hirak, dem Kommandanten der Ildamaer war beigefügt. »Erwarte euch in Quellwasser, jenseits des Steinernen Vorhangs.« *Wie erwartet er mich? Er weiß weder, wann ich dort sein werde, noch, wo ich absteigen werde.* Kreton fuhr mit dem Daumen in den Spalt seiner Lippe. *Er ist ein Ildamaer, er wird mich finden.*

»Talias!«

Sein Gehilfe kam mit vollen Backen, kauend herein und schluckte rasch runter, als er sich vor Kreton stellte. »Monsignore Morgenwasser, was kann ich für Euch tun?«

»Setz dich!« Er bedeutete dem Jungen, an dem kleinen Tisch Platz zu nehmen. »Nimm ein Blatt.« *Weshalb dauert das alles so lange. Muss ich es selbst machen?* »Öffne das Tintenfass und nimm die Feder auf.«

Er diktierte ihm drei Schreiben, deren Texte bereits zu lange seinen Geist plagten. Mit hinter dem Rücken verschränkten Händen marschierte er derweil im Kreis, was sich während des gesamten Diktates nicht änderte. Als wäre er ein Mühlstein und die Worte, die seinen Mund verließen, das Mehl, aus dem die Zukunft gebacken wird.

Nach dem letzten Punkt hielt er an, wischte sich einen Schweißtropfen von der Stirn und glättete eine Haarsträhne, die abstand.

Das erste Schreiben war an Fiora von Ragon, die Geliebte des Königs der Rastrovi, gerichtet. Sie wurde darin in die morgige Abreise und die weitere Route des Monsignore eingeweiht. Er würde ihr im Städtchen Quellwasser, jenseits des Steinernen Vorhangs, eine Nachricht bei den Postreitern hinterlassen.

Das zweite Schriftstück adressierte er an Ildon Melufis, den Proton der Brüder des Lichts. Kreton Morgenwasser informierte ihn darin, dass er wegen dringender Geschäfte in den Norden reisen müsse. Es gäbe Probleme beim Bau der Sinode von Birnstengl, die der Monsignore persönlich zu lösen gedachte.

Der dritte Brief ging an Emerald Palantos, seines Zeichens Magistor des Lichts. Er begann mit den Worten »Mein Freund« und endete damit, dass Kreton ihn wissen ließe, wenn seine Kompetenz vonnöten sein würde.

Talias brauchte noch eine Weile, bis er die Feder absetzte. Er reichte dem Monsignore das erste Schreiben, das bereits trocken war. Aufmerksam las dieser es.

»Gut. Gib mir das nächste.« Der Gehilfe reichte ihm das zweite Blatt. »Hmmm. Nein. Herr hilf mir!«

Talias machte sich in seinem Stuhl so klein er konnte.

»Ich sagte *keineswegs*, nicht *meinetwegen*!« Dabei hörte sich das Gesagte, bedingt durch die Erregung und den Spalt in der Oberlippe des Monsignore an wie »Ich dagte *keinedweged*, nicht *meinedwegen*!«

Der Monsignore zerriss das Papier und streute es über das Haupt des Jungen.

»Du wirst es nochmals verfassen, allerdings habe ich zuvor eine Aufgabe für dich. Das Siegelwachs!«

Talias entzündete eine Kerze.

Kreton riss ihm das Wachs aus der Hand. »Gib her, du Tölpel. Nicht dass du mir wieder die Hütte abfackelst. Wenn man nicht alles selbst erledigt.« Er tröpfelte behutsam Wachs auf das Papier und drückte seinen Vikarsring hinein.

»Steh auf und zieh dich aus.«

Talias sah ihn hilfesuchend an, wusste jedoch, dass der Monsignore keine Widerrede duldete.

»Soll ich dir etwa dabei helfen?«

Während sich Talias entkleidete, las er den dritten Brief. »Gut so. Sehr gut. Hervorragend formuliert.«

Sein Gehilfe war beim Unterkleid angelangt und wollte es gerade ablegen, da blickte der Monsignore auf.

»Nicht doch. Du dachtest doch wohl nicht, ich wollte. Absurd diese Vorstellung.« *Diese Angelegenheit ist derzeit nur einer vorbehalten. Isolde.* Er warf ihm einen Sack hin, der auf dem Fenstersims lag.

»Zieh das an.«

Als Talias die Kleidung angelegt hatte, sah er nicht mehr wie ein Ordensbruder aus. Die Kutte war grobem, rußverschmiertem Sackleinen gewichen, das nach Pferd und Feuer stank.

»Binde dein Haar zurück. Gut. Jetzt nimm eine Kohle aus dem Becken und beschmutze dein Antlitz und die Hände.«

Zögernd griff sich der Gehilfe ein Kohlestück, rieb seine Hände daran und fuhr sich im Gesicht damit herum.

»Hmmm. Da fehlt noch etwas. Die Mütze - setz sie auf!« Kreton umkreiste ihn wie ein Habicht eine Maus.

»Setz dich. Den Kopf zurück. Halte still!«

Talias tat, wie ihm befohlen, und saß da, als warte er auf eine Rasur. Der Monsignore hielt die Kerze mit beiden Händen.

Wie ein Maler, der seinen Pinsel führt, fackelte er den spärlichen Bart des Jungen ab.

Dieser schrie.

»Vortrefflich! Es riecht wie verbrannter Huf! Jetzt siehst du nicht nur aus wie ein Schmiedegeselle, du riechst auch wie einer!« *Es ist ein Kunstwerk.*

Der Monsignore sah Talias zufrieden an. »Und du schwitzt wie einer.«

Schweißperlen standen im geröteten Gesicht des Jungen.

»Geh mit dem Brief zu den Luftreitern und verlange, den Kommandanten zu sprechen. Du gibst ihm diesen Brief persönlich.« Der Monsignore reichte ihm das Schriftstück.

»Dann komm zurück. Schreib den zweiten Brief nochmals und pack meine Sachen. Es wird eine lange Reise in den Norden, wie du sicherlich aus dem ersten Schreiben weißt. Morgen vor dem Frühgebet brechen wir auf.« *Verzeiht, oh Herr! Manchmal bleibt selbst zum Beten keine Zeit.*

Narna Feuervogel

Erian hatte sie nicht gehört - das Rascheln eines Zweiges verriet sie. Narna bewegte sich seitlich und setzte jeden Tritt behutsam, als baten ihre Sohlen die Erde um Erlaubnis, auftreten zu dürfen. Den Kopf schob sie nach vorne, als könnte ihre Nase das Dickicht lichten, in der Hand hielt sie ein Blattbündel, das sie ihm reichte. Erian kostete von den getrockneten Früchten.

»Ich dachte schon, die weißen Reiter hätten dich gefressen«, sagte Narna.

»Sie haben einmal abgebissen und dann gemeint, dass mein Fleisch zu zäh wäre«, erwiderte Erian, legte seine Flöte beiseite und sah sie an. »Sie bevorzugen junge, saftige Nari-Mädchen, haben sie mir verraten.«

Narna lachte. Sie starrte auf seinen Mantel, den er abgelegt hatte.

»Darf ich?«, fragte sie.

Erian nickte.

Ihre Schultern und die Arme passten gut hinein, doch ein beträchtliches Stück schleifte auf der Erde. Immer wieder strich sie über den blauen Stoff, legte ihre Wange darauf und teilte die groben Fäden mit ihren Fingerkuppen. Sie folgte ihnen, als suchte sie den Anfang und das Ende.

Als er ihren verlangenden Blick auf den Dolch sah, zog er ihn aus dem ledernen Heft und reichte ihn ihr. »Sei vorsichtig.«

Sie spielte mit dem Griff, streichelte die Vögel, die in die Klinge geritzt waren, kostete das Metall, blendete Erian und ließ das Licht über die Rinde der Bäume tanzen. Unzählige

Grashalme büßten ihr Dasein ein, bis sie den Dolch mit einem Ruck in die Erde stieß. »Komm mit!«

Sie lief voraus, unter Büschen hindurch, an Dornen vorbei, über Hölzer und Felsen. Erian blieb mehrmals schnaufend stehen und kniff die Augen zusammen, um sie im bunten Gewirr des Waldes zu entdecken. Als er sie verlor, schritt er gemächlich aus und begann ein Lied auf seiner Flöte zu spielen. Es klang, als sänge ein Sperling. Unvermittelt ließ Narna sich kopfüber von einem Ast herunter und schnappte sich seine ledernen Haarbänder. Das erste fand er unter einem Schwarzdornbusch - so wie er *sie* gefunden hatte. Durch die Dornen konnte er einen Pfad erspähen, der wie ein Tunnel aus dem Wald auf eine Lichtung führte. Schützend hielt er die Hände vor seine Augen, um sie vor dem gleißenden Sonnenlicht zu schützen.

Narna lag im Gras, und ein rotes Etwas tollte auf ihrem Bauch herum. Sie köderte das Fellbündel mit seinem zweiten Haarband - es war ein Wiesel.

»Darf ich vorstellen.« Sie hob es hoch vor seine Nase. »Baldrian.«

Das Tier fletschte die Zähne und gab ein lautes »Chrrrr« von sich. Erian wich zurück, berührte zaghaft das Fell, worauf Narnas Spielkamerad verstummte und die Augen schloss. Das Wiesel riss zuerst sein grünes und dann sein blaues Auge auf – es schien zu lächeln.

»Meine Familie«, sagte Narna und warf Baldrian ins Gras, der ein Stück lief, stehenblieb und sich duckte. Sie kramte eine getrocknete Beere aus ihrem Lederbeutel und warf sie ihm hin. Er schnappte danach und verschwand im Dickicht. Narna warf Erian das Haarband zu und rannte kichernd voraus.

Der Weg folgte einem schmalen Wasserlauf, einer Felswand entlang, in eine Klamm. Darin lag ein grüner, stiller See, der zum Baden einlud, umgeben von steilen Felswänden. Narna nahm eine Handvoll Beeren und blickte die Felsen hinauf. »Ich wollte dir noch ein paar Freunde vorstellen, doch sie sind alle ausgeflogen.«

Sie schlüpfte aus ihrem Kleid und tauchte ein. Erian dachte, dass sie nicht mehr hochkommen würde, bis große Luftblasen aufstiegen, gefolgt von einem roten Schopf. Die Ranke, die in ihr Haar geflochten war, löste sich und glitt ihren Hals hinab, ihre Augen verschwammen mit dem Wasser. Leuchtende Tropfen ließen ihre Haut noch blasser wirken und die Flecken darauf zahlreicher. Ihr Lächeln lockte ihn.

Erian begnügte sich damit, aus den ledernen Schuhen zu schlüpfen und die Füße zu baden. Er schob die Ärmel hoch, schöpfte Wasser, trank und benetzte sein dunkles Haar, das er mit den Lederriemen nach hinten band. Dann setzte er sich auf einen Felsen und zauberte ein Bündel hervor. Von Neugier angetrieben kam Narna zu ihm geschwommen.

»Es ist ein Buch«, sagte Narna.

Geschickt ließ er die Seiten durch seine Finger wandern.

Sie stieg zu ihm empor, starrte auf die beschriebenen Blätter, wollte es befühlen - einen Buchstaben, ein Wort ergreifen.

»Nicht, du bist nass!«, rief Erian und packte ihren Arm. Feuchter, roter Flaum stand unter ihren Achseln weg wie der Pinsel eines Malers.

Sie stellte sich hinter ihn, drückte sich an seinen Rücken, um ihm zuzusehen. Erian blätterte zu einer Zeichnung. Es war Narna. Er zückte eine Feder, ließ sie behutsam in ein Fässchen gleiten und hauchte ihre Hüften auf das Papier, die Beine, ihre Greifzehen, das ungezähmte Haar. Ein einzelner

Wassertropfen glitt an Narnas Kiefer herab, setzte sich in die kleine Grube am Ende ihres Kinns und ergoss sich auf das Blatt. Das Wasser zerstörte den gemalten Zauber: Ihr Arm zerfloss. Narna schnappte ihr Kleid und rannte davon.

Die Sonne neigte sich bereits den Felsen zu, als sie wiederkam. Den Kopf gesenkt, die Arme mit Schlamm bedeckt.

Ich kenne dein Geheimnis. Sei nicht schüchtern, rote Naldar. Er zeigte ihr eine neue Zeichnung.

Narna gefielen ihre Augen. »Ich muss alles zerstören: Meine Familie, meinen Stamm, mein Leben. Deines soll ganz bleiben, darum ist es besser, wenn ich gehe«, sagte sie.

Erian nahm sie bei der Hand. »Erzähl mir von deinen Träumen.«

Seine Miene war steinern wie eine Festung. Sie sah auf seine Haarspitzen, die im Wind flatterten, wie Fahnen, die einen verlorenen Reiter begrüßten. Narna versank in seinen Augen, die tief wie Brunnen waren und roch bald nur noch seinen Zirbenduft.

Narna erzählte. Von ihren Träumen, den Städten, die sie aus Erzählungen kannte, den Bauwerken, hoch wie Bäumen, Kleidern aus Stoff, Schuhen mit Absätzen, funkelndem Schmuck, und rauschenden Festen, die sie lockten. Fliegende Kutschen, gepflasterte Straßen, Geld, Zahlen und Bücher, die sie kennenlernen wollte.

Und doch verschweigst du mir etwas, rote Naldar.

»Weißt du, was schmerzt?«, fragte sie.

Erian schüttelte den Kopf.

»Ich hab Mutter beschimpft, als ich sie das letzte Mal sah.«

Erians Miene blieb starr, seine Finger trommelten rhythmisch auf die Erde. »Erzähl.«

»Wir haben wegen Aldina gestritten. Sie ist hübsch und kriecht vor unseren Dorfmüttern. Sie behauptete, mein Vater wäre ein Aldir, daraufhin habe ich ihr ein Büschel Haare ausgerissen.« Narna blickte zu Erian, der grinste. »Damals kannte ich dich noch nicht. Ich wusste nur aus Erzählungen meiner Mutter, wie die Aldir leben. Jedenfalls war es dumm von mir - das mit meiner Mutter, meine ich.«

Narna zögerte.

Erian forderte sie mit einem Nicken auf, fortzufahren.

»Ich habe ihr ihr vertrocknetes Leben vorgeworfen und ihre Aufopferung für die Baumgeister. *Baumstrunze* habe ich sie genannt.« Sie wartete auf eine Reaktion Erians, doch der legte nur den Finger an seine Schläfe und strich mit dem Daumen über sein Kinn.

»Niemals werde ich Priesterin. Ich hau ab, habe ich zu ihr gesagt. Dann bin ich weggerannt.« Narna schluckte. »Am nächsten Morgen war Mutter fort. Sie kam nie wieder.« Sie starrte auf die Haare ihres Zuhörers. »Dabei bin ich ihretwegen bei den Naldar geblieben. Und dann verlässt *sie mich.*« Wut und Verzweiflung klangen aus ihrer Stimme. »Wegen Mutter habe ich Sira dann versprochen, Priesterin zu werden - wie dumm von mir! Das Leben für eine Verstorbene auszudorren.« Narna strich mit den Händen übers Gesicht.

»Wieso gehst du nicht weg?«, fragte Erian.

Narna schnaufte. »Sira ist der einzige Grund, weshalb ich noch da bin. Ich wünschte, sie würde mich nicht festhalten.«

»Sei vorsichtig mit deinen Wünschen, rote Naldar. Oftmals gehen sie in Erfüllung. Doch nie so, wie du denkst.«

Narna erzählte weiter: Von sich selbst, den anderen, ihrem Schmerz. Sie erzählte, vergaß die Zeit. Und mit der Zeit den Schmerz.

Als sich die Sonne hinter den Felsen verkroch, ertönte plötzlich ein gellender Schrei und Rufe in einer fremden Zunge folgten. Der Lärm kam von der Klippe, die direkt hinter dem See aufragte. Etwas stürzte herab. Narna dachte, es wäre ein großer Stein, doch Steine bewegten sich selten. Mit einem lauten »Pflosch!« landete es im Wasser.

Narna sprang auf, rannte zum See und stürzte sich in die Fluten. Sie tauchte ab, tiefer, immer tiefer, bis ihre Ohren schmerzten. Die Augen wurden in ihre Höhlen gepresst, der Kopf drohte zu platzen, die letzten Blasen entwichen ihrer Nase - sie musste umkehren.

Da spürte sie etwas unter ihren Nägeln und packte zu – daneben. Nochmals. Sie griff etwas Felliges – einen buschigen Schwanz – und grub ihre Finger hinein. Ihre ganze Kraft musste sie aufbringen um aufzutauchen und es ans Ufer zu zerren. Erian packte mit an und zog es aus dem Wasser. Atemlos blieb Narna neben dem leblosen Körper liegen, aus dem ein Pfeil ragte. Jetzt erst begriff sie, dass es kein Fell war, das sie umklammerte. *Es ist ein Bart.*

Dann sah sie den Reiter. Er stand oberhalb der Klippe, in weißes Tuch gekleidet, das Gesicht verhüllt und spähte hinunter. Da senkte er seinen Bogen und verschwand in der Dunkelheit.

Albträume

Der Monsignore erwachte und war verwirrt. Langsam setzte er sich in seinem Bett auf, umfasste seine nackten Knie, die nach Rosenöl rochen und sah sich in der Kammer um, die man ihm zugebilligt hatte. Sein Körper zitterte, und ein nervöses Kribbeln ließ seinen Atem schneller werden. Er fühlte etwas, das er weder einordnen noch verdrängen konnte - im Gegenteil, es wurde immer heftiger und fing an, sich seiner zu bemächtigen. *Was ist mit mir geschehen? Hat der Herr meine Bitten erhört?*

Wurde vorerst nur sein Körper in Mitleidenschaft gezogen, begann das Gespürte nun, seine Sinne zu verwirren. Es war ein Hochgefühl sondergleichen, alles schien leicht, alles war Musik. Er sprang auf und betrachtete sich in seinem Handspiegel: Er lächelte. Nicht so, wie es aussah, wenn einer der Novizen Hand an ihn legte, nein, er wusste nur zu gut, wie er dabei aussah - das war ein befriedigtes Lächeln. Nun sah er aus wie ein Narr. Es war ein einfältiges Lächeln, ein furchtbares Grinsen - er blickte drein wie eine Magd, der ein lüsterner Fürst im Rausch den Lichtbund versprochen hatte. Mit Entsetzen stellte er fest, dass er glücklich aussah. *Das alles nur wegen eines Traumes? Eines dummen Traumes?*

Der Monsignore rannte einige Male im Kreis, tauchte sein Gesicht in die Waschschüssel, hielt die Luft an und fuhr mit rotem Kopf hoch - es half nichts. Er grub seine Finger zwischen die Rippen, trommelte mit den Fäusten in seinen Bauch, schlug sich mit der flachen Hand ins Gesicht, warf sich auf die Knie. *Verschwinde!*, dachte er nur.

Isolde wird mir helfen, sie zu vertreiben. Er nahm Dokumente und einige Bücher aus seiner Reisekiste und holte mit festem Griff Isolde hervor. Seit er seinen Auftrag empfangen hatte, hatte er von ihr abgelassen, denn seit damals wusste er, dass er das Richtige tat. Wie ein verstaubtes Erinnerungsstück hatte er sie in seiner Kiste vergraben. *Jetzt brauche ich dich.*

Er kniete sich vor das Lichtsymbol, streichelte über die weichen Fäden und entfernte mit einem der Enden etwas Schmutz unter einem Fingernagel. Mit einem Hieb machte er sich daran, das Grinsen aus seinem Gesicht zu vertreiben, und mit ihm die Erinnerungen an seinen Traum. Kraftlos, fast zärtlich ließ er die Peitsche auf seinen Rücken schnalzen. *Ich bin verweichlicht.* Er schlug härter zu, sodass sich die kleinen Knoten in sein Fleisch bohrten. Schmerz und Erleichterung wechselten sich ab. *Herr des Lichts. Lass deine Strahlen meine Gedanken erleuchten. Reinige sie, wärme sie, vertreibe die Schatten aus meinen Träumen. Oh Herr ...* Schlag auf Schlag. Doch die Gedanken trieben immer wieder an die Oberfläche wie ein Stück Holz, das man zu versenken suchte.

So hart er auch zuschlug, das Bild in seinem Kopf ließ sich nicht wegpeitschen. Immer wieder dachte er an *sie*, sah *sie*, begehrte *sie*, vermisste *sie*. Schließlich musste er es sich eingestehen. *Herr des Lichts. Prüfst du meine Härte? Ich will gestehen. Verfallen bin ich, der Liebe einer Frau.*

Es war, als wäre die Saite eines lange unbenutzten Instruments plötzlich und heftig angeschlagen worden. Der Körper wusste nicht, wie er zu vibrieren hatte, wusste nicht einmal, dass dieses Instrument noch existierte. Zu lange war es her, dass er einer Frau auch nur einen Funken seiner Aufmerksamkeit geschenkt hatte. *Ich dachte, diese Krankheit wäre geheilt.* Und nun wurde ein Ton erzeugt, durch den das Instrument zu bersten drohte.

War das ein Klopfen? Kreton unterbrach seine Läuterung, legte die Peitsche zur Seite und lauschte. Erneut ein zaghaftes Klopfen. *Talias.* Er verstaute Isolde in seiner Reisekiste – diesmal obenauf –, warf in aller Ruhe seine Kutte über und öffnete.

»Monsignore. Die Kutsche ist eben eingetroffen.«

Der Grim

Narna hielt den Bart des Geretteten noch immer fest gepackt, als dieser hustete, spuckte und nach Luft rang. Erian löste ihre Finger aus dem wilden Gewirr bunter Steine und geflochtener Bänder und hielt das Bein des Geretteten, aus dem ein weiß gefiederter Pfeil ragte.

Narna musterte den seltsamen Kerl. So einen wie ihn hatte sie noch nie gesehen, doch war sie sicher, dass es ein Grim war. Sie kannte viele Geschichten ihrer Mutter über das Volk des Erzes: *Der blaue König, Der steinerne Wald, Der Wannigmann, Die Binge der sieben Hämmer, Der See unterm Berg.* Eingehend betrachtete sie seine rauen Gesichtszüge, die wirkten, als wären sie aus einem Fels geschlagen worden. Seine knollige Nase ragte in die Höhe wie ein einsamer Berg. Narna musste an die Legende König Odomils denken, dessen Gestalt die Hohengrim aus einem ganzen Berg geschlagen hatten.

Die nassen Haare klebten an den vollen Backen des Grim, der Bart ruhte auf dem Lederwams, das mit runden Scheiben besetzt war. Narna befühlte die kleinen, kalten Platten, die im Mondlicht schimmerten.

»Es ist ein Grim«, sagte sie zu Erian.

Lächelnd nickte er und brach den Schaft des Pfeils ab.

Der Grim stöhnte vor Schmerz.

Erian wickelte sein Haarband um die blutende Wunde.

»Bringen wir ihn zu Sira«, sagte Narna.

»Besser, du holst sie her. Er ist zu schwer, und wir wären zu langsam. Gehe du nur, ich kümmere mich um ihn.«

Narna rannte los.

Außer Atem kam Sie in ihrem Dorf an. Sie wusste genau, wo sie Sira finden würde und dass es ihr nicht gefallen würde, gestört zu werden. Auf dem Dorfplatz beteten die Bewohner jedoch nicht, wie sie es erwartet hatte - sie saßen auch nicht im Kreis, wie sie es immer taten. *Etwas* hatte das Leben der Naldar durcheinandergebracht und ihren, Jahr für Jahr gleichklingenden Reigen, verstimmt. *Ich war es diesmal nicht.*

Die Ältesten waren in ein hitziges Gespräch vertieft. Sira gestikulierte wild mit ihren Händen, die sie weit über den Kopf hob, um ihre Zustimmung auszudrücken. Ihr Lächeln erstarb immer wieder unter dem Handschütteln der Ältesten. Nasis fuchtelnde Arme berührten den Boden, obwohl sie es im Kreuz hatte, da wusste Narna, dass Sira mit ihrem Anliegen scheitern würde. Die Erwachsenen sangen »Niris tam apras«, ein Lied, das die Baumgeister um Rat bat. Die Kinder des Dorfes tanzten dazu.

»Sira, Sira, komm schnell«, rief Narna.

Die Hohepriesterin warf ihr einen verärgerten Blick zu, doch Narna ließ sich nicht beirren, trat vor sie und packte sie am Arm.

»Wir haben einen Verletzten gefunden, er blutet stark.«

Immerhin hatte sie Siras Aufmerksamkeit, und die Dorfmütter rückten auch näher. Nasi stellte sich auf die Zehenspitzen und richtete das trichterförmige Blatt in ihrem Ohr zu ihr hin.

»Es ist ein Grim!«

Sira zeigte ihre Handflächen und warf einen Blick in die Runde, der zu sagen schien: »Ich habe es euch doch gesagt.«

Sie ließen die Alten stehen, Sira schnappte sich ihr Bündel und folgte Narna in den dunklen Wald.

»Was war denn im Dorf los?«, fragte Narna.

»Ich habe ihnen von Akis Reben und dem Überfall der Blutkrähen erzählt. Unsere Mütter wollen es nicht wahrhaben, dass sich der Wald verändert. Ich hoffe, die Erdgeister werden es ihnen sagen, denn auf mich hören sie nicht. Sehen wir uns deinen Grim an, vielleicht kann *er* sie überzeugen.«

Sie gelangten an den kleinen Bach, der ihnen den Weg zur Klamm des Vogelsangs wies.

»Ich wusste nicht, dass es hier so kalt wird«, sagte Narna.

»Und so dunkel«, fügte Sira hinzu.

Lediglich der kleine See am Ende ihres Weges spiegelte das Mondlicht und wies ihnen den Weg. Zu ihren Seiten war es finster wie im Rachen eines Fischs. Das Gewässer lag still und verlassen da - von Erian und dem Grim keine Spur. Narna suchte das Ufer ab, als sie den abgebrochenen Schaft des Pfeils fand, war sie sicher.

»Hier hat er gelegen.«

Sira hockte sich hin und befühlte einen glänzenden Stein. »Blut.«

Noch einmal gingen sie das Ufer ab und weil Narna nichts von Erian erzählen wollte, unterließ sie es, nach ihm zu rufen. Unverrichteter Dinge schritten sie den beklemmenden Pfad zurück.

»Wir können ihn heute nicht mehr suchen, es ist zu dunkel«, sagte Sira.

Ein Knacken im Unterholz ließ sie innehalten.

Narna lief ein paar Schritte in den Wald, konnte aber nichts entdecken. Ein flüchtiger Geruch nach Zirbenholz ließ sie sich entspannen. *Erian, er war hier.* »Nichts«, sagte Narna, »gehen wir.«

Das Augenpaar, das sie beobachtete, bemerkten sie nicht.

Narna und Sira folgten dem Schein des Feuers und den knisternden Funken bis in die Mitte des Dorfes. Da von den Dorfmüttern nichts mehr zu sehen war, verabschiedete sich Sira. Narna blieb stehen und starrte in die Flammen. *Ich möchte zu gerne wissen, wohin der Grim und Erian verschwunden sind.* Sie warf ein paar Zapfen in die Flammen, die laut pfiffen. Plötzlich erschallte eine Antwort aus dem Wald. *War das ein Schrei?*

Bereits von Weitem hörte sie die Kinder kommen. Die kleine Gruppe marschierte durch das Dorf, an den Kogis vorbei. *Irgendetwas stimmt da nicht.* Anstatt einzeln zu laufen und zu sehen, wer der Schnellste war, gingen sie geschlossen und mit bedächtigem Schritt. Nicht, dass sie leise sein wollten, sie sangen, kein Kinderlied, sondern ein Lied der Jagd.

Ganz vorne Smila, die Jüngste, die sich beherrschen musste, nicht loszurennen. Hinten Ximon, der sie alle um einen Kopf überragte. In der Mitte Aldina, die Älteste von ihnen, sie hielt triumphierend ein Fell in die Höhe. Plötzlich heulte das Fell los, ein schriller Schrei, wie der eines Säuglings, übertönte den Chor - sie hatten ein Wiesel gefangen.

Narna näherte sich mit schnellen Schritten. *Nein, bitte nicht! Rotes Fell und Flecken am Bauch, das muss er sein. Sie haben Baldrian!*

Monsignore auf Reisen

Beim zweiten Läuten ging der Monsignore auf die Kutsche zu. Der Bote, den er bestellt hatte, stand bereits erwartungsvoll davor. Kreton fasste unter seinen Umhang, holte die zwei Briefe hervor und drückte sie dem Wartenden zusammen mit einer Münze in die Hand.

Talias war dabei, dem Kutscher die Ladung auf das Dach der Kutsche zu reichen, stand auf einer Kiste und hievte eine Weitere nach oben. »Einen gesegneten Morgen wünsche ich, werter Monsignore.«

»Sieh lieber zu, dass dir die Kiste nicht runterfällt.«

Die kleine Reisekiste hatte der Monsignore selbst gepackt. *Es würde mir gerade noch fehlen, dass Isolde vor seine Füße fällt.* Schmerzhaft dachte er an die nächtlichen Liebkosungen seiner Peitsche.

Der Kutscher zurrte die Ladung fest, tätschelte einen der vier Schimmel, der daraufhin schnaubte und grüßte den Monsignore mit einer tiefen Verbeugung.

Kreton befahl ihm: »Ihr fahrt Richtung Elmforst. Den weiteren Weg teile ich Euch zu gegebener Zeit mit - stellt Euch auf eine längere Reise ein.«

Der Monsignore ließ sich von seinem Gehilfen den purpurnen Umhang abnehmen und bestieg die Kutsche. Als der schwitzende Talias Platz genommen hatte, klopfte er gegen die Wand, und das Gefährt setzte sich in Bewegung.

Die ersten Tage verliefen ruhig. Bald schon hatte sich Kretons Kopf an das beständige Schaukeln gewöhnt, sein Hinterteil benötigte dazu länger. Oft kniete er, legte sich auf den Rücken, die Beine auf die Bank oder stand gebückt am Fenster. Das war auch der Grund, weshalb Talias bereits am dritten Tag auf den Kutschbock wechseln musste.

Auch die Nächte wurden ungemütlicher: Zu oft erhielt er ungewollten Besuch in seinen Träumen, tat Dinge, die ihn anwiderten, wachte schweißgebadet auf und versuchte, mit Isolde seine Selbstachtung zu retten.

Stets übernachteten sie in den Häusern des Ordens, doch je üppiger der Wald wurde, desto karger wurden die Unterkünfte. Als sie die Elm an der steinernen Brücke von Klangheim überquerten, verließen sie nicht nur ihr Land, auch die Geborgenheit der Lichthäuser blieb hinter ihnen. *Zumindest sind die Straßen genauso befahrbar wie in Palantis. Schließlich haben wir sie gebaut – oder besser, bauen lassen.*

Im Lande Nur, am Boden des Erdvolkes, übernachteten sie in einfachen Gasthöfen, die aus Stein gebaut waren. Bis auf die beiden Schatten-Tage waren sie jeden Tag unterwegs gewesen und trafen nach zwei Wochen in Elmforst ein. Die Stadt war flach, wie ein Pfannkuchen: Es gab keine Stadtmauer und somit auch keine Tore - der Großteil der Häuser war aus Holz gebaut, selten mit mehr als zwei Geschossen – nur an den Zufahrtswegen ragten kleine Wehrtürme in die Höhe. Einzig die Sinode überragte alles, deren bronzenes Haupt über Elmforst thronte. *Der einzige Lichtblick bei so viel Unglauben.* Bei Kreton kam so etwas wie Heimweh auf, als er das Bauwerk erblickte. Er verbrachte fast die gesamte Nacht darin und den folgenden Vormittag. Damit er nicht erkannt wurde, wollte er die Kutsche wechseln. *Hier und weiter im Norden gibt es sicherlich wenige, die mich erkennen, doch man weiß nie!*

Zuvor musste er seine priesterliche Erscheinung loswerden, denn er wollte seine Mission unerkannt antreten. Vorsorglich hatte er bereits in seiner Heimatstadt Kerten den Schneider seines Vertrauens beauftragt, ihm eine Kniehose, ein weites Hemd und einen Mantel anzufertigen. Alles in Flieder mit weißen Verzierungen gehalten, nur von seinen roten Lederschuhen wollte er sich nicht trennen. Kreton setzte den flachen Hut mit der runden Krempe auf und übte sich im Handspiegel, wie ein Händler dreinzublicken – vergeblich.

Durch die Reaktion von Talias wusste er, dass seine Verkleidung dennoch geglückt war, das Schmunzeln ignorierte er und beauftragte seinen Gehilfen mit einigen Besorgungen: Lebensmittel, Laternen, eine Leibschüssel, ein Vorrat an Lampenöl, warme Decken aus Schafwolle.

»Hab keine Angst«, sagte der Monsignore. »Hier sprechen alle Areti. Erst hinter dem Steinernen Vorhang wird es schwierig, sich verständlich zu machen.«

Kreton begleitete den Jungen ein Stück den Hauptplatz hinunter, wo sie drei Einwohner beobachteten, die offensichtlich dem Volk der Nari angehörten, auf der Erde hockten und sangen.

»Sieh sie dir nur an, die Erdwürmer!«, sagte der Monsignore. »Sie versuchen, sich zu kleiden wie wir, im Geiste jedoch leben sie immer noch in ihren Erdlöchern. Doch fürchte dich nicht, sie sind friedlich. Sprich die Spitzohren ruhig an und feilsche mit ihnen. Denke nicht, es seien Kinder, nur weil sie klein sind und jung aussehen. Und fang bloß nichts mit einer dieser Nari-Huren an!«

Kreton ließ seinen Gehilfen am Markt zurück und begab sich in Richtung Süden. Es erschien ihm raffiniert, hier eine neue Kutsche zu mieten, obwohl sie in den Norden wollten.

Ein Tabak kauender Pferdehändler blaffte ihn an: »Wenn Ihr übern Pass wolld, braucht er Kaldblüder!« Kreton sah ihn wissend an. »Klarwohl, weil es dort droben kalt ist.«

Der Pferdehändler schüttelte sich über seinen Witz und spuckte dabei schwarze Brocken aus. Da der Monsignore seinen Humor nicht teilte, fuhr der Mann fort: »Geh zu Irge bei de Nordtürmeln.«

Kreton ließ es sich nicht nehmen, Probe zu sitzen: Die vierte und letzte der verfügbaren Kutschen passte und ein Oktal mehr erlaubte es ihm, die Pferde auszuwählen. Die Stuten hier waren größer und schwerer als die Schimmel, mit denen sie hergelangt waren. Durch die lange Behaarung sahen die Beine der Pferde aus, als würden sie auf den Häuptern geköpfter Tarweii-Krieger stehen. Kreton musste unmittelbar an Hauptmann Hirak denken. *Ich hoffe, wir werden uns bald sehen. Falls nicht, könnte sein Kopf ebenso enden. Und meiner auch.*

»Bloß zwei Rösser?«, fragte Kreton.

»Mehr dürfn se über den Siebenerpass ne sein. Verschlungn sin de Kehrn im Fels. Glaubts mer, Eure Gnadn. Die habn bis jetzt jedn ne Langne Weg gebrach.«

Bei den Schatten, woher weiß er, dass ich ein Geistlicher bin? Ein Blick auf seine Finger, die beim Sprechen Flöte spielten, verriet es ihm. *Ich muss die Ringe abnehmen.*

Kichernd fuhr der Monsignore fort: »Ihr habt meinen Gehilfen noch nicht gesehen, er ist schwer wie drei und das Gepäck kommt auch noch dazu.«

Der Vermieter lachte. »De Tier sin kräfteg. Wenn Schnee liegt, müssts er anschiebne. Jetzt is se noch frei.«

Kreton bezahlte und vereinbarte die Abreise für das erste Läuten am nächsten Morgen. »Möge Euch das Licht leuchten«, verabschiedete er sich.

Mit neuer Kutsche, zwei Pferden groß wie Misthaufen und einem Kutscher, der bereits bei der Abreise nach Gebranntem roch, zogen sie los Richtung Gebirge.

Baldrian

Als Narna sein blaues und sein grünes Auge sah, war sie sicher, dass es Baldrian war, den die Kinder gefangen hatten. *Warum habt ihr ihn nicht gleich getötet? Jetzt muss ich mich um ihn kümmern.*

Entschlossen mischte sie sich unter die kleine Gruppe und packte Aldina am Arm. »Gib ihn her!«

Die reichte das Wiesel Ximon und stellte sich Narna breitbeinig in den Weg. »Verzieh dich, Narna! Das Prachtstück haben *wir* gefangen.« Das Wort »Prachtstück« spuckte sie dabei verächtlich aus.

Ximon nahm Baldrian mit seinen groben Händen und trat einen Schritt zurück. Die anderen Kinder starrten ungläubig.

Ich muss schnell sein, bevor sie merken, dass ich es ernst meine. Narna sprang mit zwei Sätzen an Aldina vorbei und warf sich auf Ximon. Ihr Angriff überraschte ihn. Er fiel auf den Rücken, doch er ließ nicht los, sondern packte Baldrian umso fester. Baldrian schrie. Narna setzte sich auf Ximon und versuchte, seine Finger zu öffnen, die anderen Kinder mischten sich ein und gingen auf Narna los. Aldina riss an ihren Haaren, andere quengelten:

»Narna, lass das!«

»Es gehört uns.«

»Geh runter da!«

Immer mehr Hände zerrten an ihr.

Ein lautes »Bei den Erdgeistern, was ist hier los?«, ließ alle innehalten.

Mist, jetzt mischt sich die Alte auch noch ein. Es war Nauri, die Mutter von Smila. Die Kleine stand neben ihr und grinste.

Narna stellte sich vor, wie sie Smilas Ranunkel eine Blüte ausriss. *Sechs.*

Narna rührte sich nicht und starrte weiterhin Ximon an.

»Narna, was ist hier vorgefallen?«, fragte Nauri.

»Nichts«, flüsterte sie.

»Würdest du bitte aufstehen und mir in die Augen sehen?«

Nach Narnas »Nein«, fingen die anderen Kinder zu tuscheln an.

»Ruhe!«, brüllte Nauri. »Narna, ich gebe dir als Ältester die Gelegenheit, zuerst zu sprechen. Nütze sie!«

Als Ältester oder als Angeklagter? »Sie sollen mir Baldrian geben.« Wie auf Kommando gab das Wiesel einen Laut. »Er ist mein Freund.«

Als Narna schwieg, wandte sich Nauri an die Zweitälteste. »Aldina, was hast du zu sagen?«

Narna blickte weiterhin starr auf Ximon, der Baldrian in seinen Fängen hatte, sie konnte sich vorstellen, wie Aldina keck ihre Zöpfe nach hinten warf und das Kinn beim Sprechen reckte.

»Wir haben friedlich im Wald gespielt, da begegnete uns dieses hässliche Frett. Alle hier können bezeugen, wie wir es gefangen haben, bis auf Narna, die plötzlich dastand, mich grob packte und dann auf Ximon losging. Wie eine angriffslustige Bestie. Ich vermute, sie ist gekränkt, weil sie nicht mitmachen durfte. Denn ich kann mir nicht vorstellen, dass jemand dieses rote Fell freiwillig tragen würde. Vielleicht Nasi, weil sie schlecht sieht.« Die Kinder lachten über den Witz auf Kosten der Dorfältesten, die für ihre schrullige Garderobe bekannt war. Auch Nauri musste sich ein Schmunzeln verkneifen. »Doch zu Narnas Haut würde es hervorragend passen«, setzte Aldina nach.

Narna wandte sich um und sah einem nach dem anderen in die Augen. Auf Aldina ließ sie ihren Blick ruhen - Stille trat ein. *Tu es nicht. Narna, bleib ruhig*, ermahnte sie sich.

Dann ging es Schlag auf Schlag: Irgendwie gelang es Narna, Aldina im Gesicht zu kratzen, sie am Hals zu packen und zuzudrücken.

Nauri schrie sie an und gemeinsam mit den anderen Kindern zerrten sie Narna weg. Narna riss sich los und lief durch den Wald, bis sie erschöpft zusammenbrach. Lange blieb sie liegen und lauschte der Erde.

Irgendwann in der Nacht kehrte Narna in ihr Kogi zurück und kramte ein Bündel hervor. Die Blattrolle war mit einer dünnen Ranke zugebunden, die sie vorsichtig öffnete und gab das Moos zur Seite. Narna betrachtete die Ranunkel, deren gelbe Blüten im Mondlicht glänzten, wie Lichter aus einer anderen Welt. Rasch riss sie eine aus. *Drei*. Es schmerzte, dass sie heulen musste. *Mieser Tag*.

Narna war mit ihrer Blume in der Hand eingenickt, als Siras Rufe sie kurz darauf weckten. Rasch legte sie die Blume beiseite.

»Narna, darf ich eintreten?«

»Du musst nicht fragen, Sira.«

»Ich habe von deinem Streit mit Aldina gehört.«

»Dann kennst du ja bereits ihre Geschichte.«

»Erzähl mir deine.«

»Sie haben Baldrian gefangen und wollen ihn töten. Ich lasse es nicht zu - er ist mein Freund.«

»Das Wiesel ist dein Freund?«

»Ja, ich treffe ihn gelegentlich und dann spielen wir, oder er schläft einfach in meinen Armen. Er ist klug, doch das erkennt keiner von euch.«

»Hm, dann verstehe ich, dass du ihn retten wolltest.«

Wolltest? Ich will und werde ihn retten!

»Also hilfst du mir?«, fragte Narna die Priesterin, deren Stirnfalte nichts Gutes verhieß.

»Narna, in dieser Angelegenheit kann ich dir nicht helfen. Erst recht nicht, nachdem du Aldina verletzt hast.«

»Verletzt? Ich kann mich nicht erinnern, ihr etwas getan zu haben.« *Dummerweise erinnere ich mich wirklich nicht.*

»Du hast sie angegriffen, alleine dafür müssen wir dich bestrafen.«

Was hab ich sonst noch getan?

»Unsere Gesetze sind nicht anzuzweifeln, und sie gelten für uns alle. Die andere Sache ist die mit ihrer Beute.«

»Beute? Baldrian ist doch keine Beute, er ist mein Gefährte!«

»Er ist ein wild lebendes Tier. Sie haben das Wiesel zur Jagdzeit gefangen. Zum Tanz der Nre werden das Fleisch, die Innereien, das Fett, die Krallen und das Fell verteilt. So will es unsere Tradition.«

»Wieso gerade ihn? Ich fange euch einen Haufen anderer Wiesel.«

»Es ist ein Geschenk von Aldina, nur sie kann es zurücknehmen, und wie wir beide wissen, wird sie das niemals tun.«

»Nie im Leben!«, pflichtete Narna ihr bei. *Zumindest da sind wir uns einig.*

»Was ist mit den anderen Wieseln? Du würdest mehrere Leben für ein einziges opfern? Ihr Schicksal wäre dir gleichgültig?«

Narna nickte zustimmend.

»Sie haben vielleicht auch Namen und sind jemandes Freund«, sagte Sira.

Das sind nicht meine *Freunde, das ist der Unterschied,* dachte Narna. »Ich finde keinen Gefallen daran, Tiere zu töten, doch wenn es sein muss, werde ich es tun.« *Zeit, das Thema zu wechseln, so erreiche ich nichts.* »Wir haben genug Nahrung, warum bei den Erdgeistern essen wir Tiere? Die Drogu vom Stamm der Tiermenschen sind unsere Brüder, wieso sollten dann nicht alle Tiere unsere Geschwister sein?«, fragte Narna.

»Die Drogu stammen so wie wir von der Urmutter ab - alle anderen Tiere nicht. Wir essen nur dann Tiere, wenn es notwendig ist. Gerade dieser Nyvar wird besonders hart, da müssen wir auf Fleisch zurückgreifen können, ansonsten würden wir nicht überleben. Sie geben ihr Leben für das unsere.«

Und ich gebe meines für Baldrian.

»Narna, versprich mir, dass du nicht versuchen wirst, dieses Wiesel zu befreien!«

»Das kann ich nicht.« *Und werde ich nicht. Ende der Debatte.*

»Wenn du Nahrung entwendest, könnte das deinen Ausschluss aus unserer Gemeinschaft bedeuten. Versprich es, dann sorge ich dafür, dass deine Strafe für den Angriff auf Aldina milde ausfällt.«

Narna schwieg.

»Überlege es dir gut. Morgen nach dem Frühgebet erwarte ich deine Entscheidung.«

Als Sira weg war, verschwand Narna in der Dunkelheit. Ihre Finger tasteten nach dem Inhalt ihres ledernen Beutels. Sie aß und streifte durch den Wald. Die Zeit verschwamm, die Blätter wechselten ihre Farben und vertraute Klänge lockten sie. Der

Sperlingssymphonie folgend, betrat sie unbekanntes Land und fand sich auf einer Lichtung. Die Melodie war verstummt. Eine Schar Rotkrähen erwartete sie und verspottete sie im Licht des Mondes. Narna rannte weg und traf auf ein Wiesel, das sie beißen wollte - es war Baldrian. Mit blutigen Händen flüchtete sie in die Arme ihrer Mutter. Auf dem Heimweg wurden die Wände aus Fels zu Mauern einer fernen Stadt. Narna trug ein prächtiges Kleid aus Stoff und Erian hielt ihre Hand. Sie wusste nicht, ob sie wachte oder träumte.

Am nächsten Morgen wurde Narna durch einen Tumult geweckt und wankte benebelt aus ihrem Kogi. Schnell stellte sich heraus, dass es um Baldrian ging. Eine weinende Smila stand in der Mitte, zu ihren Füßen ein hölzerner Käfig. »Ich wollte doch noch mit ihm spielen«, schluchzte die Kleine. *Na gut, du bekommst wieder eine Blüte deiner Ranunkel dazu. Sieben.* Dann sah Narna das tote Wiesel.

Aldina blickte sie mit unschuldiger Miene an. Narna warf ihren Kopf in den Nacken und heulte wie ein wundes Tier, dann stürmte sie durch das Dickicht davon. Genau so, wie sie es von ihr erwartet hatten.

Der Siebenerpass

Mit der neuen Kutsche und lediglich zwei Pferden ging es wesentlich langsamer voran, dafür benötigten die beiden Gäule weniger Pausen, und die Fahrt war ruhiger. Wie Kreton feststellte, war der Kutscher nicht nur ein Säufer, sondern auch ein Dampfplauderer. Er schien Talias alles mitzuteilen, was er je nördlich des Steinernen Vorhangs erlebt hatte. Dabei sparte er auch die schlüpfrigsten Details seiner Abenteuer mit den Nari-Frauen nicht aus. *Vielleicht möchte der Herr des Lichts doch noch, dass aus dem Jungen ein Mann wird. Für dieses Thema wäre ich ohnehin der falsche Lehrer. Obwohl* ... An die letzte Nacht denkend, rieb er sich eine juckende Wunde am Rücken und zog den Umhang enger um seine Schultern.

Mit jedem Tag wurde es kühler, der Wind blies heftiger, die Wege wurden rauer, die Begegnungen mit Menschen spärlicher und ihre Furchen im Gesicht tiefer. Sie mussten die Fahrten gut einteilen, um Quartiere für die Nacht zu finden. Die Dörfer wurden unbedeutender, die Suppen dünner, die Betten härter. Bis einen Tag vor dem Pass ging es so fort, dann musste der Kutscher pausieren: Er kotzte und schiss, als müsste alles raus, was jemals den Weg seine Kehle heruntergefunden hatte. Begleitet von Worten, die ihn ebenso plagten.

Zwei Tage verloren sie und saßen in einem Nest mit Namen Unterhillinglah fest. Es regnete, so lief der Monsignore in der kleinen Gaststube im Kreis und dachte nach - wie eine Ratte im Käfig.

Er hörte allerlei Geschichten über Unfälle, Überfälle und glückliche Umstände, die den Reisenden am Siebenerpass widerfahren waren. Doch über das Geschwätz der einfachen Leute machte er sich keine Gedanken. Immerhin erfuhr er, dass der Pass aufgrund seiner sieben Tore so genannt wurde: Es waren sieben Stationen, die man auf dem Weg hinauf passieren musste. *Sieben, das wird dem Herrn des Lichts gefallen. Seine Stimme ruft mich, und ich folge. So werde ich leuchten!*

Am nächsten Tag ging die Reise weiter, und bald gelangten sie an den Fuß des Steinernen Vorhangs, der wie eine Wand vor ihnen aufragte. Von hier unten sah man lediglich vier der Passstationen, dann verschwand die Straße im Nebel wie ein Faden in einem dicken Wollknäuel.

Der Kutscher, der die letzten Tage stumm auf dem Bock gesessen hatte, fand am Anfang der Passstraße seine Worte wieder - und seinen Durst. Euphorisch erzählte er dem Monsignore bei der Mittagsrast, dass nun »die sieben Tore zur Glückseligkeit« vor ihnen lagen. »Wenn wir das letzte Tor erreicht haben, wisst Ihr, weshalb.« Abfällig lachte er und schüttelte sein fettiges Haar.

Stetig ging es den Pass hinauf: Die Straße war mal breiter und mal so schmal, dass man dachte, lediglich eines der beiden Rösser würde Platz darauf finden. Manche Passagen waren so steil, dass es den Monsignore in die Bank drückte und er fürchtete, sie würden die Ladung verlieren. Der Wind pfiff, es wurde mit jedem Schritt der Pferde kälter und die Nase des Monsignore begann zu tropfen.

Die Mitte des Tages war bereits überschritten, als sie das erste Tor erreichten: Ein steinerner Bau, in dem ein Krämer seine Waren für den täglichen Bedarf offerierte: Schlafdecken, Kochgeschirr, Fackeln, Spaten, Seile, Lampenöl und was man sonst noch gebrauchen konnte. Der Monsignore erwarb drei

Decken aus Schafwolle und ließ seinen Gehilfen das Lampenöl auffüllen. Schweigend aßen sie ihren Hammeleintopf, dann ging es weiter bergauf.

Der Monsignore nieste, und der Wagen rutschte, in einem fort. Es dämmerte, und bereits wenige Kehren später war es dunkel. Im fahlen Mondlicht polterten sie über Steine und schrammten an den Felsen entlang. *Die Finsternis trachtet danach, uns aufzuhalten. Herr, leuchte mir!*

Als der Monsignore beim zweiten Tor die Kutsche verließ, rannten ihm Ziegen vor die Beine, die ein Bursche mit einem Stecken in den Stall trieb. Neben dem Torgebäude fand sich ein Plateau, auf dem sich die Halme im Wind neigten. Ohne Talias einen Befehl zu erteilen, rannte Kreton hinein. Als sein Gehilfe und der Kutscher mit den Reisekisten eintrafen, schlief er bereits in seiner Kammer.

Am nächsten Morgen deckten sie sich mit Lebensmitteln ein: Ziegenwurst, Milch, Käse, Speck, Brot, Gebranntes. Kreton überlegte, ob er einen Packesel erstehen sollte, um die Last auf der Kutsche zu vermindern. *Acht Oktale für ein mickriges Vieh - verrückt! Die haben die Preise der Höhenluft angepasst.*

Nach einem ausgiebigen Morgenmahl rollten sie weiter. Der Monsignore versuchte zu dösen, um nicht nach draußen blicken zu müssen: Zu seiner Rechten nackter Fels, der durch das Fenster zu steigen drohte und zu seiner Linken ein alles verschlingender Abgrund. Schließlich besann er sich und betete kniend, das Lichtsymbol fixierend, das von der Decke baumelte. Blass wurde er und Übelkeit stieg ihm hoch.

Ich muss mit Elgast vom Taubentor sprechen. Die Rastrovi haben Ballone, oder sie bauen gefälligst einen Aufzug, damit einem diese

Rumpelei erspart bleibt. Eine heftige Böe drückte den Wagen gegen die Wand. *Zu viel Wind für einen Ballon. Oder sie fliegen mich mit einem Pantor rauf. Allerdings: Für Talias wäre ein Pantor nicht kräftig genug.* Ein Schwall von Übelkeit, den er durch das Fenster entließ, beendete seine Gedanken. Leichter war ihm.

Mit bleichem Gesicht betrat er das dritte Tor, ein Haus aus dicken Baumstämmen. Der Monsignore verweigerte das Mittagsmahl und nippte lediglich vom Wasser. Der Nebel hing nur noch knapp über ihnen, eine Rauchfahne markierte das nächste Tor. Talias kam mit einer Fellmütze ins Freie. »Herr, sie verkaufen hier Mützen, Handschuhe, dicke Wollmäntel, sogar Schneeschuhe. Ihr könntet Euch damit einpacken - soll ich Euch etwas besorgen?«

Der Monsignore schüttelte nur den Kopf - ihm war heiß.

Schwitzend rumpelte Kreton weiter den Berg hinauf, begleitet von einem Geier, der über ihnen kreiste und auf einen Brocken wartete, den der Berg abtrat. Unzählige Krähen taten es ihm gleich: Sie schrien von den Felsen herunter und trieben die Reisenden an. *Wenn ihr auf mich wartet, wird es vergebens sein. Verzieht euch, ihr Kreaturen.* Der Monsignore hielt sich die Ohren zu und sang ein »Leuchte mir helle«. Als er spürte, wie seine Lebensgeister zurückkehrten, sang er noch eines.

In der Dämmerung erreichten sie das vierte Tor. Eine schwarze Wolke breitete sich entlang der Nebelwand aus - das Weiß warf die Dunkelheit zurück. *Licht und Schatten kämpfen bereits. Hier oben in den Wolken fechten sie die ersten Duelle aus.*

Kreton roch das Feuer und atmete mit dem Blasbalg, den die verrußten Männlein vom Volke der Grim bedienten. Der Monsignore wurde sogleich empfangen. »Hufe beschlogen,

Wogen richten, Ousrüstung flicken. Bis morgen ist olles erledigt.« Er sah den Kutscher an – der nickte.

Nach einem üppigen Mahl verbrachten sie die Nacht in einem Schlafsaal, in dem neben den Reisenden auch die ansässigen Grim schliefen. Hätte er seine Tarnung nicht aufrechterhalten wollen, hätte er auf einem Einzelzimmer bestanden. Mürrisch fügte er sich den Umständen und tat kein Auge zu, da seine Zimmergenossen immerfort schnarchten, furzten und sich knarrend wälzten.

Schlaftrunken machte sich Kreton am nächsten Morgen auf den Weg in die weiße Wand.

Auf die laute Nacht folgte Stille: Der Nebel schluckte alle Geräusche, Nässe kroch in jeden Winkel und saugte sich in den Kleidern der Reisenden fest. Talias und der Kutscher verhüllten ihre Gesichter, sodass nur ein schmaler Spalt blieb, um der Gefahr ins Auge zu sehen. Beinahe wären sie am fünften Tor vorbeigefahren, hätten sie nicht ein Pferd wiehern gehört.

Der Monsignore hatte sich mit Schafsfellen eingedeckt, hustete und weigerte sich, die Kutsche zu verlassen. Halb liegend löffelte er seine Suppe, die sich mit dem Rotz, der aus seiner Nase floss, vermischte. Er war versucht, Talias zu bitten, ihn zu füttern, doch sein Stolz verbot es ihm. *Einerlei, es geht dem Ende zu.* Bei der Weiterfahrt verschlimmerte sich sein Zustand und er sehnte das sechste Tor herbei, das, wie ihm der Kutscher versicherte, von den Brüdern des Lichts betrieben wurde. *Bitte, Herr lass mich in ihren Armen ankommen. Lass mich mit ihnen beten und speisen. Lass sie meine Leiden lindern.*

Sanft wiegte ihn die Kutsche in einen unruhigen Schlaf voll wirrer Träume, bis die Kutsche mit einem Ruck hielt. Kreton glotzte in die Finsternis und rief mit krächzender Stimme nach dem Kutscher - er bekam keine Antwort.

»Talias! Warum halten wir?«

Auch von seinem Gehilfen kam nichts zurück.

Der Monsignore lehnte sich aus dem Fenster und starrte Richtung Kutschbock, auf dem sich die reglose Silhouette des Jungen abzeichnete: Sein Körper war zusammengesackt und zur Seite geneigt. *Herr, hilf uns!*

Falsches Spiel

D*as Gespräch mit Sira dürfte sich erübrigt haben.* Narna streifte ziellos durch den Wald und eine dunkle Leere begann, sich in ihr auszubreiten. *Wenn Erian bloß hier wäre.* Ohne es zu wollen, tasteten ihre Finger nach dem Ledersäckchen und sie stellte erschrocken fest, dass es leer war. *Kein Wunder, dass mir übel ist.* Narna rannte, kletterte auf Bäume und sprang über Felsen, bis sie sich erschöpft ins Moos legte und ihrem Atem lauschend einschlief.

Als Narna erwachte, stand die Sonne hoch am Himmel. *Zeit, für Nachschub zu sorgen.* Sie stieg eine kleine Anhöhe hinauf, kletterte ein Stück und gelangte zu einem Waldstück oberhalb eines Felsens, von dem sie wusste, dass sie dort fündig werden würde. Von hier hatte sie einen fantastischen Blick über die Weiten des Flüsterwaldes: Grün in den wildesten Schattierungen, durchdrungen von einem Meer kräftiger roter Tupfen. *Sie sehen aus wie die Sonnensprossen auf meinem Arm.*

Narna blickte auf ihre Bemalung am linken Unterarm - zwei Bäume, die einander umschlangen – und musste unweigerlich an ihre Mutter denken. Als sie in den Kreis der Erwachsenen aufgenommen worden war, hatte sie ihre erste Bemalung erhalten, die Narna mit ihrer Mutter symbolisierte: Als Bäume in Ewigkeit vereint. Damals hatte sie noch daran geglaubt, dass sich die Baumgeister um alles kümmern würden. Letzte Nacht hatte sie eine weitere Bestätigung für ihren Unglauben erhalten. *Ich weiß jetzt, dass ich die Dinge selbst in die Hand nehmen muss. Wäre Sira nicht, wäre ich längst fort.*

Unvermittelt begannen kleine Lichter in ihrem Gesicht zu tanzen, als würden ihr die Baumgeister zurufen: »Du irrst dich, Narna«. Es waren die anschwellenden Wellen des Kilikiti, die sie zwischen den Baumwipfeln anfunkelten.

Sie sprang auf und schnupperte suchend in den Forst hinein, um zu suchen, weswegen sie hier war. Durch den letzten Regen war es ein Leichtes, den modrigen Geruch der Pilze aufzuspüren und fündig zu werden. Sie umschloss einen Stiel mit ihrer Hand und fuhr mit dem Nagel des Daumens wie eine Sichel hindurch. Narna öffnete das lederne Säckchen und legte den Schattenröhrling hinein.

Sie wusste, dass sie sieben gefunden hatte, denn ihre Mutter hatte ihr nicht nur die gemeine Sprache beigebracht, sondern auch das Zählen, das bei ihrem Stamm verpönt war. Sie hörte Siras belehrenden Tonfall: »*Wir werten nicht. Deshalb zählen wir auch nicht. Denn wenn du wertest, urteilst du über die Dinge, und das ist den Geistern der Erde vorbehalten.*« Beim achten Pilz beobachtete sie eine Maus, die vom Schirm fraß und näherte sich behutsam. *Wir haben wohl den gleichen Geschmack.* Mit schnellem Griff packte sie den Nager, blickte ihm in die Augen und drehte ihm mit einem Ruck den Hals um. Obwohl das Knacken fast unhörbar war, fuhr ihr ein Schauer durchs Mark. *Tut mir leid, mein Freund.*

Narna ging zu einer kleinen Höhle, packte die tote Maus aus und warf sie Baldrian hin. »Zwei habe ich für dich getötet«, sagte sie.

Nach dem Festmahl schleckte das Wiesel ihre Finger ab, die noch rot und klebrig von den Maulbeeren waren, mit denen sie das Fell des anderen Wiesels gefärbt hatte. »Leider musste dein Bruder sterben. Sie hätten mir niemals abgenommen, wenn ich einfach aufgegeben hätte.« Als sie Baldrian hinter den Ohren kraulte, gurrte er zufrieden - sie war es auch. *Zeit, mir eine neue Ranunkel zu suchen.*

Bevor es zu dämmern begann, sah sie sich um. Sie wollte sich nicht eingestehen, dass sie sich auf die Suche nach Erian begab, bis sie auf der Lichtung stand, wo die Reiter sie vertrieben hatten. Narna suchte nach Erians Spuren am Boden, doch der Regen der letzten Nacht hatte alles weggewaschen.

Planlos zog sie umher und blieb immer wieder stehen, in der Hoffnung, die Sperlingsflöte zu erlauschen. *Was will ich eigentlich von ihm? Was mache ich, wenn ich ihn finde? Ihn fragen: »Bleibst du bei mir?« oder: »Gehst du mit mir in die Stadt?« Ihn küssen?* Sie wusste es nicht und fand es deshalb besser, die Suche abzubrechen. *Werde dir zuerst mal darüber klar, was du willst. Eines weiß ich sicher, ich werde nicht so schnell zurück ins Dorf gehen.*

Auf dem Rückweg zur Höhle sammelte sie einige Nüsse und Beeren, die sie gierig in sich hineinstopfte. Dort angekommen, stellte sie fest, dass Baldrian fort war. *Es dämmert bereits. Wiesel sind nachtaktiv. Die Maus war wahrscheinlich nur eine kleine Vorspeise für ihn.* Narna begann ein Nachtlager herzurichten, dachte an Erian und versuchte, einige ihrer Fragen zu klären - so etwas wie einen Plan für ihr Leben zu entwerfen - da hörte sie Schritte am Höhleneingang.

Sie fuhr hoch und streckte ihre Nägel einer Gestalt entgegen, die langsam auf sie zukam.

»Suchst du deinen Freund?«

Aldina!

»Diesmal kommt er nicht davon.«

Narna sah den Speer in ihrer Hand. Baldrian war mit den Pfoten daran festgebunden und baumelte reglos herab.

»Und du auch nicht. Nicht einmal Sira wird dir aus diesem Sumpfloch helfen können.« Breitbeinig stand sie da und stemmte keck eine Hand in ihre Hüfte. »Und wage es nicht, mich anzurühren – sonst!« Sie stieß den Speer in ihre Richtung, drehte sich um und ging.

Narna blieb am Boden zerstört zurück und riss Aldina im Geiste eine weitere Blüte ihrer Ranunkel aus. *Eins. Keine Ahnung, was ich ihr antue, wenn sie keine Blüte mehr hat.*

Das Tor zur Glückseligkeit

Bedächtig öffnete der Monsignore die Kutschentür. Obwohl der Nebel alles erstickte, vermied er jedes Geräusch. Die Schilderungen, die im Wirtshaus die Runde gemacht hatten, peitschten seine Fantasie auf. *Es könnte eine Räuberbande sein oder Schattenkreaturen. Sie sind beide tot, und ich bin der Nächste.* Seine Hände zitterten, als er den verborgenen Dorn seines weißen Rings aufstellte und um ein Haar hätte er sich selbst damit verletzt. *Kommt her und kostet von meinem Giftstachel.*

Der Monsignore stieg aus der Kutsche, wo er gedämpfte Stimmen und das Schnauben eines Pferdes vernahm. *Es sind Reiter.* Jeden Augenblick das Surren ihrer Bögen erwartend, schlich er gebückt zum Kutschbock vor. Die dick vermummten Körper seiner beiden Begleiter klebten reglos aneinander und Talias war mit einem Seil gefesselt. Kreton ließ den Stachel seines Rings verschwinden, griff nach der Peitsche des Kutschers und schlug zu. Dreimal ließ er sie auf den Kutschbock niedersausen, dann regten sich die beiden. Talias stimmte in die Schreie des Kutschers ein, als er munter wurde. Verlegen erklärte der Kutscher, dass er den schlafenden Talias mit einem Seil festgebunden hatte und dann selbst eingenickt war. *Keine Diebe, keine Schatten, nur zwei nachlässige Nichtsnutze.*

Als der Monsignore einen Gesang vernahm, ging er zaghaft durch die weiße Nebelwand auf das Geräusch zu und gelangte an eine Steinmauer aus großen Quadern. Sein Herz machte einen Sprung.

»Das Tor! Wir haben das sechste Tor erreicht!«, rief er seinen Begleitern zu. Wie es aussah, hatten die Pferde den Weg alleine gefunden und vor den Mauern gehalten. Kreton ließ die Peitsche fallen und ging auf die Fackeln zu, die den Eingang erleuchteten. *Dem Herrn sei Dank, er hat uns hergeführt.*

Schnell vergaß er seinen Zorn und stellte freudig fest, dass sein Schnupfen weg war. Kein Schweiß, kein Schüttelfrost, lediglich sein Hals kratzte, und sein Magen knurrte. Er konnte es nicht erwarten, seine Glaubensbrüder anzutreffen, mit ihnen zu speisen und zu beten. Nach einem Bad würde gewiss das beste Zimmer auf ihn warten. *Es ist die letzte Bastion der Gläubigen, der letzte Funke Anstand in einer verdorbenen Welt.* Der Monsignore prüfte den Sitz seiner Frisur, streifte die Falten aus dem Rock und räusperte sich. Kurz überlegte er, ob er die Pelerine und den Vikarsring anlegen sollte. *Ich werde mich nach dem Bad in meinem Zimmer umkleiden,* entschied er.

Dass am Tor kein Lichtsymbol erkennbar war, ignorierte er. Den angetrunkenen Geistlichen, der vor die Mauern pisste und laut dabei sang, tat er als verirrten Bruder ab. Doch als ihm ein für diese Temperaturen viel zu leicht bekleidetes Mädchen öffnete, wusste er, dass sie das Tor zur Glückseligkeit erreicht haben mussten. *Wir sind bereits beim siebenten Tor angekommen. Die Pferde müssen die halbe Nacht durchmarschiert sein - sie sind einfach am sechsten Tor vorbeigelaufen.*

Angewidert sah sich Kreton in dem Gewölbe um: Die Leute gaben sich ihren Lastern hin, erfreuten ihre Kehlen, die Ohren, die Beine und was dazwischen lag. Ein junger Schnäpper legte ein Mädchen auf einen Tisch und steckte ihr eine Hammelkeule zwischen die Brüste. Der Besoffenste von seinen Freunden legte mit der Armbrust an und schoss. Der Bolzen riss die Keule mit und bohrte sich in den Krug eines Grim. Der sah nur zu, dass kein Tropfen verloren ging, soff ihn in einem Zug leer und biss von der Keule ab. Lautes Gejohle folgte.

An einem offenen Kamin wurde eine Ziege gebraten, deren Duft nach Honig und Kräutern den Raum erfüllte. Drei Aldire sangen, einer blies die Schalmei, einer zupfte mit einer Laute und einer trommelte - das Publikum stampfte im Takt mit. Ein Händler in edlem Tuch tanzte mit einer einäugigen Schönheit, die nichts am Leib hatte außer einen Blumenkranz. Die leichten Mädchen verschlangen die Oktale schneller, als eine Schar Krähen über einen Stock reifer Trauben herfallen konnte. Zwei Buckler schliefen Helm an Helm, einer mit einem Becher Würfel in der Hand, der andere einen mit Gebranntem.

Widerwillig setze sich Kreton und stellte empört fest, dass sich der Kutscher und sein Gehilfe wohlfühlten. Sie strahlten bis über beide Ohren, klammerten sich an ihre Humpen und langten nach dem Essen. Talias' Wangen waren prall und rot wie reife Äpfel. Wenn er es nicht besser wüsste, hätte er vermutet, sie seien absichtlich am Tor der Brüder vorbeigefahren. Doch so viel Unverfrorenheit traute er den beiden nicht zu. Er verfluchte alles: Den Ort, die Menschen und ihr Benehmen. Doch sein Unmut war kraftlos, im Innersten seines Herzens war er froh, diese Tortur überstanden zu haben.

Kurz erwog er, in die Kutsche zu steigen und zum sechsten Tor zurückzureisen, doch es war zu spät - niemand würde ihn dazu bringen, umzukehren. Er musste es sich eingestehen: Lieber würde er die Nacht im warmen Schoß einer drallen Hure verbringen, als in seine feuchtkalte rollende Zelle zurückzukehren. *Der Herr alleine weiß, weshalb er mich durch diesen Schlund gehen lässt. Gib mir Kraft, das andere Ende zu erblicken.*

Der Monsignore ließ sich einen Braten und einen Becher Wein reichen, da das Wasser angeblich aufgebraucht war. *Jetzt ziehen sie mir meine Oktale mit überzogenen Preisen aus dem Beutel.* Lustlos stach er in das Fleisch auf seinem Teller und nagte an den Rüben. *Zumindest können sie kochen.* Er verschlang das Mahl und ließ eine Portion Lindbeermus als Nachtisch servieren. Widerwillig stellte er fest, dass er die Schankhilfe anlächelte, als sie ihn von einer gebackenen Maus abbeißen ließ. Er streckte seine Beine aus und lauschte seinen Tischnachbarn.

Der Kutscher erhob seine Stimme und erklärte, dass manch einer nach dem siebenten Tor wieder kehrtmachen musste. »Drei Gründe gibt es dafür«, fuhr der Kutscher fort und streckte seinen dicken Daumen in die Höhe. »Entweder haben sie ihre Ausrüstung gegen einen Grim verspielt«, er hob den zweiten Finger, »oder sie sind so hin vom Feiern, dass sie sich bei den heiligen Brüdern kurieren müssen. Oder ...« Polternd lachte er, als er den dritten Finger hob. »... sie müssen ihre Sünden bekennen, weil es *zu viele* geworden sind«, brüllte er »zu viele!« Die Zuhörer bogen sich vor Lachen. Der Monsignore hielt sich die Hand vor die Lippe und schmunzelte.

Ich werde nicht umkehren. Der Kutscher und die anderen Gäste führten es ihm vor Augen: Sie hatten den Berg erklommen, es war geschafft. Nach dem siebten Tor ging es über eine breite Straße gemächlich talwärts in das Hochland der Nari. *Keine engen Wege, keine Rumpelei, keine steilen Felswände.*

Es war eine der seltenen Stunden, in denen sich der Monsignore Vergorenes und einen Gebrannten gönnte. Er kippte einen Becher runter, als eine derbe Zote angestimmt wurde und grübelte. Ihm wurde bewusst, weshalb er lebte, weshalb er hier war. *Der Herr will es so. Und jetzt möchte er, dass ich tanze.*

Die Grim stimmten gemeinsam einen donnernden Gesang an, in den er einfiel. Die Aldire spielten dazu und brachten das Gewölbe zum Kochen.

»Die Glut, die Glut, die macht uns neuen Mut.
Die Glut, die Glut, die kocht in uns wie Blut.
Die Glut, die Glut, die gart den roten Sud.
Die Glut, die Glut, die füttert unsre Brut.
Die Glut, die Glut, kleidt besser als ein Hut.
Die Glut, die Glut, entfacht in mir die Wut.
Die Glut, die Glut, kühlt besser als die Flut.
Die Glut, die Glut, verschlingt bös und gut.
Die Glut, die Glut, die lehrt mich Dehemut.
Die Glut, die Glut, die niemals in mir ruht.«

Es dampfte, Schweiß troff von der Decke und flüssiger Brand löschte ihre feurigen Kehlen. Sie sangen und tanzten, bis der Morgen graute.

Kreton wusste nicht, wie er ins Bett gekommen war - er erwachte in einer kleinen Kammer und trug bloß seine Kniehosen am Körper. Halb auf ihm lag ein nacktes Mädchen, zu seinen Füßen schnarchte Talias mit einem Knochen in der Hand. Rasch stieg er aus dem Bett und kleidete sich an, dann gab er dem Jungen einen Tritt.

»Wach auf, du Faulpelz! Und kein Wort über das hier, sonst muss ich dir die Zunge rausschneiden lassen.«

»Monsignore, es ist nicht so, wie es aussieht, ihr habt Euch selbst entkleidet – am Herdfeuer in der Trinkstube. Ich dachte, das wäre ein geeigneter Zeitpunkt, um Euch aufs Zimmer zu geleiten.« Talias schluckte. »Bloß war kein Zimmer frei. So erbot sich diese Dame, ihres für fünf Oktale mit uns zu teilen. Ich dachte, es wäre angemessen, wenn Ihr das Bett nähmt.«

»Fünf Oktale für diese Kammer! Der Herr wird es dir nachsehen. Und jetzt sorge für eine Waschgelegenheit und ein ausgiebiges Morgenbrot. Meine Kehle ist trocken, als ob ich zehn ‚Leuchte mir helle' gesungen hätte.«

Talias wurde rot, behielt seine Gedanken für sich und verschwand raschen Schrittes.

Während der Monsignore ein ausgedehntes Mahl verschlang, begab sich Talias auf die Suche nach dem Kutscher.

»Dann besorg einen Neuen!«, sagte Kreton zu seinem Gehilfen, als die Suche erfolglos blieb. Talias fand tatsächlich einen neuen Kutscher: Versoffen sah er drein, doch er war ansprechbar. Ein Grim mit rotem Bart und grüner Mütze, den eine stinkende Wolke aus Pfeifenrauch umhüllte.

Auf die Abfahrt wartend, schob der Monsignore seine Hände in die Manteltaschen, da ertastete er ein Papier, das dort nicht hingehörte. Wenige Worte standen darauf: »Erwarte euch bei Helmots Brunnen in Quellwasser. H.«

Einer von Hiraks Leuten war also hier. Ich wusste, auf den Kommandanten ist verlass. Auf diesen Luchterbuckel auch? Wenn sich der bärtige Rattenfresser irrt, dann sorge ich dafür, dass es sein Grab wird, das wir finden werden.

Die letzte Blüte

N*arna streng dich an. Du musst Aldina aufhalten. Wenn sie mit Baldrian das Dorf erreicht, ist er tot.* Narna rannte los. Vor der Höhle musste sie feststellen, dass ihre Widersacherin den knappen Vorsprung genutzt hatte. *Keine Spur von Aldina.* Sie überlegte, welchen der Wege sie einschlagen sollte, und entschied sich, querfeldein zu laufen. *Aldina wird den schnellsten Pfad über die Beerenschanze und den Kattelbach wählen. Wenn ich vor ihr da bin, kann ich sie abfangen.*

Narna durchquerte Dornengestrüppe, knickte Äste, rutschte, flog und sprang. Mit aufgeschürftem Arm, Disteln in den Haaren und schlammigen Beinen kam sie beim Weg an. Sie wusste, dass sie schneller gewesen war, und wählte einen dicken Ahornbaum um Aldina aufzulauern. Kaum war sie auf einen Ast geklettert, der den Weg überragte, hörte sie auch schon ein Klacken, das immer lauter wurde. *Du solltest nicht so viel Schmuck tragen, Aldina.*

Narna hielt den Stamm umklammert und lugte hervor. *Verdammt! Es ist nicht Aldina.* Sira kam des Weges und folgte raschen Schrittes dem Pfad. Sie blickte starr nach vorne und aus der Stirnfalte und den zusammengekniffenen Augen schloss Narna, dass sie angestrengt nachdachte. Ohne Narna zu bemerken, ging die Priesterin unter dem Ast hindurch und bog Richtung Dorf ab. Narna schaute ihr nach. *Vielleicht hätte ich doch zu ihr gehen sollen? Macht sie sich Sorgen wegen mir? Oder riecht sie wieder einmal, dass etwas faul ist?* Sie grub ihre Nägel in die Baumrinde. *Weiß sie etwa von dem falschen Wiesel? Wissen es vielleicht alle im Dorf?*

Durch die Ablenkung übersah Narna Aldina, die bereits unter dem Ast hindurch war und sprang viel zu spät. Gerade noch konnte sie die hintere Spitze des Speeres packen und riss Aldina herum. Aldina taumelte. Baldrian, der am Speer hing, schrie. Narna holte aus und zog Aldina das stumpfe Ende des Speeres über den Schädel, dadurch schwang Baldrian herum und biss zu. Aldina brüllte, stieß Baldrian weg und krümmte sich am Boden, ihr blutiges Ohr umklammert. Narna wollte mit dem Speer und dem festgebundenen Baldrian weglaufen, da legte sich eine Hand auf ihre Schulter. Sie fuhr herum und holte aus.

»Lass es!«, sagte Sira.

Narna senkte die Waffe.

»Du verziehst dich in dein Kogi und wartest auf mich, während ich mich um Aldina kümmere. Sofort!«

Narna ließ den Speer fallen, drehte sich um und trottete mit gesenktem Kopf ins Dorf.

In ihrem Kogi kramte Narna das Bündel mit ihrer neuen Ranunkel hervor. *Es geht schon wieder los.* Sie riss an der Blüte und spürte den Schmerz, als würde ein Teil von ihr herausgerissen. *Sechs.* Sie begann, Ordnung zu machen. Üblicherweise war es das Letzte, was sie mochte. Doch es schien das richtige Mittel zu sein, um nicht daran zu denken, was auf sie zukam.

Als Sira klopfte, war es so ordentlich wie bei ihrem Einzug. Schweigend setzte sich die Priesterin. Narna tat es ihr gleich und schwieg ebenso, den Blick auf Siras Kette geheftet.

»Erzähl«, forderte die Priesterin sie auf.

»Du weißt alles. Was könnte ich dir erzählen?«

»Weshalb du alles riskierst, um ein dummes Wiesel zu retten?«

»Pah, was riskiere ich schon? Früher oder später wäre ich sowieso gegangen. Ihr könnt mich ruhig rauswerfen.« Narnas Magen krampfte sich zusammen. »Ich hab es dir erklärt. Er ist mein Freund. Und er ist nicht dumm.«

»Narna, du hast keine Ahnung, wie es ist, alleine in der Wildnis zu überleben. Du brauchst ein Haus, Nahrungsmittel, Feuer. Leute, mit denen du reden und singen kannst.«

»Ich gehe in die Stadt.«

»Ach ja, da wird das Essen serviert, und die Häuser stehen bereits alle. Sie warten alle darauf, dir ihre Kleider anzuziehen.« Ihr Lachen hatte nichts Freundliches. »Du weißt nichts von den Regeln, nach denen das Leben in der Stadt abläuft. Mit unserem Naldi wirst du nicht mal eine Schüssel Brei erbetteln können. Die Städter sprechen Areti.«

»Weiß ich«, entgegnete Narna in der gemeinen Zunge.

Sira zog die Augenbrauen hoch. »Du bist also bereits vorbereitet.«

Narna hatte nicht einmal Sira wissen lassen, dass sie von ihrer Mutter in Areti unterrichtet worden war. *Vielleicht hat Mutter geahnt, dass ich weggehe, und mir deshalb die Sprache und das Zählen beigebracht. Sie muss es gewusst haben, sonst hätte sie mir nicht so vieles aus den Städten erzählt.*

Sira erhob sich. »Wie kannst du nur so dumm sein, Aldina ein zweites Mal anzugreifen? Ihr das halbe Ohr abzureißen. Was glaubst du, damit zu erreichen?«

Narna starrte geradeaus. »Ich war das nicht, das war Baldrian. Wenn es nach mir geht, kann Aldina verrecken.«

»Du mit deinem verdammten Dickkopf! Kannst du nicht die Baumgeister ihr Werk vollbringen lassen?«

Narna lachte. »Jetzt hörst du dich an wie diese alten verschreckten Hühner. Wenn ich Baldrian den Baumgeistern anvertraut hätte, wäre er bereits tot.« Resigniert fügte sie hinzu: »Immerhin hab ich es versucht.«

»Narna, ich weiß nicht, ob ich dir da raushelfen kann. Beim nächsten Neumond tagt der Rat - wie es aussieht, werden sie dich ausschließen.«

Narna schluckte.

»Du müsstest dich bis dahin vermehrt in die Gemeinschaft einbringen. Zusätzliche Arbeiten übernehmen, bei allen Gebeten erscheinen, den alten Hühnern die Federn streicheln.« Sie blickte Narna erwartungsvoll an. »Immerhin ist es deinem Freund gelungen, sich zu befreien, während ich Aldina versorgt habe.«

Narna stand auf und umarmte Sira. »Danke.«

»Es geht Aldina übrigens schon wieder ganz gut. Von deinem Schlag hat sie eine kleine Beule, und das Ohr blutet nicht mehr. Sildra hat einen Brei aus Herzblatt, roten Schlehbeeren und Mohn daraufgestrichen. Sie ist wieder auf den Beinen und sehr wütend. Ich schätze, sie ist gerade bei Nauri und berichtet ihr alle Einzelheiten deines Angriffs.« Sira lächelte und schwieg. »Das mit dem gefärbten Fell war sehr schlau von dir.« Sie streichelte Narnas Wange und griff nach einer ihrer roten Strähnen.

»Ich hab Angst. Ich weiß nicht, was wird, wenn du weg bist. Ich werde einsam sein, doch das alleine ist es nicht - der Stamm ist in Gefahr. Reiter tummeln sich in der Gegend, aber wenn sich die Prophezeiung erfüllt, ist das unsere geringste Sorge.« Sira spielte mit ihrem Haar und starrte auf den Boden. »Es ist erwacht:

Wenn des Schicksals Krähe schreit,

wie des Feuers Rot sein Kleid,
die Dunkelheit das Gut verzehrt,
das Lichte satt die Schatten nährt.

Es wird Finsternis in unseren Geist tragen: Wirrnisse, Zwietracht und Tod schleichen in den Flüsterwald. Ich fühle, wie es um sich greift und jeden packt, den es kriegen kann.« Siras Stirnfalte wurde immer tiefer, sie nahm Narnas Hand. »Narna, wir müssen es aufhalten.«

»Was geht mich das alles an? Ich werde ohnehin rausgeschmissen, ein weiterer Grund für mich, schnellstens abzuhauen.«

»Narna, du kannst nicht ewig vor deinen Problemen davonlaufen und glauben, durch deine Schattenröhrlinge würden sie gelöst.«

Narna riss sich los. *Niemand legt sich mit meinen Pilzen an. Da verliert sie.* Ganz von alleine tasteten ihre Finger nach dem kleinen Beutel. »Pah! Was weißt du von meinen Problemen? Was weißt du von meinen Pilzen? Nichts!«

»Ist es wegen ihm? Deinem Aldir? Denkst du, dass er dich in die nächste Stadt mitnimmt? Gibst du für ihn alles auf?«

Sira griff nach Narnas Kinn, um ihr in die Augen zu sehen, ihre Nasen berührten sich beinahe. »Ich liebe dich. Ich will nicht, dass du gehst.« Sie öffnete ihren Mund und legte ihn auf Narnas Lippen. Narna spürte ihre Zunge und ließ es geschehen.

Sanft stieß sie Sira von sich. »Nein«, sagte sie. »Du warst immer wie eine Mutter für mich. Ich liebe dich auch.« Sie wandte sich von der Priesterin ab. »So wie man seine Mutter liebt. Verzeih mir.«

»Narna, du musst *mir* verzeihen. Ich weiß nicht, was über mich gekommen ist.« Sira wollte ihren Arm nehmen, doch Narna wich zurück und rannte nach draußen.

Leise vernahm sie Siras Stimme, die ihr nachrief: »Lass dich bloß nicht täuschen.«

Sie rannte Aldina fast um, die an ihrem Kogi lehnte und gelauscht hatte. Sie grinste und ein grünes Paket klebte an ihrem Ohr. »Immerhin höre ich mit dem anderen Ohr noch sehr gut.«

Narna biss die Zähne zusammen.

»Aldina kann verrecken, wenn es nach mir geht«, imitierte sie Narnas tiefe Stimme.

Narna schob sie beiseite und kletterte den Baum hinunter. Aldina folgte ihr.

Narna war bereits ein Stück weit weg, da sagte sie es: »Du liebst sie wie deine Mutter? Wirst du sie auch so beschimpfen? Dann wird sie bald für immer fort sein.«

Narna drehte sich um, ihr Kiefer schob sich vor und die Nasenlöcher blähten sich auf. Sie warf den Kopf in den Nacken und brüllte. Langsam ging sie auf Aldina zu, die ihr die Speerspitze entgegenhielt. Unbeeindruckt ging Narna weiter.

Aldina sah ihren Blick und ergriff die Flucht. Narna riss ihr im Geiste die letzte Blüte ihrer Ranunkel aus. *Jetzt lauf um dein Leben.*

Das Licht in Quellwasser

Als sich die Kutsche Richtung Quellwasser in Bewegung setzte, jagte der Wind die Wolken vorbei. Das Himmelsspiel erinnerte den Monsignore an eine Herde Schafe, die von einem hungrigen Wolf getrieben wurde. *Ich bin der Wolf,* beschloss er, *die Schatten sind die Schafe, die sich in weißen Mänteln vor mir verstecken. Doch ich lasse mich nicht täuschen.* Das karge, felsige Land wurde zunehmend von Grün überzogen und Wald hatte die Landschaft eingenommen, die unter den Eroberern früherer Zeiten als uneinnehmbar galt.

Im Dorf Norkas verbrachte der Monsignore eine unruhige Nacht in einer Holzhütte. Ständig hörte er eine Maus fiepen und herumtapsen. *Wenn ich mich nicht täusche, kommen die Geräusche aus Talias' Kammer. Wahrscheinlich fressen die Mäuse Reste aus seinem Haar.* Kreton sehnte den Besuch seiner Schönen herbei, um abgelenkt zu sein, doch dieser Gefallen blieb ihm verwehrt.

Mit miserabler Laune nahm er die letzte Etappe nach Quellwasser in Angriff. Talias durfte in der Kutsche sitzen und musste die gesamte Fahrt aus den Berichten des Bruders Ilios von Samerant vorlesen.

»Lies lauter! Du sollst mich doch nicht einschläfern. Beim Fressen reißt du dein Maul auf, als sollten kleine Zicklein reinspringen, und hier nuschelst du herum, als würdest du in eine Flöte blasen.« Nervös spielte Kreton mit dem Lichtsymbol um seinen Hals.

Die letzten Meilen vor Quellwasser zogen sich hin, denn der Wald nahm kein Ende. Als die Dämmerung hereinbrach, ließ

Kreton den Kutscher halten. »Was ist nun? Habt Ihr Euch verfahren? Wenn Eure Gäule nicht schneller laufen, werde ich sie für das Abendmahl schlachten lassen.« Er knallte die Kutschentür zu und der Kutscher holte daraufhin alles heraus, was die Pferde hergaben.

Als auf einer Anhöhe vor ihnen die ersten Häuser von Quellwasser in Sicht kamen, rebellierte das Handpferd, zerrte mit lautem Geschnaube an den Riemen und riss die Vorderbeine in die Höhe. Das linke Hinterrad glitt vom Weg, polterte über Steinbrocken und griff plötzlich wieder, sodass der Wagen auf die Seite geschleudert wurde und wieder Fahrt aufnahm. Talias wurde gegen die Wand katapultiert und blieb reglos liegen.

Der Kutscher stemmte sich mit den Beinen in den Bock und zog an den Leinen, als hinge die gesamte Last der Kutsche daran - er war am Ende seiner Möglichkeiten.

»Halfax brrrr! Ruhig Alter! Ruhig«, brüllte er. Es half nicht - schneller und schneller drehten sich die Räder. Das Sattelpferd konnte nicht mehr mithalten und trat mit den Hinterbeinen aus, die Deichsel schwenkte nach links und der Wagen folgte. Äste peitschten gegen das Dach, ein Ladeseil riss und die kleine Reisekiste donnerte gegen einen Baumstamm. Das rechte Vorderrad knallte gegen einen Fels, die Achse brach und eine große Kiste kippte vom Dach. Kreton klammerte sich an seinen Gehilfen, bis die Fahrt von einer riesigen Kiefer gestoppt wurde, in der sich der Wagen verkeilte.

Halfax zog noch immer mit voller Kraft an den Riemen. Der Kutscher sprang vom Bock, zog sein Messer und schnitt den Riemen an der Deichsel durch. Der Gaul riss sich los und machte sich in die Wälder davon.

Der Monsignore kroch auf allen vieren über den massigen Körper seines Gehilfen, der den Ausgang versperrte. Er glättete sein Haar, setzte seinen Hut auf und wankte auf den Kutscher zu, der gerade das zweite Pferd tätschelte. Kreton packte ihn am Kragen.

»Seht zu, dass Ihr eine neue Kutsche herbeischafft, sonst war das Eure letzte Fahrt.«

Der Grim starrte ihn mit großen Augen an.

»Und betet, dass mein Gepäck unversehrt ist. Los!«

Der Kutscher rang nach Luft. So schnell es seine zitternden Hände vermochten, schirrte er das Pferd ab, schwang sich in den Sattel und ritt davon.

Kreton ging zu Talias und kippte ihm Obstbrand übers Gesicht, da kein Wasser griffbereit war.

Talias ruderte mit den Armen, öffnete die Augen und schloss sie wieder, weil es brannte.

»Komm, steh auf! Du suchst jetzt die Laternen und das Lampenöl. Dann wirst du Feuer machen und mir etwas von der Ziegenwurst und dem Brot reichen.« Der Monsignore sah auf sein aufgerissenes Hemd. »Danach trägst du das Gepäck zusammen, prüfst, ob alles vollständig ist, und bringst mir eine frische Garderobe. Eile dich! Ich habe nicht vor, die Nacht hier zu verbringen.«

Der Junge rappelte sich auf, die Augen ebenso rot wie seine Wangen und taumelte die Hände vorgestreckt davon.

Talias hatte den letzten Koffer herbeigeschafft, Kreton den letzten Wurstzipfel verschlungen - vom Kutscher keine Spur.

»Berichte mir. Verzeichnen wir Verluste?«

Talias rieb über die dicke Beule, die sich unter seinem Haar abzeichnete. Ein Auge war zugeschwollen. »Soweit ich es feststellen konnte, haben wir einen Krug Lampenöl verloren. Einer der Reisekoffer ist beschädigt. Die Kleidung ist großteils unversehrt.«

»Und welcher ist der Teil, den es erwischt hat?«

Der Gehilfe räusperte sich. »Euer purpurner Umhang und die roten Schuhe bedürfen einer Reparatur.«

Der Monsignore biss sich auf die Lippe. »Dafür wird dieser Kutscher bezahlen! Du gehst in die Stadt und holst Hilfe. Renne, als würden dich nackte Weiber mit gebratenen Sauspießen erwarten und fürchte den Zorn des Herrn, wenn du nicht umgehend wieder hier bist!« *Der verfluchte Kutscher wird ihn gewiss noch zu spüren bekommen.* Murrend machte sich Talias auf den Weg.

»Mach schon. Du sollst laufen, nicht flanieren!«

Bald darauf war der schwache Schein seiner Laterne im Dunkel des Waldes vergangen.

Kreton setzte sich auf einen Stein, beobachtete die tanzenden Flammen und musste unvermittelt an seine Geliebte denken. *Ich weiß nicht einmal ihren Namen.* Er stellte sich vor, wie sie sich im roten Schimmer räkelte, woraufhin sich eine wohlige Wärme in seinem Körper breitmachte und ihn die Erregung zittern ließ. Schnell stahl er sich hinter einen nahen Schwarzdornbusch und raffte seinen Überwurf. »Komm zu mir. Komm schon. Komm!«, rief er. Die Freude währte nur kurz. Erleichtert war sein Fleisch, doch beschwert seine Seele. Zorn stieg in ihm hoch und ließ ihn sich die flache Hand gegen seine gespaltene Lippe klatschen: einmal, zweimal, dreimal. Reuig suchte er die kleine Reisekiste und zog Isolde heraus. Bevor er das siebente Mal zuschlagen konnte, vernahm er Hufgetrappel und Rufe. Er warf sich ein Hemd über und wartete mit Isolde hinter dem Rücken auf den Besuch. *Dem Herrn sei Dank, es ist Talias!*

Der Junge brachte eine zweispännige Kutsche und einen Aldir mit, der ohne Sattel auf einem Schimmel ritt. Kreton verzog sich umgehend in das Innere des Wagens und spornte die Männer an, das Gepäck zu verladen.

Die Nachtmitte war überschritten, als sie in Quellwasser einfuhren. Die Kutsche hielt vor einem Gasthof, der sich »Zur silbernen Kiefer« nannte. Ein gepflegtes Haus, das ihm empfohlen wurde, weil es von einem Ildae geführt wurde - einem Gläubigen, wie man ihm versicherte. Der Monsignore bekam ein geräumiges Zimmer. Sauber und einfach. Der Junge durfte auf dem Heuboden schlafen.

Am nächsten Morgen ging der Monsignore zu Helmots Brunnen und wartete. Zuerst stand er mit gefalteten Händen da und spielte mit seinen Fingern, dann fing er an, Runden zu drehen. Es kam niemand. Keine Seele befand sich auf dem kleinen Platz im Norden des Städtchens, bis auf einen Landstreicher, der auf den Stufen schlief, in den Armen eine Flasche Kreutinger Wein.

Morgen reise ich weiter. Auf diesen verdammten Hirak kann man sich auch nicht verlassen. Er dachte an das lange Fell an den Beinen der Kaltblüter zurück und wie sie ihn an die Köpfe der Tarweii-Krieger erinnerten. Bald werden Köpfe rollen!

Beim Neunerläuten war er kurz davor aufzubrechen, als ihn der Landstreicher am Kittel zupfte. Kreton holte zu einem Tritt aus.

»Monsignore, wer wird denn?«, sagte der Mann. Es war Hiraks Stimme. Er stand auf und reichte ihm die Flasche.

Kreutinger Frühlese, ich hätte es wissen müssen. »Nein, danke.«

Selbst als der Landstreicher vor ihm stand, musste Kreton zweimal hinsehen, um in ihm den Kommandanten zu erkennen. Sein Gesicht war von einer Kapuze verdeckt, nur die Nasenspitze ragte heraus. *Es ist doch Verlass auf die Ildamaer.*

»Beim Lichte des Herrn, was ist das für eine Maskerade?«, fragte der Monsignore.

»Ich sollte Euch heimlich treffen, habt Ihr das vergessen? Ihr habt Euch auch verändert.« Der Kommandant beäugte die Kleidung des Geistlichen. »Der Monsignore gibt sich als Händler aus.«

»Mit wie vielen Männern seid Ihr hier?«, fragte Kreton, um das Thema zu wechseln.

»Sieben.«

Der Monsignore wollte zu einer Erwiderung anheben, doch der Kommandant kam ihm zuvor.

»Sieben Ildamaer. Vergleicht sie nicht mit den Satander Spitzen, den Kertner Bolzen oder Kneifer Schnäppern. Wenn Ihr sie richtig einsetzt, nehmen sie es mit einem ganzen Banner auf – und dafür habt Ihr mich«, sagte Hirak.

»Wie läuft der Aufbau des Lagers?«

»Wir kommen gut voran.«

»Wie sieht es mit den Vorräten aus?«

»Wir werden noch zwei Wagenladungen aus Quellwasser mitnehmen. Das sollte für einen weiteren Mond reichen.«

Für einen Mond? Das könnte knapp werden. »Habt Ihr die Buckler?«, fragte der Monsignore.

»Wir haben knapp zwei Dutzend Grim rangeschafft. Der Großteil Buckler. Ein paar Hohengrim sind auch dabei und eine Handvoll Aldire für das Lager.«

»Wie geht es mit der Grabung voran?«

Der Hauptmann zögerte mit seiner Antwort. »Sie haben begonnen, den Eingang freizulegen. Fragt am besten den alten Luchterbuckel.«

Er verschweigt mir etwas. »Probleme?«

»Hmmm. Nicht der Rede wert. Einer wollte fortlaufen.«

Ob es der Rede wert ist, entscheide ich. »Weiter.«

»Abergläubisches Grim-Zeugs. Der Zottelbart hatte Schiss vor der Dunkelheit.«

Das habe ich auch. Deshalb graben wir ja.

»Hat sich drei Tage lang durch die Berge geschlagen, dann haben wir ihn gekriegt. Er hat niemanden getroffen, und wir haben dafür gesorgt, dass er keinem etwas von Zokarim erzählt.« Der Kommandant fuhr sich übers Kinn. »Und nebenbei haben sich meine Männer mit ein paar wilden Katzen vergnügt. Dazu erspare ich Euch die Einzelheiten«, endete Hirak und lachte.

»Wir brechen morgen auf«, sagte Kreton.

Der Hauptmann nickte und torkelte mit seiner Weinflasche davon.

Als der Monsignore in der »Silbernen Kiefer« ankam, waren bereits sämtliche Lichter erloschen. Er ging in den Stall und wollte eben Talias herbeizitieren, als er Stimmen vernahm. *Mit wem unterhält sich der Tölpel? Ich hoffe, er plaudert nichts über unsere Mission aus. Na warte!*

Sprosse um Sprosse stieg er die Leiter zum Heuboden hoch und spähte durch die Luke.

Talias stand im Heu und trug ein weißes Laken als Umhang. Er sprach mit verstellter Stimme, sie klang tiefer und hatte einen weinerlichen Unterton. »Wenn Eure Pferde nicht schneller laufen, werde ich sie für das Abendmahl schlachten lassen!« Er ahmte den Ritt eines Pferdes nach und warf sich ins Heu. Eine weiße Maus sprang ihm auf die Schulter und rannte seinen Arm hinab.

Kreton schluckte.

Sein Gehilfe sprang auf und schrie: »Meister Talias, holt Hilfe! Rennt, als würden Euch nackte Weiber mit Sauspießen erwarten.« Der Junge fuchtelte mit seinen Armen in der Luft. »Fürchtet meinen Zorn, wenn Ihr nicht bald wieder hier seid!«

Talias nahm den Umhang ab, öffnete sein Haarband und griff sich eine Heugabel. Mit seiner alltäglichen Stimme sprach er: »Zorbemal Morphosis transmantis kreator.« Er reckte den Stiel der Heugabel in die Luft, die Haare fielen ihm ins Gesicht. Mit der anderen Hand machte er eine bedeutungsvolle Geste. »Der Meister verwandelte sich in eine große Schnee-Eule und flog in die Stadt, um Hilfe zu holen.« Der Junge verbeugte sich vor der fiependen Maus und beendete seine Vorstellung.

Kurz überlegte der Monsignore, ob er laut losklatschen sollte, doch solche Trümpfe hob man sich für bessere Gelegenheiten auf. Er hatte genug gesehen. *Wenn sein Onkel nicht wäre, würde ich ihn auspeitschen lassen.* Vorsichtig stieg er die Leiter hinab und schloss das Stalltor.

Er wartete, bis er sicher war, dass Talias schlafen würde, und schickte dann den Stallburschen, ihn zu holen. Schlaftrunken stand sein Gehilfe vor ihm und rieb sich die Augen.

»Talias, wir brechen morgen beim Sechserläuten auf und werden nach Witwit reisen. Es sind vier Tagesreisen auf dem Langen Weg Richtung Norden. Bereite alles vor.« Der Junge kniff die Augen zusammen und rümpfte die Nase. »Besorge eine Kutsche und Verpflegung. Jetzt!«

Da rannte er.

Erwartungsvoll stand der Monsignore vor der »Silbernen Kiefer« und wartete, als in der Morgendämmerung eine Kutsche vorfuhr. Talias saß auf dem Bock und kaute mit vollen Backen.

»Verzeiht, Herr. Ich konnte gestern keinen Vermieter mehr finden, und heute Morgen war keiner so früh anzutreffen. Dann löste sich ein Eisen und wir mussten umkehren.«

Der Monsignore knirschte mit den Zähnen. »Hol unsere Kisten! Beim Siebenerläuten ist alles vertäut, sonst kannst *du* die Kisten tragen.«

Talias rannte los und stolperte über die kleine Reisekiste, die der Monsignore selbst gepackt hatte. Sie kippte um, der Deckel sprang auf, und Isolde rollte vor die Beine des Jungen.

»Du Tölpel! Du bist ein einziges Missgeschick! Der Herr soll dich dafür strafen!«, schimpfte der Monsignore.

Talias sah auf die Peitsche, dann auf den Monsignore und rannte ins Haus. Wenige Augenblicke später brachten er und der Stallbursche die Kisten. Kaum waren sie vertäut, läutete es sieben Mal. Schnaufend hievte der Junge seine Pfunde auf den Kutschbock und befahl den Pferden, loszumarschieren.

Schattenröhrlinge

Als Narna in ihre Höhle zurückkehrte, war es längst Nacht. Sie hatte den Tag genutzt, um sich einen eigenen Vorrat anzulegen. Ab jetzt würde sie für sich selbst sorgen. Doch die Ausbeute war sehr bescheiden: ein paar Haselnüsse, Maulbeeren, Huflattich, Wurzelwerk und das Fell eines toten Kaninchens. So würde sie nicht über die kalten Monde kommen. Sie zerkaute etwas Frauenmantelkraut und bestrich damit die Kratzer auf ihrem Oberarm. *Hoffentlich mein letztes Andenken an Aldina.*

Vielleicht hatte sie auch nur in einem ungünstigen Gebiet gesammelt, oder mehr nach Erian, als nach Nahrung, musste sie sich eingestehen. Was hätte sie gegeben, um einen Ton seiner Sperlingsflöte zu erlauschen. Doch sie fand keine Spur von ihrem Aldir - so unvermittelt, wie er damals aufgetaucht war, war er jetzt verschwunden. *Ich werde mich damit abfinden müssen, ihn nie wieder zu sehen.*

Weder die Sonne noch das Gezwitscher der Vögel weckten Narna am nächsten Morgen. Es war der Schatten-Tag und spürbar kälter geworden. Sie entschied, das Dorf und seine Bewohner so weit es ging zu meiden und an keinem Gebet mehr teilzunehmen. *Es wird schwer genug werden, wegzugehen. Besser, ich breche den Kontakt gleich ab. Nach der Geschichte mit Aldina und dem toten Wiesel werden sie ohnehin nicht erfreut sein, mich zu sehen.* Sie überlegte, von wem sie sich verabschieden würde, doch außer Sira und Smila fiel ihr niemand ein. Narna wollte diesen Tag nutzen, um sich Material für eine Ausrüstung zu besorgen: ein Steinmesser, einen Korb, einen

Feuerbogen und eine Schleuder. Im fahlen Licht der Mondsichel machte sie sich auf die Suche, ohne einem anderen Lebewesen zu begegnen. Unzählige Geschichten der alten Nasi hatten sie gelehrt, am Schatten-Tag das eigene Nest besser nicht zu verlassen, doch sie hatte keine ander Wahl.

Narna überlegte kurz, ob sie ins Dorf zurückkehren sollte, denn am Schatten-Tag würde sie wenigstens keinen von ihnen antreffen. Wenn überhaupt, saßen sie zusammen am Feuer und sangen, damit die Sonne am nächsten Tag wieder schien. *Ich bin mir sicher, sie würde auch ohne euren Gesang wieder scheinen.* Sie könnte einen großen Bogen um das Feuer machen und sich in ihr Kogi schleichen, ohne jemandem zu begegnen, doch dann wurde ihr unwohl beim Gedanken, in das Dorf gehen zu müssen. *Ich werde noch einen Tag bleiben und meine Ausrüstung bauen.*

Am nächsten Tag stand sie früh auf und suchte sich einen sonnigen Felsen, den sie als Werktisch benutzte und fertigte ihre Ausrüstung.

Als Narna alles beisammen hatte, beschloss sie, ein letztes Mal zurück ins Dorf, in ihr Kogi zu gehen, um ihre Ranunkel zu holen. Um niemanden anzutreffen, wartete sie das Abendgebet ab und schlich in ihre Bleibe. *Ich werde mich nicht von Sira verabschieden.*

Zu ihrer Überraschung wurde sie erwartet. Sira saß an die Wand gelehnt, die Füße überkreuzt. Trotz ihrer dunklen Haut sah sie blass aus. Ringe unter den Augen zeigten, dass sie wenig geschlafen und viel geweint hatte. Die Falte auf ihrer Stirn schien eingekerbt.

»Narna, was hast du getan?« Es war Anklage und Schuldspruch in einem. Narna schluckte.

»Du hattest recht damit, dass ich mich auf das Leben alleine vorbereiten muss. Ich habe mir Vorräte und eine Ausrüstung beschafft. Was ist los? Du siehst aus, als ob du nicht geschlafen hättest.«

»Hab ich auch nicht. Zuerst habe ich Aldina gesucht, dann dich.« Sie fuhr sich mit dem Handrücken über die Augen. »Aldina ist verschwunden.«

Narna setzte sich.

»Das letzte Mal haben wir sie gesehen, als du sie angebrüllt hast und sie vor dir geflohen ist. Sie würde niemals so lange wegbleiben, ohne Bescheid zu geben.« Sira erhob sich und ging auf Narna zu. »Als sie am Schatten-Tag noch immer nicht hier war, gingen wir vom Schlimmsten aus. Zuerst haben wir nach ihr gerufen, dann haben wir nur noch gesucht.« Sira schloss die Augen. »Und die ganze Zeit musste ich an dich denken. Ich wollte mir nicht vorstellen, dass du tot sein könntest.«

Sie kniete neben Narna nieder und drückte deren Kopf fest an ihre Brust. Narna spürte, wie eine Träne den Weg durch ihre Haare fand und auf ihrer Wange landete.

»Narna, was ist passiert? Hast du ihr etwas angetan?«

Narna löste sich aus der Umklammerung und sah Sira in die Augen. »Nein.«

»Du hast mit ihr gekämpft, das weiß ich. Belüg mich bitte nicht.« Sira blickte auf die Wunden auf Narnas Oberarm.

»Ja, wir haben gekämpft. Doch es war anders, als du denkst. Wir haben geredet.«

Sira setzte sich und umklammerte ihre Knie. »Ihr habt geredet? Denkst du, die anderen hier im Dorf, nehmen dir *das* ab? Du hast sie angebrüllt und bist wie eine Furie hinter ihr her.« Sira schniefte. »Narna, du hättest deinen Blick sehen sollen. Erinnerst du dich, was geschehen ist?«

Ich habe keine Ahnung. »Anfangs bin ich ihr nachgelaufen. Dann haben wir gekämpft. Kurz zumindest.«

»Bist du sicher? Was, wenn du ihr etwas angetan hast und es nicht mehr weißt?«

Narna sah sie fragend an.

»Diese verdammten Pilze. Sie bringen dich noch um deinen Verstand. Siehst du nicht, was sie mit dir machen?«

»Ich hab keine Pilze gegessen!«

»Du bist nicht mehr du selbst. Du tust Dinge, ohne es zu wollen. Sie fangen an, dich zu beherrschen.«

Narna knallte Sira eine ins Gesicht. Im gleichen Augenblick tat es ihr leid. »Ich habe Aldina nichts angetan«, sagte sie und ging.

Sira sprang auf und schrie ihr nach: »Bleib hier! Bleib gefälligst hier! Wir sind noch nicht fertig!« Kraftlos fügte sie hinzu: »Deine Mutter hat diesen Augenblick kommen sehen. Ich sollte dir von ihr etwas ausrichten.«

Narna hörte es nicht mehr. Sie floh in die Finsternis, rannte, so schnell sie ihre Füße trugen, brüllte, teilte Tritte aus und kratzte - der Wald rächte sich ebenso. Erschöpft erklomm sie den Felsvorsprung über der Klamm, in der sie vor Erian gebadet hatte. Der See lag im grünen Schimmer des Mondes unter ihr. Behutsam öffnete sie ihren Beutel.

Einer für meine Mutter. Du fehlst mir. Einer für den Vater, den ich nie kannte. Einer für die schöne Priesterin. Einer für den Mann, den ich nie haben werde. Einer für die Nari, weil ich es so gelernt habe. Einer für das Leben. Einer für den Tod. Einer, um zu vergessen.

Narna erwachte durch den Schrei einer Krähe und hatte Mühe, ihre verkrusteten Augen zu öffnen. Als sie versuchte aufzustehen, stellte sie fest, dass sie nicht alleine war und einen Körper umarmte.

Endlich brachte sie die Augen auf, kämpfte blinzelnd gegen das Tageslicht und starrte auf einen Hinterkopf aus glattem, kastanienbraunem Haar. *Aldina!* Narna stupste sie an.

»Hey. Aufwachen.«

Aldina reagierte nicht.

Narna zog ihren Arm unter dem Körper hervor und wollte sich darauf stützen, brach jedoch ein. Er war taub. Kräftig rieb und zwickte sie, um ihn aufzuwecken. »Aldina! Steh auf.«

Mit ihrer anderen Hand fasste sie den Arm der Liegenden und spürte sofort die Kälte der Haut. *Sie ist tot. Bei den Baumgeistern, was habe ich getan? War ich es? Hatte Sira recht mit den Pilzen? Nein! Nein! Nein!*

Narna vergrub ihr Gesicht in den Händen. Sie wollte es nicht wahrhaben. Sah noch einmal hin. Die kleinen Zöpfe. *Das ist nicht Aldina.* Sie wehrte sich gegen einen Gedanken, der sie frösteln ließ.

Vor ihr lag Sira. Sie war tot.

Siras schöne Augen starrten in den Wald. Die bunten Steine waren aus dem Riemen um ihren Hals gelöst, der tiefe Abdrücke hinterlassen hatte.

Narna wollte die Hand der Toten in die ihre legen, doch sie bewegte sich nicht. Als sie die Unterseite befühlte, spürte sie zahlreiche kleine Wurzelstränge, die sich an die Erde klammerten. *Die alten Hühner hatten recht. Sie wurzelt. Bald wird hier ein prachtvoller Baum erblühen. Ein neues Heiligtum.* Ihre Stimmung hellte sich auf, als sie sich einen großen Baum mit leuchtenden Blüten vorstellte.

Narna dachte angestrengt nach, doch sie konnte sich nicht erklären, wie sie hierher gekommen war. Ihre letzte Erinnerung war, dass sie Schattenröhrlinge am Felsen über der Klamm gegessen hatte. *Vielleicht waren es zu viele. Habe ich Sira getötet und weiß es nicht mehr? Sind die Pilze an ihrem Tod schuld?*

Narna sammelte die schönsten Blätter, die sie fand und stolperte beinahe über Siras Stab, der auf der Erde lag. Sie legte ihn an ihre Seite, schlichtete die Blätter auf und bedeckte damit den toten Körper. Eine Bemalung auf Siras Schulter zog ihren Blick an. Sie war ihr zuvor noch nie aufgefallen: ein roter Vogel. *Soll ich das sein? So sieht also Narna Feuervogel aus!* Sie lächelte.

Als die Leiche komplett bedeckt war, hockte sich Narna vor die Tote, legte ihre Hände flach auf den Boden und schloss die Augen. Leise begann sie, die Melodie des Abschieds zu summen. *Wie Sira es mich gelehrt hat.* Ein kühler Wind fuhr durch die Äste und nahm einige Blätter mit. Sonnenstrahlen bahnten sich ihren Weg und ließen die Farben tanzen.

Sira, ich vermisse dich. Irgendwann kehre ich zurück, dann bist du ein großer Baum - versprochen. Jetzt muss ich weg. Die Städte rufen mich und nichts kann mich aufhalten. Ich weiß, dass du mich verstehst.

Sie ging zur Höhle, schnappte sich ihre Ausrüstung und ließ die Vergangenheit hinter sich.

Kertener Königsratte

Nach vier Tagen Fahrt durch den Fleewald erreichten sie Witwit. Eine Schar Kinder hatte sie bereits am Langen Weg erwartet und begleitete sie mit lautem Gesang ins Dorf. Allesamt schmächtige Aldire mit ihren spitzen Ohren und langen Hälsen. Sie rannten barfuß, trugen langes Haar und Blumenschmuck, ihre Kleidung war aus grobem Stoff. Sie reichten ihnen selbst geschnitzte Pferde und Puppen. Ein Junge spielte auf einer Flöte. Kreton ärgerte sich über das Konzert. *Wer will hier wen bekehren? Wollt ihr mich zu einem von euch machen? Soll ich im Dreck tanzen?* »Macht schneller!«, rief er dem Kutscher zu, um die Kinder abzuhängen.

Das Dorf war eine ungeordnete Anhäufung von etwa acht Dutzend Holzhütten und zog sich einen Hang hinauf. Ein Bach schlängelte sich durch die Häuserreihen, gesäumt von hohen Weidenbäumen. Ein Backhaus war das einzige Gebäude, das aus Steinen errichtet war. Dicke Wolken stiegen aus dem Schornstein, und der Duft frischen Brotes breitete sich aus. Gleich dahinter befand sich der Dorfplatz, ein breites Rund, mit einer mächtigen Weide in der Mitte, um die kleinere Bäume standen. Einige Aldire hockten auf der Erde und sangen.

Der Monsignore ließ die Kutsche halten und stieg aus. Eine junge Frau mit glänzend schwarzem Haar und einer geraden Nase legte ihm zum Gruß eine Hand auf die Schulter. Er war versucht zurückzuweichen, doch wollte er sie nicht brüskieren. *Ich werde ihre Spielchen mitmachen, bis ich habe, was ich brauche.*

»Aldra Nordwind und die Kinder der Erde heißen Euch in Witwit willkommen«, sprach sie in der gemeinen Zunge. Ein Junge stand neben ihr und reichte ihnen frisches Brot. Da er hungrig war, verschlang Kreton das Gebäck, das nach Anis und Flieder roch. Eine Traube von Kindern hatte sich neugierig um die Kutsche versammelt. Die Kleinen begannen, daran hochzuklettern, bis die Dorfvorsteherin sie mit dem Brot herunter lockte.

Nach und nach scharten sich die Dorfbewohner um sie. *Wenn wir nicht aufpassen, zerquetschen sie uns noch.* Frauen und Männer trugen Schmuck um den Hals und in den Ohren. Ihre Gewänder waren bunt und die Gliedmaßen bemalt. Sie tuschelten auf Naldi und sprachen sie in der fremden Zunge an. *Ich bin froh, wenn wir diese Ungläubigen hinter uns lassen. Dagegen sind die Grim mit ihren Manieren wahre Lichtgestalten.*

Kreton zeigte sein freundlichstes Lächeln und grüßte sie mit »Möge Euch das Licht leuchten, werte Freunde vom Volke der Erde.« An Aldra Nordwind gewandt, flüsterte er: »Wir sind auf der Durchreise. Hättet Ihr wohl ein Zimmer für mich und eines für meinen Gehilfen?«

Die Dorfvorsteherin rief eine ältere Frau zu sich. »Hiloma wird Euch das Gästehaus zeigen und Nahrung reichen.«

»Habt vielen Dank!«, sagte Kreton, kniff die Augen zusammen und legte die flache Hand auf seinen Mund, als dächte er nach. »Da wäre noch etwas.« Er wurde lauter, damit es alle Umstehenden hören konnten. »Wir hätten Arbeit, die gut entlohnt wird. Allerdings nur für einen von euch.« Als ihn die Aldire fragend ansahen, wusste er, dass sie kein Wort verstanden hatten. »Oktale«, wiederholte er und hielt eine Silbermünze in die Höhe.

Der Monsignore schaute in die Reihen. Sofort sah er, dass ein kräftiger Bursche mit Hörnern angebissen hatte und auf ihn zukam. *Einen Drogu hat es auch hierher verschlagen.* In Kerten sah man wenige der Tiermenschen, und ein jeder von ihnen sah anders aus, abhängig vom Seelentier, das einen erwählt hatte. Einen mit Hörnern hatte er noch nie gesehen. *Der sieht aus wie ein Ziegenbock, da besteht kein Zweifel.*

»Xiran. Ich kann arbeit«, stellte sich der Junge vor. *Und er spricht auch noch unsere Sprache. Ein bisschen zumindest. Perfekt!* Er musterte den Jungen mit den zwei geschwungenen Hörnern am Kopf. Buschige Brauen ließen seine Augen fast verschwinden. Die Nase war flach, das Kinn vorgeschoben mit einem langen Bart daran. Sein Oberkörper war mit dunklem Fell bewachsen. Die bemalten Arme hielten einen Speer.

»Komm mit!«, befahl ihm der Monsignore. »Zuerst wirst du helfen, die Kisten abzuladen, dann sehen wir weiter.«

Xiran nickte und rammte seinen Speer in die Erde. Breitbeinig hob er die große Reisekiste vom Dach der Kutsche. Kreton hatte noch nie so kräftige Beine gesehen. Ein Hund kam angelaufen, bellte wild und sprang dem Ziegenjungen an der Seite hoch. Es war ein Jagdhund. Groß, schwarz, unfreundlich. »Luran. Nru!« Der Köter gehorchte und sah neugierig bei der Arbeit zu.

Als das Gepäck im Gästehaus war, reichte ihm Kreton eine Münze.

»Habt Brannt?«, fragte Xiran.

»Komm mit. Ich werde dir erzählen, weswegen ich deine Dienste benötige. Gebrannten bekommst du auch.« *Ich denke, der Herr hat genau den Richtigen für seine Aufgabe ausgewählt.*

Der Monsignore erwachte durch ein sich ständig wiederholendes »Witwitwit«. Ein Sperling saß vor seinem Fenster und trällerte ohne Unterlass. Kreton räkelte sich auf seinem Fell und dachte an den Traum zurück. *Sie ist wieder bei mir gewesen. Und wie!* Er befühlte seinen Schlafrock. Biss sich in die Fingerspitzen. Auch ohne seinen Spiegel wusste er es. Mit ihr war das dämliche Grinsen zurückgekehrt. Er holte Isolde, klappte das Fell am Fenster beiseite und zielte auf den Vogel, der abhob. Dann kniete er nieder und wiederholte im Geiste die Sünden der letzten Nacht, um sie seiner Peitsche anzuvertrauen. Er genoss es. Als er Blut spürte, hörte er auf. Heute würde es ihm nicht gelingen, seine gute Laune zu vertreiben.

Als ihm Talias das Morgenbrot reichte, lachte der Monsignore und dankte ihm. Er aß mit Appetit, machte einen Scherz über den Ziegenjungen und teilte Talias mit, dass er sich selbst um die Vorräte für das Lager kümmern würde.

Kreton suchte die Hütte der Dorfvorsteherin auf, die mit bunten Bändern geschmückt war. Es war ein niedriges Blockhaus mit runden Fenstern und einem Dach, das bis zum Boden reichte. Ohne sich anzukündigen, trat er ein. Aldra hockte in der Mitte des Raumes und flocht ihr Haar.

»Was für ein wunderbarer Morgen«, begrüßte der Monsignore die Aldira. Sie lächelte, erhob sich und nahm Kreton am Ellbogen, um ihn hinauszuführen. Er wich zurück, als hätte sie ihn mit einer Nessel gebrannt. Draußen hielt sie inne und berührte mit ihren Händen die Erde.

»Was kann ich für Euch tun?«, fragte sie.

»Ich benötige Arbeiter und Vorräte. Wir errichten zwanzig Meilen von hier eine Sinode. Sie wird Wohlstand in diese Region bringen.«

Die Vorsteherin lachte. »Wenn sie nur das bringen würde.«

»Wir werden die Wege verbessern. Es werden Händler von nah und fern kommen. Ihr werdet Dinge kaufen können, die Ihr noch nie gesehen habt.«

»Wir sind mit unserem einfachen Leben sehr zufrieden.«

»Weil Ihr noch nicht wisst, wie es sein könnte. Doch ich möchte nicht zu weit vorgreifen. Vorerst benötige ich ein Dutzend Männer.« Er zog einen klimpernden Sack hervor.

»Wir arbeiten nur dann, wenn es unserer Gemeinschaft dient. Doch es kann jeder der Bewohner selbst entscheiden, ob er mit Euch gehen will.«

Kreton reckte den Hals und presste seine Lippen aufeinander. *Das werden wir noch sehen.* »Und wie sieht es mit Euren Vorräten aus, dürfen diese auch selbst entscheiden, ob sie mit uns gehen möchten?«

Aldra lachte.

»Ich möchte Euch etwas von Eurer Nahrung abkaufen. Wie viele Sack Gerste könntet Ihr erübrigen? Habt Ihr Fleisch?«

»Leider muss ich Euch enttäuschen. Wir verkaufen nichts. Wenn jemand Hunger hat, nähren wir ihn.«

Der Monsignore ballte die linke Hand zur Faust und biss hinein. *Weshalb muss mir diese Baumhure den Tag dermaßen vermiesen?* »Ich zahle Euch acht Oktale. Für vier Sack Getreide und sechs Pfund Fleisch. Das ist das Doppelte, das es in Quellwasser kosten würde.«

Die Vorsteherin sah ihn an, als würde er grimschen Kauderwelsch von sich geben.

»Ich kann Euch auch in Gold oder Silber bezahlen.«

»Wenn Ihr hungrig seid, kommt, dann gebe ich Euch zu essen.« Damit ließ sie ihn zurück.

Kreton fuchtelte mit den Armen. »Ihr, Ihr lehnt meine Münzen ab!« Fast unhörbar fügte er hinzu: »Dann lehnt Ihr auch mich ab.« *Doch mich wird man nicht so einfach los.*

Kreton vergewisserte sich, dass keiner in der Nähe war und ging in seine Hütte. Dort legte er seinen Umhang ab, öffnete die kleine Reisekiste und nahm Isolde in die Hand. Sanft strich er über das Leder und ging mit ihr zu Talias' Schlaflager. Vorsichtig hob er die Decke, unter der der kleine Käfig verborgen war. Die Maus schlief zwischen Holzspänen, Essensresten und Kot. Er öffnete den Käfig an der Seite und wartete.

»Miou, miou, die Katze kommt dich holen.« Er kratzte mit seinen Nägeln über die rauen Bohlen zu seinen Füßen. »Komm schon, Mistvieh!« Der Griff von Isolde knallte gegen den Käfig.

Die Maus öffnete die Augen, hob den Kopf und roch. Sie presste die Schnauzhaare durch die Öffnung des Käfigs und kam schnuppernd ins Freie. »Zack!« Kreton hieb zu. *Daneben.* Fluchend hob er zu einem weiteren Hieb an. Noch einem und noch einem. Kräftiger, schneller. Die Maus schlug Haken und versteckte sich hinter dem Bett des Monsignore. Wütend packte er es und kippte es um. Die Maus rannte hervor, Kreton hinterher. »Zack«. Er traf eine Laterne, die zu Boden polterte. »Zack. Zack.« Der Nager näherte sich dem Ausgang, Kreton einen Schritt hinter ihr. Siegessicher ließ er Isolde herabsausen und schrie auf. Er hielt sich die Wange und sah das Blut an seinen Fingern. Resigniert ließ er Isolde fallen. *Dich krieg ich noch.*

Der Monsignore begutachtete seine Verletzung im Handspiegel und tupfte mir einem Sacktuch die Wange ab. *Zeit, etwas Unruhe in das beschauliche Dorfleben zu bringen.* Er nahm ein dickes Buch, das auf einer Ablage oberhalb des

Käfigs stand. *Die amourösen Abenteuer des Kirgil Fliederstift. Mit solchem Schund verschwendet der Junge seine Zeit. Wenn ich meine Traumtänzerin nicht hätte, wäre ich versucht nachzulesen, was er treibt.* Er hob den Wälzer über seinen Kopf und ließ ihn auf den Käfig niedersausen, der daraufhin zerbarst. *Der Wind war es. Er hat die Lektüre vom Regal gefegt, die auf den Käfig fiel und der Maus die Flucht ermöglichte. Das wird der Bengel hoffentlich kapieren.* Dann stellte er das Bett auf, richtete seinen Kragen, nahm eine Flasche Gebrannten sowie ein Stück Wurst und verließ damit die Hütte.

Der Monsignore suchte Xiran auf, der dabei war, hinter einem großen Schuppen Holz zu hacken. Luran schwänzelte um ihn herum und zerfetzte mit lautem Gebell Löwenzahnschirme, die der Wind vorbeitrug. Als Kreton sich näherte, knurrte ihn der Hund an, woraufhin der Monsignore unter seinen Umhang fasste und ihm ein Stück Rauchwurst zuwarf. Xiran ließ die Axt sinken und fuhr sich über die Lippen. *Ich weiß, du hättest gerne selbst diesen Leckerbissen für dich. Und noch viel mehr.*

»Störe ich?«

»Nein.«

»Wie weit bist du mit dem Feuerholz?«

»Bald erledig.«

»Nimm einen Schluck.« Kreton hielt ihm die Flasche hin.

Xiran setzte sie an und trank. Mit seinem kräftigen Arm wischte er sich über den Mund. »Gud.«

»Dort, wo ich hingehe, gibt es noch mehr davon. Vielleicht überlegst du es dir. Bis morgen früh hast du Zeit dazu.«

Ein aufgeregter Talias kam des Weges und blickte sich nervös um - er schien etwas zu suchen.

»Was suchst du, mein Junge? Kann ich dir helfen?«, fragte der Monsignore.

Talias blickte verlegen drein. »Herr, es wird Euch missfallen. Doch ich möchte aufrichtig sein.«

Kreton lächelte. »Raus mit der Sprache, mein Junge. Wenn es in meiner Macht steht, werde ich dir helfen. Und der Hilfe des Herrn kannst du dir auch sicher sein.«

Talias trat nervös von einem Bein aufs andere und spitzte die Lippen. »Na ja. Ich hab eine Ratte. Also ...« Er kratzte sich den Kopf. »Also, ich hatte eine Ratte. Sanson ist weggelaufen.«

Herr im Lichte hilf mir. Das Vieh hat einen Namen! »Eine Ratte.« Er sprach das Wort Ratte so laut und verächtlich aus, als würde sie das Dorf bedrohen. Xiran kam einen Schritt näher. »Junge, geh nur. Xiran und ich werden uns umsehen.«

Als Talias weg war, legte der Monsignore Xiran einen Arm auf die Schulter »Hör mich an, Xiran. Du hast es gesehen. Dieser törichte Bengel hat eine Ratte ins Dorf geschleppt.« Er riss die Augen auf und hielt sich die Hand vor den Mund. Betroffen blickte er sich um, gab vor, einen Schluck aus der Flasche zu nehmen, und wandte sich wieder an den Krieger. »Es ist eine Kertener Königsratte. Vergleich sie nicht mit den hier lebenden Wald-, Wiesen- oder Dorfratten.« Mit den Händen deutete er die Größe einer Katze an. Vertraulich neigte er seinen Kopf zu den Hörnern des Kriegers und fuhr flüsternd fort: »Letzten Grun wurden die Vorräte unserer Abtei vernichtet - durch eine einzige dieser Ratten. Sie hat sich sogar durch die Tonkrüge gefressen.« Der Monsignore hob die Oberlippe an, schob seine Schneidezähne vor und riss den Mund auf. »Zuerst frisst sie sich hinein, dann lässt sie ihren Kot zurück, aus dem Maden und Würmer kriechen.« Kreton stellte die Flasche ab, packte den Schaft der Axt und hob sie an. »Wir müssen sie aufhalten, bevor alles verloren ist.«

»Ich sage Aldra«, sagte Xiran und wollte loslaufen, doch der Monsignore hielt ihn zurück.

»Zuerst sichern wir eure Vorräte, dann schlagen wir Alarm.«

Mit kräftigen Schritten und der Axt in der Hand ging Xiran durchs Dorf. Kreton hatte Mühe, ihm zu folgen. Der Ziegenjunge rannte einen Pfad entlang, der sich durch die Hütten wand und leicht bergauf ging, hielt abrupt an, blickte sich um und zog ein paar Äste zur Seite. Darunter verbarg sich eine Falltür, die den Eingang zu einem Erdloch versperrte. Er grinste. »Ratte nicht da.«

»Sehr gut«, meinte Kreton. »Du hältst Wache, und ich gebe Aldra Bescheid.«

Schnell entfernte er sich und ließ den Gehörnten zurück. *Jetzt kenne ich euer Versteck.*

Er ging in seine Hütte und traf dort wie erwartet Talias mit der Ratte an. *So klein und schon eine Ratte. Ich hätte gewettet, es ist eine Maus.* »Versprich mir, dass du deinen Beißer im Zaum halten wirst. Dann kann das Vieh um des Herrn willen bleiben.« *Ich werde mich ein andermal darum kümmern.*

»Herr, ich danke Euch. Sanson ist nur ausgebüxt, weil der Wind eines meiner Bücher ...«

»Spar dir deine Luft zum Atmen. Ich habe Wichtiges zu erledigen.«

Der Monsignore verließ die Hütte und ging mit der Flasche Gebranntem geradewegs zu Xiran. Der stand breitbeinig, den Unterkiefer vorgeschoben und die Axt im Anschlag, vor der Falltür. Mit gerunzelten Brauen starrte er in jeden Winkel. »Entspann dich«, sagte Kreton und reichte ihm die Flasche.

»Die Ratte ist weggesperrt und wird nicht mehr wiederkommen. Wie sieht es aus, kommst du mit uns?«

»Xiran überlegen.«

Als es dämmerte, kam die Dorfvorsteherin und lud Kreton und seinen Gehilfen zu einem gemeinsamen Fest ein. Das ganze Dorf war versammelt: die Ältesten, die Kinder, Frauen und Männer. Die Aldire hockten im Kreis um ein großes Feuer. Es qualmte und stank nach einem Kraut, das er von einem Tee seiner Großmutter kannte. Sie berührten mit den Handflächen die Erde und stießen sich immer wieder mit einem Schrei ab. Alle sangen »Nre ungad, ron temin, ron tamin, rema ro sa mir, naris naris.« Der Gesang wurde von Trommeln begleitet. Kreton klatschte mit und die Zeit verging wie im Rausch. In dieser Nacht schlief er schlecht - er träumte von Ratten, die an ihm nagten.

Am nächsten Morgen verließen sie Witwit. Drei Männer und ein altes Weib der Aldir begleiteten sie. Als sie bereits eine Wegstunde vom Dorf entfernt waren, hörte Kreton einen Hund neben der Kutsche hecheln. Es war Luran, der schwarze Jagdhund des Ziegenjungen. Im Maul eine rote Krähe.

Der Faulpelz

Um keinem aus dem Dorf zu begegnen, vermied Narna es, die ausgetretenen Pfade zu benutzen, und schritt den Kopf erhoben, das Bündel umgebunden, aus. *Wie oft habe ich es herbeigesehnt? Jetzt fühlt es sich unwirklicher an als meine Träume.* Sie atmete tief, versuchte loszulassen, die Freiheit zu spüren - es gelang ihr nicht. Zu schwer lastete Siras Tod auf ihr und ließ jeden Gedanken wie einen Stein im Wasser herabsinken.

Nach einigen Tagen lag das Gebiet ihres Stammes hinter ihr und sie kannte weder den Wald noch die Gerüche der Pflanzen oder die Stimmen der Tiere. Es war neue Erde, die sie betrat.

Narna riss einen Halm aus und wollte ihn wie einen Speer von sich werfen, doch der Wind erfasste ihn und warf ihn zurück in ihr Gesicht. *Wenn das keine Ildirns-Winde sind. Ich sollte zusehen, dass ich in die nächste Stadt komme.* Sie wusste, dass sie nach Südosten musste, um den Langen Weg zu erreichen, der sie dann weiter in den Süden über den Steinernen Vorhang zu den großen Städten führte. *Kleider aus bunten Stoffen, dünn wie Haut, tanzende Paare, bemalte Lippen.*

Ein süßer Duft ließ ihr Herz höher schlagen. *Beeren.* Wenig später stand sie vor einem Strauch Regenbeeren, stopfte sich die süßen Früchte in den Mund und füllte ihren Korb bis oben hin. *Ich muss die Früchte ernten, solange sie reif sind. In einem Mond könnte bereits Schnee liegen.* Gesättigt und mit vollem Korb ging es bergauf und bergab. Als es zu dämmern begann, entzündete sie ein Feuer in einer windgeschützten Mulde. Sie wärmte sich am Feuer und röstete ein paar Nüsse auf einem Stein.

Am Morgen weckte Narna der Bodenfrost. Die Sonne blieb hinter einer dicken Wolkendecke verborgen, nur der verschwommene Umriss der Tannen ließ sie den Anbruch des neuen Tages erkennen. Das Feuer war heruntergebrannt und Narna blies mit aller Kraft, doch die Scheite blieben finster wie Schatten. Zitternd rollte sie sich in die Blätter. Sie war nicht mehr in ihr Kogi gekommen, um das Fell für die Frostzeit mitzunehmen. *Ich brauche ein Fell, sonst wird der Malkom meine letzte Jahreszeit sein.* Ein leises »Witwit!« ließ sie aufhorchen. *Ein Sperling!* Fröstelnd packte sie ihre Habe und marschierte mit schnellen Schritten, die sie von innen wärmten. Der Gesang wurde lauter, doch zu ihrer Enttäuschung sah sie den gefiederten Freund auf einem Ast sitzen und ging enttäuscht weiter. *Kein Erian! Wenn er hier wäre, würden wir noch am Feuer sitzen. Er könnte mich malen oder mit mir in der gemeinen Zunge sprechen.*

In der zweiten Tageshälfte gelangte sie in einen tiefen Wald, in dem die Manokbäume mit ihren hohen Kronen vorherrschten. Sie riss ein Stück Rinde von einem der Bäume und begann darauf zu kauen. Die Kaubewegungen ließen ihren Magen knurren. *Ist es der lange Marsch, oder lässt mich die nächtliche Kälte so viel fressen? Sieht aus, als müsste ich auf die Jagd gehen. Sira hatte wieder einmal recht.*

Auf der Suche nach Essbarem fand sie einen Bach mit bunten Steinen am Grund, in dem einige Zopen schwammen. Als sie überlegte, wie sie die Fische fangen sollte, entdeckte sie in der nassen Erde der Uferböschung einen Abdruck. Ein runder See, in den ihre Hand hineinpasste, mit vier weiteren kleinen Seen an der Oberseite. *Die Tatze eines Bären.*

Narna kaute schneller auf dem Stück Holz. Sollte sie bleiben, um einen Fisch zu fangen? Andererseits hatte sie keine Lust, einem Bären zu begegnen, denn der Abdruck war frisch. Fest biss sie auf das Holz. *Ich riskiere es. Einen Versuch, dann bin ich weg.* Sie blickte sich um. *Mit dem Speer habe ich wenig Übung, und für einen Fang mit der Hand ist das Wasser zu tief. Am einfachsten wäre es mit einer Reuse, doch ich habe keine Zeit, eine zu flechten. Das ist es!* Sie nahm ihren Korb und räumte ihn aus. Den Feuerbogen legte sie auf die Erde, breitete Blätter aus und kippte die Nüsse, Beeren und Wurzeln darauf. Zwei der großen Blätter steckte sie an die Korböffnung, damit sie - wie ein Trichter - die Fische hineinlotsten, und stellte sich damit breitbeinig ins Wasser.

Immer wieder tauchten Zopen auf und schwammen um sie und ihren Korb herum. Ein Platschen ließ sie herumfahren - ein Kormoran war eingetaucht und flog mit einem zappelnden Fisch wieder weg. Narna zerrieb das letzte Stück des Manokholzes zwischen ihren Zähnen, als sich eine kleine Zope in ihren Korb verirrte. Sie riss ihn in die Höhe und wollte ans Ufer waten, doch ein tiefes Schnauben ließ sie verharren. Durch den starken Westwind hatte sie den Bären zu spät gerochen - er stand bei ihrem Vorrat und fraß.

Narna tauchte bis zum Hals in den Bach und ließ die Öffnung des Korbes aus dem Wasser schauen, damit die Zope nicht floh. Sie beobachtete den Bären, der sein braunes Hinterteil in ihr Blickfeld schob und genüsslich fraß. Er war noch nicht ausgewachsen und leckte den klebrigen Saft von den Blättern. *Eine nasse Fellkugel frisst meine Nahrung. Wie konnte ich nur so dumm sein. Der süße Duft der Regenbeeren würde jeden Räuber im Umkreis eines Vogelfluges anlocken. Lass dir meine Dummheit gut schmecken. Ich hoffe, dass mir eines Tages ein Wunder auch so eine volle Schüssel beschert.*

Narna zitterte und Ihre Greifzehen verkrampften sich. *Das Wasser ist zu kalt. Ich muss raus.* Sie ließ sich ein Stück mit der Strömung treiben, stieg schlotternd aus dem Bach, zupfte etwas Moos von einem Baum ab und setzte sich auf einen Stein, um sich abzutupfen. Mehrmals streckte sie ihre Arme durch, ballte ihre Finger zu Fäusten und riss den Kopf in den Nacken, damit die Wärme langsam in ihren Körper zurück kroch.

Narna bog zwei Äste zur Seite, um den Bären zu beobachten: Er hatte die Früchte und Nüsse gefressen und beschlossen, ihren Beutel genauer zu untersuchen. Er schnupperte, dann schubste er ihn mit seiner Schnauze und hieb mit der Pranke darauf. Das Leder hielt seinen Versuchen stand. Dann gab er auf, legte sich auf den Bauch und döste.

Narna wartete, bis sie sicher war, dass er schlief. *Ist das das Fell, das mir die Baumgeister schenken?*

So leise wie möglich schlich sie am Ufer entlang zurück. *Er ist satt. Ich habe nichts zu fürchten.* Zuerst holte sie den Feuerbogen und das Wurzelwerk, die ein Stück abseits lagen, dann suchte sie den Lederbeutel - er lag genau vor der Schnauze des Bären, der ihn beinahe als Kissen benutzt hätte. Da der Wind von der Wasserseite wehte, machte sie einen großen Bogen und näherte sich von Süden. Jeden Schritt setzte sie sorgfältig abwägend und bewegte sich geräuschlos durch den Wald. Eine Pranke des Bären ruhte unter seinem Schädel, die andere lag ausgestreckt auf der Erde. Wie Messer standen seine Krallen weg. Narnas Hand griff nach dem Beutel und ihre Finger tasteten hinein. Sie schob das Kaninchenfell, die Kräuter und das Ledersäckchen beiseite bis sie den kalten Schaft des Messers umklammerte. Sie hob ihren Arm über den Bären und musste nur zustoßen. *Tu es. Es ist dein Kleid, das dich schützen wird. Dein Geschenk der Erdgeister.* Narna sah auf das

Fell, das sich bei jedem Atemzug hob und senkte. Langsam ließ sie das Messer sinken. *Ich kann nicht. Ich töte keine Schlafenden.*

Behutsam entfernte sie sich, griff in den Korb und packte die Zope hinter den Kiemen. Ihr Daumennagel trennte den Fisch vom Leben. Als sie den Korb auf ihren Rücken hievte, hörte sie den Bären zufrieden brummen. *Brauche ich eine neue Ranunkel? Noch nicht.*

Narna folgte dem Bach Richtung Süden, bis sie laute Schreie über ihrem Kopf innehalten ließen. Sie spähte durch die Wipfel der Manokbäume und erkannte einige Seeschwalben, die grau in grau mit den Wolken um die Reste eines Krebses stritten. *Sie kündigen ein großes Gewässer an. Den Kilikiti? Einen See?* Der Wald wurde lichter und machte hohem Gras Platz, das im Wind wogte. Es roch nach abgestorbenem Schilf, Fisch und Salz. *Dann muss es der Kilikiti sein, der salzige Fluss. Ich werde keine Ansiedlungen der Aldir an seinen Ufern finden, höchstens ein Fischerdorf der Olumot. Fraglich, ob mich das Wasservolk verstehen würde.*

Durch die Begegnung mit dem Bären war ihr warm geworden und sie hatte ihren Hunger vergessen. *Ich werde den Kilikiti überqueren und mir am anderen Ufer die Zope schmecken lassen.*

Der Strom war breit, doch die Strömung schwach. Sie stopfte den Beutel in den Korb, verschloss ihn mit Blättern und hievte ihn auf ihren Kopf.

Ihre Arme schmerzten und Wasser schwappte in ihren Mund, als sie den Fluss überquerte, doch sie kam rasch voran und entstieg erschöpft dem Gewässer. Bäuchlings ließ sie sich in den Matsch fallen. Sie lauschte den Wellen, dem Wind und der Erde. Sie erzählten ihr von dunklen Kreaturen und von lichten Reitern. *Reiter,* dachte sie und fuhr hoch.

Das Lager

Die letzten Meilen hatten den Monsignore an die Fahrt auf den Siebenerpass erinnert, deshalb war er froh, als das Wackeln und Poltern endete und die Kutsche vor einer Felswand hielt. Er seufzte erleichtert auf und verjagte mit seinem Hut einige Fliegen, die um ihn schwirrten. Hier in den Ausläufern der langen Zacken waren die Tage heiß und die Nächte kühl. Er folgte dem Kommandanten, der es sich nicht nehmen ließ, die kleine Reisekiste selbst zu tragen. Dahinter schleppten Talias und Xiran die großen Kisten. Sie schritten über eine Brücke aus groben Baumstämmen, die den kleinen Bach überspannte, dem sie die letzten Meilen gefolgt waren.

Zwei dünne Aldire waren dabei, ein dickes Holz in einem Erdloch zu versenken. Ein Buckler, der nebenan schaufelte, sah neugierig herüber. Kreton blickte neugierig zurück. Bis jetzt hatte er noch nie einen Buckler aus der Nähe gesehen. Die schmalen Brüder der Hohengrim hatten größere Augen und längere Nasen. Sie waren sehniger und blasser, die Haut dunkelte nicht einmal in der prallen Sonne. Die Muskeln an den Unterarmen traten dem kleinen Kameraden hervor, als er die Schaufel anhob und kräftig in die Erde stieß. *Jetzt weiß ich, weshalb ihr keine Bärte tragt. Sie sind beim Schaufeln hinderlich.*

Das Lager befand sich in der Nische einer hohen Felswand, geschützt nach Norden und Osten hin, ein Bach plätscherte im Süden. *Schlau gewählt dieser Ort. Es sieht uns keiner, wir sind vor der Witterung geschützt und haben Wasser.* Sie marschierten an den Fuhrwerken vorbei, passierten einen Verschlag, in dem Pferde rannten, und gingen über einen kleinen Platz, in dessen Mitte ein großer Kessel über einer Feuerstelle hing. Dicke

Scheite knackten in der Glut und die Luft verschwamm vor Hitze. Die Zelte standen regungslos - kein Lüftchen ließ sie wanken. Weiter hinten entdeckte der Monsignore ein paar einfache Hütten aus Ästen, deren Laub in der Sonne vor sich hin welkte. Nahe der Felsen hievten drei Buckler einen Stützbalken auf eine halb fertige Hütte. Eine Aldir-Frau saß daneben im Gras und band Roggenstrohbündel. Ein in Weiß gehüllter Lichtkrieger sah ihnen dabei zu.

Hirak schritt auf die Felswand zu und verschwand in einer kleinen Öffnung darin. »Das ist es«, meinte er.

Kreton musste sich bücken, um die Höhle betreten zu können. Das Licht war fahl, und es roch nach Moos. *Das Wichtigste, hier ist es kühl.* Er setzte sich auf den Baumstumpf, der in der Mitte des Raumes stand, und tauchte seine Fingerspitzen in die hölzerne Schale, die als Waschgelegenheit vorgesehen war. Ein Kuhfell am Boden ließ es fast heimelig wirken. Mit einer Plane war ein Bereich abgetrennt, in dem sich eine Pritsche aus krummen Haselzweigen, darauf eine strohgefüllte Matratze und ein Schafsfell befanden.

»Euer Reich, bis die Hütte fertig ist. In einer Woche sollte es so weit sein«, sagte Hirak.

»Annehmbar unter diesen Umständen. Denkt Ihr, Ihr könntet mir noch eine Schreibgelegenheit zimmern lassen?«, fragte der Monsignore.

»Wenn es nichts weiter ist«, sagte der Kommandant.

Wo bleibt dieser nutzlose Bengel mit meinem Gepäck?

Talias hatte den Monsignore aus den Augen verloren und war mit Xiran und einer Kiste herumgeirrt. Irgendwann stolperte er über ein Seil, und sie ließen daraufhin die Kiste liegen. Talias beschloss, seinen Herrn zu suchen, bevor sie weiterschleppten.

»Monsignore, Monsignore! Wo seid Ihr?«,rief Talias.

»Wo bleibst du, du Tölpel? Jetzt schaff meine Kisten her und diesen Ziegenkopf.«

Es dauerte ihm alles viel zu lange, doch irgendwann tauchten die beiden mit seinem Gepäck auf. Kreton stellte eine Flasche Gebrannten auf den Baumstumpf und bat den Krieger mit den Ziegenhörnern in seinen Unterschlupf. Dieser befahl seinem Hund, vor der Höhle zu warten.

»Du bist weggerannt, als du gesehen hast, dass dein Köter eine rote Krähe gefangen hat. Weshalb?«

»Xiran nie gesehen rote Krähe. Nur kennen aus Lied. Böses Lied.«

»Erzähl mir davon.«

»Rotes Tier kommen mit Schatten in Nur.«

»Hast du Schatten gesehen?«, fragte ihn Kreton.

Der Ziegenjunge schüttelte den Kopf.

»Wo bist du hingerannt?« Nervös blickte der Drogu auf die Flasche Gebrannten. *Zuerst antwortest du, dann gibt es die Belohnung.*

»Narimba. Hüterin von Wald. Sie wissen von Rotkrähe und Schatten.«

Kreton spannte die Finger seiner rechten Hand wie einen Bogen. »Was sagt sie, eure Hüterin des Waldes?«

»Licht und Schatten kommen in Fleewald. Bringen dunkle Zeit für Nari.«

»Weshalb bist du zu uns gekommen?« Kreton reichte ihm die Flasche.

»Xiran müssen achtgeben auf Lichtvolk. Schatten kommen.« Xiran nahm einen großen Schluck.

So so, jetzt haben wir einen Beschützer an unserer Seite, oder ist es ein Bewacher? Solange er nicht weiß, wo die Grabstätte liegt, soll er bleiben. »Du bleibst im Lager und hilfst beim Bau der Palisade. Geh zu Hirak und sieh zu, dass dein Köter keinen Unfug treibt.«

Als der Ziegenjunge weg war, setzte sich Kreton erschöpft auf den Baumstumpf. Plötzlich war es ihm zu kühl in seiner Höhle und er suchte sich schnell einen sonnigen Platz und betete.

»Talias, komm, wir brechen auf!« *Es ist spät, doch ich muss heute noch die Grabung besichtigen. Jeder Tag zählt.*

Wollte er bei der Abenddämmerung zurück sein, musste er sich sputen, denn das Lager und die Grabungsstätte trennten eine knappe Stunde Fußmarsch. Für Kutschen oder Pferde war das Gelände zu unwegsam. Kreton suchte sich einen langen Ast, den er als Wanderstab benutzte und ließ sich von einem verhüllten Lichtkrieger führen.

Es ging stetig bergauf, sodass sein Gehilfe dermaßen schnaufte und schwitzte, dass Kreton daran dachte, den Dickwanst zurückzulassen. Sein Kopf war knallrot wie ein reifer Apfel und drohte zu Boden zu fallen. »Mach schon! Denk dir, wenn wir ankommen, wartet ein Berg Zuckergebäck auf dich, und wenn ich vor dir ankomme, werde ich alles alleine auffressen«, trieb er ihn an. Der Wald wich groben Felsen, und sie verließen den Pfad.

Vor einer Felswand, die senkrecht in den Himmel ragte, hielt ihr Führer. Er blickte sich um und bog die Zweige eines Strauches auseinander. »Bitte, die Herren.«

Kreton stieg über die Äste und fand sich vor einem niedrigen Tor, dessen steinerne Flügel zu Brocken geborsten auf der Erde lagen. Er balancierte über die Reste und bückte sich durch die Öffnung.

Es folgte eine Schlucht, die so schmal war, dass Kreton nicht sicher war, ob sein Gehilfe durchpassen würde. Dieser zischte immer dann, wenn seine Ellbogen am dunklen Fels scharrten.

Muss er halt seitlich gehen. Falls das hilft. Die Sonne fand ihren Weg nur mühsam in den tiefen Spalt. Der Monsignore hielt an und schabte etwas Moos beiseite, unter dem feine Einkerbungen zum Vorschein kamen. Es waren Schriftzeichen. Kleine Kreise mit Öffnungen an den unterschiedlichsten Stellen und verwinkelten Linien. Kreton kannte die Symbole von den Abschriften des wirren Forschers. *Die Zeichen der Odogrim.*

Das Ende der Schlucht bildete ein weiteres Tor, unter dem sich der Monsignore durchbücken musste. Sechs steinerne Grim hielten eine Steinplatte in die Höhe, auf der ein weiterer Grim thronte. *Wieder ein gefallener König.* Einige der Hände waren abgebrochen, und der König hatte keinen Kopf mehr. Talias kroch auf allen vieren hindurch. Schnell bemühten sie sich, das Relikt hinter sich zu lassen.

Nach einem kurzen, steil ansteigenden Pfad gelangten sie über eine Kuppe auf ein Hochplateau. Kreton glaubte sich in einer anderen Zeit, nahm bedächtig das Lichtsymbol, das um seinen Hals hing, und küsste es. *Herr, wir sind ganz nahe, ich spüre es.* Zu seiner Linken befand sich ein Hochmoor, das so still dalag, als wäre es seit Jahrtausenden von keiner Seele berührt worden. Zu seiner Rechten tat sich etwas auf, dessen Dimensionen er noch nicht abschätzen konnte. Sie folgten dem Pfad am Rande des Moores, bis dieser in einer steinernen Treppe mündete, die den Blick auf ein imposantes Bauwerk freigab.

Das also sind die Ruinen von Zokarim. Die Ruhestätte des letzten Odogrim. Die Hoffnung zur Errettung unseres Blutes. Kreton packte den Stab fester, als ihm ein kühler Wind ins Gesicht blies. Die Wolken regten sich - dunkel waren sie. *Möge der Herr uns den Weg zum Grabe leuchten, bevor es zu spät ist.*

Unerhofftes Wiedersehen

Narna hob den Kopf, um die Reiter zu sehen. Es waren zwei weiße Gestalten auf schwarzen Rössern, die einen Pfad entlang galoppierten, der nach Süden führte - weit genug entfernt, damit sie unentdeckt blieb.

Als das Getrappel der Hufe verstummt war, schnaufte sie durch und legte ihren Kopf auf den Arm. Der zuckte, ein Stich fuhr ihr durch die Schulter und das Mal begann sich zu verändern. Narna grub ihre Finger in die feuchte Erde. Zuerst, um den Schmerz auszuhalten, später, um eine dicke Schicht Dreck aufzutragen. *Hör auf. Ich will es nicht sehen!*

Sie nahm eine weitere Handvoll Matsch, formte einen Klumpen und bearbeitete das glitschige Material - drückte und zog, rollte noch einen Klumpen zwischen ihren Handflächen und ritzte mit ihren Nägeln. Als sie fertig war, stand ein kleines Pferd vor ihr mit einem Reiter oben drauf. Zufrieden blickte sie auf ihr Werk. Dann nahm sie die Schleuder und sammelte ein paar runde Kiesel. Das Kreisen der Schlinge ließ ihr Gelenk schmerzen und erst mit der dritten Hand Kiesel traf sie den Reiter. Das Pferd blieb stehen. *Es ist beinahe wie damals, als wir mit Zapfen auf Strohmännchen geschossen haben.* Sie zielte erneut und traf im zweiten Anlauf den Matschgaul. Eine Handvoll Kiesel steckte sie ein, dann lief sie los.

Narna folgte dem Pfad der Reiter, bis es dämmerte. Ihren Lagerplatz richtete sie in einer abgelegenen Nische hinter einer Felskuppe ein, dass man ihn vom Weg aus nicht sehen konnte. Wenig später loderte das Feuer. Sie stopfte einige Raukenblätter in die Zope und briet sie auf einem Stecken. Gierig verschlang sie den Fisch und kaute ein paar Wurzeln dazu. Satt und müde pfiff sie Erians Sperlingsmelodie, schlief ein und träumte.

Sie betrat ein prächtiges Schloss. Die Absätze ihrer hohen Schuhe klackerten auf den Steinplatten. Ihre lange Schleppe wehte wie eine Rauchschwade hinter ihr her - leicht, fast durchsichtig. Das Kleid loderte in Rottönen, die ihrem Haar entsprangen. An ihrer Hand Erian. »Geh mit mir, mein Feuervogel«, sagte er und führte sie auf die Tanzfläche. Die Musikanten ließen die vertraute Sinfonie erschallen, woraufhin Erian mit ihr schwungvoll über den spiegelnden Stein fegte. Jetzt erst bemerkte sie die anderen Gäste, die einen Kreis bildeten. Nur verschwommen nahm sie ihre Gesichter wahr. Immer schneller wurde das Lied. Immer schneller drehten sie sich. Die Umstehenden kamen mit jeder Drehung näher - sie waren eingekesselt! Mit einem Schrei glitt sie aus, blickte von unten in zahlreiche Gesichter. Erian war fort und ihr Rücken schmerzte, als sie erwachte.

Auf das Grau des Vortages folgte Dunkelheit - es war der Schatten-Tag. *Wenigstens schläft heute auch der Wind.* Narna begab sich zurück auf den Pfad und folgte ihm im fahlen Licht des Mondes. Sie kam nur langsam voran und konnte die Richtung, in die sie lief, nicht mehr bestimmen. *Ich benötige eine Fackel.* Immerhin fand sie ein paar Haselnüsse, die sie verspeiste, und legte einige Pilze in den Korb. An den Schattenröhrlingen ging sie vorbei. Tannenduft vermischte sich mit dem der Laubbäume und die Felsen wichen Wiesen und Weiden. Ein Fuchs, eine Drossel und ein Mäuschen waren die einzigen Lebewesen, denen sie an diesem Tag begegnete. Zum Gruß streckte sie die Hand auf die Erde und sprach noch mit ihnen, als sie längst gegangen waren. Sie bereute, losgezogen zu sein, und ihr Stamm fehlte ihr. Die Geschichten von Nasi, Suras Lieder, Maretis Zuckerbrot, das Gezeter von Nauri, sogar Aldinas Hänseleien hinterließen ein Loch. *Und Sira fehlt mir am meisten.*

Das Plätschern eines Baches rief sie. Narna trank, bis ihr Bauch gluckste, und tauchte ihren Kopf ein. Es fühlte sich warm an und das Wasser beruhigte sie. Ohne ihr Blätterkleid legte sie sich in das Nass und streckte die Arme von sich. Der Mond ließ ihre Haut noch fahler aussehen, die Sonnensprossen vergingen in der Blässe und ihr Mal zuckte. Die Dreckschicht beließ sie auf ihrem Oberarm.

Ein lautes Brummen in der Stille des Waldes ließ sie hochfahren, doch umgehend verschwand es mitsamt dem pelzigen Flugtier in einer Springkrautblüte. Ein helles Surren folgte und ließ die Pflanze wackeln. *Das wird meine Fackel.* Sie streifte ihr Kleid über, packte ihren Korb und folgte der Hummel. Ihre Flügel schimmerten silbern, und die Pollenhose leuchtete golden, als sie den Bach entlang in ein kleines Tal flog.

Narna fand sich in einer anderen Welt wieder. Hier wuchs eine Vielzahl an Wiesenblumen, Kräutern und Grünzeug. Ihre Farbenpracht kämpfte gegen das Blau des Mondlichts. Die Szene hatte etwas Unwirkliches. Es hätte sie nicht gewundert, wäre eine Fluu herbeigeschwebt und hätte ihre Herzenswünsche gesehen. *Ich hätte nur einen: Erian soll bei mir sein.* Doch die kleinen geflügelten Wesen gab es nur in Nasis Geschichten. Narna erkannte Königskerzen, Steindisteln und Fingerkraut. Zupfte von Beinwell, Blutweiderich und Wasserminze. Roch an Nachtkerze, Regenfarn, Rossminze und Baldrian. Pflückte Arnika, Springkraut, Hohlzahn und Waldlauch. Sie wählte eine schöne Ranunkel und steckte sie in ihr nasses Haar. *Hier kann ich meine Vorräte an Essbarem und*

Heilkräutern auffüllen. Später suche ich meine pelzige Freundin. Narna freute sich, als sie eine Pastinake erblickte, und zog vorsichtig am Stängel, um die dicke Wurzel zu ernten. Weitere folgten. Sie rollte ihre Funde in ein großes Kerbenblatt und lief die Hummel suchend auf der Wiese umher. Doch kein Tier war zu erblicken oder zu hören. *An hellen Tagen muss es hier von Hummeln, Käfern, Libellen und anderen Insekten nur so wimmeln.* Narna ließ sich ins Gras fallen, da hörte sie ein leises Surren. Sie hob den Kopf und sah eine Königskerze gefährlich wanken. *Da bist du also.* Der Blütenstaub hing schwer an den Beinen der Arbeiterin. *Willst du nicht endlich heimfliegen?* Doch die Hummel war fleißig und besuchte eine Blüte nach der anderen. *Du genießt es, heute alleine zu sein. Heute bist du die Königin.*

Der Tag musste bereits zur Neige gehen, als das kleine Pelztier zu ihrem Nest flog. Narna ging auf alle viere und suchte die Öffnung im Erdboden. *Hab ich dich.* Behutsam schabten ihre Finger die Erde weg, dann nahm sie das Messer und hob damit das Dach vom Nest. Bis auf ihre Gefährtin schliefen die pelzigen Tierchen. *Entschuldigt, meine Freunde. Es wird heute ohnehin nicht mehr regnen.* Zufrieden nahm sie das Wachsstück und ging damit zu ihren Habseligkeiten.

Narna beschloss, die Nacht in dem kleinen Tal zu verbringen, sammelte Laub und biegsame Äste und baute sich damit einen kleinen Unterschlupf. Mühsam brachte sie ein paar Scheite zum Glühen, briet die Pastinaken und ein paar Pilze. Dann legte sie sich ins weiche Gras, bis der Schlaf sie in seine Arme nahm.

Lautes Surren und das Licht des Tages weckten sie und etwas kitzelte ihre Nase. Erschrocken fuhr Narna hoch. Sie war nicht alleine. Freudig blickte sie in ein Paar vertrauter Augen.

Zokarim

Vor dem Monsignore öffnete sich die Erde in einem runden Trichter mit mindestens fünfhundert Fuß Durchmesser. Ein gigantischer Kessel, von dem er annehmen musste, die Natur hätte ihn erschaffen, denn alles andere überstieg seine Vorstellungskraft. Es war undenkbar, dass Wesen aus Fleisch und Blut mit ihren bloßen Händen und primitiven Werkzeugen die sieben Stufen aus dem Stein geschlagen haben könnten. Stufen, die höher als zwei Mann waren und dreimal so breit. Auf den kreisförmigen Ebenen konnte er verwachsene Eingänge, Fenster und Kamine ausmachen. Verbunden waren die Ebenen durch Stufen, die von den Arbeitern freigelegt oder mit Holzkonstruktionen vervollständigt wurden. Zusätzlich waren die Ebenen mit Rampen verbunden, die wie Kerben von einer Axt aus dem Fels gehauen waren und die Grim hatten Aufzüge errichtet, die Baumstämme von einer Ebene auf die nächste beförderten. Es herrschte reges Treiben. Das Klacken der Hämmer hallte durch das Rund, rhythmisch wie Musik. Zwei Esel, die hintereinander gespannt waren, zogen unter den Hieben eines Grim eine kleine Rumpelbahn, die auf Schienen lief. Felsbrocken und Schutt wurden damit nach oben und Werkzeuge nach unten gebracht.

Die blaue Kappe und der graue Bart, das muss er sein. Trotz der Entfernung erspähte Kreton den alten Luchterbuckel, der mit einer Karte in der Hand den Arbeitern Befehle erteilte. Er hatte es sich auf der untersten Ebene der Anlage eingerichtet.

»Komm, steh auf«, sagte er zu Talias und marschierte los »Wir haben keine Zeit zu rasten. Der alte Luchterbuckel erwartet uns unten im Kessel«.

Der Abstieg über die sieben Ebenen gestaltete sich mühsamer als gedacht, denn die Natur hatte das einstige Monument des Erzvolkes Schritt für Schritt zurückerobert. Der Boden war mit Gräsern bewachsen, dazwischen wucherten Hecken und dorrten Bäume. Kaninchen, Grim-Nattern und Waldkäuzchen hatten einen geschützten Lebensraum gefunden. Die Grim hatten für sich und ihre Rumpelbahn Schneisen geschlagen. Nichtsdestotrotz musste der Monsignore über gefällte Bäume steigen, durch niedrige Öffnungen schlüpfen und durch Pfützen waten. Unzählige Fackeln leuchteten jene Winkel aus, die niemals einen Sonnenstrahl erblickten, und verströmten zähen Pechgeruch.

Talias stöhnte mit jeder Ebene lauter und die Worte, mit denen ihn Kreton antrieb, wurden immer deftiger.

»Du steigst in die Gumpen, als wärst du ein hintergluckner Edelweib, das ihr Ziegenmilchbad nimmt. Hüpf einfach rein! Bei deinem Umfang brauchst du keine Angst haben, zu ersaufen.«

Ein Trupp Buckler kam ihnen an einer Engstelle entgegen und der Monsignore musste mit ihnen diskutieren, wer kehrt machte, um den anderen Platz zu machen.

»Mir sind eure Gesetze des Berges genauso schnurz wie eine Warze auf eurem Allerwertesten. Ich bezahle das alles hier, also werdet ihr eure Pickel zurückschieben und Platz machen.« Es amüsierte ihn, dass sie Talias durch ein Loch hieven mussten, um weiterzukommen.

Nach einer Ewigkeit betraten sie den untersten Kreis: Eine riesige Steinplatte, in deren Zentrum ein dunkles, achteckiges Podest aufragte. In die Seiten des Podests waren von Moos und Erde bedeckte Gesichter gehauen.

Kornilius Luchterbuckel war in ein Gespräch mit einem Vorarbeiter vertieft, der beständig nickte.

Kreton hörte einen Moment zu und fragte dann den Vorarbeiter: »Wisst Ihr, was Ihr zu tun habt?« Der nickte wieder. »Dann rasch an die Arbeit.« Kreton jagte ihn mit einer Handbewegung fort und drehte sich zu dem Forscher, der die Karte auf den Sockel legte und seine Kappe abnahm.

»Monsignore! Schön euch onzutreffen.«

Seine Os haben mir schon gefehlt. »Meister Luchterbuckel, wie ich sehe, kommt ihr gut voran. Was macht der Stollen?«

»Ich nehme on, Ihr meint den zur Grobkommer?«

Alles andere interessiert mich wenig. Kreton sagte nichts.

»Es gäbe hier ja noch dermaßen viele andere Dinge freizulegen. Wie seid Ihr durch den Schlund gekommen? War eng, nicht wahr? Sogar mein zierlicher Leib hat hin und wieder den Fels geküsst.«

Der Alte spricht von der dunklen Schlucht. Schlund ist eine treffende Bezeichnung dafür. Beinahe wäre Talias von ihm verschluckt worden, dachte er schmunzelnd.

»Ich tüftle noch daran. Sie konnten mit einer Mechanik die Breite des Durchgangs einstellen«, fuhr der Alte fort. »Wenn Feinde kamen, machten sie einfach dicht. So konnten sie ein halbes Heer zerquetschen. Unglaublich, diese Odogrim.«

Und doch haben sie nicht überlebt. Ich möchte nicht wissen, mit welch absurden Dingen sich sein wirrer Geist herumschlägt. »Selbstverständlich spreche ich vom Stollen zur Grabkammer«, kam Kreton zum Thema zurück, »wie weit seid Ihr?«

»Der Eingang ist freigelegt. Ich bin noch dabei, die Inschriften zu übersetzen. Eindeutig sind die Warnungen, die sie angebracht haben. In allen Sprachen Arteis schildern sie die Gefahren und raten davon ab weiterzugehen, sogar auf

Nyrnisch.« Der Grim gluckste, als hätte er einen derben Witz vorgetragen. »Der Eingang ist mit Bannsymbolen zugepflastert. Leicht möglich, dass alte Zauber der Odogrim darauf ruhen. Wir müssen sehr vorsichtig sein.« Der Alte kratzte sich am Kopf. »Einer der Arbeiter ist davongelaufen, als er die Warnungen las. Ich habe mir erlaubt, sie abzudecken, nachdem ich sie kopiert hatte.«

Herr, es gibt noch Hoffnung.

»Wie ich vermutet hatte, fehlt der Stollriss. Vielleicht habt Ihr schon davon gehört. Es ist eine kleine Übersichtskarte am Stolleneingang, die mit dem Fortschreiten der Grabung erweitert wird. Meistens werden die Blauhelme mit dieser einfachen Sache betraut.«

Der Monsignore sah ihn fragend an.

»Die Blauhelme sind junge Buckler, die noch nicht länger als sieben Jahre dabei sind. Anfänger eben. Da ich gerade daran denke, ich brauche noch weitere Helme.«

Kreton biss die Zähne zusammen.

»Wo war ich? Ach ja, der Stollriss fehlt. Es wäre zu schön gewesen. Wie dem auch sei. Wir beginnen mit dem Freilegen des Zuganges, sobald alle Inschriften der Eingangskammer entziffert sind.«

Kreton stampfte mit seinem Stecken auf den Boden. »Ihr beginnt jetzt!«

Der Forscher biss auf seine Kappe und fasste sich ein Herz. »Monsignore, wir wissen nicht, was uns erwartet. Wenn Schutzzauber auf dem Zugang liegen, könnte das die Arbeiter gefährden oder den Stollen zum Einsturz bringen.«

»Wenn sie nicht gewollt hätten, dass jemand hingelangt, hätten sie den Stollen selbst einstürzen lassen«, sagte der Monsignore.

»Unterschätzt nicht die Zauberkraft der Odogrim«, entgegnete der Alte. »Sie wirkt, auch wenn sie zuvor Jahrhunderte begraben lag.«

Kreton rieb sich das Kinn. *Mächtige Waffen soll man gut schützen, doch man muss sie auch einsetzen können, wenn die Zeit es verlangt. Jetzt verlangt sie es.*

»Es war vor etwa achtzig Jahren, da bin ich selbst noch ein Blauhelm gewesen. Wir legten mit Meister Hoschbort eine Kaverne in Synthias Rache frei und wären um eine Bartlänge alle draufgegangen, weil wir einen Zauber übersehen hatten. Die Wände begannen, sich zu bewegen, Schächte öffneten sich.« Er hob seine linke Hand und streckte Kreton den Stummel seines Ringfingers hin. »Das lässt mich seitdem daran denken, beim Buddeln vorsichtig zu sein.«

Ich muss ihm recht geben. Wir dürfen uns keinen Fehler erlauben. »Ihr macht, so schnell Ihr es vermögt und ohne unsere Mission zu gefährden.« *Es ist nicht die Angst vor den Zaubern alleine, es beschäftigt ihn noch etwas anderes - ich werde es herausfinden.*

»Kommt mit, ich zeige Euch die Eingangskammer und das Tor«, sagte Meister Luchterbuckel.

Kreton folgte dem kleinen Bartträger eine Ebene hinauf, in einen Stollen. Mehrmals ging es um die Ecke, dann eine lange Stiege nach unten, bis sie sich weit unter der Bodenplatte des Kessels befanden. Der Forscher folgte einem Gang und bog in eine siebenseitige Kammer, wo er eine Plane abnahm. Darunter kamen Symbole, Schriften und Bilder zum Vorschein. »Wie Ihr seht, ist bereits die Eingangskammer etwas Besonderes. Sieben Wände, jede ist voller Rätsel.«

»Und wenn Ihr einfach durchbrecht?«

»Wir wissen nicht, was wir damit auslösen, und …« Der Grim zögerte. »Leider wissen wir noch nicht einmal, in welcher der sieben Wände sich das Tor befindet.«

Das ist es also. Er hat keine Ahnung, wie es weitergeht. »Ihr bleibt solange in Zokarim, bis Ihr das Tor geöffnet habt. Talias wird dafür sorgen, dass Ihr alles habt, was Ihr benötigt. Lasst mich rufen, wenn es so weit ist.«

Er ließ einen verdatterten Forscher zurück, der seine Kappe zerdrückte. Diesmal sprudelte kein Wort mehr aus dem Bart des Alten.

Das Bankett

Baldrian!« Narna konnte es kaum glauben, dass das Wiesel hier war, auf ihrem Bauch saß und sie an der Nase kitzelte. *Ist es möglich, dass er meiner Fährte gefolgt ist? Wenigstens bin ich nicht mehr alleine.* Sie hob es hoch, das Wiesel leckte ihre Nase ab, entwand sich und lief weg. Kurz darauf kehrte es mit einem felligen Bündel zwischen den Zähnen wieder. Es hatte ihr ein Geschenk mitgebracht - ein Kaninchen. »Baldrian, das ist nett von dir. Danke.« Aus seinen Blicken schloss sie, dass sie es gleich verspeisen sollte. Diesmal loderte das Feuer so hoch, dass sie dachte, sie müsse die Flammen zähmen. Sie zog das Fell des Kaninchens ab, nahm es aus, rieb es mit Kräutern ein, wickelte Lauch herum, füllte es mit Pastinaken und briet es an einem Spieß über dem Feuer. »Komm mein Freund. Fang mich!«

Sie tollte mit Baldrian durch das Tal. Hüpfend, lachend, auf allen vieren. Narna schnappte das Wiesel, das auf ihren Rücken sprang, und tanzte mit ihm durch das hohe Gras. Die Blumen waren die Gäste ihres Banketts. Der Duft des Bratens rief sie zur Tafel, an der sie dem Wiesel seine Portion garniert mit Baldrianblüten reichte. Nachdem sie alles verspeist hatten, legte sie sich mit vollem Bauch in die Wiese. Sie sah dem Wind zu, wie er dicke Wolken vor die Sonne schob und konnte es bereits riechen, dass es regnen würde.

Dicke Tropfen, die vom Himmel fielen, ließen sie ein Lied singen, mit dem die Naldar den Erdgeistern für das Wasser dankten. Als sie beide bis auf die Haut nass waren, verkrochen sie sich in ihren Unterschlupf. »Wenn wir schon nass sind, können wir auch weitergehen«, sagte Narna zu Baldrian, packte ihre Habe und verabschiedete sich vom Tal der Blumen.

Mit frischem Mut ging sie auf dem matschigen Pfad weiter Richtung Süden.

Gegen Abend ließ der Regen nach, der Weg trocknete, und ihre Beine wurden müde. Noch vor der Dämmerung begann sie, nach einem Lagerplatz Ausschau zu halten.

Auf einer felsigen Anhöhe fand sie einen dichten Mispelstrauch, der über einen geknickten Stamm gewachsen war, und so ein natürliches Dach bildete, zudem hatte sie Aussicht auf die umliegenden Wälder und Wiesen. In einer Mulde hinter dem Stamm entzündete sie ein kleines Feuer und begann mit dem Wachsstück aus dem Hummelnest eine Fackel herzustellen. Baldrian sah ihr geduldig zu und schlich sich weg, als es dämmerte. *Bitte bring diesmal kein Geschenk für mich mit.*

Als sie fertig war, lehnte sie sich an einen Felsen und lauschte dem Wind. Ihre Lider sanken herab - sie riss sie wieder auf und starrte in die Wolken. Wieder sanken sie, schlossen sie ein. Der Schlaf und sie fochten eine Weile, bis sie etwas verstörte.

Narna sprang auf, schüttelte den Kopf, spähte in den Abendhimmel und zog ihre Brauen zusammen. *Was fliegt da? Das ist keine Wolke.* Zuerst dachte sie, die Dämmerung hätte die Schwaden in rotes Licht getaucht, doch es war kein rötlicher Schimmer der untergehenden Sonne - es war ein sattes Blutrot. Narna betastete die verkrustete Wunde auf ihrem Oberarm. *Rotkrähen!*

Der Schwarm flog in südliche Richtung und Narna musste an Siras Prophezeiung denken. *Rote Schwinge den Tode bringt, die*

Erde ihren Kampf beginnt. Hoffentlich irrst du diesmal, schöne Priesterin.

Sie stocherte in den Glutresten und entfachte das Feuer erneut. *Wer weiß, wann Baldrian zurückkommt. Er wird mich wecken, wenn er da ist.* Narna bereitete ein weiches Bett unter dem Mispelstrauch und legte sich hin. Tief und ruhig war ihr Schlaf.

Der Gesang eines Sperlings weckte Narna, als die Landschaft unter ihr noch schlief. Im zögerlich hervorkriechenden Licht des Tages machte sich eine Nebelwand breit. Zitternd zog Narna ihre Beine an, umklammerte die Knie und schaute sich in ihrem Unterschlupf um. *Wo ist Baldrian? Klar, dass mir ohne mein Fell kalt ist.* Sie stand auf, sah sich um und rief - das Wiesel blieb verschwunden. *Ich werde einfach weitergehen. Wenn er mir vom Dorf bis hierher gefolgt ist, findet er mich überall.*

Hinein in den Nebel stieg Narna den Hügel hinab und hatte Mühe, sich zu orientieren, da die weiße Wand den Stand der Sonne nur erahnen ließ. Nach einiger Zeit stutzte sie. *Ich müsste längst den Pfad erreicht haben.* Ratlos kehrte sie um und landete wieder am Fuß der Anhöhe. Beim nächsten Anlauf fand sie das schmale ausgetretene Band, in das sich Hufspuren eingeprägt hatten. Diesmal war es nur ein Tier. Der Umgebung lauschend drang sie weiter durch den trüben Dunst. Sie erwog, die Mittagsrast vorzuziehen und erst weiter zu marschieren, wenn sich der Nebel gelichtet hatte. Da hörte sie einen langgezogenen Schrei, der sich anhörte wie das Kreischen eines Säuglings. Das Bild von Aldina mit Baldrian in ihren Händen tauchte in ihrem Geist auf. *Das ist Baldrian!*

Narna ließ ihren Korb fallen, nahm die Schleuder und Kiesel aus ihrem Beutel und rannte los. Durch den Nebel konnte sie die Richtung, aus der der Schrei gekommen war, schwer ausmachen und folgte ihrem Instinkt durch ein Dickicht. Sie blieb stehen und lauschte: Wie Moos lag der Nebel in ihren Ohren - alles war gedämpft und verzerrt. Narna rannte. Ziellos. Irrte zwischen Bäumen umher. Gelangte auf den Pfad zurück. Schlug eine andere Richtung ein - verharrte. Da war ein Schnauben, ganz in ihrer Nähe. Sie griff nach der Schleuder und legte einen Stein ein.

Gebückt schlich sie einige Schritte hinter dem Pferd vorbei. Der dunkle Hengst war angebunden, eine Decke lag auf seinem Rücken und eine Tasche hing an einem Strick herab. Dahinter die Silhouette eines kahlen Baumes, dessen Äste starr vom Stamm abstanden. Narna stürzte los. Eine Gestalt stand mit dem Rücken zu ihr, einen Dolch in der Hand. Narna zielte und schoss. Ein dumpfes Pochen folgte, der Getroffene sackte zusammen und verlor den Dolch. Sie sprang vor - mitten in eine rote Traube.

Die Rotkrähen fraßen. Zerfetztes Fleisch ragte aus ihren Schnäbeln. Etwas baumelte an einem Seil: Ein Fell - rot vom Blut. Die Krähen zerrten von allen Seiten, pickten und rissen. Narna hieb mit ihren Nägeln nach ihnen und einige ließen von ihrer Beute ab. Sie bückte sich nach dem Dolch und vertrieb mit schnellen Hieben die Meute. Die Rotkrähen stoben auseinander und verschwanden, mit ihnen der kalte Dunst. Narna atmete tief durch.

Vor ihr hing ein totes Wiesel. Die Augen fehlten, sie war sich dennoch sicher: *Es ist Baldrian.* Sie konnte nicht hinsehen, streckte sich nach dem Seil und schnitt es durch. Es war angenagt. *Viel hätte nicht gefehlt, dann wärst du frei gewesen.* Als sie es von seinen Hinterbeinen löste, starrte sie auf den Dolch.

Das Blut hatte die Vögel auf der Klinge rot gefärbt. *Das ist Erians Waffe!*

Talias und der Grim

Nach einer Woche im Kessel der Odogrim, wusste Talias nicht mehr, wie er die Zeit totschlagen sollte. Er wollte sich nützlich machen.

»Wie willst du mir helfen?«, fragte ihn der alte Luchterbuckel, »Konnst du denn lesen?«

»Ich lese auch Grimsch«, antwortete Talias in der Zunge des Erzvolkes.

»Sieh an! Hinter dem stillen Gehilfen verbirgt sich ein Berg an Wissen. Mal sehen, ob wir mit Grimsch weiterkommen. Hilfreicher wäre Odogram, die alten Zeichen der Odogrim«, sagte der Forscher in seiner Sprache.

»Ich lerne schnell. Wenn Ihr mir eine Übersetzungstafel gebt, helfe ich Euch«, erwiderte Talias.

Der schrullige Forscher nahm seine Kappe ab und knüllte sie in seine Faust. »Wir haben nicht viel Zeit. Ich gebe dir zwei Tage, dann wird sich herausstellen, ob du mir eine Hilfe oder ein Klotz am Bein bist. Denn was ich kategorisch nicht ausstehen kann, ist, wenn jemand Unordnung in meine Schriften bringt. Und jetzt lass mich die Tafel suchen. Wo ist sie denn bloß?«

Der Alte durchsuchte einen Stapel Schriftrollen, der vor ihm aufgetürmt war.

»Na bitte«, sagte er nach einer Weile und reichte Talias, der seine Nase gerade in eines der Schriftstücke steckte, einen Papierfetzen.

»Ist das Nahiral?«, fragte Talias.

»Mein Junge was steckt *noch* alles in dir? In der Tat, es ist eine Abschrift der Baumtafeln von Fleewin. Sei vorsichtig, das

Papier bricht leicht. Es ist ungefähr achtzig Generationen alt, und es existieren lediglich drei Exemplare davon. Zwei davon sind bei den Nari, und dieses hier habe ich von der Akademie in Zmir geborgt. Ohne einen tadellosen Ruf dürfte man nicht mal einen Blick darauf werfen. Vielleicht liegt es daran, dass ich, wie sich der Archivar Tobeus Hochsteiger ausdrückte, bereits selbst zum Inventar gehöre.«

Talias legte die Rolle in die flache Hand. »Ich könnte eine Abschrift für Euch anfertigen.«

Der Alte gluckste und entblößte eine Reihe fauliger Zähne. »Kannst du nicht. Kannst du nicht. Nein das kannst du nicht«, sang er. »Die Nahiri verweben ihre Schrift mit dem Zauber der alten Bäume. Das, was dein Auge sieht, ist nichts als ein kleiner Teil des Ganzen.«

Ehrfürchtig legte Talias das Papier zur Seite. *Ich fasse besser nichts mehr an, ohne vorher zu fragen.*

Talias suchte sich einen ruhigen Platz, wo er die Schriftzeichen der Odogrim studieren konnte. Ausgestattet mit Papier, Federkiel und einem Tintenfässchen begann er, die Zeichen abzumalen. Es waren sechsunddreißig Symbole: Fast alles Kreise, mit Öffnungen an den unterschiedlichsten Stellen und in verschiedener Zahl. Die Kreise waren von Linien durchkreuzt, teils gerade, teils verwinkelt. Durch die wandernde Sonne musste er ständig seinen Platz wechseln. So wie die Schriftlinien die Kreise scheinbar ohne Muster und Ziel kreuzten, wechselte er im Rund des Kessels seinen Standort, um genügend Licht zu erhaschen. Als wäre er Teil ihrer Schrift, selbst ein Symbol, das seine Geschichte festhielt. *Vielleicht entwickelten sie ihr System mit den Kreisen der Anlage. Oder die Anlage hält das Geheimnis ihrer Schrift fest.*

Als es keinen hellen Flecken mehr am untersten Rund gab, organisierte Talias eine Laterne und zog sich in eine Nische zurück. Sanson erwachte, als kitzelte die Dunkelheit seine Nase. Die Ratte rieb sich die Schnauze, fraß ein Stück Wurst und begab sich dann auf Wanderschaft.

Sanson war längst zurück und eine ganze Kerze niedergebrannt, als Talias' Lider zufielen.

Als Talias vom Lärm der Hämmer und dem Gebrüll der Arbeiter erwachte, stand die Sonne bereits hoch. Sein Magen meldete sich und nach ein paar raschen Bissen brütete er wieder über seinen Papieren. Er versuchte, die Zeichen aus dem Gedächtnis niederzuschreiben. Beim Achtundzwanzigsten gab er auf. *Trotzdem nicht schlecht für einen halben Tag und eine Nacht.*

Als sich die Dunkelheit durch den Kessel zu ziehen begann, baute Talias sich vor Meister Luchterbuckel auf. »Ich kann es, prüft mich.«

»Komm mit«, sagte der Alte.

In der Eingangskammer nahm der Forscher ein Tuch von einer Steintafel. »Die hier«, sagte er.

Die Tafel zeigte das Antlitz eines Königs, darunter befand sich ein Meer aus odogramschen Symbolen.

Talias holte ein Blatt und seinen Federkiel hervor. Als er das Tintenfass öffnen wollte, hielt ihm der Forscher ein Stück Holz hin. Talias roch daran und fuhr damit über das Blatt. Es war ein Stift aus gepresster Kohle, mit dem man schreiben konnte.

»So etwas habe ich noch nie gesehen. Woher habt Ihr das?«, fragte er den Alten.

»Einer meiner Söhne ist ein großer Tüftler. Die Tintenflecken trieben ihn beinahe in den Wahnsinn, da hat er einen Stift gebaut und zeichnet seitdem einzig mit Kohle.«

Talias hielt seine Laterne an die Zeichen, die in den Fels gekerbt waren, woraufhin die Wand zu leben begann. Der Mund des Königs flackerte, als würde er zu ihm sprechen. Die Abschrift war mühsam, da die Linien sehr fein waren und die Kreise unterschiedliche Größen hatten. Lange starrte er darauf, dann begann er, zu schreiben. Bei einem Symbol stutzte er, zog seine Oberlippe bis zur Nase hoch. Es musste ein odogramsches »A« sein, doch die Linie ging nicht horizontal durch den Kreis, sondern zeigte in einem Winkel schräg nach oben. Dennoch war er sicher, dass es ein A war.

Das sieht ja fast wie meine Klaue aus. Ich bringe auch selten eine Gerade aufs Papier. Er schmunzelte, da den Odogrim offensichtlich auch Fehler unterlaufen waren. *Und schließlich lebe ich noch, und sie sind bereits allesamt beim Herrn des Lichts.* Talias schrieb weiter. *Nein, sind sie nicht. Sie sind in den ewigen Hallen und trinken und singen, bis ihre Seelen vergessen haben, dass sie jemals anders gelebt haben. Das ist es, woran sie glauben.*

Er sah Meister Luchterbuckel zu, wie er mit den Kugeln in seinem Bart spielte. *Ich kann ihn mir beim besten Willen nicht trinkend und singend vorstellen. Vielleicht kann er es selbst nicht. Deshalb werden sie so alt, sie haben Angst vor den ewigen Hallen.*

»Was erheitert dich vor dem Grabe des größten Königs meines Volkes? Willst du mich und meine Sippe beleidigen?«, fragte der Forscher.

Rasch verschwand das Schmunzeln aus Talias' Miene. »Ich, ich fand es nur belustigend, dass auch Eure Vorderen ab und an ungenau arbeiteten.« Seine Worte sollten den Alten beschwichtigen, doch es war, als hätte er einen trockenen Ast in ein Glutnest gelegt, der sich mit einer Stichflamme entzündete.

»Raus! Scher dich raus hier! Verlass diese Stätte, deren Heiligkeit du nicht zu würdigen weißt.«

Talias floh vor dem kleinen Mann, der seine Fäuste ballte. Leise hörte er ihn noch rufen: »Ungenau! Man kann vieles von den Odogrim behaupten, einzig eines nicht.«

Talias verkroch sich in seiner Kammer, einer Nische, die er mit Buschwerk ausgelegt und mit einem Leinenfetzen überzogen hatte. Er zerknüllte das Papier mit seiner Abschrift, zielte damit auf die Fackel und verfehlte sie. *Nicht einmal das gelingt mir.*

Sanson rannte hin, schnupperte und knabberte vorsichtig an den Rändern. Als die Ratte feststellte, dass es keine geeignete Nahrung war, brachte sie das Knäuel zu Talias, der es diesmal noch weiter weg warf.

Talias griff in seinen Reisesack und suchte nach der Lektüre, die ihn über sein Scheitern hinwegtrösten sollte. *Bockmist, es ist noch in meiner Kiste am Lagerplatz.* Er überlegte, wie er an das Werk kommen könnte, ohne den Alten zu erzürnen. *Schwierig, ich muss hierbleiben, bis wir den Eingang geöffnet haben und mich um das Wohl des Alten kümmern.* Er streichelte seinen Bart, der nach dem Überfall des Monsignore ordentlich nachgewachsen war. *Ich werde mich mal umhören, ob die Arbeiter wissen, wonach dem Meister Luchterbuckel außer Papierstapeln noch sein könnte.*

Talias versuchte dem alten Griesgram, soweit es ging, aus dem Weg zu gehen, bis er wusste, wie er ihn besänftigen konnte. Irgendjemand musste den Forscher besser kennen.

Zwei Buckler, die Holzstämme mit der Rumpelbahn zogen, sprach er an. Sie kannten Meister Luchterbuckel auch nicht besser als er. Talias folgte einem Hohengrim mit rotem Rock, der in einem Durchgang verschwand. Gemächlich betrat er den Berg und folgte dem beleuchteten Stollen, der leicht bergab führte und abrupt an einem Loch im Boden endete. Wäre er nicht mit dem Kopf gegen einen Vorsprung gestoßen, läge er schon unten. Rückwärts stieg er die Leiter hinab, bis mit lautem Krachen eine Sprosse brach und er auf hartem Fels landete. Reglos blieb er liegen und starrte auf die zerstörte Leiter.

Ein Stich im linken Unterarm ließ Talias innehalten, als er versuchte, sich aufzustützen, und sein Rücken fühlte sich an, als würden tausend Nadeln drinstecken. Lange saß er da, bis ihn eine innere Stimme aufforderte: *Geh weiter Talias! Steh auf! Du schaffst es!* Er stand auf und setzte einen Fuß vor den anderen. Ein entgegenkommender Buckler rempelte ihn an. Talias schleppte sich weiter.

Er sah den Rotrock vertieft in ein Gespräch mit einem Buckler. In der Zunge der Grim sprach Talias sie an. »Verzeiht, die Herren. Eigentlich wollte ich bloß jemanden finden, der Meister Luchterbuckel näher kennt, doch nun muss ich Euch leider mitteilen, dass die Leiter mit mir in den Schacht gestürzt ist.«

Der Widerschein des Feuers in ihren Augen wurde größer. »Freundchen vom Lichte. Wos sogst du do?«

Talias trat von einem Bein aufs andere. Sein Arm schmerzte, als er ihn nach hinten bog. »Es tut mir aufrichtig leid, das versichere ich Euch«, sagte er auf Grimsch.

Der Rotrock wandte sich an den schwarzgesichtigen Buckler, von dem man einzig seine Zähne, und das Weiß in den Augen, sah. »Grimbold, geh und sieh nach«, sagte er, und der Buckler verschmolz gänzlich mit der Dunkelheit. »Und jetzt sag mir: Was lässt einen wie dich in den Berg eindringen?«

»Kennt Ihr den alten Luchterbuckel näher?«

»Nein«, antwortete der Rotrock, »ich denke, bei meinen Leuten wirst du kein Glück haben. Warte mal.« Er formte seine Hand zu einem Trichter. »Anastosius!«, brüllte er in den Gang hinein.

Talias duckte sich instinktiv, als rechnete er damit, dass das Gebrüll den Gang zum Einsturz bringen konnte.

Ein Hohengrim mit ledriger Haut, dem geflochtene graue Zöpfe unter dem Helm hervorquollen, kam angeschlurft.

»Kennst du den alten Luchterbuckel näher?«, fragte ihn der Rotrock.

»Wieso will das ein Lichtvogel wissen?«

»Ich möchte dem alten Luchterbuckel eine Freude machen«, sagte Talias zu dessen Verwunderung auf Grimsch.

Der grauhaarige Grim rieb seine Nase, nieste und bohrte darin. »Stopf ihm ein Pfeifchen. Wenn das nicht hilft, ist er kein Hohengrim, sondern ein Toter, den ein Zauber in die Felsen treibt.«

»Habt dank für Euren Rat, das mache ich.«

Da schlurfte das Männlein wieder davon. Talias' Blick blieb an der glänzenden Wand hängen und er befühlte das Gestein. *Beim Herrn des Lichts, ist es das, was ich denke?*

»Ist das ...«, setzte er an.

Der Rotrock nickte. »Ja, das ist Syrial. Fast die gesamte Anlage wurde aus dem schwarzen Fels gehauen. Es ist leichter als anderes Gestein und bruchfester.« Er breitete die Arme aus. »Deshalb sind die Stollen so breit.«

Talias mochte sich Felsdurchgänge, die noch schmäler waren, nicht vorstellen, er konnte sich hier schon kaum rühren. Mit seinem Mittelfinger klopfte er gegen den Fels. *Es gibt hier Syrial. Unmengen davon. Der Berg ist eine einzige Kostbarkeit.* Er wusste, dass den Grim von ihrem König untersagt war, Syrial abzubauen. *Den Ildae ist es erlaubt, sie zahlen horrende Preise dafür. Ich muss es dem Monsignore mitteilen.*

Wenig später hatten die Buckler die Leiter geflickt und Talias verabschiedete sich vom Vorarbeiter mit dem roten Rock. Wohl war ihm, als er die kühle Luft des Abends einsog. *Ich muss dem alten Luchterbuckel sagen, dass ich gehe.* Seinen gesamten Mut aufbietend, besuchte er den Forscher, der am Podest in Schriften wühlte.

»Meister Luchterbuckel, ich werde zum Lager gehen, um ein paar Habseligkeiten zu holen. Kann ich Euch etwas mitbringen?«

Der Alte drehte sich nicht um, sein Kopf steckte im Papier und er dürfte Talias auch nicht erkannt haben.

Abwesend meinte er: »Ich habe alles vor der Nase, was ich brauche. Es ist der Schlüssel, der mir fehlt. Der Schlüssel.«

Er würde es nicht einmal merken, wenn ich gehe und nicht wiederkomme.

Talias wollte sich abwenden, da sah er einen kleinen Gegenstand am Gürtel des Forschers baumeln. Ein kleines steinernes Fässchen, aus dem ein dicker runder Stiel ragte. *Eine Pfeife!*

Der Verwundete

Narna wirbelte herum und beugte sich über die reglose Gestalt. *Es ist Erian!* Unzählige Fragen zerrten an ihr wie die Krähen an Baldrian. *Was ist damals mit dem verletzten Grim geschehen? Weshalb ist Erian weg? Was macht er hier? Hat* er *Baldrian gefangen? Wie sind die Rotkrähen hierher gekommen?* Ihre Fingerspitzen färbten sich rot, als sie die Beule an seiner Schläfe berührte. Sie griff an seine Brust und spürte, wie er atmete. *Er lebt. Ich wusste ja nicht, dass er es ist. Ich muss meinen Beutel mit den Kräutern holen.*

Sie stand auf, wollte zurücklaufen, doch ein Blick auf den kahlen Baum und das Pferd ließ sie innehalten. *Ich weiß nicht, wo ich bin. Was, wenn er aufwacht und wegreitet, während ich mein Zeug suche?* Sie zwirbelte die Spitzen ihrer Haare. *Ich möchte ihn nicht fesseln. Was, wenn die Krähen zurückkommen? Ich muss ihn mitnehmen.*

Narna ging zu dem schwarzen Hengst, der zur Begrüßung den Kopf in die Höhe warf und schnaubte. Sie löste das Seil, mit dem er angebunden war und führte ihn zu Erian. Nach ein paar Tappern auf den Vorderfuß kniete er sich hin, und die Hinterbeine folgten. Narna nahm die Decke vom Rücken des Pferdes, packte Erian unter den Armen und zerrte ihn auf den Stoff. Stöhnend gelang es ihr, das Tuch mit Erian auf den Rücken des Tieres zu ziehen, sodass seine Arme auf der einen und die Beine auf der anderen Seite herunterhingen. Sein dunkles Haar wehte im Wind, als sie das Pferd wegführte.

Der Nebel hatte sich verzogen, so fand Narna sofort den Pfad und ein kurzes Stück weiter ihren Korb und den Beutel. Im Nebel hatte alles endlos weit gewirkt. Sie beschloss, in der

Nähe des kahlen Baumes zu bleiben, um die Verletzungen des Aldir zu versorgen. *Dann kann ich mich anschließend um Baldrian kümmern.*

Sie richtete ein weiches Bett aus Blättern und Halmen, dann zog sie Erian mitsamt der Decke vom Rücken des Pferdes. Der Hengst half mit und bekam zum Dank eine Pastinake.

Narna nahm einen Stängel des Blutweiderichs, kaute ihn und schmierte den heilenden Brei auf Erians Wunde. Dann zupfte sie die Blüten einer Arnika ab und klebte sie darauf. *Ich brauche Wasser.* Ihr Blick wanderte zu Erians Tasche. Sie griff hinein, holte einen Wasserschlauch heraus, befeuchtete ein Moosbüschel und betupfte seine Stirn. Dann zerriss sie das Moos, saugte es voll und steckte es ihm in die Backen. Als sie den Schlauch wieder in der Tasche verstaute, raschelte es.

Mit zwei Fingern zog sie das Büchlein hervor, in das Erian gemalt hatte. Vorsichtig, als würde sie jemanden mit einer Feder streicheln, blätterte sie die Seiten um, die beinahe alle beschrieben waren. Sie fand ein Bildnis Erians und ihr Porträt vom See in der Klamm des Vogelsangs. Lange starrte sie es an.

Gerade, als sie das Büchlein wieder in die Tasche stecken wollte, fuhr ein Windstoß in die Seiten und ein weiteres Bildnis offenbarte sich. *Er hat eine andere Frau gezeichnet!* Narna stutzte, sah sich die Gesichtszüge genauer an. *Oder doch nicht?* Es war ihr Gesicht und ihr Körper, doch ihre Haare waren geflochten und sie trug ein prunkvolles Kleid, Schmuck und Schuhe mit Absätzen.

Zuerst war sie irritiert, dann lachte sie. *Er hat sich ausgemalt, wie ich aussehe, wenn ich mit ihm auf ein Bankett gehe.* Schmunzelnd dachte sie daran, wie sie mit Baldrian über die Blumenwiese getanzt war, und konnte ihre Tränen nicht mehr zurückhalten. Ein Tropfen landete auf dem Blatt. Sie klappte das Büchlein zu und ließ es in der Tasche verschwinden, sah noch einmal nach Erian und küsste seine Wange. Sie visierte den kahlen Baum an und tastete im Gehen nach ihrem Ledersäckchen. Die Schattenröhrlinge versprachen, ihren Durst zu stillen, ihre Seele zu heilen und Erian zu retten. *Nein. Hört auf! Ich schaffe es auch ohne eure Hilfe.*

Narna brachte Baldrian weg. Anstatt des toten Holzes wollte sie eine friedliche Ruhestätte für ihn finden und gelangte auf eine Lichtung. Sie spähte den Waldrand entlang und ging zufrieden auf ein Gebüsch zu - es war ein Baldrianstrauch. Sie zupfte eine leuchtende Blüte von einem Ast ab, legte sie neben den toten Körper und bedeckte ihn mit den schönsten Blättern eines nahen Ahorns. Sie sang, wie sie es für Sira getan hatte, und berührte zum Abschied die Erde mit ihren Handflächen. »Lebewohl, treuer Freund.«

In der Nacht kroch sie unter die Decke und schlief eng an Erian geschmiegt. Am nächsten Morgen erwachte er, als sie seine Wunde mit frischem Brei bestrich.

Kreton und die Zeit

Als der Monsignore erwachte, war es finster. Die Nachtkerze war vollständig verzehrt und es musste der Schatten-Tag sein. Nicht nur die Sonne verbarg sich, auch Kreton verließ seine Höhle nicht. Er hatte etwas, das er sich oftmals sehnlich herbeiwünschte, und nun wusste er nichts damit anzufangen: Zeit. Er hasste es, untätig herumsitzen zu müssen, wo er doch wusste, dass alles von dem Fund des Artefaktes abhing. Zweifel begannen sich in der Leere auszubreiten. Hatte er alles getan, was er tun konnte? Sollte er sich zurück in den Kessel begeben und mithelfen? Wie eine Ratte im Käfig drehte er seine Kreise.

Am neunten Tag nach seiner Ankunft war seine Hütte endlich fertig. Er richtete sich ein, hatte sogar einen einfachen Schreibplatz und eine eigene Latrine. Es roch nach frischem Holz und Harz. An den Nachmittagen grübelte er, je nach Witterung entweder in seinem neuen Haus oder er spazierte den Bach entlang. Oftmals überlegte er, ob er den Weg zur Grabung auf sich nehmen sollte, doch er wollte nicht mehr durch den Schlund und verabscheute den Abstieg in den Kessel. Er würde nur faule Ausreden hören und faule Zähne sehen. Seine Forschheit könnte die gesamte Mission gefährden. Ob er wollte oder nicht, er musste Meister Luchterbuckel vertrauen. *Einem Grim vertrauen, welche Posse! Ich gebe ihm noch eine Woche, dann sitzt er auf meinem Schoß und kommt erst runter, wenn der Eingang gefunden ist. Und wenn ich selbst dabei die Spitzhacke schwingen muss.*

Der Monsignore las viel, doch irgendwann war sein Vorrat an Büchern erschöpft. *Vielleicht leiht mir ja mein Tölpel die Abenteuer des Kirgil Fliederstift?* Die Gedanken flossen mit der Zeit, und je stärker sie flossen, desto heftiger drangen sie zu seiner Geliebten vor. Er sehnte sich nach ihrer Nähe und vielleicht konnte sie ihm weiterhelfen. *Welch absurde Vorstellung! Ich werde noch verrückt in diesem Käfig.* Achtzehn Tage waren mittlerweile vergangen, seit sie das letzte Mal in seine Träume gedrungen war. Kreton kratzte sich im Schritt und versuchte, an sie zu denken, sich ihren Körper vorzustellen, ihr Gesicht - doch es wollte kein Bild entstehen. *Sie ist weg!*

Kreton griff zu Isolde, zog sein Hemd aus, ließ die Peitsche über seinen Arm gleiten, fühlte das Leder auf der Haut, die sich langsam rötete. Unvermittelt warf er die Peitsche gegen den Wandvorhang. *Warum sieht es keiner außer mir? Die Schatten werden uns alle dahinraffen. Sie werden die alten Portale öffnen und Artei mit ihren schwarzen Horden überfluten.* Er hielt das gläserne Lichtsymbol vor die Laterne, ließ damit bunte Lichter über die Decke wandern und erfreute sich daran wie ein Kind, wenn es zum ersten Mal einen Regenbogen sah.

Er lachte laut. *Ich bin es. Mich hat er auserwählt. Ich werde sie aufhalten.* Er weinte, nahm das Lichtspiel durch einen verschwommenen Schleier wahr, und torkelte umher. Die Welt färbte sich zuerst rot, dann gelb und grün. *Und dennoch ist es das gleiche Licht. Doch die Schatten, die Schatten sind immer schwarz. Ist das der Schlüssel zu allem?*

An den folgenden Tagen erwachte er mit diesem dämlichen Grinsen im Gesicht. Auch ohne seinen Spiegel war er sich sicher: *Sie ist zurück!* Beinahe jede Nacht suchte sie ihn auf, auch wenn sie manchmal nur kurz blieb. Sein Gemüt wurde leichter, seine Träume intensiver und absurder, seine Geliebte hingegen mit jedem Traum realer. Er wusste, was sie sagen und wie sie ihn berühren würde, und konnte bald ihre Handlungen vorhersehen. Sie wurde ein Teil seines Lebens. Er hatte sich mit seinem Schicksal abgefunden und musste sich eingestehen, dass seine Gebete und Isolde hier nichts mehr ausrichten konnten. All das ließ eine Überzeugung in ihm heranreifen, die wahrer wurde, je länger ihre Beziehung andauerte. Zu Beginn war es bloß ein Hirngespinst, dann wurde es zu einer ernstzunehmenden Idee, und schließlich war er überzeugt: *Sie existiert. Als Frau aus Fleisch und Blut.*

Er hatte Legenden von den Traumwebern und Schicksalsweibern der Nyrne gehört. Sie konnten in die Träume anderer eindringen und sandten in den Mären ihren Feinden tödliche Visionen oder ewige Albträume. Doch wer sagte, dass sie nicht auch schöne Dinge mit einem machen konnten. *Allerdings kann sie mich auch eines Tages zerquetschen wie einen Käfer, wenn sie eine mächtige Hexe ist. So oder so. Ich muss sie finden!*

Der Monsignore überlegte, welche Möglichkeiten sich ihm boten. Doch wie er auch abwog, plante und ersann, zuerst musste er mehr über die Magie der Nyrne herausfinden. Und hier konnte ihm nur einer helfen: Emerald Palantos, Magistor der Zeitmagie. Er war es, der damals mit seinem Zeitzauber alles ins Rollen gebracht hatte und ihn die dunklen Heere sehen ließ. Er machte ihn zum Werkzeug des Lichtgottes, führte ihm den Sinn seiner Existenz vor Augen und brachte ihn zum Leuchten. *Ich muss ihn herbestellen. Kann ich Emerald die Wahrheit zumuten? Was wird er von mir denken, wenn ich einem Weib nachlaufe?* Mit den Händen hinter dem Rücken drehte er Kreise. *Sobald wir das Artefakt haben, muss er ohnehin kommen. Bis er hier ist, sollten wir so weit sein - ich riskiere es!* Er ließ die Feder über das Papier kratzen und ging mit dem fertigen Schriftstück zu Hirak.

Hirak pfiff zwei seiner Männer herbei. Einer der beiden war noch ein Knabe, ein blutleerer, drahtiger Jungspund, der aus seinem Hemd herausgewachsen war und dessen Pickel im Gesicht wie blutige Krater aussahen. Der andere war ein derber Lockenkopf, mit einem Schädel rund wie ein Kürbis und Lippen dick wie Würste. Seine Narben erzählten von Schlachten, die tiefe Spuren hinterlassen hatten, seine platte Nase von Raufereien, sein Blick verriet, dass er Ärger suchte.

Pickelfratz und Kürbiskopf. Deshalb vermummen sich die Krieger. Kreton schmunzelte und drückte dem Pickeljungen ein klimperndes Säckchen in die Hand.

»Habt Dank, werter Herr. Wir werden Euren Brief vertraulich zustellen«, sagte er mit tiefer Stimme.

»Dummkopf!«, fauchte ihn der Kommandant an. »Die Münzen sind für die Postreiter!«

Kreton sah Hirak eindringlich an. »Ich verlasse mich auf eure Leute, unser aller Schicksal kann davon abhängen.«

Dann ließ er die Drei stehen. *Mein Schicksal liegt in der Hand von Pickelfratz und Kürbiskopf. Ob das gut geht?* Ein Sonnenstrahl bahnte sich den Weg durch die leichte Wolkendecke und kitzelte seine Nase. *Der Herr meint ja.*

Die Hitze der letzten Tage wich kühleren Temperaturen, an die Kreton seinen Tagesablauf anpasste. Morgens begutachtete er auf seinem Rundgang das Vorratslager, verschaffte sich einen Überblick, zählte und wählte. *Die Grim im Kessel fressen, dass die Vorräte schneller schwinden als Schnee in der Sonne. Vielleicht noch zwei Wochen, dann sind sie aufgezehrt - wir benötigen frische Vorräte. Ich werde ihnen die Nahrung strenger rationieren.* Kreton rief Hirak zu sich und befahl ihm, die Portionen der Arbeiter zu halbieren. *Sie sollen spüren, dass es mir mit der Grabung ernst ist.* Anschließend nahm er bei der Feuerstelle sein Morgenbrot zu sich. Würden sich alle seine Bescheidenheit zum Vorbild nehmen, würden sie durch die Düsterzeit und den Nyvar kommen. Er wollte sich nicht vorstellen, welche Mengen alleine sein Gehilfe verdrücken würde. Jetzt war Schluss damit.

Halbschatten

Erian schlug die Augen auf, als Narna sein Haar auseinanderstrich und eine klebrige Masse auf seine Wunde auftrug. Bei jeder ihrer Berührungen zuckte er zusammen, dazwischen versuchte er zu lächeln. *So ähnlich muss es für ihn gewesen sein, als er mich gefunden hat. Bloß, dass ich ihm an die Gurgel gegangen bin.* »Mein Aldir ist erwacht. Ich hoffe, die Aussicht erfreut ihn ebenso wie mich?«

Erian begann zu husten, spuckte das Moos aus und zupfte kleine Stängel von seiner Zunge. »Narna. Ich hatte nicht zu hoffen gewagt, dich noch einmal zu sehen. Was ist geschehen?« Er versuchte, aufzustehen, begnügte sich damit, sich aufzusetzen. Sein Blick schweifte umher.

Ich werde noch etwas warten, bis ich ihm die Wahrheit erzähle. Schließlich habe ich einige Fragen an ihn.

»Dein Pferd ist hier. Es ist hinter dir angebunden.«

Als hätte der Hengst verstanden, schnaubte er und stampfte mit dem Vorderbein. Erian versuchte, den Kopf zu drehen, unterließ es jedoch. Sein Arm legte sich auf ihre Schulter. »Hilf mir«, sagte er.

Narna rührte sich nicht. »Du solltest etwas ruhen. Hast du Durst?«

Er nickte.

Narna holte seinen Trinkschlauch.

Er versuchte, ihr mit dem Blick zu folgen.

»Keine Sorge, es ist noch alles da.« Sie reichte ihm den Trinkschlauch.

Gierig schluckte er, bis der Schlauch leer war.

»Nicht so viel auf einmal. Bist du hungrig?«

»Nein. Wie lange war ich weg?«, fragte er mit kratziger Stimme.

»Einen halben Tag und eine Nacht.«

»Ich muss weiter, hilf mir auf mein Pferd.«

»Erian, du kannst nicht reiten!«

Er sah ihr tief in die Augen. »Ich weiß - aber du kannst es.«

Es war lange her, dass sie geritten war. Als sie ein Kind war, lebte der alte Onni noch. Er hatte eines Tages eine wilde Stute mitgebracht: Haselnuss fühlte sich wohl bei ihm, und er kümmerte sich um sie. Wie sich bald herausstellte, trug sie ein Junges aus. Das Fohlen, das sie Nüsschen nannten, wuchs rasch zu einem kräftigen Hengst heran, den Narna beinahe jeden Tag reiten durfte - bis Onni starb. Da waren plötzlich auch seine Pferde weg. Noch einen Mond später hatten sie nach ihnen gesucht, doch sie blieben verschwunden.

»Du wirst noch einen Tag und eine Nacht ruhen. Dann reite ich mit dir«, sagte Narna.

Erian hatte keine andere Wahl. »Es sind nur drei Tagesritte bis ins nächste Dorf - das schaffe ich.«

Doch Narna blieb bei ihrem Entschluss. »Ich muss eine Quelle finden, sonst kommen wir nirgendwo mehr hin.«

Sie nahm ihm den Trinkschlauch aus der Hand, streichelte seine Wange und küsste ihn auf sein Knie, das unter dem Hosenbund vorragte. »Wünsch dir was«, sagte sie zum Abschied, schwang sich auf den Rücken des Hengstes und warf Erian seine Tasche vor die Füße.

»Wie heißt er eigentlich?«, fragte sie.

»Halbschatten«, erwiderte er. »Dass du wiederkommst, wünsche ich mir«, rief er ihr nach.

Halbschatten galoppierte los. Sie ließen den kahlen Baum hinter sich und folgten dem Pfad.

Narna genoss den Ritt und fühlte sich auf dem Rücken von Halbschatten wie ein kleines Kind. Sie überlegte, ob sie zurück zu dem Bach reiten sollte, der sie in das Tal mit der Blumenwiese geführt hatte. Doch es lagen eineinhalb Tage Fußmarsch zwischen ihnen. *Bis ich wieder zurück bin, ist es Abend. Ich würde lieber den Tag mit Erian verbringen.* »Sei nicht traurig, du gefällst mir auch«, sagte sie zu Halbschatten. Narna musste sich eingestehen, dass sie mit Erian hätte reiten können, doch sie wollte zumindest den heutigen Tag an seiner Seite verbringen. *Ich habe Angst, dass er plötzlich wieder weg ist. Ich muss rasch eine Quelle finden.*

Sie beschloss, weiter nach Süden zu reiten und ertappte sich dabei, wie sie ein kurzes Gebet an die Erdgeister richtete. *Wenn es euch gibt, dann sorgt gefälligst dafür, dass ich bald Wasser finde.* Sie streichelte den Hals des Pferdes. »Komm Junge, zeig mir, wo es Wasser gibt.«

Narna achtete auf jedes Geräusch, schnupperte und blickte zum Himmel. Jede Pflanze, jedes Tier, sogar der Wind konnte ihr verraten, wo es Wasser gab. Ein kleiner Vogelschwarm, der in einiger Entfernung kreiste, erregte ihre Neugier. Sie trieb Halbschatten an, um ihn genauer beobachten zu können. *Sie sammeln sich für den Flug in wärmere Gefilde. Schwalben sind es keine und auch keine Mauersegler. Es müssen Bienenfresser sein!*

Narna wusste, dass die bunten Vögel gerne in Steilhängen an Flüssen oder Seen hausten. *Sie lieben klares Wasser.* Narna spürte, dass sie ganz nahe am Ziel war, als sich vor ihren Füßen ein tiefer Abgrund auftat. Unterhalb der Kante funkelte sie ein kleiner dunkler See an, der wie ein Schatten am Abhang lag.

Über einen Umweg gelangte sie zum Gewässer und ließ zuerst Halbschatten trinken. Als das Pferd genüsslich soff, formte sie mit ihren Händen eine Schale und schöpfte Wasser.

Sie trank gierig, füllte den Trinkschlauch und überlegte kurz, ob sie baden sollte, doch sie wollte rasch zurück zu Erian.

Die Sonne stand noch nicht am höchsten Punkt, als Narna zu ihrem Unterschlupf zurückkehrte. Sie erwartete, Erian auf seinem Lager vorzufinden, doch er war nicht da. Nervös blickte sie sich um, doch als sie seine Tasche sah, wusste sie, dass er wiederkommen würde. Sie sammelte Holz und machte Feuer.

Als sie es sich vor den Flammen gemütlich gemacht hatte, stand er mit einem gerupften Rebhuhn in der Hand da.

»Ich denke, du kannst meine Gedanken lesen«, sagte sie.

Sie schlangen das Huhn hinunter, als wäre es ihre letzte Mahlzeit.

»Als du fort warst, dachte ich, die Vernunft hätte zu dir gesprochen«, sagte Narna.

Erian schwieg.

»Was ist mit unserem bärtigen Taucher geschehen?«

»Es kamen weiße Reiter und ich musste mich verstecken. Als ich nachsah, waren der Grim und die Reiter verschwunden. Da dachte ich, es wäre besser, mein Lager zu räumen, bevor ich einen Pfeil abkriege.«

»Ich hab geglaubt, ich würde dich nie wiedersehen. Das hast du nun davon.«

Narna lachte und legte nach dem letzten Bissen ihren Kopf auf seine Schulter.

»Jetzt erzähl mir, wie du mich gefunden hast«, sagte Erian.

Narna rückte ein Stück von ihm weg und sah ihm ernst in die Augen.

Der Plan

Kreton spürte, wie die Stimmung der Männer von Tag zu Tag gereizter wurde. Sie welkten dahin wie starke Pflanzen, die zu wenig gegossen wurden - er hingegen blühte auf und das schien sie zunehmend zu verärgern. Sie dachten sicherlich, er würde heimlich von den Vorräten nehmen, doch seine Nahrung war eine andere: die Geliebte aus seinen Träumen. Er kostete jede Nacht von ihr. *Nein, ich koste nicht nur, ich völlere.* Sie machte ihn träge, als würde er jeden Tag Braten speisen und dennoch gab es keinen Zweifel, sie mussten rasch Lebensmittel organisieren. Kreton wusste auch bereits wo und wie. *Eine Ziege hat mich mit ihren Hörnern draufgestoßen. Schon bald werden wir dem idyllischen Dörfchen Witwit einen Besuch abstatten und diesmal wird es keinen gemeinsamen Gesang geben, zumindest keinen lieblichen.* Er glitt mit Isolde über seine hervorstehenden Rippen. *Ihr hättet meine Münzen annehmen sollen, denn wer meine Münzen ablehnt, lehnt auch mich ab: den vom Gott des Lichts Gesandten.* Mit Schwung ließ er Isolde auf seinen Rücken klatschen.

Eine tiefe Stimme ließ den Monsignore vor die Hütte treten. *Pickelfratz.* Der junge Krieger berichtete ihm, dass sie die Schriftrolle und alle Münzen den Postreitern übergeben hatten. *Alle Münzen! Das Lügen musst du noch lernen, Junge. Klar habt ihr euch jeder eine Münze einverleibt, damit habe ich gerechnet.* Er schickte ihn weg und bestellte Hirak zu sich.

Der Kommandant blickte grimmig und sprach kein Wort. *Oh, ich muss meinem Kommandanten den Bauch kraulen.*

»Was missfällt Euch, werter Hirak?«

»Es stimmt vieles nicht. Bei meinen Männern sind Entbehrungen an der Tagesordnung. Doch sie wissen bei jeder Mission, dass sie dafür belohnt werden.« Er wartete auf einen Einwand des Monsignore, doch dieser winkte ihm, fortzufahren. »Ich sehe keine Fortschritte. Wir sitzen seit Wochen hier herum, meine Männer werden als Arbeiter eingesetzt und müssen dabei hungern.« Der Kommandant fuhr sich über sein stoppeliges Haar. »Wir sind Krieger, wir wollen kämpfen. Und wenn wir gesiegt haben, wollen wir Trophäen mit nach Hause bringen und wissen, dass die Schlacht geschlagen ist.« Die Stimme des Kommandanten wurde lauter. »Hier wissen wir weder, wer unser Feind ist, noch sehe ich eine Trophäe, die uns erwarten könnte.« Hirak ballte die Faust. »Wenn es in der nächsten Woche keine Fortschritte gibt, ziehen wir ab.«

Der Monsignore zeigte noch immer keine Reaktion.

»Euren Sold könnt Ihr behalten«, endete der Kommandant.

»Ich habe einen Plan, der Eure Männer erfreuen wird. Sie dürfen ein bisschen kämpfen, und als Belohnung gibt es Frauen.« Diesmal wartete der Monsignore vergeblich auf eine Reaktion des anderen. »Ihr werdet des Nachts nach Witwit reiten. Ich werde Euch genau beschreiben, wie Ihr ins Dorf gelangt und wo sie ihre Vorräte für die Frostzeit lagern. Ihr holt das Futter und nehmt obendrein noch ein Paar Aldira mit, ob zu Eurem Vergnügen oder als Arbeiterinnen bleibt Euch überlassen.«

Hirak schmunzelte. »Seit wann gibt es diesen Plan?«

Der Monsignore legte seine flache Hand auf die Lippen und blickte wie die Unschuld vom Lande, die zum ersten Mal begrapscht wurde.

»Seit ich dort war. Jetzt ist die Zeit gekommen.« Kreton breitete seine Arme aus und blickte zum Himmel, als hätte er von oben ein Zeichen bekommen. »Und wenn Ihr dem Herrn gefallen wollt, zündet die Hütte der Dorfvorsteherin an, als Gruß von ihm. Es ist die mit den bunten Wimpeln. Wie ich hörte, verstehen es die Wilden, aus dem Rauch zu lesen.«

Kreton sah, wie sich ein Grinsen im Gesicht des Kommandanten ausbreitete.

»Gut. Wir werden reiten!«

»Seht zu, dass die Nari nichts von Euren Vorbereitungen mitbekommen und vor allem den Ziegenkopf mit seinem Köter solltet ihr beschäftigen. Lasst ihn am besten einen Verschlag bauen, in den wir widerspenstige Gefangene sperren können.« Der Monsignore schmunzelte. »Vielleicht auch ihn selbst, wenn er auf dumme Gedanken kommt.«

Hirak wollte aufbrechen.

»Noch etwas: Ihr werdet verhüllt in Schwarz reiten. Wenn Ihr gesehen werdet, möchte ich, dass es Schatten waren.« *Zu dumm, dass die Aldir sie selbst gerufen haben.*

»Es ist den Ildamaer eine Ehre, für Euch reiten zu dürfen.« Der Kommandant drehte sich um und ging.

Kreton rief ihm nach: »Wenn Ihr das für mich erledigt habt, werde ich Euch erzählen, weswegen wir hier sind.«

Hirak rief seine Männer zu sich. Er sah, wie sich ihre Rücken strafften und ihre Hälse reckten, als er ihnen von dem Plan erzählte. Eines musste er dem Monsignore lassen, dieser wusste, wie man die Männer bei Laune hielt.

»Wir werden den Schatten-Tag und die Nacht unterwegs sein. Schlaft ausreichend. Sorgt dafür, dass euer Verstand und die Waffen scharf sind.«

Der Kürbiskopf fügte hinzu: »Wir sind schon scharf.«

Die Männer lachten. Er ließ es ihnen durchgehen und lachte mit.

»Wir reiten in Schwarz, darunter tragt ihr eure Rüstungen. Baut einen Verschlag für den Wagen, in den wir die Gefangenen sperren.« Dann senkte er seine Stimme. Die Männer rückten an ihn heran. »Seht zu, dass die Nari nichts mitbekommen. Unsichtbar sollt ihr sein. Und jetzt: An die Arbeit!«

Die Krieger setzten sich in Bewegung.

»Kendrik! Komm her.«

Der Junge mit dem Pickelgesicht meldete sich mit tiefer Stimme. »Jawohl, Herr Kommandant«. Er rechnete mit einer Spezialaufgabe, doch Hirak enttäuschte ihn.

»Du wirst hier bleiben und dem Monsignore zur Seite stehen.« Der Junge wollte etwas erwidern, doch Hirak ließ ihn nicht zu Wort kommen. »Es ist eine wichtige Aufgabe. Du bist für die Sicherheit des Lagers und der Leute zuständig. Und nun hilf beim Bau des Wagenverschlags.«

Kendrik blieb stehen und wog ab, ob er den Befehl des Kommandanten in den Wind schlagen sollte. Als er sich durchrang, war Hirak schon auf dem Weg zu seinem Zelt.

»Kommandant, Kommandant!«

»Ihr habt alles gehört, was ich zu sagen hatte.«

»Bitte, bitte, gebt mir eine Möglichkeit, dass ich beweisen kann, dass ich ein echter Ildamaer bin. Ich werde Euch nicht enttäuschen. Bitte.«

Hirak überlegte kurz. »Wenn ein anderer der Männer freiwillig hier bleibt, kannst du mitkommen.«

Der Junge jubelte und dankte seinem Kommandanten. Er wollte gleich den grauen Sorger fragen, ob er hier bleiben wollte. Der Sorger musste alt sein, denn seine Haare waren grau wie Asche, und er war der ruhigste der Männer. *Gut möglich, dass der alte Gaul lieber im Stall bleibt.*

Sorger saß auf einem Holzblock und wetzte einen Stein über die Klinge seines Schwertes. Als Kendrik zu ihm trat, blickte er nicht auf, sondern fragte nur »Was is Junge?«

»Würdet Ihr hier bleiben, wenn ich mich einen Mond um Euren Gaul kümmer?«

»Wenn ich es mach, kann ich heimgehen. Ein jeder würd denken, jetz is er zu alt für die Schlacht. Vergiss es.«

Kendrik wollte noch etwas nachsetzen, doch der Alte ließ ihn nicht. »Meine Komtess würd dich nich reiten lassen und sie frisst nur von mir. Wart nur, deine Zeit wird noch kommen.«

Als Nächstes versuchte es Kendrik bei Ilwort dem Halben. Ihm fehlte ein Auge, vielleicht wollte er sein zweites nicht verlieren und es sah nicht so aus, als machte er sich etwas aus Frauen. Kendrik erhöhte sein Angebot um die Übernahme von Latrinendiensten und weitete sie auf zwei Monde aus.

»Glaubst du, dass ich ein Feigling bin? Denkst wohl, ich verzichte auf die jungen Nari-Hühner? Verpiss dich!«

Dann versuche ich es eben bei Mertin dem Schlürfer, dachte er sich. Sie nannten ihn so, weil er beim Essen schlürfte - bei jedem Essen, sogar wenn es eine trockene Hühnerkeule war.

»Ne Junge, diesen Spaß lass ich mir für keine Arbeit nehmen. Ich rost' noch, wenn ich länger hier feststeck.«

Ich werde noch anbieten, ihre Rüstungen zu wachsen und auf vier Monde erhöhen. Er hörte Ilmon schon von weitem lachen, der dabei war, mit Petar einen Käfig zu zimmern. Ilmon war ein unheimlicher Typ mit langem blondem Haar. Drahtig waren seine Arme und dünn sein Hals, in dem sein Adamsapfel hüpfte, wenn er lachte.

»Sag du es unserem Prinzen der rauen Haut«, sagte er zu dem Hünen neben ihm, kicherte in seine Faust und riss seine Augen auf, als wollte er Kendrik fressen.

»Vergiss es«, sagte Petar, den sie den Bären nannten, denn seine Hände waren so groß wie sein Kopf. Um seiner Antwort Nachdruck zu verleihen, drosch er mit dem Hammer einen Bolzen ins Holz.

Seine letzte Chance war Balder. Er musste sich eingestehen, dass er etwas Angst davor hatte, den derben Lustmolch zu fragen. Kendrik bot ihm ein Jahr Pferdebetreuung, Schuhputzen und Latrinendienst an, doch Balder leckte sich nur mit der Zunge über seinen Arm und ließ sie zwischen den Fingern spielen. »Das? Das lass *ich* mir nicht versauen.«

Im Mondlicht des Schatten-Tages ließ der Kommandant den Schrei einer Schnee-Eule durch das Lager hallen - es war der Befehl an seine Ildamaer, sich zu sammeln. Alle fanden sich ein, um loszureiten, nur einer fehlte: der graue Sorger. Wie sich herausstellte, hatte er die halbe Nacht auf der Latrine verbracht und war nicht in der Lage zu reiten. Sie holten Kendrik, der triumphierend auf seinem Ross saß, als hätte er die Schlacht bereits geschlagen.

Es war eine dunkle Horde, die auszog, um für Fressen, Weiber und ein Feuer zu sorgen. Die Rösser, die Röcke, die Kapuzen, alles passte zur Finsternis, die den Himmel einhüllte - Schattenreiter waren sie.

Die Ildamaer zischelten:

»Ein Licht geht dorthin, wo keiner sich wagt.
Dunkel und still, wo keiner fragt.
Wir reiten gegen Erde, Zeit und Wind.
Wir, die wir Ildamaer sind.«

Dann trabten sie los.

Vereint

Ich war es, die dir eine verpasst hat«, sagte Narna zu Erian. »Ich wusste nicht, dass du es bist. Es tut mir leid.«

Erian musterte sie.

Sie rückte näher zu ihm, berührte mit ihrem Handrücken seine Wange. »Ich sah nur Baldrian, die Krähen und deinen Dolch, da habe ich geschossen.«

Erian zog die Brauen hoch. »Dein Familienmitglied, das du mir vorgestellt hast? War er es?«

Narna nickte stumm.

»Das tut mir leid«, sagte Erian. »Ich ritt des Weges, da hörte ich die Schreie des Wiesels. Als ich hinzukam, stürzten sich die Rotkrähen darauf. Das Letzte, an das ich mich erinnere, war, dass ich sie vertreiben wollte.« Er legte den Arm um Narna. »Ich zog meinen Dolch und dann umgab mich plötzlich Finsternis. Als ich erwachte, dachte ich, ich träume.«

Narna öffnete ihre Lippen. Küsste ihn auf die Wange, seine Augen, sog seinen Zirbenduft ein und presste ihren Mund auf den seinen. Er zog sie an sich. Sie rollte sich auf ihn, knöpfte sein Hemd auf, küsste seinen Hals, die Narbe auf seiner Brust, schmeckte seine Haut und entledigte ihn seiner Beinkleider.

Erian entwand sich, schob ihr Blätterkleid hoch, drückte sie ins Gras und packte ihre Handgelenke. Ein Schrei kam über ihre Lippen, als sie seine Wärme in ihrem Schoß spürte. Wild fauchte sie, als sie sich rhythmisch dem gegenseitigen Verlangen hingaben.

Als sie erschöpft ins Gras sanken, küsste er sie noch einmal auf den Mund und blieb, ihre Hand haltend, neben ihr liegen. *So könnte ich bis zum Ende der Zeit liegen bleiben.*

Narna betrachtete den zu einer dünnen Sichel geschrumpften Mond und dachte zurück an Siras Besuch und das Gedicht, das sie ihr vorgetragen hatte. *Die schmale Sichel holt die Sterne vom Himmel. Sie tanzen mit uns der Erde willen. Heute wäre es soweit, sie feiern den Tanz der Nre.* Bei Siras Frage, ob sie Erian als Mann erwählen würde, hatte sie sich verschluckt. *Zumindest muss ich diese Entscheidung nicht mehr treffen, auch wenn ich gerne tanzen würde.* Sie setzte sich auf. *Ich werde noch mit ihm tanzen.*

»Weißt du, weshalb ich weggegangen bin?«, fragte Narna.

Er schüttelte den Kopf.

»Sira ist tot.« Narna zog die Beine an. »Ich weiß nicht, ob es meine Schuld war.«

Sie erzählte ihm von der Auseinandersetzung mit Aldina, den Pilzen und wie sie die Tote gefunden hatte. Er streichelte ihren Arm.

»Jetzt bin ich frei und weiß nicht, ob ich es so wollte«, sagte sie und schob eine Haarsträhne aus ihrem Gesicht.

»Ich hatte dich gewarnt, mit deinen Wünschen vorsichtig zu sein«, sagte Erian. »Die Städte werden dir gefallen. Bis dahin kann ich dir noch einiges beibringen.«

»Ich bin ein anständiges Nari-Mädchen«, sagte sie auf Areti.

»Ach so?«, sagte er und küsste sie.

Den halben Tag und die ganze Nacht blieben sie in ihrem Nest. Narna erfuhr, dass die Aldir den Tanz der Nre nicht feierten, sie ihre eigenen Feste zelebrierten und den Baumgeistern auf ihre Weise dankten. Bei ihnen wählten die Männer ihre Frauen und umgekehrt. *Dann kann ja nichts passieren, wenn ich mit ihm tanze.* Erian zauberte eine Flasche Wein hervor, sie tranken und Narna forderte ihn zum Tanz auf. Nach den Tänzen der Naldar unterrichtete sie Erian in den Tänzen der Aldir und denen der Ildae. Das Lichtvolk tanzte paarweise, stand sich gegenüber und reichte sich die Hände. Narna kicherte fast unentwegt, als er sie an der Hand führte und drehte.

Die nächsten drei Tage vergingen wie im Flug. Gemeinsam ritten sie auf Halbschatten und Narna konnte sich später nur daran erinnern, dass es schmerzte, von seiner Seite weichen zu müssen. *Nie hätte ich gedacht, dass ich einen Mann lieben könnte. Jetzt ist es geschehen.*

Es war der Schatten-Tag, als sie ein kleines Dorf erreichten, das sich an einen Hang schmiegte. Sie wurden nicht willkommen geheißen, nur das Plätschern des Baches und Pfeifen des Windes breiteten sich zwischen den Holzhütten aus. Das Dorf ruhte - einzig ein Sperling trällerte »Witwitwit«.

Silmas Blätter

Talias brach zeitig auf, um seine Lektüre und das Pfeifenkraut für Meister Luchterbuckel zu besorgen. Er wusste, dass am Beginn jeden Tages zwei Buckler von Zokarim ins Lager hinabstiegen, um Vorräte herbeizuschaffen. Im Morgengrauen begann er den Aufstieg über die sieben Ebenen der Grabungsstätte und bereits als er das letzte Rund erklomm, meldete sich der Hunger. Vor lauter Ärger hatte er das gestrige Abendmahl ausgelassen, war einfach liegengeblieben, als er den Gong hörte, und hatte weiter mit Sanson gespielt. Nachdem er nur einen Buckler antraf, der die Vorräte holen wollte, erfuhr er, dass die Portionen halbiert wurden.

»Halwe Porrtionen sind och bei rreichlich Schodderr nich lange durrchzudrrüggen«, erklärte er Talias.

Talias mochte es sich nicht vorstellen. Auch ohne buckeln zu müssen, taugten die Portionen lediglich für schmächtige Aldir-Kinder.

Der Buckler, ein kräftiger Junge, der sich als Ortwin Halbscheffler vorstellte, freute sich über seine Gesellschaft auf dem Weg ins Tal und redete ununterbrochen. Am Eingang zum Schlund, vor der Statue des Königs, blieb Talias stehen. *Ich würde mich auch gerne tragen lassen wie König Odobert.*

»Na, was is? Schiss vorr dem Schlund? Kene Angst, die Esel haben wirr och durrchgebrracht«, schob ihn Ortwin an.

Talias bückte sich durch das Tor und schlurfte, die Arme an den Körper geklebt, durch den Schlund. Er getraute sich nicht, tief einzuatmen, denn zum einen hatte er gehört, dass laute Geräusche Steinschläge auslösen konnten, zum anderen hatte er Angst, stecken zu bleiben, wenn er seine Lungen voll aufblies. Als sie die Enge des Spalts hinter sich ließen, atmete er tief durch und streckte die schmerzenden Arme zur Seite. Von seinem Gefährten erfuhr er, dass sie auf allen Ebenen Stollen freilegten und nur allerlei Gerümpel, aber nichts von Wert oder Interesse gefunden hatten. *Die ganzen Arbeiter sind umsonst da und müssen durchgefüttert werden, bis der Eingang frei ist. Ob das noch lange gut geht?*

Als das Lager in Sicht kam, vergaß Talias seine schmerzenden Glieder und rannte. War es der Hunger, der ihn antrieb, oder die Nachricht über den Syrial-Fund? Er wusste es nicht. Schnaufend und schweißgebadet stellte er sich vor den Monsignore.

»Wir haben eine Ader gefunden.« Talias stützte seine Arme auf die Knie. »Syrial!«, sagte er nur.

Der Monsignore schien erzürnt.

Er hat sicher gehofft, ich sage ihm, dass der Eingang offen ist. Andererseits kannte er den Geschäftssinn des Vikars. »Wie es aussieht, gibt es Unmengen davon. Die Buckler könnten es abbauen, bis der Eingang zum Grabmal gefunden ist.«

Die Miene des Monsignore hellte sich auf. Er strich mit seiner Hand über den Spalt in seiner Lippe. »Das könnten wir. Ich werde dir ein Schreiben für den Vorarbeiter mitgeben.« Kreton musterte ihn von oben bis unten. »Keine schlechte Idee für einen, der aussieht, als hätte er selbst gebuckelt.«

Talias sah auf die schwarze Schicht, die seinen Arm überzog. Ein Relikt von seiner Stollenbesichtigung. *Wie es aussieht, kann ich mich auch ohne Morphosis Transmantis in einen Buckler verwandeln.* Der Gedanke gefiel ihm und zauberte Grübchen in seine Wangen.

»Gibt's sonst noch etwas?«, fragte Kreton, der sein Lächeln bemerkt hatte.

Talias schüttelte den Kopf.

Der Monsignore ließ ihn stehen. »Vielleicht nimmst du ein Bad, bevor du in den Kessel zurückkehrst, sonst schicken sie dich noch in die Gruben.«

Das mochte sich Talias nicht vorstellen, doch ein Bad war eine gute Idee. *Zuerst werde ich essen, und dann bade ich im Bach. Seltsam, ich sehe keinen einzigen Ildamaer. Sind die alle ausgeritten? Umso besser, dann wird es keinem auffallen, wenn ich etwas mehr esse.* Er bediente sich aus dem Kessel, der über der Feuerstelle hing, und aß. Als er den letzten Bissen kaute, blickte er sich um. *Keiner da.* Er packte den großen Holzlöffel und füllte eine zweite Portion Eintopf in seine Schüssel.

Nachdem seine Beine ausgeruht und sein Magen gefüllt waren, suchte er sich eine seichte Stelle im Bachlauf, entledigte sich der Kleider und tauchte ins Wasser. Eiskalt war es, obwohl die Sonne die letzten Tage kräftig vom Himmel gebrannt hatte.

Eine alte Aldira, die ein Stück weiter Wäsche über ein Holz zog, lachte zahnlos zu ihm herüber. Sie kam und fragte in gebrochenem Areti, ob sie seine Kleidung waschen sollte. Talias verneinte in der Sprache des Erdvolkes, da er bald wieder los musste und nicht mit seinem Festgewand im Kessel auftauchen wollte.

»Doch vielleicht könnt Ihr mir helfen, wenn Ihr wisst, wo ich Pfeifenkraut finde«, fragte er sie.

Ihr rotes Zahnfleisch glänzte, als sie heiser loslachte und ihn an der Hand aus dem Wasser ziehen wollte.

»Wartet, ich ziehe mich an.«

Die Alte führte ihn in eine einfache Hütte aus gebogenen Ästen, die mit einem Dach frischer Blätter bedeckt war. Von der Decke baumelten einige Bündel Kräuter und verströmten ein Meer an Düften. Sie nahm eine Sichel, die an ihrem Gürtel hing, und schnitt ihm ein Büschel ab. Dankend nahm er die schmalen Blätter, zwischen denen kleine Blüten saßen. Sie rochen erfrischend erdig. Talias fragte sie, wie er sich bedanken konnte.

Sie lachte nur und sagte: »Silma bringt dich zum Lachen.«

Er wusste nicht, ob das Weib oder die Blätter Silma hießen und lachte – da war die Alte zufrieden. *Ich werde sie einfach beide Silma nennen.*

Talias suchte das Zelt auf, das man ihm zugewiesen hatte, holte den dicken Wälzer aus seiner Kiste und ließ ihn eilig in seinem Sack verschwinden.

Als vor der Höhle des Monsignore seine Rufe unbeantwortet blieben, trat er zögernd ein und stellte fest, dass die Behausung verlassen war. Die hintere Nische war mit hölzernen Planken abgeteilt. *Sieht aus wie ein Käfig. Ich möchte nicht wissen, wer oder was hier reinkommen soll.* Schnell sah er zu, dass er wieder ins Freie kam, erinnerte sich an die Hütte, die sie dem Monsignore bauen wollten, und marschierte hin.

Talias klopfte an und wartete. Der Monsignore erschien mit rotem Gesicht, die Haare wirr vom Kopf abstehend und drückte Talias ein Schreiben in die Hand.

»Bring das dem Vorarbeiter und lies es ihm im Beisein des alten Luchterbuckel vor. Sie sollen das Syrial abbauen, bis der Eingang freigelegt ist.«

Ich hoffe, das Kraut und der Brief schmecken dem alten Grim, dachte sich Talias. Er musterte den Monsignore, denn dieser sah nicht gut aus. Als er zu einer Frage ansetzen wollte, verjagte er ihn mit wedelnden Händen.

»Sieh zu, dass du wieder in den Kessel steigst. Zeig dich erst wieder, wenn du das Tor geöffnet hast oder tot bist. Möge dir das Licht leuchten.«

Narna in Witwit

Im Mondlicht schritt Narna mit Erian auf dem breit ausgetretenen Pfad durch das Dorf. Sie entzündeten eine Fackel, damit sie die Siedlung erkunden und von den Bewohnern gesehen werden konnten. Hinter einem der Felle in den Fenstern sah Narna eine Gestalt, wusste allerdings nicht, ob sie es sich nur eingebildet hatte. Die Tierhaut konnte auch durch den Wind gewackelt haben. Ein Knacken bei der Hütte vor ihnen ließ sie aufhorchen.

»Wir suchen ein Dach für die Nacht«, rief Erian und schwenkte die Fackel.

Sie bogen um die Ecke und sahen einen Schatten weglaufen. »He, warte!«, versuchte Erian es und folgte rasch dem Fliehenden, Narna hinterher. Als sich der Weg teilte, nahm Erian den linken und Narna den rechten Pfad.

Bei einer mit Bändern geschmückten Hütte, hatten sich Narnas Augen an die Dunkelheit gewöhnt. Ein Schopf lugte hinter einem Busch hervor und leises Kichern ertönte. Als sie sich näherte, raschelten schnelle Schritte durch das Laub zwischen den Hütten. *Na warte. Dich krieg ich.*

Narna schlich die Wand einer Hütte entlang, stieg auf das Dach, das bis zum Boden reichte und war mit ein paar Sätzen oben beim First angelangt. Auf der anderen Dachseite erspähte sie einen Schatten, der an der Wand der gegenüberliegenden Hütte lauerte. Als sich der Schein von Erians Fackel näherte, stieg sie lautlos hinunter.

Narna war fast bei der Gestalt, deren Umriss sich im Fackellicht abzeichnete, da fuhr der Schatten herum und erstarrte.

»Tut mir nichts, bitte!«, schrie der Aldir-Junge.

»Wenn du uns versprichst, dass *du uns* nichts antust.« Narna lachte.

Erian trat mit seiner Fackel zu ihnen. »Wen haben wir denn hier?«

»Ich bin Algon, der Sohn von Aldra, der Dorfvorsteherin.«

»Ich bin Narna, und das ist Erian. Würdest du uns zu deiner Mutter bringen? Wir suchen eine Bleibe für die Nacht.«

Sie mussten nicht weit gehen, da kam eine langhaarige Aldira erhobenen Hauptes und rief nach Algon.

»Mama wir haben Gäste«, rief ihr der Junge zu.

»Aldra Nordwind heißt euch in Witwit willkommen, meine Freunde der Erde. Mögen Euch die Baumgeister Frieden bringen.« Sie musterte die Ankömmlinge. »Was treibt eine Naldar und einen Aldir in der Finsternis unter unser Dach?«

»Das sind Narna und Erian, sie möchten bei uns nächtigen«, sagte Algon.

»Ich bin Erian Dämmerschein. Die Baumgeister werden es Euch danken, wenn Ihr uns ein Bett für die Nacht und etwas Proviant überlasst. Wir sind auf dem Weg nach Quellwasser und möchten dann über den Steinernen Vorhang reisen.«

Dämmerschein, dachte Narna. Es war das erste Mal, dass sie seinen vollen Namen hörte. *Es fühlt sich an, als würde ich ihn ewig kennen, dabei weiß ich nichts von ihm. Morgen werde ich ihm ein paar Fragen stellen.*

Ihnen wurde ein kleines Gästehaus zugewiesen, in dem zwei einfache Betten mit Strohsäcken standen. Narna hatte noch nie ein solches Haus betreten, und es war das erste Mal, dass sie in einem Bett nächtigte. Vorsichtig ließ sie sich auf einen der Strohsäcke fallen. »Was ist, wenn ich rauspurzle?«

»Keine Angst, ich halte dich fest. Du darfst an der Wandseite schlafen.«

»Nachdem wir nicht nach draußen können, bleibt uns viel Zeit, uns an die Betten zu gewöhnen«, sagte Narna und rollte sich zur Seite.

Erian stellte seine Tasche ab und legte sich neben sie. Narna freute sich, dass sie ihn für den restlichen Tag und die nächste Nacht für sich hatte. *Mir fällt nichts ein, das unser Glück stören könnte.*

Narna erwachte in der Nacht und tastete nach Erian, doch der Platz an ihrer Seite war kalt. Sie rieb sich die Augen, setzte sich auf und sah sich um. Er war nicht in der Hütte. Als sie seine Tasche erblickte, legte sie sich wieder hin und schlief weiter.

Ferne Stimmen und ein heller Schein weckten sie erneut. Diesmal lag der Aldir neben ihr und schlief selig. Lautlos stieg sie aus dem Bett und schob das Fell vor ihrem Fenster zur Seite. Das unstetige Leuchten hatte nahe dem Dorfeingang seinen Ursprung und verhieß nichts Gutes. Sie streifte ihr Blätterkleid über und rannte hinaus, auf den Schein zu.

Lautes Knacken, wirre Stimmen, der Geruch nach Rauch. *Es brennt!* Das Backhaus am Dorfeingang, neben dem Bach stand in Flammen. Der Wind heizte die, unter dem Dach hervorleckenden, roten Zungen an und brachte die Balken unablässig zum Knarren, die ihren eigenen Untergang besangen. Dicke Rauchschwaden legten einen grauen Teppich über den Bachlauf.

Die Aldir versuchten, den Brand mit langen Weidenruten zu erschlagen, erkannten bald die Sinnlosigkeit, und fingen an,

Wasser zu schöpfen. Ein kräftiger Bursche mit einem Tuch vor dem Mund schaufelte mit bloßen Händen.

Aldra kam angelaufen und rief zu den Dorfbewohnern: »Das Backhaus ist verloren - schützt Hilomas Hütte! Nehmt die Ruten, taucht sie ins Wasser und besprengt das Dach.«

Sie bildeten eine Kette und ließen Tonkrüge zum Wasser gehen.

Ich muss Erian wecken. Narna machte kehrt und rannte zwischen den Häusern hindurch zu ihrer Hütte, als ein Bein sie stolpern ließ. *Das ist nicht der richtige Zeitpunkt für deine Scherze.* Zu einer Schelte des jungen Algon ansetzend, sah sie die reglose Gestalt, die an die Wand der Hütte gelehnt saß. Narna beugte sich hinunter, berührte eine Blume im feinen Haar, betastete den schwarzen Streifen, der unter dem Kinn verlief, feucht, klebrig. Eine Klinge hatte den Lebensfaden der jungen Aldira durchtrennt. *Sie ist tot.*

Schatten

Der Monsignore hatte schlecht geträumt. Seine Geliebte suchte ihn zärtlich heim und er versuchte, mehr über sie zu erfahren. Da entwand sie sich seinen Liebkosungen und rannte davon - er hinterher. Lange ging die Jagd und jedes Mal, wenn sie zum Greifen nahe war, langten seine Hände ins Leere. Sie lachte, machte sich ein Spiel daraus und sein Zorn steigerte sich. Sie lockte ihn durch den Schlund in den Kessel hinab in die tiefsten Tiefen, wo das Tor offen stand und sie hindurchflogen. In einem dunklen Labyrinth aus Fels jagte er ihr nach, bis zum Grab. Ein lautes Schnauben ließ ihn verharren, als ihn glühende Augen aus der Finsternis verzehrten. Er musste den Unhold besiegen, um an das Artefakt zu gelangen. Wie der Spieß in seine Hand kam, wusste er nicht. Er stieß zu. Mit einem Schrei beendete die Kreatur ihr Dasein. Er trat näher, sah, dass er seine Liebste getötet hatte. *Der Tod wird uns besuchen*, dachte er, als er aus dem Traum gerissen wurde.

Finster blieb es an diesem Tag und die Gedanken an den Tod begleiteten Kreton auf seinen Runden in der Hütte. Er bangte um seine Liebe, hielt es drinnen nicht mehr aus und verließ seine Behausung.

Das Lager lag verlassen vor ihm, nichts rührte sich, nur ein fahler Schein lockte ihn. Drei Aldire und ein altes Weib hockten vor einem Feuer und summten. Ein eintöniger Gesang breitete sich mit den Flammen aus. Der Monsignore spürte, wie ihn die Töne erfassten und wie sich der Rhythmus auf seinen Körper übertrug. In seinem Herzen machte sich Wärme breit, floss in seine Glieder, befreite seine tödlichen

Gedanken. Sie reichten ihm einen Trank, den er dankend ablehnte. Als sich der graue Sorger näherte, sah er zu, dass er verschwand. So wollte er nicht von seinen Männern gesehen werden.

Die Hütte war bereits in Sichtweite, als ein Surren über Kretons Kopf immer lauter wurde. Er starrte gegen den dunklen Himmel, auf dem sich eine lebendige Wolke abzeichnete, die sich näherte. Kreton rannte, schrie und wedelte mit den Händen. Ein Hund bellte und begann, mit Luftsprüngen nach den Angreifern zu schnappen. Xiran kam zu Hilfe und schwang seinen Speer in engen Kreisen, woraufhin die Ungeheuer klackend zu Boden fielen und von dem Köter zerbissen wurden. Aldir-Männer trafen ein und schlugen mit einer Fackel nach den Brummern, die in der Hitze des Feuers pfiffen. Da ließ der Schwarm von Kreton ab und verschwand in der Finsternis.

Kreton riss die Fackel an sich und suchte den Boden ab. Als er fündig wurde, nahm er sein Sacktuch und hob damit eines der Tiere auf. Es maß die halbe Länge seiner Hand und trug einen schwarzen, glänzenden Panzer aus dem acht Beine und ein Paar Flügel hervorragten. Es sah aus wie eine Heuschrecke mit einem Stachel. Modriger Geruch breitete sich aus, Ekel und Kälte ließen ihn erzittern. Er nahm das tote Vieh mit.

In der Hütte legte Kreton es auf sein Schreibpult, stülpte einen Krug darüber, verrammelte die Tür und begann, im Kreis zu laufen. An diesem Tag wollte er die Hütte nicht mehr verlassen.

Es waren Schattenbestien. Sie sind bereits hier. Das war nur ein kleiner Vorgeschmack dessen, was kommen wird. Kreton kaute auf den Spitzen seiner Finger. *Sie haben nur mich attackiert. Sie wissen es und sind hinter mir her.* Er zog das Fell vor dem Fenster beiseite. Die Aldire waren weg. *Waren sie es, die mit ihren unheiligen Gesängen die Unbenannten riefen? Hat sich die Erde gegen das Licht gestellt? Wem kann ich noch trauen?*

Er kramte in seiner Kiste, zog seinen weißen Ring hervor und steckte ihn an. *Immerhin* ein *Leibwächter, der mir immer treu sein wird. Kaum sind die Ildamaer weg, werde ich angegriffen. Kann das ein Zufall sein?* Er überlegte, wer von dem Ausritt der Krieger wusste. *Wenn er mir nicht geholfen hätte, wäre der Ziegenjunge höchst verdächtig. Ich muss für meine persönliche Sicherheit sorgen.* Er dachte an den verbliebenen Lichtkrieger, der vermutlich auf der Latrine saß. *Die Ildamaer sind nicht einmal in der Lage, mich zu bewachen. Wir werden ein Heer benötigen, um das Artefakt zu schützen. Sobald Hirak zurück ist, werde ich Verstärkung rufen.*

Kreton glitt bereits in die Traumlande und sehnte ein Wiedersehen mit seiner Geliebten herbei, als ihn ein Stich hochfahren ließ. Schlaftrunken kratzte er sich den Arm und verfluchte die lästigen Schnippermücken. Doch der Stich sollte ihm eine unruhige Nacht bescheren. Sein Arm juckte unentwegt und riss ihn immer wieder aus wirren Träumen von Stollen, in denen er sich verirrt hatte, fliegenden Käfern, die ihn angriffen, und Heerscharen, die ihm zu Hilfe eilten.

Als der Monsignore am Morgen erwachte, fühlte er sich schlapp, und sein Arm war rot, als hätte er die ganze Nacht damit Wein gekeltert. Um ihn zu kühlen, legte er ihn in die Wasserschüssel. *Immerhin ist es der Rechte, so kann ich meine Briefe schreiben. Nein, ich lasse den Dickwanst herbringen.* Er stieg aus dem Bett und fiel auf die Knie, als sein rechtes Bein nachgab. *Was beim Lichte ist los mit mir?* Er schleppte sich zum Fenster und sah sich den Stich genauer an. Mit dem Federkiel drückte er sanft gegen den blassen Krater, der aus der roten Wüste ragte. Die verhärtete Haut regte sich nur wenig und dunkler Saft quoll hervor. Der Schmerz ließ ihn erneut in die Knie sinken. *Das war keine Schnippermücke, die mich gestochen hat.* Mit Isolde in der Hand schritt er auf sein Pult zu und hob den Krug. *Leer. Es war das Biest, das ich selbst hier hereingebracht habe.*

Tropfnass war seine Stirn, als er endlich einen Aldir fand, den er mit harschen Worten nach dem verbliebenen Lichtkrieger schickte.

»Wie seht Ihr denn aus?«, fragte der graue Sorger zur Begrüßung.

»Sagt es mir nicht. Es reicht mir zu wissen, wie ich mich fühle.« Kreton fuhr sich mit dem Sacktuch über die kalte Stirn. »Es war eines dieser Biester. Ihr müsst meine Hütte durchsuchen. Es hat sich sicherlich in einem dunklen Winkel versteckt.«

Der Krieger ließ ihn stehen und kam mit zwei Aldire und einer Alten zurück. Die Männer hatten einen Hammer und eine Pfanne in der Hand, der graue Sorger trug eine Fackel. Die Alte kam mit einem Gefäß auf ihn zu.

Sie war grauhaarig und stämmig, ihre tiefblauen Augen leuchteten zwischen den dunklen Falten ihrer Haut, die aussah wie die Rinde einer alten Kastanie. Rauch stieg aus dem Krug in ihrer Hand und verströmte einen beißenden Gestank. Sie packte seinen Arm, lachte und sagte ein paar Worte in ihrer Sprache. Der Monsignore zog seinen Arm zurück.

»Lasst Euch von ihr helfen«, mischte sich der Lichtkrieger ein.

Kreton wog seine Möglichkeiten ab.

»Oder wollt Ihr riskieren, dass wir Euch den Arm abschneiden müssen?«, fragte der graue Sorger.

Ich möchte gar nichts riskieren, das ist es ja. Ich muss beizeiten einen Medikus herschaffen, ansonsten bin ich den Wilden ausgeliefert. »Durchsucht jeden Winkel der Hütte und schaut zu, dass ihr nicht gestochen werdet«, schickte Kreton die Leute fort und streckte seinen Arm der Alten hin.

Sie packte das Handgelenk, drückte einen Schwamm darauf, den sie aus dem Krug gefischt hatte, und flüsterte dabei unverständliche Worte. Der Brei roch streng nach Essig und brannte auf der Haut. Mit einem glimmenden Stäbchen fuchtelte sie über ihrem Kopf herum, strich damit über die Erde und ließ es singend um den Einstich kreisen. Kreton nahm seine Linke und biss auf die Spitzen seiner Finger. Seine Knie wurden schwach.

»Sir nru. Sir nru«, sagte die Alte. Diesmal sprach sie mit dem Monsignore, nicht mit seiner Wunde. »Setzt Euch«, sagte sie in der gemeinen Zunge und griff ihm unter den Arm. Sie zeigte auf einen Heuballen.

Kaum hatte er Platz genommen, erhöhte sie den Druck auf die Beule. Er schrie, wollte dem Nari-Weib eine verpassen. Sie lachte und hielt ihm eine schwarze Nadel vor die Nase.

»Srubnamar«, sagte sie bedeutungsvoll. *Der Stachel!* Sie strich noch einmal mit dem Schwamm über die Wunde. Dann wurde ihm schwarz vor Augen.

Der Dolch

Einsam stieg Talias den Pfad zur Grabungsstätte hinauf, denn Ortwin hatte die Lebensmittel geholt und war längst unterwegs, oder bereits zurück im Kessel. *Unvorstellbar, wenn ich Vorräte für zwei Dutzend Männer hier heraufschleppen müsste. Wobei es derzeit nur halbe Portionen sind,* dachte er schmunzelnd. Nieselregen benetzte sein Haar und feine Tropfen sammelten sich auf seiner Nase und kühlten die Wangen. Sein linker Ellbogen pochte bei jedem Schritt, die Sohlen brannten. *Die Lektüre wird mich für meine Strapazen belohnen.*

Eine Weile irrte er umher, bis er den richtigen Busch beiseitedrückte und den Eingang zum Schlund fand. Diesmal konnte er seinen Atem nicht kontrollieren und schnaubte wie ein Eber den engen Pfad hinauf. Immerhin war es hier drin trocken.

Als Talias pausieren musste, setzte er sich, stemmte die Füße gegen die Wand und begann, das Moos mit seinen Sohlen wegzuschaben. Feine Linien traten unter der grünen Decke hervor, als lüftete er ein uraltes Geheimnis, blickte in eine Zeit, in der er nichts zu suchen hatte. Talias las das Wort zu seinen Füßen, das er freigelegt hatte. *Alamariana.* Die odogramschen Zeichen standen in Reih und Glied, aufgefädelt wie die Perlen einer Kette. Ein Wort des Forschers kam ihm in den Sinn. *Ungenau.* Der Anstoß, weshalb ihn der Alte verjagt hatte. Er hatte es gewagt, den Odogrim Ungenauigkeit vorzuwerfen. Vor seinen Augen befanden sich fünf ‚A‘s, die man gefahrlos übereinanderlegen konnte, ohne dass es eine Abweichung geben würde - alle waren exakt gleich. Und würde der Regen das Wasser im Schlund steigen lassen, war er überzeugt, würden die Zeichen auf einer Linie schwimmen. Sie standen gerade wie die Waage eines Pharmazisten. *Das geneigte A in der Kammer ist keine Schlamperei. Sie haben es absichtlich schräg gestellt. Es ist eine Botschaft!*

Mit frischem Elan bewältigte Talias den letzten Abschnitt des Schlundes und gelangte auf das Hochplateau, wo ihm der Regen ins Gesicht peitschte. Aus den feinen Tropfen waren dicke Wasserbälle geworden und der Himmel versank schwarz im Moor. Nur das Zucken von Blitzen erhellte seinen Pfad.

Der Abstieg in den Kessel erwies sich als gefährliche Rutschpartie, denn auf den erdigen Wegen bildeten sich Schlammfilme. Das Holz der Stege war glitschig wie Seife und die steinernen Stufen glatt wie Eis. Beim ersten Rund rutschte Talias auf einer Holzbohle aus und landete im Schlamm. *Es ist zu gefährlich. Ich muss warten.* Er nahm eine Laterne, die in einer Nische stand, und suchte einen Eingang. Die Fenster waren zugewuchert und manche nicht mehr als solche erkennbar. Aus einem Eingang ragte der dicke Stamm eines Baumes und ließ ihn nicht ein. Schließlich gelangte er durch ein großes Fenster ins Innere des Berges. Talias bog ein paar Äste zur Seite und kam in eine mit hohem Gras verwachsene Kammer. *Ein feiner Platz bei solch unwirtlichem Wetter. Jetzt werde ich mich ausruhen, bis der Regen aufhört.*

Er legte sich mit dem Rücken ins Gras, stellte ein Bein auf und legte das andere darüber. *Ob der Alte wohl seine Rollen zeitig ins Trockene gebracht hat?* Talias stellte sich vor, wie der Forscher am untersten Rund bis zum Hals in den Fluten steckte. Dann schlief er ein.

Als Talias erwachte, war es stockfinster und Stille umfing ihn, die nur gelegentlich durch Tropfgeräusche unterbrochen wurde. Draußen war es Nacht, doch zumindest der Mond zeigte ihm die Umrisse des Ortes. Er tastete nach der Laterne und tappte vorsichtig durch den Matsch voran. Die Laterne entzündete er an einer Fackel, die einen Stolleneingang markierte, und betete den gesamten Weg nach unten. Hin und wieder kreuzten Rinnsale, Wasserfälle und kleine Seen seinen Lauf. Zu seiner Verwunderung sammelte sich das Wasser nicht im untersten Rund, wie er erwartet hatte. *Die Odogrim müssen über ein Abwassersystem verfügt haben. Welche Leistung für die damalige Zeit!* Tatsächlich war der Boden des untersten Rundes nach außen geneigt, und das Wasser floss in einen Spalt vor der Wand.

Vom alten Luchterbuckel war nichts zu sehen, darum ging Talias geradewegs auf den Stollen zu, der ihn zur Kammer führte. Da vernahm er aus einem Raum, der links abzweigte, lautes Schnarchen. Meister Luchterbuckel lag auf einem Plan und benutzte einen dicken Folianten als Kopfkissen. Speichel troff bei jedem Atemzug auf eine Abschrift, die er in der Hand hielt. *Hierher hat er also die Schriften vor dem Regen gerettet.*

Als Talias die Kammer fast erreicht hatte, hörte er ein leises Scharren hinter sich. Er blieb stehen und lauschte. *Nichts.* Langsam ging er weiter. Da war es wieder. Sein Nacken spannte sich an. Abrupt drehte er sich um, hob seine Fäuste und starrte in die Dunkelheit. Ein Fiepen ließ ihn aufatmen.

»Sanson. Was machst du denn hier unten?« Talias ließ die Ratte auf seinen Arm hochklettern, der noch immer schmerzte, und erreichte, mit dem Nager auf der Schulter, die Kammer.

Talias suchte die Wandtafel, die ihm der Alte zur Übersetzung gegeben hatte ab, und tastete sich von einem Buchstaben zum nächsten, bis er das schräge A fand. Er stellte die Laterne beiseite, packte den kalten Stein mit beiden Händen und versuchte, mit aller Kraft, den Buchstaben zu drehen. Er rührte sich nicht. *Mist, ich hätte mein Iulysum verwettet, dass man ihn drehen kann.* Mit der Faust donnerte er auf das A, das zu seinem Erstaunen nachgab. *Es lässt sich reindrücken!* Talias presste den Buchstaben in den Fels, den er hineingedrückt auch drehen konnte, zumindest ein Stück weit. *Ich sollte meinen verletzten Arm noch nicht zu sehr belasten.* Es fehlte nicht viel, doch die Linie wollte nicht in die Senkrechte wechseln. Um mehr Druck zu erzeugen, stemmte er seine Schulter gegen den Daumen, bis das A mit einem Ruck nachgab und gerade stand. Er rutschte ab und landete auf dem Boden.

Es klackte, Ketten rasselten und ein Schürfen war zu hören, als sich Stein über Stein bewegte. *Ich habe einen Mechanismus in Gang gesetzt.* Talias schaute sich um, doch alles schien unverändert. Plötzlich hatte er Angst, sich zu bewegen und sein Blick wanderte über das Muster zu seinen Füßen, das er zum ersten Mal wahrnahm. *Es sind Kacheln in unterschiedlichen Größen, die wirr angeordnet sind. Was, wenn ich eine Falle auslöse oder den Stollen zum Einsturz bringe, bloß weil ich auf ein falsches Kästchen steige?* Er warf einen Blick auf Sanson, der sich nichts zu denken schien und unbekümmert in der Kammer umherhüpfte. *Ich muss mehr über die Tafeln herausfinden, bevor ich etwas anfasse, sonst ergeht es mir am Ende wie damals auf der Akademie.*

Talias malte die sieben Tafeln, die jeweils eine Wand zierten, eine nach der anderen ab - allesamt Gedichte oder Lieder der Odogrim.

Die Kerze war fast heruntergebrannt, als er die letzte Tafel aufs Papier brachte. Ihn verwunderte, dass ihr König Odobert kein einziges Mal erwähnt wurde, denn immerhin zierten die Köpfe der sieben Könige vor ihm die Tafeln: Grimwald der Große, Oldran der Zweite, Krowil, Olmaran der Befreier, Odilus, Olbrich und Lizius der Flieger.

Mit einem Packen Zettel machte sich Talias auf den Weg in seine Kammer und hoffte, dass der Alte noch schlief. Er beschloss, dem Forscher sein Kraut erst dann zu bringen, wenn er das Rätsel um den Eingang gelöst hatte. Er war sicher, dass es ein Rätsel sein musste, denn die Buchstaben ließen sich drehen und die unterschiedlich großen Kreise mussten eine Bedeutung haben.

Zuerst versuchte er, lediglich die Buchstaben mit den kleinsten Kreisen zu lesen, doch das Gewirr ergab keinen Sinn. *Ich brauche ein Strategischt.* Das Wort hatte Talias von Ildran Kesselflicker gehört, der es bei Meister Krähenschlag aufgeschnappt und damit angegeben hatte. Die Hohlbirne kannte ein Wort, das er noch nie gehört hatte. Das durfte nicht sein. Talias hatte ihn mit ein paar Floskeln überzeugt, dass er es sehr wohl kannte, und von ihm verlangt, es zu erklären. Das vermochte er nur bedingt, doch anscheinend war es das genaue Gegenteil dessen, was Talias sonst machte: wild herumprobieren. *Was würde ich am liebsten machen? Ganz klar: Alle Buchstaben drücken und drehen, bis der Eingang aufgeht. Was bedeutet es nun, wenn man Strategischt hat?* Er kratzte sich das Haarbüschel am Kinn. *Gar nichts drücken und drehen? Ich warte, bis er von selbst aufgeht? Das wird nicht funktionieren.* Er ging im Kreis, wie er es oft beim Monsignore gesehen hatte, wenn der über einem Problem brütete. *Ich drücke erst rum, wenn ich weiß, wie das Ding funktioniert. Das ist Strategischt!*

Wie sagte Meister Krähenschlag? Wenn du ein neues Werk beginnst, schaffe vorher Platz und Ordnung. Ich muss aufräumen. Talias machte sich Spalten, die er mit den Ziffern eins bis sieben nummerierte. Dann trug er bei der ersten Tafel beginnend alle Buchstaben mit dem kleinsten Radius in die Spalte mit der Eins ein. Die weiteren Tafeln folgten, und die erste Spalte füllte sich mit einer Reihe Buchstaben, aber der erhoffte Durchbruch blieb aus. Trotzdem füllte er auch die weiteren Spalten an, doch das Gewirr wurde nicht geringer und bei der vorletzten Spalte gab er auf. *Das, was ich da zusammenkritzle, schafft keine Ordnung, sondern nur neues Durcheinander. So wie immer. Wieso sollte es diesmal anders sein.*

Besser, ich schlafe mal darüber. Schließlich meinte Meister Krähenschlag auch: »So, wie das Licht des Morgens jeden Tag ein neues ist, kannst auch du jeden Tag ein anderer sein und die Dinge in neuem Licht betrachten«. Ich möchte zwar morgen noch Talias sein, doch vielleicht funktioniert es. Anders gesagt: Schlafen könnte helfen. Auch eine gute Strategischt.

Die Dunkelheit bei Tage ließ Talias so lange schlafen, dass er das Morgenbrot verpasste und sein Magen das Mittagsläuten herbeisehnte. Er wusste nicht, wie er sich einbringen konnte. Bei den Tafeln war er gescheitert, der Forscher wollte ihn nicht mehr sehen, ins Lager konnte er nicht zurück, und die Buckler waren nach dem Sturz von der Leiter nicht gut auf ihn zu sprechen. Nur Sanson hielt zu ihm. Doch der war in jüngster Zeit lieber in den Ruinen unterwegs, als mit ihm zu spielen. Die Brotscheibe mit Getreidebrei war bestenfalls ein Appetitanreger, drum streifte er, hungriger als zuvor, in der riesigen Anlage umher. *Vielleicht finde ich ja Beeren oder Nüsse.*

Da sich sogar der Mond hinter den Wolken verschanzt hatte, war der Kessel wie ausgestorben. *Die Buckler sind lieber in ihren Stollen, da macht es keinen Unterschied, ob es draußen hell oder dunkel ist.* Talias stieg auf die dritte Ebene, die am wenigsten zugewachsen aussah, und suchte dort nach Eingängen. Zu seiner Freude fand er ein großes Tor, über dessen Mitte das Abbild eines Königs prangte und darunter ein silbernes A. Er trat hindurch und fand sich in einer Halle, die von unzähligen Säulen gestützt wurde. Hier mussten Hunderte Odogrim Platz gefunden haben. Er stieg auf eine Steinplatte, die schräg auf einem Podest lag - eine Tischplatte, die unter der Last der Zeit eingeknickt war. *Hier werde ich keine Beeren finden.*

Talias trat aus dem Tor und ließ den kühlen Wind durch sein Haar fahren. Als die Wolken den Mond freigaben, funkelte ihn von der gegenüberliegenden Seite etwas an und er beschloss, die Umrundung in Kauf zu nehmen.

Dorniges Gestrüpp zerrte an seinen Kleidern, Disteln hielten sich an ihm fest und Gräser, die sich um seine Beine schlangen, wollten ihn zurückhalten, doch er erreichte sein Ziel. Auf der anderen Seite angelangt, fand er ein ähnliches Tor, vor dem hohes Gras und niedere Büsche wuchsen. Von der Statue am Scheitelpunkt war nicht mehr verblieben als ein Mund und ein rostschwarzer Dolch in ihrer Hand.

Durch das Tor erblickte er einen Raum, in dessen Mitte eine große Kastanie ihre Äste in die nächste Ebene hinauf streckte. In den Nischen fand er schartige Schwerter, verbogene Speerspitzen und zerbeulte Helme. *Eine Waffenkammer.* Doch außer den Resten, denen die Zeit die Zähne gezogen hatte, fand er nichts. *Was hat mich da bloß angefunkelt?*

Talias setzte sich auf einen Stein und sah den Blättern der Kastanie zu, wie sie im Wind flatterten. Einige waren an den

Rändern braun und begannen, sich einzudrehen. Stachelige Bälle hingen dazwischen. Als einige blasse Strahlen den Weg durch die Wolken fanden, glänzten die braunen Früchte, die aus ihren Schalen ausbrechen wollten. *War es das, was mich angefunkelt hat?* Dann sah er es.

Das Glänzen kam von den Resten der Statue, genauer von ihrem Dolch. Talias stand auf und legte den Kopf in den Nacken. *Das ist kein rostiges Überbleibsel, die Kanten sind scharf und die Klinge gleißt.* Er streckte sich, doch der Dolch stand zu hoch. *Vielleicht komme ich von oben ran.* Er ging einen Viertelkreis zurück und nahm das Relikt einer Treppe, um auf die Ebene über ihm zu gelangen. Sein Herz pochte wild, als er verschwitzt oben ankam. Vor dem Loch, aus dem die Kastanie ragte, blieb er stehen, tastete sich an den Rand vor und blickte über die Reste eines Mäuerchens auf die untere Ebene. Der Dolch befand sich nur eine Beinlänge unterhalb der Kante. Talias kniete sich nieder und versuchte ihn zu greifen, doch seine Finger streiften nur die Spitze. Mit einem »Autsch« zog er seinen Arm zurück und ein roter Tropfen bildete sich auf der Kuppe seines Mittelfingers. *Das Ding ist noch scharf.*

Talias legte sich auf den Bauch und wurde von seinem linken Ellbogen schmerzhaft an den Sturz in den Schacht erinnert. *Ich bin ja vorsichtig.* Wie eine Raupe schob er seinen Oberkörper über den Abgrund, langte nach dem Schaft und berührte ihn, doch der Dolch bewegte sich nicht. Langsam atmete er aus, hielt die Luft an und schob sich noch ein Stück vor. Sein linkes Bein schnellte in die Luft. *Gleich hab ich ihn.* Er bekam den Griff mit zwei Fingern zu fassen, doch der Dolch steckte fest. Talias presste sein Ohr gegen den Fels, streckte die Finger erneut aus und er bekam den Griff zu fassen. Steine bröckelten und er rutschte, ohne es zu wollen, mit dem Auge auf die Spitze der Waffe zu. Das Gewicht seines Körpers und sein weiteres Schicksal ruhten auf seinem rechten Arm, doch lange konnte er nicht mehr dagegenhalten, lediglich hoffen, beim Fallen dem Dolch auszuweichen und halbwegs glücklich in einem der Büsche auf der Ebene darunter zu landen. Als er einatmete, blähten sich seine Lungen, sein Oberkörper rutschte und die Beine hoben ab. Er kniff die Augen zusammen, als könnte er dadurch verhindern, dass der Dolch in ihn eindrang.

Talias erwartete den Sturz und den folgenden Schmerz, doch eine kräftige Hand packte seinen Knöchel und zog. Einen Wimpernschlag überlegte er, ob er den Dolch festhalten sollte, entschied sich, ihn loszulassen, und schob sich nach oben.

»Dein Barrd is enfach zu schwerr. Err zieht dich nach unten«, vernahm er eine bekannte Stimme. Es war Ortwin, der Buckler, den er ins Lager begleitet hatte. «Drrum haben wirr Bugglerr keinen Barrd«, sagte er.

Talias blieb liegen und drehte sich auf den Rücken. »Danke Ortwin«, sagte er, musste laut lachen und einzelne Schluchzer der Erleichterung mischten sich darunter. *Welch Irrsinn, ich hätte tot sein können.*

»Kumm, steh auf«, sagte Ortwin, legte sich auf den Bauch und rutschte an die Kante vor.

Der Junge muss verrückt sein.

»Halt mech«, befahl er.

»Du bist viel kleiner als ich. Lassen wir das Ding, wo es die letzten tausend Jahre war«, sagte Talias.

»Nee. Ich hab lange Arrme und bin viel lechterr als du. Kumm schon!«

Widerwillig setzte sich Talias auf die Beine des jungen Buckler.

»Weiterr vorr«, rief Ortwin. »Jetzt zieh mech hoch.«

Er drückte Talias den dunklen Dolch in die Hand. »Hoffentlich ist err es werrd«, sagte er und ging.

Talias wog die Waffe in seiner Hand und hieb damit auf einen Ast. *Er ist federleicht und schneidet durch Holz, als ob es Gras wäre - das muss Syrial sein!* Dunkel funkelte ihn die Oberfläche an, in der sich sein Gesicht spiegelte: Verzerrt zu einer Fratze.

Dunkle Gestalten

Als Narna zu ihrer Hütte kam, war Erian fort. Suchend blickte sie sich um und stellte fest, dass seine Tasche und der Dolch weg waren. *Jetzt ist er gegangen.* Sie trat gegen das Bettgestell und boxte auf den Strohsack ein. *Narna, reiß dich zusammen, irgendetwas stimmt hier nicht. Der Brand, die Leiche.*

Sie packte ihre Schleuder und eine Handvoll Flusskiesel und schlich geduckt von Hütte zu Hütte den Hang hinauf. *Bewegt sich da etwas?* Sie legte einen Stein ein, ging seitlich, die Ellbogen weit auseinander. Erst beim zweiten Hinsehen entdeckte sie die schattenhafte Gestalt.

Groß war sie, ging gebückt und trug etwas Schweres. Narna folgte ihr lautlos. Der Schatten bog um eine Hütte, hievte die Last auf einen Karren, kehrte um und kam ihr entgegen. Sie musste rasch weg, sprang auf das Dach und presste ihren Rücken in die Dachhalme. Es knackte, als sich ihre Zehen festkrallten und der Schatten vorüberging.

Als er außer Sicht war, stieg Narna hinunter und folgte ihm, doch plötzlich war er weg. Ein Scharren ließ sie herumwirbeln. Aus einem Erdloch vor ihr tauchte ein hüfthoher Krug auf, dessen Träger folgte. Sie floh um die Ecke und hörte ein dumpfes Pochen, als er auf ihrer Höhe war. Ein Stein fiel zu Boden, der Schatten ließ den Krug fallen und fluchte. *Dieser dumme Junge. Mit seinen Steinchen kann er hier nichts ausrichten.*

Die Gestalt entdeckte sie und eine Klinge blitzte auf. Narna drehte sich um und rannte. Fast unhörbare Schritte folgten ihr - schneller, als ihr lieb war. Rasch bog sie um eine Ecke und rannte mit weiten Sätzen das Dach hinauf. Sie warf sich über den First, spähte auf die andere Seite und schnaufte durch. Ihr Verfolger kam nicht. *Wie kann das sein, er war knapp hinter mir?* Eine kräftige Hand packte ihren Fuß und zerrte sie auf dem Bauch nach unten. Ihre Nase grub sich in die Binsen, die Wange brannte, ihre Finger krallten sich fest und rissen einige Dachhalme weg. Mit ihrer großen Zehe quetschte sie die Hand des Angreifers, drehte sich dabei um und stieß mit dem anderen Bein zu. Er wich aus und hob seine Klinge. Narna warf beide Hände nach vorne und bohrte die abgebrochenen Halme in die Hand des Angreifers. Der stöhnte auf und lockerte seinen Griff. Sie entwand sich, sprang weg von ihm und rannte. Die Klinge schnitt hinter ihr ins Dach.

Ich muss weg von hier. Ich hole die Vorräte und meinen Beutel, dann hau ich ab. Ein Funke Hoffnung ließ sie glauben, dass sie Erian bei ihrer Hütte antreffen könnte, doch die Hütte war leer. Den Korb ließ sie zurück, er war zu sperrig. Sie nahm ihren Beutel, stopfte den Proviant hinein und ging.

Narna warf ihren Kopf in den Nacken und roch, doch außer den Brandschwaden trieb der Wind keine Gerüche an ihre Nase. Sie entschied, das Dorf über die Nordseite zu verlassen, denn im Süden brannte es, westlich floss der Bach, und die Ostseite war zu steil. Lauernd schlich sie durch das Dorf und machte einen weiten Bogen um das Erdloch, aus dem der Schatten gekommen war. Vor der letzten Häuserreihe kam eine verhüllte Gestalt aus einer Hütte mit bunten Bändern – Aldras Hütte. In einer Hand hielt er eine Fackel, die er auf das Dach warf und dieses im Nu in Brand setzte, mit der anderen Hand umklammerte er ein zappelndes Bündel mit einem Sack über dem Kopf. *Er hat die Dorfvorsteherin mitgenommen.* Narna dachte, sie wäre gesehen worden, doch der Riese war zu sehr mit seinem strampelnden Bündel beschäftigt und ging direkt an ihr vorbei. Sie überlegte, ihm eine überzuziehen, doch er war zu groß. Darum griff sie nach ihrer Schleuder, legte einen Stein ein und ließ die Schlinge kreisen.

Eine Hand fing ihr Geschoss, die andere legte sich auf ihren Mund. Narna spürte den Atem an ihrem Ohr, roch den Zirbenduft und entspannte sich. *Erian!*

»Schhh, meine rote Naldar. So können wir hier nichts ausrichten.«

Sie kam sich vor wie der kleine Algon mit seinen Steinchen, den man bei einem Streich ertappt hatte.

»Es sind erfahrene Krieger, und es sind mindestens fünf.« Erian zeigte ihr die Finger seiner Hand.

Ich kann zählen, hat er das vergessen?

»Sie stehlen die Vorräte und nehmen kräftige Männer und junge Frauen mit. Wir warten, bis sie abziehen und verfolgen sie dann.«

»Sie haben eine Aldira getötet und die Dorfvorsteherin mitgenommen«, sagte Narna. »Wenn wir es mit den Kriegern nicht aufnehmen können, dann hauen wir ab nach Quellwasser. Was geht uns dieses Dorf an?« Sie wollte ihr Leben nicht für das Schicksal der Fremden aufs Spiel setzen.

»Mich geht es an«, sagte Erian. »Ich muss wissen, wo sie herkamen. Geh du nach Quellwasser, ich verfolge sie.«

Narna blähte ihre Nasenlöcher auf. *Kennt er eine der Frauen? Ist es wegen Aldra?*

Eine dunkle Gestalt, die ein schlagendes Bündel trug, ließ sie verstummen. *Algon!* Sie hatten den Jungen der Dorfvorsteherin geschnappt. Narna wollte losstürmen, doch Erian hielt sie zurück und folgte gebückt dem Schatten. Narna blieb hinter ihm und fand sich bald im Westen des Dorfes wieder. Der Schatten hüpfte mit dem Kind über der Schulter,

Stein für Stein, über den Bach, von dessen anderem Ufer sie ein Pferd schnauben hörten. Das Erwachen des Morgens enthüllte ein Fuhrwerk und einen Wagen der mit einer dunklen Plane bedeckt war und vor dem zwei schwarze Rösser standen. Der Schatten wollte Algon abladen, doch ein verhüllter Krieger, der an der Rampe stand, wollte das Kind nicht mitnehmen. Sie stritten.

Narna und Erian verbargen sich im hohen Schilf, als auf einen Pfiff hin vier weitere Gestalten erschienen. Schwarz wie Schatten waren sie und vor den Bäumen kaum auszumachen. Einer trug eine reglose Aldira, der andere einen Getreidesack, die sie hintenauf warfen. Das Fuhrwerk knarrte beim Anrollen, doch Narna hörte die Pferde nicht trappeln. *Die müssen etwas um die Hufe gebunden haben.*

Als sie aus ihrem Blickfeld verschwanden, wollte Narna loslaufen, doch Erian hielt sie zurück. »Da ist noch einer hinter dem Busch.« Er deutete auf einen Hollerstrauch. »Hol Halbschatten, wir treffen uns bei der Kreuzung zum Langen Weg.« Ein flüchtiger Kuss trennte sie.

Narna ritt beim abgebrannten Backhaus vorbei, dessen Glut in den ersten Sonnenstrahlen verlosch. Die Bewohner droschen noch immer mit ihren Ruten auf die Balken ein, als Rufe vom Dorfplatz herüberdrangen und erneuter Aufruhr entstand. *Sie haben die Leiche entdeckt oder bemerkt, dass ihre Vorräte weg sind. Oder, dass Aldras Hütte brennt.* Narna tätschelte Halbschatten. *Wie auch immer, ihr habt genug zu tun. Meine Aufgaben warten anderswo.* Zum Abschied trällerte ein Sperling »Witwitwit«.

Farbige Träume

Der Monsignore glühte, schwamm in seinem eigenen Schweiß und sein Geist irrte umher, gefangen in wirren Träumen. Er fand sich auf einer Insel in gleißendem Licht, in deren Mitte ein Podest stand und davor ein bunter Haufen. Etwas verstörte ihn, doch er konnte nicht fassen, was es war. Eine Rastrovi mit weißem Haar und weißen Kleidern umrundete einen Tarweii-Krieger mit nacktem Oberkörper, dessen Haut so rot war wie der Sand in der Wüste. Ihr weißer Fingernagel fuhr seinen Bauch entlang und hinterließ eine helle Spur. Der Tarweii packte ihre Handfessel und küsste sie.

Eine kindliche Hyrale, war von Kopf bis Fuß in Felle gepackt, die lila wie Lavendel leuchteten. Ein Grim, der in etwa die gleiche Höhe maß, nur dreimal so schwer war, rempelte das Kind an. Die Kleine zielte mit ihrer Schleuder auf seinen pfirsichfarbenen Helm, der polternd zu Boden fiel. Der Grim dankte es ihr mit einer tiefen Verbeugung. Ein Stück weiter stieß ein glatzköpfiger Olken mit einem Fischmaul und blauem Kopf einen schrillen Schrei aus. Die Narau ihm gegenüber steckte sich ihre grün leuchtenden Blätter in die Ohren.

Er zählte. Es waren nur sechs Völker mit ihren Elementen vertreten: Erde, Wasser, Feuer, Luft, Erz und Zeit. Das Licht fehlte. Er sah an seinem Körper hinab. Das Gleißen ließ ihn seine Augen schließen. *Ich bin das Licht!* Die Anwesenden diskutierten, waren sich uneins und gerieten in heftigen Streit. Jeder beschuldigte den anderen. Alles drehte sich um die eine Frage: Wer hatte die Schatten gerufen? *Die Schatten. War ich es?*

Einen Augenblick fühlte er sich schuldig, dann wusste er, was ihn verstörte. Es waren nicht die seltsamen Farben, auch nicht die Zwistigkeiten - es waren die Schatten. Denn es waren keine zu sehen. *Wo sind die Schatten?* Trotz des grellen Lichts warfen die Umstehenden keine Schatten. Als er dieser Frage nachgehen wollte, schwand das Licht und dunkle Wolken zogen vom Meer herauf. Die Anwesenden verloren ihre Farbe, verblassten und zurück blieben nur dunkle Umrisse ihrer selbst. Er sah auf seine Hand - sie war schwarz.

Dann kam seine Geliebte, in einem schwarzen Kleid, das über die Erde streifte, und ihre roten Locken wehten im Wind. Ihre weißen Finger umschlossen die seinen und nahmen ihn mit auf ein Ruderboot.

»Wir müssen weg von hier«, hauchte sie.

Er ruderte, so fest er konnte, verfolgt von dunklen Wolken, bis sie an einer goldenen Küste strandeten. Sie lief durch tiefen Sand auf dicke Mauern zu und verschwand durch ein offenes Metallgitter. Er folgte ihr in einen engen, von Fackeln erhellten, Stollen und gelangte in einen Keller.

»Hier ist es. Hier finden sie uns nicht«, sagte sie und begann ihn zu küssen. Seine Hände, sein Gesicht, seinen Körper.

Die Farbe kehrte zurück, er spürte, wie er lebendig wurde, das Blut schneller floss, sein Atem sich hob. »Ich will es«, sagte er.

»Zuerst musst du meinen Namen finden, dann komme ich zu dir.«

Ein Poltern riss ihn aus seinen Träumen. Ein Wort lag ihm auf der Zunge: »Lorianda«, sagte er. *Lorianda*, wiederholte er im Geist. *Ist das ihr Name? Lorianda?* Er lag in seinem Bett, draußen war es dunkel und das Zirpen der Grillen ließ ihn nach seinem Arm sehen. Er war noch dran, fühlte sich - verkrustet vom

Nari-Brei - kühl an und der Schmerz hatte nachgelassen. *Zumindest stinkt das Zeug nicht mehr.* Kreton stützte sich auf und sah einen Schatten, der sich reglos auf dem Tuch abzeichnete, das seinen Schlafbereich abtrennte. *Meine Leibwache.*

»He, Ihr!«, rief er dem Lichtkrieger zu. »Bringt mir Wasser und etwas zu speisen!«

»So so, mein Gott des Lichts pflegt in seinem Palast zu *speisen*«, sagte sie in fast akzentfreiem Areti. Seine Überraschung hätte nicht größer sein können, als er die schamlose Stimme erkannte.

Der Schatten auf dem Vorhang wurde größer, als ihm ausladende Hüften entgegenwackelten und das Lachen, das klingelte wie ein Glöckchen, näher kam.

Odogramsche Glyphen

Beim Abendbrot bemühte sich Talias, bei den Ersten zu sein. Seine Haare zurückgebunden, in seinen Umhang gehüllt suchte er einen Platz in den hinteren Reihen, schlang den Linseneintopf hinunter und verzog sich.

Mit offenen Haaren, ohne den Umhang, dafür gebückt schlurfend, stellte er sich erneut in die Reihe der Hungrigen und hielt dem Koch seine Schüssel hin, die er zuvor saubergeleckt hatte. Der sah ihn an und rieb sein Kinn.

»Was los?«, fragte ihn Talias auf Grimsch.

Er klatschte ihm eine Portion in seine Schüssel und murrte etwas Unverständliches dabei. Zu Talias' Enttäuschung war die Portion kleiner als seine Erste. Gierig verzehrte er den Matsch und kratzte mit dem Finger liegen gebliebene Linsen heraus. *Leider ergeben zwei halbe Portionen Schweinefraß noch immer keine ganze Mahlzeit. Im Lager ist das Essen besser, und es ist einfacher, an eine Extraportion zu kommen.* Bevor der Mond hinter dem Massiv verschwand, drehte er noch eine Runde auf der zweiten Ebene, auf der sich drei Tore befanden, wie er feststellte. An den Scheiteln gab es keine Statuen, dafür versprachen die Inschriften eine Trinkhalle, Lustspiele und ein Badehaus. *Diese Reinlichkeit lassen die Grim vermissen, sie sollten sich ein Beispiel an den Odogrim nehmen.*

Als ihn fröstelte, ging er in seine Kammer, entzündete seine Laterne, lehnte sich an die Wand und nahm den Dolch in die Hand. Er holte seine »Strategischt«, wie er das Blatt nannte, auf dem er die Buchstaben geordnet hatte, ritzte darauf herum, spießte es auf und drehte es um die Schneide des Dolches. Da hatte er einen Einfall, der zwar absurd war, doch das waren die

Odogrim in seinen Augen auch. Talias nahm das Blatt herunter, drehte es auf die Seite und las alle Zeilen. *Nichts.* Als er es auf den Kopf stellte, sprang ihn ein Wort an wie ein wildes Tier und brüllte: »DOBERT«. Er suchte den fehlenden Buchstaben – ein O – das auch passte, wenn er es auf den Kopf stellte. *Odobert. Ich habe etwas gefunden.*

Talias ergänzte die fehlende Spalte mit den Zeichen der größten Ringe. Dann stellte er das Papier auf den Kopf und las alles noch einmal. *Blitztreffer.* Die Zeichen enthüllten ihm die Worte SINDRON, OKTANOR und ODOBERT. *Schlüssel, Dunkelheit* und *Odobert.* Für einen Augenblick war er zufrieden und dachte er über das Gefundene nach. *Es kann viel bedeuten. Odoberts Schlüssel liegt in der Dunkelheit. Die Dunkelheit ist der Schlüssel zu Odobert. Odobert ist der Schlüssel zur Dunkelheit.* Zumindest hatte er ein Ergebnis. Wie es ihm half, den Eingang zu öffnen, wusste er noch nicht. Er musste zuerst herausfinden, was es mit den drehbaren Buchstaben auf sich hatte. *Dazu muss ich runter in die Kammer.*

Die Mitte der Nacht war vorüber, als er nach unten schlich. Talias hatte die Kammer fast erreicht, als ihn ein Bein zum Stolpern brachte. Er leuchtete die Gestalt an, die in einer Nische saß und deren Bein in den Gang ragte. Es war Ortwin, der einen Leinensack als Kopfkissen benutzte und mit einem Kurzschwert in den Händen schlief. *Was macht der denn hier?* Als er den Holzverschlag vor dem Durchgang erblickte, wurde es ihm klar. *Der alte Luchterbuckel hat mitgekriegt, dass jemand hier war. Mist, ich habe vergessen, die Tafeln wieder abzudecken. Jetzt hat er die Kammer verriegelt und eine Wache postiert.*

Die Tür stellte kein Problem dar, denn sie war nicht abgeschlossen. Als Talias sie knarrend öffnete, zuckte er zusammen, doch Ortwin schlief weiter und er schlüpfte rasch in die Kammer. Der Alte hatte sich keine Mühe gemacht und die Tafeln unbedeckt belassen. Talias nahm sein Papier zur Hand und begann, das S von Sindron auf der letzten Tafel zu suchen. Er drückte, doch es ließ sich nicht bewegen. Das I und das O hingegen, ließen sich drücken. Bei Oktanor und Odobert ließen sich auch nur die Selbstlaute reindrücken. *Es ergibt keinen Sinn. Wenn ich ein I auf den Kopf stelle wie mein Blatt bleibt es ein I. Genauso das O und das E.* Talias spitzte die Lippen. *Dann muss ich sie nicht auf den Kopf stellen. Ich kann sie auch nur ein wenig drehen und einen anderen Selbstlaut daraus machen. Sendron ist ein Name. Eher nicht. Sindren wären mehrere Schlüssel, das schon eher.* Er drückte das O hinein und drehte es zu einem E. »Klack«. Es passierte nichts. Ein Fiepen ließ ihn herumwirbeln. *Sanson.* Er kniete sich hin und ließ die Ratte auf seinen Arm steigen, als es plötzlich rumpelte und polterte. *Mist, das wird Ortwin wecken.*

Talias blickte auf die Tür, die mit einem Schrei aufgestoßen wurde. Ortwin kam mit dem Schwert in der Hand in den Raum gelaufen. Er sah Talias. Seine letzten Worte waren: »Taliass, wass ...« Es folgten ein Gurgeln und Blut. Pfeile schnitten durch die Luft und surrten eine tödliche Melodie. Unzählige kleine Bolzen fanden Ortwins Auge, bohrten sich in seinen Mund, in die Brust und den Bauch. »Tacktacktacktack« trafen sie auf den Stein und fielen herab. Ortwin wankte, griff sich an den Hals, senkte das Schwert und ging zu Boden.

Talias kauerte sich zusammen, begriff, hatte Angst. Sein Körper wollte bleiben, doch sein Geist befahl ihm: *Geh weg von hier. Möchtest du wieder rausfliegen? Gedemütigt werden, wie auf der Akademie? Lauf!* Er nahm seinen Mut zusammen, schnappte Sanson und lief, ohne Ortwin anzusehen, nach draußen. Ihm war heiß, er musste sich übergeben, verzehrte die kalte Luft und dampfte.

»Sanson, du hast es gesehen. Es war ein Unfall. Talias kann nichts dafür«, wimmerte er. »Der Junge kann nichts dafür. Der Junge kann nichts dafür. Nichts dafür.« Seine Hände zerrten an seinen Haaren. Er starrte Sanson an. »Du hast es doch gesehen. Er kann nichts dafür. Sag es!« Talias drückte die Ratte, die panisch fiepte. »Ich sag es doch. Ich sag es doch.« *Er hat es gesehen. Er sieht es genauso.* Er lockerte den Griff um die Ratte, die sich schnell davonmachte. Tränen kühlten seine Wangen.

Lange stand Talias da, bis sich die Kälte den Weg in seinen Geist bahnte. Er zitterte, fror und verschwand in seinem Unterschlupf, wo ihn das Schwarz des Dolches anfunkelte. Er nahm ihn, kreuzte die Beine, setzte sich und schob die Ärmel seines Hemdes nach oben. Talias starrte auf den rechten Arm, auf dem die Narben im Kerzenschein ein Wort zeichneten: »TILDAN«. Er nahm sich den linken vor und tauchte die dunkle Dolchspitze in seine Haut. Sie ritzte und ritzte. Als er fertig war, wischte er das Rot von seinem Instrument, vergrub sich in Umhang und Decke und mochte nicht mehr erwachen.

Lichte Häscher

Erian wartete bereits, als Narna mit Halbschatten auf den Langen Weg ritt.

»Die Krieger haben Algon dagelassen«, sagte Narna. »Seine Mutter konnte ich nicht entdecken. Dann sind sie weiter nach Norden.«

Er stieg vor ihr auf das Pferd. »Wir sollten nicht zu schnell reiten. Ich will nicht, dass sie uns sehen.«

Nach Norden. Muss ich meine Träume vom Süden begraben?

Je höher die Sonne stieg, desto stärker blies der Wind. Narna genoss es, sich eng an Erians Mantel festzuklammern. Ab und an entdeckten sie Spuren des Fuhrwerks und der Hufe im Erdreich. Als die Mittagsstunde vorbei war, legte sich der Wind und Narna reichte Erian vom Proviant.

»Wir sollten bald bei ihnen sein«, meinte Erian und wurde bei jeder Biegung langsamer. Als sie über eine Kuppe kamen, erspähte er vor ihnen ein Pferd und hielt an. Sie stiegen ab und führten ihr Ross in den Schutz der Bäume.

»Das war knapp«, meinte er nur.

Sie pausierten eine Weile und Narna war kurz eingenickt. Erian spähte den Langen Weg hinunter, der Sicht auf die nächste Meile bot und verlassen vor ihnen lag. Gemächlich ritten sie weiter und der Untergrund wurde matschig, denn in der Nacht hatte es geregnet. *Die Aldir hatten verdammtes Pech mit ihrem Backhaus. Wenn es weiter südlich geregnet hätte, wäre es vielleicht zu retten gewesen.*

Zu spät hörte Narna das Schnauben, das direkt neben ihr aus dem Dickicht kam. Sie blickte nach rechts und ihre Nägel bohrten sich in Erians Mantel. Es knackte laut, als der kräftige

Krieger, der am Wegesrand auf einem Baumstumpf saß, in einen Apfel biss. Er war komplett in Schwarz gekleidet, seine Kapuze zurückgeschlagen und sein Messer steckte neben ihm in der Erde. Narna starrte auf seine Hand, die in einen blutigen Lumpen gewickelt war. *Bei den Nahiri, mach, dass er mich nicht erkennt.* Sie kniff ihre Greifzehen zusammen und drückte sie Halbschatten in die Seite. Das Pferd hielt an.

»Seid gegrüßt, werter Herr. Scheint in der Nacht geregnet zu haben«, sagte Erian zu dem Hünen.

Ein »Hm« und ein Nicken waren die Antwort. Narna lockerte die Beine und ließ Halbschatten langsam weitermarschieren. Aus den Augenwinkeln sah sie, wie sich der Krieger gemächlich erhob.

»Von wo kommtn ihr?«, fragte der Hüne in der gemeinen Zunge.

»Birnstengl«, antwortete Erian und drehte sich zu ihm. »Wir haben den Schatten-Tag dort verbracht und sind heute mit den Vögeln aufgestanden.«

Der Krieger kratzte seine hellen Bartstoppeln. »Mög euch das Licht leuchtn«, sagte er.

Narna blickte auf der anderen Seite in den Wald hinein und entdeckte hinter einer Hecke den Wagen und die Pferde der Krieger. Schnell senkte sie den Kopf und starrte auf Erians Rücken.

Als sie außer Sicht waren, meinte Erian: »Das war noch knapper«.

Narna wollte es nicht ganz glauben, traute sich jedoch nicht, sich umzudrehen. »Das Fuhrwerk und die Pferde standen auf der anderen Seite hinter den Büschen«, sagte sie.

»Hast du sein Amulett gesehen?«, fragte Erian.

Sie schüttelte den Kopf, obwohl er es nicht sehen konnte.

»Es sind Lichtkrieger. Die sind bekannt dafür, dass sie keinen Spaß verstehen.«

»Hast du seine Hand gesehen?«, fragte Narna.

Erian nickte.

»Da hat er sich am Feuervogel verbrannt.« Sie lachte und zog sich an seinen Schultern hoch. Ihre Lippen berührten sein Ohr, als sie hauchte: »Der ist auch bekannt dafür, dass er keinen Spaß versteht.«

Erian blickte sich immer wieder um, und als sie etwa eine Meile von den Lichtkriegern entfernt waren, kletterte Narna auf seinen Schoß. Ihre Nase drückte sich gegen seine Wange und sie sog seinen Zirbenduft ein.

»Damit sich mein Aldir nicht ständig umdrehen muss«, sagte sie kichernd, legte ihr Kinn auf seine Schulter und lugte nach hinten. Der Weg hinter ihnen war weit und leer. *Da ist keiner, und da kommt auch keiner.* Eine Weile blieb sie reglos sitzen, dann begann sie ihn zu küssen, strich ihm eine dunkle Strähne aus der Stirn und fuhr unter sein Hemd.

»Warte, wir sind noch nicht weit genug weg«, sagte Erian.

»Deine Männlichkeit ist anderer Meinung«, sagte sie. »Komm, lass uns absteigen. Wir gehen in den Wald, da stört uns keiner.«

Sie führten Halbschatten zwischen den Bäumen hindurch und legten sich in eine moosbedeckte Senke, die durch Felsen und Sträucher geschützt wurde. Küssten sich.

Das Rot ihres Haares vermischte sich mit dem Grün des Untergrundes, als sie sich küssten und das Lied der Liebe sangen. Rhythmisch gaben sie sich ihren Lauten hin, verbanden die Elemente, wurden eins. Töne der Erschöpfung und des Triumphes entfuhren ihren Kehlen. Narna öffnete die Lider, sah sein Lächeln und die unendliche Tiefe seiner Augen.

Sie roch, witterte etwas. Ein Surren flog heran. Erians Kopf wurde nach hinten gerissen, als eine dunkle Pfeilspitze seinen Hals durchdrang. Leblos sackte er nach vorne und rollte von ihr herunter.

Besuch

Lange, blaue Fingernägel ergriffen das Tuch und zogen es mit einem Ruck zur Seite. *Fiora von Ragon. Beim Herrn des Lichts, wo kommt die denn plötzlich her?* Kreton strich seine nassen Haare glatt. *Wie wenn sie es gerochen hätte. Sie dachte wohl, sie kommt zu meinem Leichenschmaus. Andererseits ist es von Vorteil, wenn zumindest zwei Leute annähernd über meine Pläne Bescheid wissen.* Zufrieden stellte er fest, dass sein Verstand wieder auf Hochtouren arbeitete. Sie war in einen dicken blauen Fellmantel mit silbernen Verzierungen gehüllt.

»Mein lieber Monsignore. Wie ich hörte, hat Euch ein schlimmer Käfer aufs Kreuz gelegt. Ich sorgte mich und bin umgehend an Eure Seite geeilt«, sprach sie in der Zunge des Luftvolkes. Unter der Kapuze sahen ihn mandelförmige Augen amüsiert an. Eine blaue Strähne fiel herab, als sie ihn musterte. »Ihr fragt Euch sicher, wie ich hierher komme. Hättet mich viele Meilen südlich vermutet. Stimmt's, mein Großer?«

Ja, es stimmt. Kreton richtete sich auf.

»Ich bin geritten. Aber nur ganz kurz«, sagte sie, stellte ihren schlanken Zeigefinger auf und kniff ihre hellblauen Augen zusammen. »Besser wurde ich geritten.« Sie nahm ihren zweiten Zeigefinger und ließ den Abstand der Finger auf etwa einen Fuß anwachsen. »Eriul, ein ehrgeiziger Kadett der Sturmreiter, weiß, wie er seiner Königin am besten dient.«

Bitte keine schlüpfrigen Einzelheiten. Es genügt mir, zu wissen, dass Leomir sie beim Verkehr Sumpfröschen nennt.

»Er hat mich hergeflogen.«

Sie strich über den Brei auf seinem Arm, steckte den Finger in ihren blau gefärbten Mund, der wie eine volle Beere in ihrem blassen Gesicht hing und zog die Unterlippe herunter.

»Oh, Ihr seid bereits Königin?«, fragte Kreton. »Ich bin untröstlich, nicht zum Feste geladen worden zu sein. Verwechselt nicht das Bett eines Königs mit seinem Thron.« *Der alte Sack gibt vorerst nur vom Zepter zwischen seinen Beinen ab. Wer weiß, ob er noch ein drittes Mal heiratet.*

»Keine Angst, mein Monsignore. Ich durfte den Thron bereits mehrmals besteigen. Meinem kleinen Hündchen rinnt der Sabber aus dem Mund, sobald er mich nur sieht.« Sie warf ihren Mantel zurück, der ein blaues Kleid aus Seide enthüllte, das so eng am Körper lag, dass sich ihr Haar im Schoß abzeichnete. Eine funkelnde Kette lag um ihren schlanken Hals, deren Glieder sich in der Mitte zwischen ihren Brüsten verloren. Er konnte sehen, wie ihr Bäuchlein beim Atmen vor- und zurückstieß. Seltsam spitz war es.

Sie ist schwanger. Setzt alles auf eine Karte. Entweder der König nimmt sie, oder sie kann wieder in schummrigen Spelunken trällern.

»Lasst uns zum Geschäftlichen kommen«, sagte Fiora. »Denn beim Morgengrauen sollte ich wieder das Bett meines gebrechlichen Königs wärmen.«

Sie hob ihr Bein. Das Kleid rutschte hoch und entblößte ein blasses Knie, das sie auf seinen Oberschenkel legte. Sie nahm sein Amulett und verschloss es in ihrer Faust. *Es reicht.* Er wollte sie zurechtweisen, da steckte sie es ihm unter das nasse Hemd und tätschelte seine Brust.

»Nun, wie weit sind wir mit der Grabung?«, fragte sie.

Warum bohrt sie in meinen Wunden? »Wir kommen gut voran.«

»Ach ja? Ihr seid ein schlechter Lügner.«

Sie ist die Einzige, die mich durchschaut. Wahrscheinlich habe ich sie deshalb ausgewählt.

Sie streichelte seinen wunden Arm. Er zuckte zurück. »Leomir lehnt einen Rat der Elemente ab. Er sieht keine Gefahr für sein Volk und vermutet einen Trick der Ildae«, sagte sie.

Nur dass es kein Trick des Lichtvolkes ist, sondern meiner. »Vielleicht ist es noch zu früh. Doch wenn erst die Schatten im Reich der Rastrovi wüten, wird es zu spät sein«, erwiderte Kreton. »Was ist mit seinem Artefakt?«, fragte er.

»Nicht einmal, als ich ihm seine versautesten Träume erfüllte, ließ er ein Wort darüber verlauten. Entweder er weiß nichts, oder er hat es vergessen.«

Verflucht, wenn nicht einmal der König davon weiß, wie soll ich das Ding dann finden? »Habt Ihr auch eine gute Nachricht für mich?«, fragte der Monsignore.

»Ich werde es Euch besorgen«, sagte sie und fuhr ihm über den Spalt in seiner Lippe.

Kreton packte sie am Handgelenk und drückte ihren Arm so fest, dass der letzte Rest Farbe entwich. »Ich fragte, ob ihr *gute* Nachrichten habt?«

Ihr Lachen ließ die Glöckchen erklingen. »Aber, aber Monsignore. Wer wird denn eine unschuldige Frau so hart rannehmen?« Sie spitzte die Lippen. Als sie sich vorbeugte, glitt ein silbernes Amulett an einer Kette aus ihrem Ausschnitt und fiel Kreton in den Schoß. Es zeigte einen weißen Vogel und war mit Edelsteinen besetzt. »Mein lieber Kreton, ich sehe doch, dass Ihr mit willigen jungen Dingern nichts anzufangen wisst.« Sie streichelte über seinen Schenkel, ihr Daumen grub sich in sein Fleisch, dann ließ sie von ihm ab und richtete sich auf. »Ich werde es Euch besorgen - das Artefakt. Denn ich weiß mittlerweile, wer für seinen Schutz zuständig ist. Es sind nicht die Königstreuen.« Sie wickelte eine blaue Haarsträhne um ihren Finger.

Sag es mir!

»Es sind die Windwächter«, flüsterte sie.

Kreton kannte die geflügelten Menschen des Luftvolkes und wusste daher, dass es nicht einfach werden würde. *Sie sind misstrauisch, schnell verstört und mit weltlichen Dingen wenig zu beeindrucken. Wenn sie das zustande bringt, habe ich auf das richtige Pferd gesetzt.*

Fiora gab dem Monsignore einen Kuss auf die Stirn, dann schwangen ihre ausladenden Hüften davon. »Wir sehen uns, mein Süßer«, hauchte sie zum Abschied.

Wenn ich Frauen begehren würde, müsste meine Geliebte eifersüchtig werden. Dem Herrn sei dank, dass ich von diesen Begehren verschont bleibe - mit einer Ausnahme. Kreton holte Isolde hervor und verabreichte seinem Rücken ein paar kraftlose Hiebe. Dann dankte er dem Gott des Lichts in einem langen Gebet, dass er den Angriff der dunklen Kreaturen überstanden hatte. *Ich brauche ein Heer. Entweder zu unserem Schutz vor den Schattenbestien oder zum Schutz des Artefakts. Einerlei. Sie müssen kommen.*

Er wusch sich, warf seinen Umhang über und trat vor die Hütte. Es war finstere Nacht. Der Lichtkrieger mit dem grauen Haar sah zu Boden, als er ihn erblickte. *Immerhin habe ich wieder einen Bewacher. Blass sieht er aus.*

»Sie sagte, sie wäre von Euch bestellt worden. Ich habe mich davon überzeugt, dass sie unbewaffnet ist ...«, sagte der Krieger und sah ihm in die Augen »... und blieb in Hörweite.«

Gut, dass wir uns auf Rastovar unterhalten haben. »Lasst nie wieder jemanden zu mir vor. Auch wenn es eine Frau ist, die

Euch die Eier krault.« Trotz seiner Abgebrühtheit konnte er sehen, wie dem Krieger das Blut in den Kopf schoss. *Ich möchte nicht wissen, was Fiora mit ihm angestellt hat.* »Und merkt Euch das: Ich bestelle keine Frauen!«

Der Schlüssel

Ein Tumult riss Talias aus dem Schlaf und die Gedanken an die letzte Nacht prasselten wie Regentropfen auf ihn nieder. *Sie haben ihn gefunden - Ortwin. Die Falle. Er ist tot. Sie werden kommen, mich holen.* Er blieb liegen, befühlte seinen pochenden Arm und schob vorsichtig den Ärmel zurück. SINDRON stand dort in blutigen Buchstaben. *Ich werde es nicht vergessen.*

Das Läuten zum Morgenbrot ließ er verklingen, den Mittagsgong nahm er als Strafe hin. *Es war ein Unfall. Ich bin es, der tot sein müsste.* Benommen starrte er auf den schwarzen Dolch. *Zuerst rettet er mir das Leben, und dann nehme ich seines. Was ist das für eine Welt? Was ist das für ein Gott?* Tränen kamen keine mehr. Er war ausgetrocknet. Leer.

Erst am darauffolgenden Mittag befahl Talias' Magen ihm aufzustehen. Er gehorchte und kroch aus seiner Höhle. Nebel lag im Kessel wie dicke, dampfende Suppe. Er wankte zur Essensausgabe und wusste nachher nicht mehr, welche Happen er verdrückt hatte. Grimsche Worte drangen an sein Ohr, sie erzählten von Schatten und Kreaturen. Als er das Wort »Ratte« hörte, horchte er auf, denn er hatte Sanson seit dem Unfall nicht mehr gesehen. Doch die Buckler sprachen nicht über seine kleine Ratte, sie sprachen über die große. *Der Monsignore,* pochte es in seinem Schädel. *Sie sprechen von Ungeheuern, die den Monsignore angegriffen haben.*

Ein weiteres Wort erregte seine Aufmerksamkeit: »Ortwin«. »Ein Unfall. Hat wahrscheinlich in der Kammer rumgespielt aus Langeweile. Wer will schon nach nem Tag Schufterei die Nacht verwachen?«

»Das waren kene Schatten, wie bei der Ratte. Das war eine Trappe der Odogrim.«

»Wenn ich nich bald was ordentlich zu fressen krieg, lauf ich hem. Soll meinen Arsch riskieren und dabei hungern!«

»Krepiert die Ratte, können wir alle unser Zeugs packen.«

Der Monsignore liegt im Sterben, flüsterte ihm sein Verstand zu. *Ich muss zu ihm.*

Talias legte den Dolch in sein Bündel und wurde von einem Rascheln an die Blätter für den Alten Luchterbuckel erinnert. *Es ist einerlei, ich werde sie ihm bringen.* Er fand den Alten wie eh und je beim Podest im untersten Kreis, wo sich die Schriftstücke über seinen Kopf stapelten. Talias stellte sich hinter den kleinen Mann und blickte ihm durch sein abstehendes Haar über die Schulter. Vor ihm lag eine Abschrift der Tafeln, deren Zeichen er bereits nach der Größe sortiert hatte. Talias ging um das Podest herum, da ihn der Alte nicht bemerkte und mit sich selbst sprach.

»Ich weiß, dass ich den Schlüssel hier vor mir habe. Der Schlüssel. Ich brauche den Schlüssel.«

Talias räusperte sich. »Meister Luchterbuckel.«

Keine Reaktion.

»Hier bin ich!«, rief Talias.

Der Grim blickte auf. Er rümpfte die Nase, als er Talias erkannte. »Du traust dich hier her?«

Weiß er am Ende, dass ich in der Kammer war? Von Ortwin? »Ich, äh, hätte ein Geschenk für Euch.« Talias legte die Rauchblätter auf den Stein. »Silmablätter. Wirken beruhigend und befreien den Geist, hat mir eine Aldira gesagt.«

Der Forscher ging zu ihm hinüber und seine Nasenlöcher wurden breit wie Stolleneingänge, als er den Duft der Blätter einsaugte. »Riecht grimisch gut.« Meister Luchterbuckel nahm sein Pfeifchen vom Gürtel, klopfte es aus und begann, Blattstücke hineinzustopfen. Talias wollte gehen, doch der Forscher hielt ihn zurück. »Bleib, mein Freund, wir Grim rauchen nicht alleine.«

Ein angenehmer Duft breitete sich am Fuße des Kessels aus, als sich der Rauch der Pfeife unter die Nebelschwaden mischte. Talias nahm ein paar tiefe Züge und lachte, der Alte musste mitlachen.

»Sieht aus, als hätten wir die ganze Glocke vernebelt. Bis oben hin.«

»Glocke?«, fragte Talias.

»Jo. Das is doch eine Glocke hier. Un' wir sind drin. Der Legende nach muss es hier sogar eine riesige Metallkugel gegeben haben. Odobert, ihr letzter König, war zurückgeblieben und hämmerte einen Mond lang, dass es in ganz Nur zu hören war. Alle andern bestiegen die Schiffe und segelten über des Olpmeer nach Westen. Manche behaupten auch, sie sind geflogen. Seitdem ward kein Odogrim mehr auf Artei gesehen.« Bedächtig nahm er seine Kappe ab und fuhr sich über die Glatze. »Dann und wann berichtet ein Seefahrer, eines der Schiffe gesichtet zu haben. Ich bin sicher, mein Junge, irgendwo lässt es sich ein Häufchen Odogrim in ihrem Stollen gut gehen. Fressen Braten, trinken Gebrautes und stopfen ihre Pfeifchen. So wie wir.« Nachdenklich zupfte er sich an der Nase. »Bloß sind die von einem Tag auf den anderen weg. Und jetzt stehen wir hier in Odoberts Glocke rum und rauchen ein Blatt. Möchte zu gerne wissen, wo die Metallkugel geblieben ist.«

Talias bemühte sich, ernst zu klingen. »Ihr hattet recht mit den Odogrim. Man kann eines nicht über sie sagen. Drum sag ich, was sie sind: Sie sind verflucht genau.« *Mit einer Ausnahme. Sie haben mit Ortwin genau den Falschen erwischt.* »Und was genau sucht Ihr in den Tafeln?«

»Den Schlüssel. Irgendwo hier vor meiner Nose muss er sein.«

»Schlüssel«, sagte Talias. »Sindron, hab ich recht.«

»Jo, mein Junge. Sindron sagen wir dazu.«

Talias streckte sich nach der Abschrift, die verkehrt herum vor ihm lag. Er zog das Papier zu sich.

»Verkehrt«, sagte der Alte.

»Die Glocke ist auch verkehrt«, lachte Talias.

Dann wurden die Augen des Forschers groß wie Hühnereier. »Unglaublich!«, sagte er. »Da steht es. Vor meiner Nase.« Er klopfte Talias auf die Schulter. »Junge, du hast mich auf die richtige Spur gebracht!«

»Ich?«, fragte er. »Ihr habt *mir* erklärt, dass Ihr einen Schlüssel in einer verkehrten Glocke sucht.«

Der Forscher steckte seinen Kopf in das Papier. Talias sah, dass er für die nächsten Stunden beschäftigt sein würde. »Eigentlich wollte ich Euch nur mitteilen, dass ich ins Lager gehe, weil mein Herr verwundet wurde. Habt Ihr davon gehört?«

Doch der Grim hörte nichts mehr.

»Ins Lager«, murmelte er abwesend.

Talias ließ ihn stehen und machte sich kichernd an den Aufstieg. Ein paarmal pfiff er, um Sanson zu rufen, doch der Nager ließ ihn im Stich. Wankend entstieg er dem Rund und als er das Plateau erreichte, hatte sich der Nebel verzogen, und die Sonne spiegelte sich in den dunklen Pfützen des Moores.

Vor der Statue des Königs, der von seinen Männern getragen wurde, blieb Talias stehen. Er wollte sich unter der Platte durchdrücken, da blieb sein Blick an einer Inschrift hängen, die in die Platte graviert war. »ODOBART«, las er. *Verrückter Bockmist! Weshalb Odobart mit A? Ich dachte, der Letzte von ihnen hieß Odobert?* Nun war ihm klar, welchen Buchstaben er in der Kammer drehen musste und er wog ab, ob er sich noch einmal hineinwagen sollte. *Wenn noch ein Pfeilhagel kommt, wird der Alte draufgehen. Oder ich bin es, der draufgeht. Ich bin es Ortwin schuldig,* entschied er und ging beschwingt den Weg hinunter, den er gekommen war.

Auf dem untersten Plateau angelangt, stellte er fest, dass der Forscher nicht an seinem Platz war. *Er wird doch nicht in der Kammer sein.* Talias rannte so schnell er konnte den Stollen entlang und erreichte schnaufend die Tür. Das Knarren des Holzes ließ den alten Forscher innehalten, der gerade dabei war, an den Zeichen herumzufummeln.

»Wartet!«, rief ihm Talias zu. »Er hieß Odobart, mit A. Ich habe es eben am Eingang zum Schlund gelesen.«

Der Forscher sah ihn skeptisch an.

»Lasst es mich versuchen. Geht hinter die Tür, damit Euch nichts geschieht!«, forderte ihn Talias auf.

Der Alte nahm seine Kappe ab und zerknüllte sie in seiner Faust. »Du warst also in der Kammer.«

Talias nickte und starrte zu Boden. Eine Zeit lang schwiegen sie.

»Hast du die Falle ausgelöst?«

Die Worte klebten an seinem Gaumen und waren nicht mehr als ein Flüstern. »Ja, es tut mir leid.«

Der Alte klopfte Talias auf die Schulter und verließ die Kammer. Durch ein Astloch behielt er ihn im Auge.

Talias schritt auf die zweite Tafel zu, korrigierte zuerst seinen Fehler vom letzten Mal, dann suchte er das E von Odobert auf der Dritten. Er schloss die Augen, presste seine Schultern zusammen und drückte. Dann drehte er die Linie in die Waagrechte und ließ los. Schwere Holzbalken sangen, Steine jammerten, als sie aufeinander rieben. Wände zitterten, ein Rascheln von oben ließ ihn seine Arme über den Kopf werfen. Talias erwartete, getroffen zu werden. Erschlagen von einem Stein. Es regnete, rieselte und raschelte. Als er begriff, dass er nicht erschlagen wurde, atmete er durch und öffnete die Augen. Wie Blätter segelten schwarze Schalen von der Decke herab, die sich um seine Beine stapelten. Talias fing eine auf, die wie eine getrocknete Schlangenhaut aussah. Die Tür knarrte, Meister Luchterbuckel trat zu ihm, brach eine der Schalen auseinander und roch daran.

»Das sind Häute von Schattenvipern. Die Jungen fressen die Eltern, wenn sie sich zum ersten Mal gehäutet haben. So können sie in dem Schacht viele Hundert Jahre überlebt haben.«

Talias blickte in das dunkle Loch über ihm. »Hoffentlich haben keine überlebt und halten sich dort oben fest.«

Sie gingen beide unter der Öffnung weg und warteten.

Nach einiger Zeit sagte Talias: »Odobart muss richtig sein. Was könnten wir übersehen haben?«

Der Forscher sah zufrieden aus. »Ich bin zwar ein Wirrkopf, aber wenn mir jemand einen Schlüssel vor die Nase hält, kriege ich das mit. Auch wenn es manchmal etwas länger dauert.« Er lachte. »Was hast du noch alles rausbekommen?«

»Die Selbstlaute kann man drehen. Drei Worte hab ich gefunden: Sindron, Oktanor und Odobert. Als ich aus

Sindron, Sindren machen wollte, ist es passiert. Ihr müsst mir glauben, dass es ein Unfall war, ich hab ihn gekannt.«

»Schon gut, mein Junge. Ich hatte befürchtet, dass wir nicht alle bis zu seinem Grab gelangen würden. Odobert hatte ich auch gefunden.« Der Alte nahm seine Kappe ab und kratzte über die Kopfhaut. »Oktanor«, sagte er laut. »Das passt noch nicht. Es ist die Dunkelheit.« Er sah sich in der Kammer um und gluckste. »Wir suchen eine Zahl, sieh dich um.«

Talias blickte auf die Tafeln. »Die Antwort ist nicht auf den Tafeln - der Raum selbst ist die Antwort!«, rief er triumphierend. »Oktonor«, sagte Talias. *Acht.*

Meister Luchterbuckel nickte anerkennend. »Die Zahl Acht findet sich häufig hier in der Anlage«, ergänzte er.

Talias sah ihn an, drückte das A und drehte.

Der Boden bebte. Talias wankte und versuchte, sich an der Wand festzuhalten. Die Kacheln verschwanden unter seinen Sohlen, sein Kopf knallte gegen den Stein und seine Beine wurden in die Tiefe gezogen. Auf dem Bauch schlitterte er eine Rampe hinab, seine Nägel kratzten über den Stein, doch es gab kein Halten. Schläge gegen Kinn und Nase folgten. Talias drehte sich und stoppte abrupt. Seine Hand umfasste eine Stange. Kälte machte sich in seinen Fingern breit, denn das Metall ragte aus seinem Körper. *Ein Speer.* Warm und rot wurde ihm, dann schwarz vor Augen.

Im Schoß der Mutter

Innerhalb des Flügelschlags einer Libelle hatte ein Pfeil Narnas Träume vernichtet. Sie konnte es nicht glauben, schloss die Augen und verjagte das Bild und den Gedanken. Ihre Finger tasteten nach Erians Haar, sie fanden Federn und streichelten sie, bis ihr Geist keine andere Möglichkeit mehr zuließ. *Es ist ein Pfeil. Er ist tot.* Sie rückte zu ihm, wollte mit ihm sterben, hoffte auf die Erlösung durch einen Pfeil oder eine Klinge.

Die nähernden Stimmen ihrer Häscher hörte sie wie durch einen Schleier. Eine Ewigkeit verging, in der die Erde zu ihr sprach: *Lauf Narna, lauf. Nein,* sagte sie, suchte seine Hand und wollte mit ihm vereint gehen. Ihre Finger fanden kühles Metall. *Erians Dolch.*

»Guter Schuss, Hauptmann! Ihr habt beide Tauben mit einem Pfeil gespießt«, sagte der eine.

»Schade um den roten Vogel, mit dem hätte ich gerne noch gespielt«, sagte ein Zweiter.

»Ich glaube es erst, wenn ich es gesehen hab. Kendrik, steig runter und sieh nach«, sagte der Dritte.

Schritte näherten sich und ein Schatten beugte sich über sie.

»Ich seh keine Wunde«, sagte eine tiefe Stimme, die ganz nah war und ein Stiefel trat sie in die Seite.

»Weißt du, wie man erkennt, ob einer noch lebt?«, fragte der Dritte.

»Wenn sein Herz schlägt?«, erwiderte der Erste unsicher.

»Leg die Hand auf ihre Titten, dann spürst du es«, sagte der Zweite.

»Ich spür nix.«

»Atmet sie?«, fragte der Dritte.

Pause.

»Halt ihr den Zinken zu und die Hand vors Maul«, sagte der Zweite.

»Die ist dahin«, meinte der Erste.

Narna verzehrte den letzten Hauch, der ihr Licht brennen ließ und das Reich der Schatten umwarb sie. *Komm in die ewige Dunkelheit. Lass deinen Schmerz den anderen, lass einfach los.* Sie ließ los, vertraute sich der Finsternis an, doch eine weitere Stimme mischte sich in ihr Leben, oder war es bereits ihr Tod? *Geh noch nicht, mein Kind - atme!* Seit langem vermisste sie diese Töne. *Mama? Ich will zu dir.* Die Elemente rangen um ihre Seele. *Noch nicht, mein Kind, du bist stärker, als du glaubst.* Sie hatte es satt, dass sich andere in ihr Leben oder ihren Tod mischten. Wenn jemand die letzte Blüte ihrer Ranunkel ausriss, wollte sie es selbst sein. *Lasst mich in Ruhe!*

Narna biss zu und rammte dem Schatten den Dolch in den Unterleib. Mit aufgerissenen Augen starrte er sie an, als wäre ein Geist der Erde entstiegen. Sie sprang davon, mit weiten Sätzen den Abhang hinauf, ins Dickicht, auf Erians Pferd zu. Sie hieb gegen den Strick, der Halbschatten festhielt, woraufhin er wieherte und davonrannte. Ein Pfeil streifte ihr Haar. Sie rannte, kletterte, sprang und spürte dabei, wie etwas in ihren Körper zurückwollte - wie sie sich an die Welt, die Erde, das Leben klammerte. Narna floh, bis sie die Erschöpfung zu Fall brachte und sie gegen einen Fels gelehnt sitzen blieb. Mit beiden Fäusten umklammerte sie den Dolch und wartete auf ihre Verfolger, bis die Dämmerung hereinbrach.

Schließlich gab sie auf, ließ den Dolch fallen, ihre Nägel gruben sich in die Erde und ein Meer aus Tränen durchnässte ihr Kleid. Ein vertrauter Geruch stach sie in die Nase. *Schattenröhrlinge.* Sie pflückte und aß, bis ihr die Sinne wirr wurden. Als sie ein Schnauben vernahm, wusste sie nicht, ob es Traum oder Wirklichkeit war. Halbschatten kam auf sie zu, sie tätschelte seinen Hals, griff zu Erians Trinkschlauch und löschte ihren Durst. Plötzlich hatte sie sein Büchlein in der Hand, blätterte zur Seite mit ihrem Bild und riss es heraus. Lange starrte sie es an, dann stach sie schreiend mit dem Dolch darauf ein, bis nichts als kleine Schnipsel übrig waren.

Dunkelheit zog auf und schwarze Gestalten griffen nach ihr. Narna rannte und die Reiter verfolgten sie. Ihre Pfeile surrten durch die Luft, Hunde bellten und lechzten nach ihrem Blut, stellten sie und fletschten ihre Zähne - es gab kein Entrinnen. Wehrlos gab sie sich den Stößen der Dolche hin, roch die Erde, sah das Licht, hörte ihre Mutter. Die streichelte ihr Gesicht, nahm ihre Hände und hielt sie fest, bis es vorbei war.

Ein alter Bekannter

Die Buckler riefen bereits von Weitem, als sie das Lager sahen. Der Monsignore stellte sich auf die Zehenspitzen und beschattete seine Augen. Zwei Männlein kamen mit einem Esel, hinten dran holperte eine Bahre über felsigen Boden. Aldire kamen gerannt. Seine Neugier war geweckt. Zuerst dachte Kreton, bei seinem Plan wäre etwas schiefgelaufen, doch dann erkannte er, dass es Buckler von der Grabung waren. Als sie die Palisaden passiert hatten, konnte der Monsignore einen Blick auf die Pritsche werfen, auf der ein dickes, mit Leinen verhülltes Bündel, festgezurrt war, auf dem sich ein dunkler Fleck ausgebreitet hatte. *Blut.* Ein Schopf blonder Zotteln ragte am oberen Ende heraus und nach der Fülle des Transportierten konnte es nur Talias sein. *Was hat der Tölpel jetzt wieder angerichtet?* Die Buckler entknoteten das Seil und schlugen das Leinen zurück. Kreton trat näher heran. Talias lag reglos da, sein dunkles Hemd klebte am Körper und jegliche Farbe war aus seinem Gesicht gewichen. Der massige Brustkorb rührte sich nicht. Kreton verzog den Mund. *Ich werde mich wohl nach einem neuen Gehilfen umsehen müssen.*

Einer der Aldire legte seinen Kopf auf das Gesicht des Jungen. Kreton wollte ihn wegstoßen, da sprach er: »Junge lebt.«

»Macht schon, holt die Zahnlose!«, rief Kreton einem anderen Aldir zu und klatschte in die Hände. *Vielleicht hat der Herr des Lichts doch noch eine Aufgabe für ihn.*

Die Alte Nari kam gelaufen wie ein Hündchen mit zu kurzen Beinen. Sie griff Talias auf die Stirn, betastete seinen Bauch und fuhr ihm in den Mund. Kurz sprach sie mit zwei

Aldiren, die die Bahre anheben wollten, schafften es jedoch nicht. Mit Hilfe der Buckler brachten sie Talias weg.

Kurze Zeit darauf kam einer der beiden Buckler zum Monsignore und meinte: »Herr, es gibt Neuigkeiten aus Zokarim. Das Tor ist offen, soll ich von Meister Luchterbuckel bestellen.«

Kreton zuckte vor Freude und biss sich in die Faust. *Beim Herrn des Lichts, ich spüre, dass wir nahe dran sind.* Er überlegte, ob er mit den beiden Bucklern zurück in den Kessel marschieren sollte. *Wenn ich sofort aufbreche, bin ich bei der Dämmerung zurück. Wir werden sehen, ob meine Wache den Aufstieg schafft.*

Der Monsignore ging voran und legte ein ordentliches Tempo vor, doch immer wieder mussten sie auf den grauhaarigen Krieger der Ildamaer warten, der von seiner Übelkeit noch nicht vollständig befreit war. Kreton befahl den Bucklern, den Krieger zu stützen, doch beim Schlund ließen sie den grauen Sorger zurück. »Ich schicke Euch Leute«, rief er ihm zu. *Wenn ich sie nicht gerade im Stollen benötige.* In freudiger Erwartung eilte er durch die schmale Schlucht und auf dem Plateau ließ er auch die Buckler hinter sich. Äste peitschten sein Gesicht, als er sich den Weg zur untersten Ebene hinunterstürzte. *Viele Monde habe ich gewartet, so nahe waren wir noch nie.*

Im untersten Rund, zeugte ein chaotischer Blätterwald auf dem Podest von der Anwesenheit des Forschers, doch vom Alten war nichts zu sehen und der Monsignore traf auch keine Buckler an. Zu seiner Enttäuschung war der Weg zur Kammer unverändert und er tastete sich in spärlichem Licht voran. Erst als er die Tür zur Kammer öffnete, wurde es hell und im zuckenden Schein der Fackeln rannten die Buckler wie Ameisen, schleppten Eimer, Werkzeuge und Seile, zogen Hölzer und rollten Karren. Der Berg lebte auf und mit ihm die

Hoffnungen seines Volkes. Kreton schob einen Arbeiter zur Seite, um sich einen Weg zum alten Luchterbuckel zu bahnen. Der teilte die Leute ein und skizzierte etwas auf einem Plan zu seinen Füßen.

»Ich brauch ein Pult hier drinnen, und zwar rasch«, schickte er einen Hohengrim weg.

»Ich gratuliere Euch, Meister Luchterbuckel!«, begrüßte er den Forscher.

»Habt Donk, doch Ihr müsst Eurem Gehilfen gratulieren, wenn er es denn überlebt. *Er* hat das Tor geöffnet.«

Kreton sah ihn mit echter Verwunderung an. *Talias? Der dicke Junge, dem es nicht gelang, seine Hemden hinten in die Hose zu stecken?* »Der Herr des Lichts erleuchtet ab und an die Geringsten unter uns«, sagte der Monsignore.

»Wusstet Ihr, dass er des Grimsch mächtig ist?«, fragte der Forscher.

Diesmal verbarg der Monsignore seine Verwunderung.

»Er hat das Rätsel der Kammer gelöst, doch ein Spieß hat es ihm heimtückisch zurückgezahlt.« Der Forscher nahm seine Kappe ab und hob eine Plane an.

Acht metallene Spieße standen mit den Spitzen nach unten an die Wand gelehnt und überragten den Grim, einer davon schwarz überzogen.

»Wir haben sie nicht weggeschafft, damit die Arbeiter gemahnt bleiben, vorsichtig zu sein.«

»Wie sieht der Stollen aus?«, wechselte Kreton das Thema, er konnte seinem Gehilfen später noch huldigen.

»Hie und da müssen wir was stützen, ein paar Brocken wegräumen oder nachbohren. Es sieht gut aus.« Er sah auf den Plan zu seinen Füßen. »Wir sind bereits eine halbe Meile in den Berg vorgedrungen«, sagte er zufrieden.

»Weiter so, Meister Luchterbuckel. Ich bin überzeugt, den Rest werdet Ihr ohne meinen Gehilfen schaffen.«

Der Monsignore überlegte, ob er sich in den neuen Stollen hineinwagen sollte, doch dann dachte er an den blutverschmierten Spieß. *Ich möchte nicht am Bratspieß enden.*

»Noch etwas, mein lieber Kornilius. Ab morgen gibt es wieder die vollen Rationen, das könnt Ihr Euren Leuten sagen. Und wenn wir die Grabkammer gefunden haben, gibt es Braten und Gebrautes, so viel sie wollen.« Woher er das Letztere nehmen wollte, wusste er noch nicht. *Der Herr wird für seine treuesten Diener sorgen, davon bin ich überzeugt.*

Als Kreton die Kammer verließ, hörte er hinter sich dumpfe Rufe und schnelle Schritte näherten sich. Als er auf die Seite sprang, um nicht umgerannt zu werden, stieß er sich den Kopf. *Welcher Irre wagt es, mich anzurempeln?* Fluchend ging er zurück in die Kammer, in die immer mehr Buckler gestikulierend und schnatternd aus dem Stollen kamen. Sie sprachen schnell und in bucklerschen Dialekten.

»Bin ich hier auf dem Hühnerhof?«, fragte er den Luchterbuckel.

»Es sind die Warnungen der Odogrim, die sie einschüchtern. Ich werde sie dokumentieren und dann abnehmen lassen.« Der Forscher senkte seine Stimme. »Wir werden mit Verlusten rechnen müssen.«

Kreton glättete sein Haar. »Das Rechnen überlasst besser mir. Lange möge Euch das Licht leuchten.« Dann stapfte er hinaus an die Luft. Kälte hatte sich breitgemacht, und im Kessel saß bereits die Dunkelheit. Mit großen Schritten begann er den Aufstieg.

Am Kesselrand erwartete den Monsignore der graue Sorger.

»Seid froh, dass Ihr hier oben seid und nicht da unten im Loch. Wir werden ihre Rationen bald verdreifachen können«, begrüßte ihn der Monsignore.

»Weil die Buckler krepieren werden, oder weil sie davonlaufen?«

Kreton wollte den Krieger schelten, da sah er die Gestalt, die zu dessen Füßen kauerte und an den Händen gefesselt war.

»Der hier wollte jedenfalls abhauen«, sagte der Lichtkrieger und trat gegen den Rock des Grim.

Kreton benötigte einen Augenblick, bis er wusste, woher er den roten Bart und das grüne Käppchen kannte. *Der Kutscher! Ich wusste, dass wir uns noch einmal begegnen werden.* Zähneknirschend dachte er daran, wie sie der Kutscher im Wald vor den Toren Quellwassers zurückgelassen hatte und nicht wiedergekommen war. Und wie er sich die Wartezeit mit den Gedanken an seine Geliebte versüßt hatte. Ein Schmunzeln huschte über sein Gesicht und Erregung durchfuhr ihn. *Ich stehe zweifach in der Gunst des Herrn: Er bringt mir keinen einfachen Abtrünnigen - er schenkt mir den Kutscher. Der Tod wäre ein Geschenk für ihn - ich werde mir etwas Besseres einfallen lassen.*

»Du bist zweimal weggerannt. Ein drittes Mal wird es nicht geben, dafür sorge ich«, zischte Kreton den Grünrock an.

Der rotbärtige Grim flehte den Monsignore an, ihn zu verschonen. »Glaubt mir, ich bin in den Wald zurückgekommen, doch Ihr wart weg. Glaubt mir!«

»Nimm ihn mit«, sagte Kreton an den Lichktkrieger gewandt. »Ich denke, es ist an der Zeit, ein Zeichen zu setzen.«

Der Monsignore lächelte und wusste nicht, ob es der Gedanke an sein sündiges Spiel oder die Vorfreude auf die Bestrafung des Grim war. *Beides*, entschied er.

Narimba

Ein stetiges Poltern ließ Narna die Augen öffnen. Sie sah die Erde vorüberziehen und hörte das Trappeln eines Pferdes. Ihre Hände konnte sie nicht rühren, die waren auf dem Rücken gefesselt, ihr Mund mit einem Fetzen zugestopft. *Jetzt haben sie mich doch noch erwischt. Wäre ich bloß bei Erian geblieben. Erian - er ist tot und ich lebe.* Die Trauer ließ sie zucken.

Narna schloss die Augen und versuchte, weiter zu dösen, doch die ersehnte Dunkelheit machte sich nicht breit. An ihre Stelle trat eine Leere, die mit Tränen gefüllt werden wollte und den Rotz in ihren Mund laufen ließ. Schließlich hielt sie es nicht mehr aus, riss die Augen auf und schrie. Der langgezogene Schrei wurde von ihrem Knebel erstickt, dennoch hielt das Pferd an.

Ein weißer Fleck auf dem Pferderücken ließ sie durchatmen. *Halbschatten.* Sie drehte den Kopf und sah ein Paar Hörner, das vor dem Pferd wackelte. *Das ist eine große Ziege und sie führt das Pferd.* Narna schüttelte ihren Kopf. *Die Pilze zeigen mir Dinge, die es nicht gibt.* Ein schwarzer Köter rannte zu ihr, bellte und sprang hoch. *Den möchte ich nicht näher kennenlernen.* Die Ziege kam zu ihr.

Es war ein kräftiger Kerl mit Hörnern auf dem Kopf und Fell an den Schultern. Er hatte schiefe Zähne und trug den Bart wie eine Ziege. *Das muss ein Drogu sein.* Hoffnung keimte in ihr. *Es ist einer von meinem Volk und kein Lichtkrieger. Was hat er mit mir vor?*

»Xiran hat dich gefunden«, sagte er auf Naldi. Der Hund bellte. »Schon gut. Luran war es.« Er boxte dem Tier gegen die

Schnauze, das daraufhin freudig davonsprang. Der Ziegenjunge nahm Narna den Knebel aus dem Mund und flößte ihr Wasser ein, das sie gierig trank. »Brot?« Narna schüttelte den Kopf, obwohl ihr Magen knurrte. »Wir sind gleich da. Xiran bringt dich zu unserer Hoheit.« Er schnitt ihr die Fesseln durch und hob sie von Halbschatten.

»Musstest du mich fesseln?«, fragte Narna.

»Ja«, sagte der Ziegenjunge und grinste. »Ich wollte nicht gekratzt oder gebissen werden, und dein Pferd auch nicht.«

Narna lächelte, rieb sich die Augen und fuhr mit dem Handrücken über ihre triefende Nase. *Ich könnte einfach davonlaufen.* Sie wusste nicht, weshalb, doch sie blieb bei dem Ziegenjungen. *Vermisse ich Erian so sehr, dass mir jede Begleitung recht ist, um nicht in ein tiefes Loch zu fallen? Immerhin lenkt er mich ab, und es ist mir egal, wo er mich hinbringt.*

Sie schritten durch dichten Wald, ohne erkennbaren Pfad und ohne einer Seele zu begegnen. Sonnenstrahlen drangen nur ab und an durch das Dach des Waldes – ein wildes Gemisch bunter Schattierungen. Volle Beeren leuchteten golden, Farne, lila wie Auberginen, streiften ihre Beine und Sternwinden flossen die Stämme knorriger Bäume hinauf, deren Häupter sich vor dem Licht verneigten. Narna war beeindruckt von der Vielfalt und dem Zauber, den die Natur an diesem Flecken hervorbrachte. Das eine oder andere Mal bildete sie sich ein, scharrende Hufe, schnaubende Schnauzen oder nagende Zähne zu erlauschen, doch sie bekam kein Tier zu Gesicht. Vielleicht lag es an den Seufzern, die sie schüttelten und die sie herunterzuschlucken versuchte, doch immer wieder aus ihr herausbrachen.

Erst als sich das Ungetüm bewegte, erkannte sie die kurzen Beine und langen Arme, denn sein Körper schien Teil des

Waldes zu sein. Narnas erster Gedanke war: *Der gewaltige Leib wird mich zerdrücken, wenn er auf mich fällt.* Wie eine stämmige alte Weide ragte ein Pflanzenwesen vor ihr auf und blickte auf sie hinunter. *Meine Mutter hat mir von den Narau erzählt, sie sollen uralt werden und sehr weise sein.* Narna starrte auf zwei dicke borkige Brüste, die dicht von Moos und Blättern umwachsen waren. Darunter wölbte sich ihr Bauch: Eine riesige Kugel, deren raue Rindenhaut sich beim Atmen knarrend ausdehnte und zusammenzog. Im Nabel erspähte Narna ein Wollknäuel: Eine Maus, an deren Zitzen Junge saugten.

Narna hob den Kopf und suchte die Augen des Wesens, die über einer kleinen Nase saßen und wie Bernstein leuchteten. Seine Blicke drangen in sie, als wollten sie ihre Seele ergründen. *Wer ist das?* Rhythmisch schwang der Körper der Baumfrau und erfasste alle Pflanzen und Erdwesen.

Hinter ihr kamen ein stacheliger Mann und ein bleiches Mädchen zum Vorschein. Der Mann sah durch die Stacheln am Kopf und seine spitze Nase wie ein Igel aus. *Zweifellos ein Drogu.* Das Kind konnte sie nicht einordnen. *Ist sie eine Aldira?* Sie war etwas größer als Narna und in ein Hemdchen gekleidet, das einstmals weiß, wie sie, gewesen sein musste. Rote Knie saßen über einem Paar langer Beine. Die Arme standen blass und fein, wie ihr weißes Haar, weg. Ihre Haut war dünn wie ein Blatt, dass Narna dachte, der Wald schiene durch. Beim Versuch zu lächeln entblößte sie zwei große Zähne.

Der Igelmann trat vor, streckte seinen Bauch heraus und hielt Narna mit erhobenem Kinn einen roten Apfel vor die Nase. Sie nahm ihn und war froh, etwas in der Hand zu halten. *Er ist ein Feigling,* dachte sie. *Zuerst versteckt er sich, und jetzt will er sich wichtig machen.* Als es von allen Seiten raschelte, sah sie eine Schar edler Geschöpfe aus dem Wald treten, die alle größer als Narna waren und in deren Haar sich zarte Triebe mischten, an denen Beeren hingen. Sie waren mehr Aldir als Pflanze, trugen Kleider und Waffen. Ihr Anblick bezauberte Narna für einen Moment, denn sie erinnerten sie an Erian, doch ihr Verlust ließ ihre Gedanken und Augen zur Baumfrau zurückkehren. *Was will sie von mir?*

Der Kopf der Narau wippte und mit ihm ihr Haar: Ein gewaltiges Astwerk aus weißen Blättern, grauen Zweigen und grünen Beeren, das durch die Luft peitschte. Worte drangen in Narnas Geist, obwohl sich die blutleeren Lippen der Baumfrau kaum bewegten. Wie ein Orchester wurde die Stimme vom Klopfen eines Spechts, raschelnden Blättern, scharrenden Ästen, knarrender Rinde und dem Trommeln fallender Nüsse begleitet.

Höre ich sie sprechen, oder donnern die Laute in meinem Kopf? Narna wusste es nicht. Einen Augenblick überlegte sie, die Ohren zu verschließen, doch sie wollte die Baumkreatur nicht verärgern. Dann vernahm sie die Worte des Wesens, klar wie Quellwasser mit einer Stimme, tief wie ein Brunnen. Sie waren an sie gerichtet, daran bestand kein Zweifel.

»Rote Naldar, sei willkommen im Fleeran, Heimat der Narau. Die Bewohner des Waldes umarmen dich.«

Hilfesuchend blickte sich Narna um, hätte am liebsten laut losgeheult und wäre davongelaufen, doch die Baumfrau strahlte etwas Erhabenes aus, das ihr Geborgenheit schenkte.

Kurz überlegte sie, wie sie antworten sollte. *Mit deiner Stimme, wie sonst? Mach den Mund auf Dummchen.* »Narna Feuervogel aus dem Flüsterwald. Ich umarme dich, Teil des Einen.« Sie überlegte, ob sie dem Wesen ihre Hand auf die Schulter legen sollte, doch sie war ohnehin außer Reichweite.

»Ich bin Narimba, Mutter der Erde und Hüterin des Waldes.«

Das Gewimmel von Pflanzen und Tieren polterte Beifall. *Sie hat viele Verehrer. Mal sehen, ob sie auch meinen Beifall bekommt.*

»Komm mit«, sagte Narimba, drehte sich gewandt um und verscheuchte die Schar der Zuhörer. Den Igelmann und das blasse Mädchen musste sie gesondert bitten, sie alleine zu lassen. Als nur noch Xiran, der Ziegenjunge mit Halbschatten, da war, schien sie mit ihm zu sprechen, doch außer einem Flüstern hörte sie keinen Laut. Der Drogu antwortete ihr und verabschiedete sich dann. Narna war mit der Hüterin des Waldes alleine. *Mir wäre lieber, es bliebe noch jemand. Wer weiß, was der Baum mit mir vorhat?*

Ränkeschmied

Mit der Dämmerung erreichten der Monsignore und der graue Sorger das Lager der Lichtkrieger, an dessen Eingang ein kauender Ildamaer stand. *Sie sind zurück, haben Vorräte und Arbeiter mitgebracht, wahrscheinlich auch Frauen.* Kreton sah, dass die schwarzen Rösser im Verschlag standen, jedoch drei fehlten. Er wandte sich an den Krieger, dessen Pranke in Lumpen gewickelt war und einen Apfel hielt. *Es dürfte Probleme gegeben haben.*

»Wo ist Hirak?«

»Der Kommandant, Balder und Ilmon sind noch nich zurück«, brummte der Riese.

»Gab es Schwierigkeiten?«, fragte der Monsignore und deutete auf seine Hand.

»Wir haben einen Mann verloren, Kendrik. Sie jagen ein widerspenstiges Nari-Weib. Kann nich lange dauern.« Er biss von seinem Apfel ab.

Pickelfratz. Jetzt hat uns der Tod doch ereilt. »Zeig mir die Vorräte und die Arbeiter, die Ihr mitgebracht habt.«

Er führte Kreton in den hinteren Teil des Lagers zu seiner ehemaligen Höhle, vor der ein Wagen stand. Drei männliche Aldire waren dabei, Säcke und Krüge abzuladen und in die Höhle zu tragen. Eine Gruppe Aldira stand mit gefesselten Händen bei ihnen, bewacht von zwei Ildamaer. Die Nische im hinteren Bereich war mit Brettern bis zur Decke verschlossen.

Eine Stimme zischte den Monsignore durch die Schlitze in der Wand an: »Ich wusste, dass Ihr dahinter steckt! Die Baumgeister sollen Euch verdorren lassen.« Es war die Dorfvorsteherin aus Witwit. *Weshalb haben sie die mitgenommen?*

Sie ist ihr Pfand, damit die anderen gehorchen. Schlau von den Ildamaer.

»Sei still, Nari-Weib«, brüllte sie ein Krieger an und donnerte die flache Seite seines Schwertes gegen das Holz. Sie spuckte in Kretons Richtung, traf ihn jedoch nicht.

Kreton begutachtete die Vorräte. *Damit würden wir über den dunklen und den kalten Mond kommen, obwohl ich hoffe, dass es nicht so lange dauert.* Zufrieden ging er zur Feuerstelle und schöpfte eine große Portion aus dem Kessel, die ihm vortrefflich mundete.

Als er eine zweite Schale vertilgt hatte, näherte sich ein Schatten, und eine schwere Hand legte sich auf seine Schulter.

»Wie ich hörte, gab es Probleme«, sagte Kreton.

»Es hätt' schlimmer kommen können. Der Junge war selbst schuld. Eine dunkle Posse kann ich Euch erzählen.« Der Kommandant setzte sich zu ihm ans Feuer. »Ich wollte Kendrik hier lassen, doch er hat meinen Männern ein Jahr Stallarbeit geboten, um statt ihnen reiten zu dürfen. Alle haben abgelehnt.« Er fuhr sich über den Mund. »Da hat er den grauen Sorger mit Wolfsbeeren vergiftet. Er reitet mit uns und lässt sich von einer Nari aufschlitzen.«

Pickelfratz hat sich von einem Weib schlachten lassen. Von wegen Elitekrieger - ein Rotzbengel war das!

»Ich hatte mich in ihm getäuscht. Er war kein Ildamaer, nicht mal ein halber. Es war ein Fehler, ihn mitzunehmen.«

»Vergeben und vergessen«, sagte der Monsignore. *Ich habe mich auch in einem meiner Männer getäuscht.*

»Kommt mit, ich muss Euch etwas zeigen«, sagte der Monsignore, nahm die Laterne und schritt mit dem Kommandanten Richtung Hütte. »Seht her. Hier, hier muss es gewesen sein.« Der Monsignore kniete nieder, der Schein der

Laterne kroch über zertrampeltes Gras, das seine Finger büschelweise ausrissen, doch er fand nichts. »Es waren Schattenbestien mit schwarzem Panzer, Flügeln wie Heuschrecken und langen Stacheln am Hinterteil. Ich versichere Euch, ein ganzer Schwarm hat mich angegriffen. Sie waren tot, doch nun sind sie weg!« Kreton stand auf und fuhr sich mit dem Sacktuch über die Stirn. »Einfach weg. Ein Grund mehr, dass es Schattenkreaturen waren. Fragt die Aldire, sie waren dabei und der Ziegenkopf auch.«

»Ich glaub Eurem Wort«, sagte Hirak.

»Lasst den Ziegenkopf herbringen!«, befahl Kreton, denn so rasch wollte er nicht aufgeben. Hirak rief einen seiner Männer herbei, um Xiran holen zu lassen, dann gingen sie zurück und stellten sich ans Feuer.

»Sie haben es auf mich abgesehen«, flüsterte Kreton dem Kommandanten ins Ohr. »Ich bestehe auf eine Leibwache«, sagte er deutlich lauter.

»Monsignore, wir verfügen jetzt bereits über zu wenige Männer. Es würde unsere Mission weiter verzögern.« Kreton wollte zu einer Erwiderung ansetzen, aber Hirak kam ihm zuvor: »Wenn es Schatten sind, die uns plagen, haben wir bei Tage nichts zu befürchten.«

»Ihr verkennt unsere Lage. Das Wohl unseres Volkes unterliegt den größten Gefahren seit dem Pakt von Niemalsblut vor beinahe acht Generationen. Die Erzkriege, die Siriosschlachten, die Aufstände in Potach, das waren alles harmlose Geplänkel gegen das, was auf uns zukommt.« Der Monsignore machte eine Pause, um seine Worte wirken zu lassen.

Der Kommandant schien wenig beeindruckt, seine Neugier hatte er jedoch geweckt. Und etwas anderes mischte sich in seine Miene: Misstrauen. *Er ahnt, dass er nicht hier ist, um einen Schatz zu bergen. Ich habe ihm versprochen, die Wahrheit zu sagen, ansonsten verliere ich sein Vertrauen. Wenn das weg ist, kann er auch jederzeit weg sein.*

»Ich habe auch gute Neuigkeiten: Der Eingang zum Grab ist offen, und wir machen gute Fortschritte.« *Die Syrial-Funde bleiben einstweilen noch mein Geheimnis.* Kreton schluckte, denn es fiel ihm schwer, dem Kommandanten reinen Wein einzuschenken, sein Arm pochte. »Es ist ein besonderer Schatz, den wir im Grab des Odogrim-Königs vermuten.« Der Monsignore machte eine bedeutungsvolle Pause. »Es ist eine mächtige Waffe. Und wir werden sie benötigen - glaubt es mir.« Er sah, wie sich die Gedanken in Hiraks Kopf überschlugen. »Ein Magistor der Zeitensammler nahm mich mit auf seine Reise. Dort habe ich sie gesehen: dunkle Horden, die sich ausbreiten wie faule Beulen am Körper eines Kranken. Sie werden das Licht unseres Volkes auslöschen.« Kreton starrte ins Feuer. »Ihr Feldzug hat bereits begonnen, doch der Herr des Lichts hat uns geschickt, um sie aufzuhalten.« Zuerst las er Stolz in den Augen des Kommandanten, dann Unsicherheit. »Jetzt wisst Ihr, wer unser Feind ist.« Der Monsignore warf ein Blatt ins Feuer, das sich zusammenrollte und qualmend verglühte. »Die Trophäe wird nicht weniger sein als der Fortbestand unseres Blutes. Genügt Euch das?«

Hirak schwieg, drum drehte sich Kreton um und sah dem Kommandanten in die Augen, bis dieser entschlossen sagte: »Die Ildamaer stehen an Eurer Seite. Wir kämpfen für das letzte Licht, bis die Dunkelheit erlischt.« Hirak ballte seine Fäuste.

Jetzt hat er den Ernst der Lage erkannt. Diesmal wird er nicht seine Grünschnäbel und Versehrten vorausschicken. Dieser Mann und seine Treuen werden für mich gegen die Dunkelheit ziehen.

Der apfelfressende Hüne kam zu Hirak und schüttelte seinen Schädel. »Der Ziegenkopf is nich im Lager. Sein Köter auch nich. Heute hat ihn noch keiner gesehen.«

Um ihn werde ich mich später kümmern. Ich möchte zu gerne wissen, was er seiner Baumhüterin erzählt hat.

Der Monsignore wartete, bis der Riese weg war, dann wandte er sich Hirak zu. »Was mir mehr Kopfzerbrechen bereitet als mein persönliches Wohlergehen ist der Schutz unserer Ausgrabung. Wir müssen dafür sorgen, dass der Weisenrat die Gefahr erkennt und der Entsendung eines Heeres in den Norden zustimmt.«

»Wie wollt Ihr das erreichen? Sie würden ein Heer nur dann in die freien Länder der Nari entsenden, wenn das Wohl der Ildae gefährdet wäre«, entgegnete der Kommandant.

Kreton spielte den Nachdenklichen und fuhr sich mit der Hand über den Mund. »Das Wohl wäre gefährdet, wenn unser Schatz in die falschen Hände gerät. Doch das verstünden diese einfältigen Papierkrieger, die abends am warmen Kamin sitzen und sich eine Flasche Kreutinger Eislese schmecken lassen, nicht.« Verschwörerisch senkte er seine Stimme. »Wir brauchen einen Vorwand, um sie herzubekommen. Wenn sie erst einmal da sind, werden sie es verstehen. Habt Ihr eine Idee?«

Er konnte Hirak beim Denken zusehen. »Wir könnten den Angriff der Schattenkreaturen etwas übertriebener darstellen. Sagen, ihr wärt verletzt worden. Vielleicht sagen wir, dass es Nachtfresser waren.«

Es wird schon. Langsam bringe ich seine Gedanken auf den richtigen Weg. Am Ende wird er denken, es war seine Idee. »Mich dürft Ihr nicht erwähnen. Habt Ihr bereits vergessen, dass Ihr wegen einer Spionin im Norden sitzt?«

»Ganz recht, Monsignore. Ich würde meinen Bericht auch an einen anderen Ort verlegen.«

Na bitte!

»Ich könnte berichten, einer meiner Männer wäre von einem Nachtfresser getötet worden. Kendrik, Kendrik wurde von einer Schattenbestie gerissen.«

Kreton nickte zufrieden.

»Wen würdet Ihr herbeirufen, wenn uns morgen ein Schattenheer angreifen würde?«

Hirak dachte nach. »Nun, am schnellsten wären die Lichtreiter der Weihrer Flitze hier. Sie dienen unter Graf Hegor, das Kommando hat sein Sohn Hegmar.«

Sehr gut, gleich haben wir's.

»Ich könnte ihm einen Boten senden.«

»Guter Einfall!«, meinte Kreton. »Ihr schickt einen Boten zu Hegmar, und ich kümmere mich um seinen Vater - so müsste es klappen.« *Der bekommt allerdings ein anderes Märchen zu hören. Das der bösen Aldir, die mit ihren Ritualen Schatten herbeirufen.*

»Bis die Waffe in unseren Händen liegt, habe ich eine Aufgabe für Eure Männer. Seht zu, dass keiner dieser abergläubischen Buckler fortläuft. Wir haben wieder einen erwischt, der sich aus dem Kessel stehlen wollte.« Das Wort »stehlen« sprach er dabei so verächtlich aus, dass er spuckte. »Wir müssen dafür sorgen, dass sie Euch mehr fürchten als die Rache der Toten. Ich habe auch schon einen Plan.« Damit verließ der Monsignore die Feuerstelle und ging zu seiner Hütte.

Im Fleeran

Narna musste in einen Laufschritt fallen, um mit der Baummutter mithalten zu können. Die großen Füße der Erdmutter verursachten kaum einen Laut auf dem Waldboden, als sich ihre Gliedmaßen bedächtig durch die Farbenpracht des Waldes schoben. Geschickt benutzte sie einen krummen Stab, dessen Spitze ein Flechtwerk aus dünnen Ranken bildete, um sich einen Weg durch das Unterholz zu bahnen. Neugierige Nasen beobachteten sie aus dem Blätterwald, die Vögel tuschelten, und ein Eber grunzte ihr etwas zu. Jetzt erst fielen Narna ihre Finger auf, von denen knorrige Nägel abstanden: Als sie zum Daumen gelangte, hatte sie bis acht gezählt. *Sie hat acht Finger an jeder Hand! Wie man damit wohl essen kann?* Von ihrer Mutter wusste sie, dass die Narau wurzelten und so ihre Nahrung aus der Erde aufnahmen. *Der Mund ist nur zum Sprechen da, und selbst da bin ich mir nicht sicher.*

Sie verließen den Wald und traten auf eine Lichtung, vor der sich ein gewaltiger Hügel erhob, auf dem ein Baum thronte.

Ein Pfad, der sich wie Efeu um einen Baum wand, führte den Hügel empor, der in unregelmäßigen Abständen von Eingängen und Löchern durchdrungen war. *Das sind die Höhlen, in denen sie leben.* Narimba legte ein gewaltiges Tempo vor und schien keine Mühe mit dem Anstieg zu haben. *Wenn ich da oben wohnen würde, hätte ich auch solche Beine.*

Vor dem hohen Baum hielten sie. Er trug leuchtende Blätter in den unterschiedlichsten Farben, die für Lichtspiele auf Narnas Arm sorgten. Das Faszinierende war jedoch sein

Schatten, der die Welt unter ihm in gelbes Licht tauchte. Narna blickte auf den Stamm, der gespalten war, wodurch die beiden Enden wie Beine aussahen, die in einem Gewirr unzähliger Wurzeln als Füße mündeten. Dazwischen tat sich ein Loch in der Erde auf, in dem Narimba verschwand. Narna folgte ihr, wurde von der Dunkelheit verschluckt und wagte keinen Schritt.

»Ich vergesse immer, dass meine Gäste es heller mögen«, sagte Narimba und wie auf Kommando erhellte sich das Rund, durch unzählige Lichtflügler, die an der Decke saßen und warmes Licht spendeten.

Es ist Zauberei.

Narimba verschwand in einem Tunnel und sie gelangten in eine hohe Kammer, deren Wände aus gelber Erde gestampft waren. Ein Kessel brodelte über einem Feuer und Licht fiel durch Spalten zwischen den Wurzeln, die die Decke bildeten. Doch was Narna am meisten überraschte, war das kleine Bächlein, das im hinteren Teil der Höhle plätscherte.

»Du wunderst dich, dass ich hier unten Feuer mache? Ich liebe es, wenn ich am Morgen den Tau von meiner Haut dampfen lasse und gegen Kräutertee ist bei diesem Wetter auch nichts einzuwenden.«

Sie trinkt Tee, dann kann sie nichts Böses im Sinn haben.

»Setz dich, mein Kind.« Ihre Nägel deuteten auf eine Wurzel, die wie ein Stuhl mit Lehne geformt war.

Narna setzte sich, ließ ihre Beine baumeln und starrte ins Feuer. Unmittelbar wanderten ihre Gedanken zu Erian, ließen ihren Atem stocken und sie verkrampfte sich. Tränen sammelten sich in ihren Augen.

»Lass es zu. Das Wasser reinigt uns innen und außen. Nachher geht es dir besser.« Die Baummutter hielt ihr einen dampfenden Becher hin und strich ihr mit einem ihrer Finger eine Haarsträhne aus dem Gesicht. Wärme breitete sich auf ihrer Wange aus. Narna trank, die Tränen versiegten, und ihr Körper entspannte sich.

»Du fragst dich sicherlich, weshalb du hier bei mir gelandet bist?«

Da hat sie recht. Doch die Mär von den Baumgeistern kann ich nicht mehr hören.

Narimba warf ihre Äste in den Nacken und brummte: »Ihr da oben geht jetzt besser! Nimrak mag es nicht, wenn man auf seine Wurzeln tritt. Macht schon und verzieht euch!« Leises Gekicher entfernte sich, und wie auf Befehl verschlossen Blätter und Ranken die Öffnungen zwischen den Wurzeln, sodass das Tageslicht und die Geräusche der Welt über ihnen verschwanden.

»Meine Kinder sind neugierig wie junge Füchse. Doch was ich dir anvertraue, ist nicht für die Ohren des Waldes bestimmt.«

Narna rückte ein Stück vor.

»Du hast keine Ahnung, weshalb du hier bist, stimmt's rote Naldar?«

Narna schüttelte den Kopf. *Weil mich der Ziegenjunge hergebracht hat?*

»Es bahnt sich etwas an.« Die Baummutter zupfte Kräuter von getrockneten Büscheln, die von der Decke hingen. »Wir stehen vor einer Gezeitenwende. Das Licht spielt mit den Schatten. Noch sind es Mätzchen, doch dunkel und kalt werden die Hände sein, die nach uns greifen.«

Wenn das ein Rätsel ist, bin ich die Falsche.

»Ein Sturm wird losbrechen, dem sich keines der Völker entziehen kann.« Sie zerbröselte die Kräuter und ließ sie in den

Teekessel schneien. »Wir Nari, einerlei ob Aldir, Naldar, Drogu oder Narau, werden für unseren Frieden kämpfen müssen. Jeder Einzelne.« Sie sah Narna direkt in die Augen. »Ich spüre deinen Zorn. Lass ihn zu. Lerne, ihn zu lieben, und ich zeige dir, wie du ihn beherrschen kannst.«

Was glaubt das Gestrüpp, über meinen Zorn zu wissen. Sie wird ihn zu spüren bekommen, wenn sie mir weiter die Ohren lähmt.

»Sei unser Gast. Bleib hier. Du wirst lernen, mit Tier und Pflanz zu sprechen, wie es die Nahiri taten. Vertraue mir, und du wirst das Leben spüren.«

Und wenn nicht, sterbe ich? So wie meine Mutter, Erian, Sira und Baldrian. Will sie mir das einreden?

»Du trägst großen Schmerz mit dir. Denke nicht, deine Lieben gingen wegen dir verloren.«

Weswegen sonst? Was weiß sie darüber?

»Die Erdgeister wollten, dass du hierher kommst. Danke ihnen dafür.«

Wenn es die Erdgeister gäbe, wären sie alle noch am Leben. Wie soll ich leben können, wenn ich mich mit ihnen einlasse?

Narimba streckte ihren Arm aus und strich mit einem Nagel über das Mal auf Narnas Schulter. »Wir werden deine kahlen Äste zum Blühen bringen, glaube mir. Wenn du so weit bist, wartet eine wichtige Aufgabe auf dich. Deine Mutter wusste das bereits.«

Was weiß sie von Mutter?

»Ich kannte sie. Wir haben uns häufig über die Wurzeln verbunden. Sie wusste genau, weshalb sie dir die gemeine Zunge und das Zählen beibrachte.«

Ich hasse es, wenn jemand meine Geheimnisse kennt, ohne zu fragen.

»Sie hat dich auf deinen Weg vorbereitet. Ich sorge dafür, dass du laufen lernst.«

Warten wir's ab.

»Keine Angst, Kleines, du wirst die großen Städte sehen.«

»Was muss ich tun?«, fragte Narna, ohne nachzudenken.

»Bleib und lerne«, erwiderte Narimba.

Narna erhob sich. »Ich werde es mir ansehen.«

Erdzauber

Als der Monsignore zu seiner Hütte kam, stand vor dem Eingang eine kleine runde Gestalt: die zahnlose Alte. Sie stellte sich ihm in den Weg und ließ einen Schwall Naldi auf ihn los. *Bin ich froh, dass ich die Zunge der Wilden nie gelernt habe.* Zwei Worte, die sie unablässig wiederholte, verstand er dennoch: »Talias« und »Tod«. *Der Ziegenjunge ist nicht da, um zu übersetzen. Talias ist wohl nicht in der Lage. Ich werde mit ihr gehen.*

Talias lag auf einem Strohsack in seinem Zelt und sah kalt aus: Seine Haut hatte die Farbe von altem Käse, und die Lippen waren blau wie die von Fiora aus Ragon. Wäre er tot, hätte es Kreton nicht verwundert. Doch er sah, wie sich der massige Brustkorb gemächlich aufblies und Speichelbläschen aus seinem Mund hervortraten.

Die Alte deutete und ließ ihn erneut der Zunge der Nari lauschen, woraufhin Kreton seine Arme ausbreitete und sagte: »Ich verstehe nicht. Ich verstehe nicht.« Sie bedeutete ihm, mitzukommen, und ging geradewegs auf die Höhle zu, vor der der graue Sorger auf einem Felsen saß und seinen Dolch schliff. Der Krieger wollte sich bereits erheben, da erblickte er den Monsignore, der ihm zunickte. Kreton musste an den Besuch von Fiora denken und schmunzelte. *Die Alte wäre wahrscheinlich auch reingekommen, wenn sie ihn mit ihrem zahnlosen Mundwerk bedient hätte.* Kaum waren sie drin, schnatterte das Weib mit der gefangenen Aldra.

»Halt, halt, halt!«, rief der Monsignore. An die Dorfvorsteherin gewandt fuhr er fort »Sagt ihr, sie soll ihr Maul halten.« Ruhe kehrte ein. »Übersetzt mir jeden Satz, den sie sagt. Aber immer nur einen.«

Die Alte begann zu schwafeln und wurde von Aldra gestoppt, die ihm übersetzte: »Euer Gehilfe liegt im Sterben. Sie benötigt eine besondere Medizin, um ihm helfen zu können. Oder ...« Sie zögerte bei der Übersetzung der letzten Worte. Kreton roch, dass etwas nicht stimmte.

»Oder was?«, fuhr er die Gefangene an.

»Oder er stirbt«, sagte Aldra.

»Ihr lügt! Was meint sie mit ‚Nahiral', was ist das?«

»Warum sollte ich Euch das verraten? Warum sollte ich überhaupt mit Euch sprechen? Ihr, der meine Vorräte stiehlt, meine Frauen schändet und mich einsperrt.« Sie drehte sich weg und hockte sich auf die Erde.

Lautes Bellen ließ den Monsignore herumfahren. Der schwarze Köter des Ziegenjungen rannte auf den Käfig zu und sprang an den Brettern hoch. Aldra rührte sich nicht. Der graue Sorger brüllte draußen herum. Kreton trat vor die Höhle, wo Xiran mit seinem Speer stand. »Luran, nru!«, rief er. Der Hund kam angelaufen und setzte sich.

»Sieh an, unser verlorener Hirtenjunge hat zurück in unser Lager gefunden«, begrüßte ihn der Monsignore. »In meiner Hütte wartet eine Flasche mit Gebranntem. Komm mit.« Sie ließen die Alte stehen und verschwanden in seiner Behausung. Luran musste vor der Tür warten.

Der Monsignore fischte eine Flasche aus seiner großen Reisekiste und schenkte zwei Becher ein: Den des Drogu füllte er zur Hälfte, seinen lediglich einen Fingerbreit.

»Xiran, ich hatte dich bereits vermisst. Ich wollte dem Kommandanten vom Angriff der Schattenbestien erzählen und einen auf dich trinken, weil du mein Leben verteidigt hast, doch du warst nicht aufzufinden.« Er sah, wie der Blick des Ziegenkopfes unstet im Raum umherschweifte. *Hast du dir nicht einmal eine Ausrede zurechtgelegt?*

»Xiran und Luran waren jagen. Da haben getroffen Krieger von Licht. Sie suchen Nari-Weib.« Der Krieger nahm einen großen Schluck. »Luran finden Fährte, und Xiran folgen ihr. Weit folgen ihr. Doch bei Sumpf war Ende, darum Xiran kommen spät in Lager.«

Das ist wohl bloß die halbe Wahrheit. Mal sehen, ob er mir verrät, was die Zahnlose von mir wollte.

»Xiran gefunden Pferd von Aldir. Xiran haben Geschenk für Herr.« Der Drogu kramte in seinem Beutel und zog ein in Leder gebundenes Buch hervor, das er Kreton unbeholfen reichte.

Der Monsignore ließ die Blätter durch seine Finger gleiten. *Odogramsche Glyphen oder ist es Nyrnisch? Ich werde es bei Gelegenheit dem alten Luchterbuckel bringen.* Er legte es auf sein Pult und nahm die Flasche. »Gut gemacht, Krieger. Mir gefällt es, wenn man meinen Leuten hilft, ohne dass ich darum bitten muss.« Er schenkte dem Fellträger zwei Fingerbreit nach. »Was ist Nahiral?«

Der Gehörnte schluckte, als hätte ihn ein Pfeil getroffen.

Kreton faltete seine Hände und bewegte ungeduldig die Fingerspitzen. *Ich habe Zeit, und du wirst diesen Raum nicht verlassen, bevor ich es weiß.* Lange musste er nicht warten. Die Stille setzte dem Krieger mehr zu, als wenn er ihn angebrüllt hätte.

»Zauber von Erdgeister«, brachte er schließlich hervor.

»Kann das meinen Gehilfen retten? Talias?«, fragte Kreton.

»Nahiral allen helfen.«

»Und die zahnlose Alte beherrscht diese Zauber?«

Xiran lachte. »Nein. Silma kochen mit Kräuter.« Er kratzte seinen Ziegenbart. »Nur Aldra können sprechen Nahiral.«

Jetzt kippte der Geistliche seinen Becher hinunter. *Die Dorfvorsteherin kann meinen Gehilfen retten. Doch weshalb im Namen des Herrn sollte sie das tun? Niemals werde ich sie darum bitten.*

Verstärkung

Kreton verjagte den Ziegenkopf und setzte sich an sein Pult, nahm die Feder in die Hand und starrte auf das leere Papier vor sich. Er hatte die Worte im Geiste lange vorbereitet, doch nun weigerten sie sich, auf das Papier zu fließen. *So wie sie.* Er starrte auf seinen Arm und suchte den kleinen Punkt, der vom Stich der Schattenbestie zurückgeblieben war. Mit den Schmerzen in seinem Arm waren auch die Besuche seiner Geliebten ausgeblieben. *Lorianda. Vielleicht ist es nicht ihr richtiger Name,* vermutete er. Zu gut konnte er sich an den letzten Traum erinnern, in dem sie ihn aufsuchte. *Zuerst musst du meinen Namen finden, dann komme ich zu dir. Das waren ihre Worte.* Er grübelte, bis sein Kopf auf das Pult sank und er einschlief.

Die ersten Strahlen des Tages erhellten seinen Geist. *Mit Emeralds Hilfe werde ich sie finden. Jetzt ist die Zeit gekommen, Verstärkung zu rufen.*

Der Monsignore nahm die Feder, tauchte sie in die Tinte und begann zu schreiben. Der Brief war kurz und eindringlich und vermeldete, dass er die Errichtung einer Sinode im hohen Norden planen würde. Er schwor beim Herrn des Lichts, dass er selbst Zeuge gewesen wäre, wie eine Aldir-Hexe in einem Ritual einen Schatten herbeirief, der ihm beinahe das Leben nahm und verlangte die sofortige Entsendung von Truppen an den Steinernen Vorhang und die Verlagerung der Heere in den Norden. »Schickt alle Bewaffneten, die wir haben, ansonsten wird die Dunkelheit Palantis überrollen.« Zufrieden erhitzte er das Wachs und drückte seinen Ring hinein.

Er verfasste das Schreiben sechsmal und adressierte es an jeden der Weisenräte. Eines bekam Ildon Melufis, oberster Proton und Stimme des Lichts, eines Ildor Grauwald, der Vorsteher der Magistoren, eines der Vertreter der Reichsgrafen Heomar Greifenfels, eines der Glaubensbruder und Schwert des Lichts Artis von Sant. Sogar Luthwar von Lurrant, dem Vertreter der Gilden, und Aurelius Lasander, dem Vertreter des Volkes, ließ er ein Schreiben zukommen. *Sie haben zwar ohnehin nichts zu bestimmen, doch sie sollen sich der Dringlichkeit bewusst werden.*

Kreton ließ die Rollen liegen und fand Hirak vor der Höhle im Gespräch mit einem einäugigen Krieger.

»Ihr kennt den Rotbart, der abhauen wollte?«, begrüßte ihn Hirak.

»Er hat mich bereits einmal im Stich gelassen. Jetzt wird er sich wünschen, er wäre länger im Stollen geblieben«, sagte Kreton.

»Einstweilen darf er sich mit der Baumhure in ihrem Käfig vergnügen. Obwohl ich nicht weiß, ob sie etwas mit dem Häufchen Elend anfangen will«, sagte Hirak.

»Wir bestrafen ihn vor den Augen der Buckler, damit sie wissen, vor wem sie sich fürchten müssen. Seine Schreie sollen den Kessel füllen, damit sie ihnen in Erinnerung bleiben.« Der Monsignore fuhr mit dem Daumen in den Spalt seiner Lippe. »Ich werde Euch sagen, wann es so weit ist.«

Er nahm Hirak mit in seine Hütte und deutete auf die sechs Schriftrollen für die Weisenräte. »Ihr müsst heute noch Euren Boten schicken – nein, besser zwei! In Quellwasser sollen sie die Briefe an die Postreiter übergeben. Bezahlt sie gut und zeigt ihnen, was passiert, wenn sie verloren gehen.«

Hirak nickte. »Wir haben einen Ildamaer in Quellwasser. Er wird meine Nachricht für Hegmar Greifenfels persönlich überbringen - wie wir es besprochen hatten.«

»Vortrefflich. Ich kann es nicht erwarten, dass unsere Verstärkung eintrifft«, sagte Kreton.

»Wenn alles klappt, können die Weihrer Flitze in drei Wochen hier sein. Die Fußtruppen eine Woche später«, sagte Hirak.

Das gefällt mir. Was mir weniger gefällt, ist, dass Emerald nichts von sich hören lässt.

Hirak nahm die Schriftstücke unbeholfen in seine groben Hände. Als er zur Tür hinausging, rief ihm der Monsignore nach: »Und erkundigt Euch in Quellwasser, ob eine Nachricht für Iros Abendfrost eingegangen ist.«

Bei den Narau

»Komm, ich zeige dir unseren Stamm und bedenke dabei, dass das, was du siehst, nur ein Teil des Ganzen ist. Du wirst lernen zu spüren, was alles in den Dingen steckt«, sagte Narimba und trommelte mit ihren Füßen. Ihre Leute folgten dem Ruf, kamen gerannt, schlüpften aus Erdlöchern und krochen unter Wurzeln hervor. Sie stellten sich im Kreis um Narimba und den bunten Baum auf. Das blasse Mädchen war auch dabei, den Igelmann musste sie gesondert herbeirufen. Eine Narau trug Zwillinge an jeder Hüfte, eine Alte ging mit einem Stock, der ihr aus dem Arm gewachsen war. Kinder rannten zwischen ihnen umher.

Narimba begann, eine Melodie zu summen, woraufhin alle verstummten und ihre Augen schlossen. Wippend gingen sie in die Hocke und berührten die Erde, bis auf die Alte, die sich an ihren Stock lehnte. Narna wollte es ihnen gleichtun, doch ein Fingerzeig Narimbas ließ sie verharren.

Wieder hörte sie die Stimme der Baumfrau so nahe, dass sie nicht über ihre Ohren kommen konnte. Narimba stellte ihr jeden einzeln vor, nannte den Namen und derjenige öffnete seine Augen und blickte sie an. *Auch sie müssen ihre Stimme hören.* Als sie mit den Narau durch war, kam der Igelmann dran. »Wir nennen ihn Gevatter Nisbert.« Der stachelige Drogu versuchte, wichtig dreinzublicken. »Er kümmert sich um die Tiere und besitzt handwerkliches Geschick.« Flüsternd fügte sie hinzu: »Er ist sehr eitel und schnell gekränkt.« Die Hüterin des Waldes lachte. »Und das ist Aura.« Das Mädchen mit dem Hemdchen öffnete ihre großen blauen Augen und strich eine Strähne ihres weißen Haares zur Seite. »Sie mag dich«, sagte Narimba. »Du hättest es sicherlich bemerkt, doch sie spricht nicht mit Worten.« *Wie spricht sie dann?* Als hätte die Baummutter ihre Frage vernommen, fuhr sie fort. »Sie ist stumm, deshalb habe ich sie die Sprache der Nahiri gelehrt. Wir haben sie im Wald gefunden und bei uns aufgenommen. Die Kleine ist älter, als sie aussieht, und steckt ihre Nase überall hinein. Sieh dich vor, sonst klebt sie an dir wie eine Klette.«

Ein Fiepen aus dem Bauchnabel der Erdmutter forderte Narnas Aufmerksamkeit. »Euch soll ich etwa auch vorstellen?«, fragte Narimba. »Das ist Marok mit ihren Jungen. Wie die Kleinen heißen, musst du sie selbst fragen.« Die Maus fiepte zufrieden, und Narna lächelte das erste Mal, seit sie im Fleeran eingetroffen war.

Narna durfte bei Narid wohnen, einem dunkelhaarigen Mädchen, das sie an Aldina erinnerte. Sie war jung und freundlich, doch ihr Blick hatte etwas Argwöhnisches. *Es sind meine roten Haare. Sie kennen das nicht. Es ist dasselbe wie früher.*

Die Tage verliefen abgesehen vom Wetter immer gleich: Morgenritual nach Sonnenaufgang, Nahrung sammeln, kochen, beten. Nachmittags bekam sie Lektionen von Silabel. Die Priesterin hatte keinerlei Ähnlichkeit mit Sira, sie war um vieles älter und nicht annähernd so hübsch, doch ihre Worte rissen frische Wunden auf. *Zu vieles erinnert mich an mein altes Zuhause. Es ist genau das, wovor ich davongelaufen bin: ein eintöniges Leben.* Alle begegneten ihr zuvorkommend und gaben sich höflich bemüht, doch genau diese Bemühungen kannte sie aus den Tagen ihrer Kindheit nur zu gut. *Ich gehöre nicht dazu und ich will es auch nicht. Es ist Zeit, dass ich gehe. Die Frage ist nur, wann.*

Einzig die Lektionen, bei denen sie sich mit den Pflanzen verband, forderten sie und weckten ihre Neugier. Sie wurzelte im Stand, wippte und sang. Nach geraumer Zeit gelang ihr die Übung: Ein Farn bewegte sich in ihrem Rhythmus. *Die Ranunkeln können sich bald selbst ihre Blüten ausreißen. Ob ich es noch will, wenn ich mit ihnen sprechen kann? Es ist ohnehin ein kindisches Gehabe.*

Langsam schritt die Entwicklung voran, zu langsam für Narnas Geschmack. *Und wenn ich Priesterin bin, dann tanzen die Halme für mich? Ist das das Ziel? Ich bin bereits zu lange geblieben.*

Immer wieder wärmten Tränen ihre Wangen, und Salz klebte an ihrem Gaumen, wenn sie nachts wach lag und an Erian dachte. Narna versuchte, ihn vor ihrem inneren Auge zu sehen, ihn zu riechen, seine Stimme zu hören, ihn zu umarmen, festzuhalten. Es gelang ihr nicht. Mit Schaudern stellte sie fest, dass sein Bild schneller verblasste, als ihr lieb war. *Sind es die Narau mit ihren Ranken, die ihn mir entreißen?* Einzig die Erinnerungen an ihn blieben ihr, so suchte sie sich eine Zirbe, wählte einen kräftigen Ast und begann eine Flöte zu schnitzen. Jeden Tag arbeitete sie an ihrem Instrument und genoss dabei den Duft des Baumes, der sie an den jungen Aldir denken ließ.

Eines Tages drängte sich der Igelmann an Narna heran. Er roch nach Äpfeln, und seine Borsten streiften über ihre Schulter. »Seht her, wenn Ihr eine Flöte schnitzen wollt, müsst Ihr ein spitzes Messer nehmen. Mit dieser groben Klinge werdet Ihr dem Holz keine Töne entlocken.« Gevatter Nisbert lieh ihr ein Schnitzmesser und half ihr beim Feinschliff ihrer Flöte. Dennoch versuchte sie, dem Drogu und seiner Gesellschaft aus dem Weg zu gehen - er war ihr unheimlich.

Neue Rätsel

Zwei Wochen nachdem sie den Eingang freigelegt hatten, stand Kornilius Luchterbuckel mit einer Pfeife im Mund vor dem Monsignore und spielte mit den Perlen, die in seinen Bart geflochten waren. *Betet darum, dass Ihr mir gute Nachrichten bringt.*

»Monsignore, ich fürchte, wir kommen nicht weiter. Die Buckler werden unruhig, sie haben es satt, Syrial abzubauen. Ich weiß nicht, wie lange ich die Meute noch im Zaum halten kann.«

Kreton dachte an den Kutscher, der auf seine Bestrafung wartete. *Möglicherweise ist jetzt die Zeit gekommen, um diesen Trumpf auszuspielen. Doch es ist etwas anderes, das ihn zu mir führt.* »Was ist es, das Euren Geist plagt, werter Kornilius?«

Der Alte hob seine Kappe und kratzte sich die Glatze. »Diesmal sind es keine Geröllmassen und keine Fallen, die uns hindern - es ist ein Rätsel.«

Ich hasse Rätsel. Weshalb kommt der Faulzahn damit zu mir?

»Wie geht es Eurem Gehilfen? Wird er durchkommen?«, fragte der Forscher.

Daher weht also der Wind. Ist es dermaßen ausweglos, dass er nach einem Tölpel verlangt, der einmal Glück hatte? »Ich fürchte, ich muss Euch enttäuschen. Eher würde ich das Grab mit bloßen Händen freilegen, als dass er wieder auf die Beine kommt.«

Der Grim zerknautschte seine Mütze. »Talias war meine letzte Hoffnung.«

»Lasst Euch nicht unnötig aufhalten - grabt rundherum. Wir können den halben Berg auseinandernehmen, wenn es sein muss«, entgegnete Kreton.

»Unterschätzt niemals den Scharfsinn der Odogrim, denn dieses Rätsel ist keines, das man umgehen kann. Noch nie habe ich etwas Vergleichbares erblickt - es sieht aus wie ein Spiel, doch ich fürchte, es ist todernst.« Der Alte rieb sich die Nase. »Ich weiß nicht einmal, wie viele Möglichkeiten es gibt: Es müssen so viele sein, wie Sterne am Himmel stehen. Unmöglich, die richtige zu erraten.« Der Grim zog an seiner Pfeife. »Damit mein Weg nicht umsonst war: Wo finde ich die Aldira mit den Rauchblättern?«

»Das muss die zahnlose Alte sein. Weit kann sie nicht sein mit ihren kurzen Beinen. Ich begleite Euch.« *Mir ist lieber, ich weiß, was im Lager geplaudert wird.*

Kreton verstand kein Wort, als die Alte auf Naldi mit Meister Luchterbuckel plapperte. Zuerst wirkte er erfreut, dann erstaunt und schließlich zornig.

»Bringt mich zu der Gefangenen«, bellte er den Monsignore an. »Möglicherweise kann sie unsere Unternehmung retten.«

Es missfällt mir, wenn sich diese Erdwanze in meine Angelegenheiten mischt. Doch wenn er recht hat, was dann? »Unter einer Bedingung: Ihr übersetzt mir jedes Wort. Jedes! Gebt mir Euer Wort.«

»Hmpf«, antwortete Luchterbuckel.

Das war wohl ein grimsches »Ja«.

Kreton führte den Forscher in die Höhle, wo die Dorfvorsteherin hinter dem Verschlag hockte und ein Lied summte. Als sie die Ankömmlinge erblickte, erhob sie sich.

»Oh, Ihr bringt mir noch einen Grim. Soll ich ihn verspeisen, oder ist es zu Eurem Schutz?«, sagte Aldra zur Begrüßung und lachte lauthals.

Meister Luchterbuckel lugte zwischen den Planken hindurch und erblickte hinter der Aldira den rotbärtigen

Kutscher, der an der Wand kauerte. Empört wollte er Kreton zur Rede stellen, doch dieser hob beschwichtigend die Hände.

»Der Rotbart wollte sich davonmachen. Ihr habt doch sicher Verständnis dafür, dass wir keine Abtrünnigen dulden können. Oder wollt Ihr, dass unsere gesamte Mission scheitert?« Kreton trug eine ernste Miene zur Schau, zog den Forscher etwas zur Seite und fuhr im Flüsterton fort: »Denkt nur, eine Horde Wilder fällt in den Kessel ein, um Schätze zu suchen. Sie rauben Eure Schriften und entweihen das Grab, bloß weil ein versoffener Kutscher sein Maul nicht halten konnte.«

Schweigend nickte der alte Luchterbuckel, trat erneut an das Gefängnis heran, ignorierte den Kutscher und musterte Aldra, als könnte ihr Äußeres verraten, ob sie der Magie mächtig war. Zur Begrüßung nickte er ihr zu und sprach sie in der gemeinen Zunge an. »Könnt Ihr seinem Assistenten helfen?«

»Kann ich? Ich weiß es nicht. Silma hat mir seine Verletzungen beschrieben. Die Erdgeister werden ihn bald zu sich rufen.«

»Was verlangt Ihr, wenn Ihr es versucht?«, fragte der Forscher.

»Sie ist nicht in der Lage, etwas zu verlangen«, mischte sich Kreton auf Grimsch ein. »Wenn wir sie hungern lassen, wird sie betteln, uns helfen zu dürfen. Ich könnte sie auspeitschen lassen, oder wir holen ihren Sohn.«

»Das wird Euch keinen Schritt weiterbringen und Euren Jungen nicht retten. Glaubt mir, ich kenne die Zauberweiber der Aldir. Lasst mich verhandeln!«

Der Alte bot der Aldira seine Pfeife an. Sie lehnte ab. »Was verlangt Ihr?«, wiederholte er seine Frage auf Naldi.

»Verlangen? Ich spüre kein Verlangen. Wir Nari helfen einfach, und wenn es die Erdgeister wollen, heilen wir«, sagte sie in der Zunge des Erdvolkes.

Meister Luchterbuckel knetete seine Kappe und antwortete energisch in ihrer Sprache: »Ihr müsst einen Preis nennen, sonst wird die Ratte misstrauisch und lässt Euch nicht helfen.«

»Was sagt Ihr da?«, warf Kreton ein. Der Grim wehrte ihn mit seiner Kappe ab.

»Sind die Ildae wirklich so dumm?«, fragte sie.

»Ja, sind sie. Ich werde Euren Preis festsetzen«, sagte der Forscher.

»Gut«, erwiderte sie und nickte.

»Sie wird sich Euren Gehilfen ansehen«, wandte sich der Forscher an den Monsignore und entfernte sich von der Nische.

»Was verlangt sie dafür? Will sie ihre Vorräte zurück?«, flüsterte ihm Kreton ins Ohr.

»Nein, viel besser. Sie möchte lediglich, dass Ihr die Gefangenen freilasst.«

Der Monsignore fuhr sich mit der Hand über den Spalt in seiner Lippe. *Wie gewonnen so zerronnen. Das sind drei Arbeiter weniger, und die Beglückungen der Krieger finden ein Ende.* Er trommelte mit seinen Fingern auf den Mund. *Vielleicht ist es besser so. Die Krieger sollen nicht denken, sie wären zum Vergnügen hier.* »Gut. Aber sie wird von meinen Männern bei jedem ihrer Schritte bewacht. Ich lasse Hirak rufen.«

Von Hirak und drei Kriegern bewacht, stolzierte Aldra aus ihrem Gefängnis. Sie brachten sie zu Talias, der auf einen Strohsack gebettet war und wie ein Toter da lag. Nichts regte sich, nur eine Fliege flog von seiner blassen Stirn weg, als Aldra ihre Hand darauflegte.

Die Dorfvorsteherin schloss die Augen und begann, mit den Hüften zu kreisen. Unverständliche Laute drangen über ihre Lippen, als würde sie im Schlaf sprechen und mit ihren

Handflächen strich sie Talias' Körper entlang. Ihre Hände kreisten um die Wunde in seiner Seite – immer schneller und enger. Plötzlich riss sie ihre Arme in die Luft und ließ erschöpft den Kopf sinken. Kurz sprach sie mit der zahnlosen Alten und übersetzte, als sie Kretons fragende Blicke sah: »Ich bat sie, einen Trank aus Beinwell, Blutweiderich und Rossminze zu rühren. Oder wollt ihr das übernehmen?«

Die Alte musste den Trank schon vorbereitet haben, denn sie kam umgehend mit einer Schüssel zurück. Aldra hob den Kopf des Jungen an und flößte ihn ein. Der alte Luchterbuckel stellte sich auf die Zehenspitzen, um zu sehen, ob Talias trank und lächelte, als winzige Bewegungen seines Kehlkopfes darauf schließen ließen, dass er noch lebte.

Aldra drehte sich um und schritt auf die Höhle mit ihrem Gefängnis zu, ihre Bewacher hasteten verdutzt hinterher.

Als die Alte den Umstehenden bedeutete zu verschwinden, meinte Meister Luchterbuckel: »Für mich ist es Zeit, in die Glocke zurückzukehren.« Auf Naldi fragte er Silma: »Wird er es schaffen?«

Die Alte zeigte bloß ihr rotes Zahnfleisch, als sie lachte.

Lebewohl

Eines Nachts erhielt Narna Besuch von Erian. Er trat so unvermittelt in ihren Traum ein, wie er damals in ihr Leben getreten war. Sie träumte, wie sie mit ihm auf einem Bankett tanzte und ihr weites Kleid mit ihr wogte. Wange an Wange schwebten sie durch den Saal, eine verschwommene Kulisse aus wirbelnden Paaren und starrenden Zuschauern. Obwohl sie sein Gesicht nicht sah, wusste sie, dass er es war. Er hielt ihre Hände fest, die Finger umschlungen. Die dunklen Strähnen seines Haares flogen vor ihrem Auge, sie roch den Zirbenduft, hörte leise die Symphonie der Sperlinge.

»Narna, die Lichtkrieger haben etwas gestohlen. Gehe zu ihnen«, vernahm sie seine Stimme. Sie versuchte, ihren Kopf zu drehen und ihn anzublicken, doch mit jeder Drehung kreisten sie schneller. Sie schob ihr Becken vor, wollte seinen Körper spüren, ihn zu sich ziehen, ihn küssen. Doch jeden Schritt, den sie auf ihn zu trat, wich er zurück. Immer weiter und weiter fort.

Viel zu kurz dauerte ihre Zweisamkeit und sie erwachte schnaufend und durchgeschwitzt. Die Rufe eines Käuzchens hinderten sie daran, in die Traumlande zurückzukehren, so beschloss sie übel gelaunt, am Morgen zu gehen.

Narna hatte bereits ihren Beutel mit ein paar Nüssen, Brot und einem Wasserschlauch gepackt, als Xiran ins Dorf kam. Diesmal kam er ohne Halbschatten, doch sein unfreundlicher Hund war bei ihm. Nach einer kurzen Visite bei Narimba brach er wieder auf. Narna überlegte nicht lange. *Wenn er mich hergebracht hat, kann er mich auch wieder fortbringen. Außerdem hat er Halbschatten.*

Abschiede waren ohnehin nicht ihre Sache, so schlich Narna dem Ziegenjungen nach. Einzig sein Hund machte ihr Sorgen: Wenn sie zu nahe an ihn herankam, würde sie das Tier wittern.

Über verschlungene Pfade verließen sie das Dorf. Oftmals verlor sie Xiran aus den Augen, doch sein Geruch nach Gebranntem und seine festen Schritte brachten sie wieder in seine Nähe, bis sie schließlich auf eine breite Straße gelangten. Narna hatte noch nie einen dermaßen ausgetretenen Pfad erblickt und folgte ihm im Unterholz. *Das muss der lange Weg sein. Wenn ich nach Süden gehe, komme ich zu den Städten der Ildae.* Sie wog das Für und Wider ab, wenn sie sich sofort auf den Weg in die Städte machen würde. *Mit Halbschatten wäre ich viel schneller bei den Bergen und könnte mit ihm über den Steinernen Vorhang reiten. Außerdem ist da noch Erians Traumbotschaft.*

Da sie keinen Entschluss fassen konnte, folgte sie weiterhin dem Ziegenjungen, doch plötzlich war der gehörnte Krieger verschwunden. Sie wagte sich auf den Langen Weg hinaus und spähte, schnupperte, suchte nach Spuren - nichts.

Narna riss den Kopf nach rechts. *Hier hat der apfelfressende Riese gesessen, und hinter der Hecke stand das Fuhrwerk.* Schlagartig fröstelte sie. Sie holte Erians Dolch heraus, hielt ihn vor den Körper und schlich vorsichtig um das Gebüsch herum. Dort entdeckte sie einen matschigen Pfad, der nach Norden abzweigte, in dem sich frische Fußspuren und Pfotenabdrücke fanden. *Steckt Xiran mit den Lichtkriegern unter einer Decke?* Narna verspürte den Drang umzukehren, doch sie verjagte ihre Zweifel und ließ ihre Neugier siegen.

Das Gelände wurde felsiger, der Wind blies stärker. Ein kleiner Bach, der sich an einer Felswand entlangschlängelte, gesellte sich zu ihr. Narna folgte ihm, bis er an einer Wand aus spitzen Holzpflöcken endete und eine Brücke über das Wasser führte. Am Tor dahinter lehnte eine Wache.

Ein Lichtkrieger.

Unter Feinden

Narna schlich in einiger Entfernung um die Holzwand und wagte sich erst näher heran, als sie sicher war, die einzige Wache vor dem Tor erspäht zu haben. Die Pfähle waren lückenhaft und erlaubten es, hindurchzusehen. Der Bach, der direkt dahinter floss, funkelte sie durch die Spalten an. Zelte aus Stoff reihten sich am anderen Ufer auf wie Perlen einer Kette.

Narna presste ihre Nase in das Holz, um durch ein Loch zu spähen, als sie lautes Pferdeschnauben zurückfahren ließ. Beim nächsten Versuch erspähte sie eine Koppel mit mehreren Pferden, von denen eines einen weißen Fleck am rechten Hüfthöcker trug. *Halbschatten!* Er graste mit knapp einem Dutzend schwarzer Rösser. Jetzt war sie sich sicher: *Das sind die Kerle, die das Dorf überfallen haben - ihr habt Erian auf dem Gewissen.* Sie riss ihren Kopf in den Nacken und schnaubte, blähte ihre Nasenlöcher und saugte tief Luft ein, tastete nach Erians Dolch. *Diese Klinge wird euch zu ihm bringen.*

Sie wollte bereits loslaufen, da schaltete sich eine Stimme ein. *Narna warte. Es sind Krieger. Es sind zu viele.*

Narna ließ den Dolch sinken und überlegte. Siras Worte, die sie längst vergessen geglaubt hatte, hallten in ihrem Kopf wider. *Beim Wurzeln ist es wie bei der Jagd. Du kannst nicht mehrere Hasen auf einmal jagen, denn dann fängst du keinen. Du beginnst mit einem, wenn es geglückt ist, kommt der nächste dran und immer so fort.* Narna riss einen Grashalm nach dem anderen mit ihrer Greifzehe aus. *So werde ich sie erledigen. Einen nach dem anderen. Jetzt werde ich rausfinden, wer der Erste sein wird.*

Narna blickte auf die steile Klippe, die hinter der Lagerstätte aufragte. *Von dort oben entgeht mir nichts.* Sie schlich in großem Bogen um das Lager, im Schutz der Bäume einen Pfad bergauf zur Felskante hin, legte sich auf den Bauch und gähnte. Der Schlaf der letzten Nacht fehlte ihr. Sie bettete ihr Kinn auf den Handrücken und beobachtete das Lager: Die einfachen Asthütten, die sie von zu Hause kannte, die Pferdekoppel, eine Kutsche und einen Feuerplatz, an dem einige Aldira kochten. *Das müssen die geraubten Frauen aus Witwit sein.* Ein Krieger sah ihnen dabei nicht nur auf die Finger. Im hintersten Eck befand sich eine Hütte, vor der ein weiterer der Weißgewandeten stand, der wegging und direkt unter ihr verschwand. Narnas Zehen krallten sich an den Ästen eines Busches fest, als sie sich ein Stück vorschob. Zwei Lichtkrieger unterhielten sich, von denen einer wenig später im Fels verschwand. *Eine Höhle und sie wird bewacht.*

Narna zählte sechs Krieger und fünf Aldire. Wer sich in der Hütte und der Höhle befand, hatte sie noch nicht herausgefunden. Helle Punkte zwischen den Zelten leuchteten sie an - es waren unzählige Baumstümpfe. *Sie haben die Bäume geschlagen, um ihr Lager und die Wand drumherum zu errichten.* Sie zählte bis dreiundzwanzig, dann übermannte sie der Schlaf.

Rasch sank Narna in die tiefen Gefilde ihrer Seele, wo sie Erian erwartete. Prachtvoll gekleidet schritt er auf sie zu. Die unversehrte Haut an seiner Kehle straffte sich, als er das Kinn hob und sie in seine Arme nahm. Zärtlich strich sie über seinen Hals und prüfte, ob er unversehrt war. Ihre Lippen suchten seinen Mund, doch seine schmale Hand schob sich dazwischen. »Narna, du musst sie aufhalten. Wenn mein Buch in die falschen Hände gelangt, sehen wir uns nie wieder. Hole es.« Flüchtig küsste er sie, dann schob er sie sanft von sich. »Tue es für mich«, hauchte er und war verschwunden. Raue Stimmen rissen Narna aus dem Schlaf.

Sofort waren ihre Instinkte hellwach. *Lichtkrieger! Sie kommen den Pfad herauf - zu mir.* Sie sah sich um, fand keine Möglichkeit zu entkommen. Jedes Geräusch meidend rannte sie auf den Pfad zu, doch es war zu spät: Die ersten Köpfe tauchten vor ihr auf. Der Tannenwald oberhalb der Klippe bot nur mäßigen Schutz, drum hastete sie weiter den Pfad entlang und brachte einigen Abstand zwischen sich und die Krieger. *Sie sind nicht wegen mir hier, sonst wären sie schneller.* Der Wald lichtete sich, wich niederem Buschwerk und grobem Fels. Nach einer halben Meile konnte sie sich so weit von dem Steig entfernen, dass sie nicht gesehen wurde, und verkroch sich unter einer Berberitze, die sie mit Stichen in die Hand willkommen hieß. Gespannt wartete sie auf die Meute.

Ein Einäugiger schritt voran und zog einen Strick, an dem ein rotbärtiger Grim mit einer Schlinge um den Hals und auf den Rücken gebundenen Armen hing. Etwas abseits erblickte sie eine kleine runde Aldira, die sich immer wieder bückte und Pflänzchen sammelte. Es folgte ein dunkelhäutiger Muskelprotz mit kahlgeschorenem Schädel und einer Peitsche in der Hand. *Das ist kein Ildae, es muss ein Mann der Tarweii sein.*

»Beweg dich, Rothaar, wir wollen zum Nachtmahl zurück sein. Oder willst du, dass wir *dich* fressen?«

Narna durchfuhr ein Schauer. *Diese Stimme werde ich nie vergessen. »Weißt du, wie man erkennt, ob einer noch lebt?«, das waren seine Worte.* Er *hat Erian getötet. Er wird der Erste sein.* Im Geist riss sie einer Ranunkel ein Blatt aus.

»Ich krieg seine fette Haxe. Mjam«, ließ ein vernarbter Großkopf seine Zunge vorschnellen. »*Halt ihr den Zinken zu und die Hand vors Maul«, hallten die Worte in ihrem Kopf wider. Er war auch dabei.*

In ihrer Mitte schritt ein in edle Stoffe gekleideter großer Mann, der etwas gebückt ging und sein Haar glatt nach hinten gekämmt hatte. Er trug weißen Stoff an seinen langen Fingern, die er beim Lachen vor seine Zähne hielt. *Eine Ratte im Pelzmantel - fehlt nur der lange Schwanz. Er ist der Anführer des Rudels - der Rattenkönig. Ihn töte ich als Letzten, vorher soll er zusehen, wie sein Rudel schwindet.*

Weitere Krieger folgten lachend dem Tross, als freuten sie sich auf ein Fest. Zuhinterst ging ein apfelfressender Riese. *Wir kennen uns bereits.* Zu ihrer Enttäuschung trug er keinen Stofffetzen mehr um seine Hand gewickelt.

Plötzlich vernahm Narna hinter sich ein Rascheln und wollte sich ducken, doch es war zu spät. Sie griff nach dem Dolch und drehte sich um. Die Alte stand da, zupfte Beeren vom Strauch und gackerte mit ihrem zahnlosen Mund. Narna hielt die Luft an und lächelte nicht zurück. Ihre Hand krampfte sich um die Waffe. Die Alte drehte sich um, schnitt mit ihrer Sichel einen Spross Beinwell und mischte sich wieder unter die Krieger. Noch einmal blickte sie zu ihr und kniff die Augen zusammen.

Jetzt ist der richtige Zeitpunkt, um ins Lager zu gehen. Ich werde Erians Buch holen, Halbschatten und Vorräte mitnehmen, mich in der Höhle umsehen. Je länger sie darüber nachdachte, desto mehr war ihr danach, das ganze Lager zu verwüsten. Da leuchteten Narna gelb-rote Blüten an. *Wolfshut.* Sie dachte an die Worte des Lichtkriegers, der zum Nachtmahl zurück sein wollte. *Der Kessel im Lager! Ich werde sie alle auf einmal erledigen.*

Der Kutscher

Als der Monsignore und die Lichtkrieger auf der untersten Ebene des Kessels angelangt waren, banden sie den Kutscher an das Podest und trieben die Arbeiter aus ihren Gruben. Kleine drahtige Männlein mit staubigen Gesichtern und heiseren Stimmen trotteten den Kessel hinab und scharten sich um das Rund, in dessen Mitte ein Podest aufragte.

Als der Monsignore hinaufstieg und sich umsah, wurde es still und bis auf das Gewimmer des Festgebundenen war kein Laut zu hören. Der Monsignore sprach langsam und auf Grimsch. »Geschätzte Gemeinde. Was lässt uns in unserer wichtigen Arbeit einhalten, um hier zu stehen und einem jammernden Kutscher zuzusehen? Ich verrate es euch: Er hat nicht nur mich hintergangen, sondern euch alle.« Er ließ seine Worte wirken und sah zufrieden, wie die Anwesenden untereinander tuschelten. »Einer, der sich nächtens mit vollen Taschen davonschleicht, muss bestraft werden. Er gefährdet nicht nur unsere Mission, er gefährdet jeden Einzelnen von uns.« Jetzt hatte er die Neugier der kleinen Leute geweckt.

»Versäuft er sein Diebesgut in der nächsten Schenke und prahlt damit, was er gesehen hat, wimmelt es hier bald von Schatzsuchern, Glücksrittern und Banditen.« *Jetzt habt ihr Angst um euren Schatz.* »Uns alleine ist es bestimmt, dieses Heiligtum zu bergen, und wir alle werden dafür belohnt werden.« Die Buckler jubelten. »Doch einer, der uns dabei im Stich lässt und nur in die eigene Tasche gräbt, den müssen wir lehren, was Ehre heißt.«

Er nickte Hirak zu, der Petar, dem Bären, ein Zeichen gab. Der Hüne ließ seine Peitsche auf den Rücken des Grim knallen. Das Schnalzen des Leders verstärkte sich durch den Kessel und hallte von den Wänden zurück. Kreton blickte sich um. Einige der Zuhörer kniffen die Augen bei jedem Hieb zusammen, andere hielten sich die Ohren zu, manche zuckten, als könnten sie die Hiebe spüren. Bei den ersten dreien hatte der Kutscher noch gebrüllt, beim fünften war er nicht mehr bei sich.

Kreton bedeutete Hirak, dass es genug sei, klatschte in die Hände und rief: »An die Arbeit und vergesst nicht, weswegen ihr hier seid!«

In weiser Voraussicht hatte der Monsignore die zahnlose Alte aus dem Lager mitgenommen. Zum einen, damit sie sich um den Verletzten kümmern konnte, und zum anderen, damit sie im Lager berichten konnte, was geschah, wenn einer davonlief. Als Silma ein Tuch in einen Krug tauchte und die Striemen damit auswusch, erfüllte Essiggeruch die Luft. Danach schmierte sie einen dicken grünen Brei auf die Wunden. *Besser für den Grim, wenn er noch eine Weile ein Nickerchen macht.*

Kreton bedeutete Hirak herzukommen. »Sobald er wieder stehen kann, bindet Ihr ihn in der Eingangskammer zum Grab fest. Jeder, der in den Stollen geht, soll sich erinnern, was passiert, wenn einer wegläuft.«

Der alte Luchterbuckel war entsetzt und ließ eine Lawine grimscher Worte auf den Monsignore niedergehen.

»Beruhigt Euch, werter Kornilius. Wir werden dafür sorgen, dass man das Blut entfernt und das Podest reinigt. Denkt Ihr, es bereitet mir Vergnügen, einen der Euren bestrafen zu lassen?« Jetzt war es der Monsignore, der eine empörte Miene zur Schau stellte und senkte seine Stimme. »Er hatte einen Klumpen Syrial in den Taschen.«

Der Forscher blickte erstaunt, doch Kreton merkte, dass er misstrauisch war. »Und das hier.« Der Monsignore wedelte mit einem Büchlein vor der Nase des Forschers herum.

Der konnte es nicht erwarten, seinen Zinken in die Blätter zu versenken, und ließ seine groben Finger durch die Seiten wandern. »Selten habe ich diese Symbole erblickt - sie verheißen nichts Gutes. Wenn es in seinem Besitz war, war es gut, ihn zu bestrafen.«

Kreton wurde hellhörig. *Ich dachte, es wären odogramsche Glyphen.*

»Es ist die Schrift der Schatten!« Wie eine heiße Grundbirne ließ der Alte das Buch fallen und trat einen Schritt zurück.

Denkt er, da kommt eine Schattenkreatur herausgekrochen?

»Nehmt es weg von hier!«, rief der Alte. »In Zokarim ist kein Platz für dunkle Zauber.« Verängstigt verbarg sich der Hohengrim hinter seiner Kappe. »Eigentlich dachte ich, ihr bringt mir euren Jungen vorbei - ich brauche ihn hier. Hat denn die Behandlung gewirkt?«

»Ja, das Hexenwerk hat ihn verändert. Etwas Farbe ist in seine Backen zurückgekehrt und seit ein paar Tagen isst er wieder. Wenn das kein gutes Zeichen ist!«, sagte Kreton.

»Vergesst nicht, Euer Versprechen einzulösen«, erinnerte ihn der Forscher.

Der Monsignore blickte verwundert.

»Ihr habt versprochen, die Gefangenen freizulassen. Ich dachte, auf das Wort der Münze wäre Verlass?«

»Selbstverständlich, werter Kornilius. Wenn ich zurück bin, werde ich sie umgehend ziehen lassen.« *Doch zuvor werde ich mich würdig verabschieden.* Kreton blickte auf die Peitsche, die blutig vor ihm lag. »Glaubt mir. Sie werden mit dem Segen des Herrn von dannen ziehen.«

Dem Monsignore war es zuwider, doch der Forscher machte keine Anstalten, das Büchlein aufzuheben. *Wenn er es weghaben will, soll er es selbst wegschaffen.* Ein letzter Blick auf den Lederband ließ ihn innehalten: Eine rote Locke leuchtete ihm entgegen, brachte sein Blut in Wallung und stachelte seine Erkundungsfreude an. Er hüpfte hin, nahm sein Sacktuch heraus und hob das Buch mit zwei Fingern auf.

Als er es aufblätterte, stockte ihm der Atem und er musste taumelnd nach dem Podest greifen. Kreton starrte ungläubig auf die Zeichnung. Sie zeigte das Porträt einer Frau in einem Ballkleid. Der Frau, die er verehrte. Die Geliebte aus seinen Träumen. *Lorianda!*

Giftige Pläne

Narna rupfte die Stängel des Wolfshuts ab und riss die Wurzeln aus, bis ihr Pilzbeutel prall gefüllt war, dann machte sie sich auf den Rückweg.

Trotz der Anstrengung fror sie und wischte den Schweiß von ihrer Stirn. Sie warf einen Blick von ihrem Versteck oberhalb der Felswand auf das Lager und stellte fest, dass das Tor in der Bretterwand noch offen stand und die verbliebene Wache an der Feuerstelle aß. *Ein leichtes Spiel: Ich suche Erians Buch, vergifte ihren Eintopf und reite mit Halbschatten davon.*

Narna rannte den Pfad runter und folgte dem Bach bis zum Tor des Lagers. *Kein Krieger in Sicht.* Drinnen schlich sie geduckt der Felswand entlang, zur Höhle und lugte hinein: Sie war leer, doch den hinteren Teil versperrten Bretter. *Ein Käfig.* Narna folgte ihrem Instinkt in das Gewölbe, rieb ihre frierenden Finger, und streifte ein paar Schweißperlen ab, die wie Nadeln stachen. Eine Gestalt hockte im Schatten und als sie sich erhob und an das Gitter trat, erkannte sie Aldra, die Dorfvorsteherin aus Witwit.

»Was verschlägt dich an diesen grausamen Ort, meine Schwester?«, fragte die Dorfmutter in der Sprache der Nari.

»Die Erde umarmt dich«, stammelte Narna und schnappte nach dem Dolch, der ihr polternd aus der Hand fiel.

»Verschwinde von hier, rote Naldar. Die Lichtkrieger sind keine Freunde der Erde. Mach, dass du wegkommst, bevor sie dich kriegen«, sagte Aldra.

»Ich befreie dich, dann kannst du zurück in dein Dorf gehen«, flüsterte Narna mit pelziger Zunge.

»Sie werden uns ohnehin bald gehen lassen. Wenn du mich rauslässt, wecken wir ihren Zorn. Vertraue mir.«

Narna rang mit sich. *Eigentlich bin ich wegen des Buches und Halbschatten hier. Und Gift, ich werde sie vergiften.* Sie bückte sich nach Erians Dolch und stolperte gegen die Bretter. »Fühlst du dich unwohl?«, fragte Aldra.

»Ich werde sie alle vergiften«, sagte Narna und schlich aus der Höhle.

Gebückt folgte sie dem Felsen bis hinter die Hütte und schaute durch das Fenster: Nichts rührte sich. Mit leisem Quietschen öffnete sie die Tür und verschwand im Inneren. Die Holzbohlen knarrten bei jedem Tritt. *Es wird mich keiner hören.* Auf einem Pult lagen Bücher, deren Umschläge sie durchsah - Erians brauner Ledereinband war nicht dabei. In einer Ecke fand sie drei hohe Kisten, die mit fester Kleidung und Schuhen vollgestopft waren, hinter einer Wand aus Stoff ein Bett. Davor stand eine kleine Kiste, die verschlossen war.

Narna nahm den Dolch und fuhr in den Spalt. Ihre Hand war steif, die Finger taub, dennoch gelang es ihr, den Deckel aufzudrücken. Zuoberst lagen eine Peitsche und eine Schatulle mit zwei Ringen. Darunter kam hauchdünner weißer Zwirn zum Vorschein. Sie ließ den Dolch in ihrem Beutel verschwinden, griff nach der Kleidung, die im Sonnenlicht schimmerte, legte ihre Wange auf den weichen Faden, sog den Rosenduft ein und ließ sich in das Bett fallen. Sie schloss die Augen, glitt sanft davon in ferne Lande und stellte sich vor, wie sie in einem weißen Kleid mit Erian tanzte.

Immer schneller drehte sie sich, bis sie erschöpft in Erians Arme sank. Sie wusste, er würde sie küssen, doch schlief sie zuvor ein.

Der Schrei eines Käuzchens riss Narna aus ihrem Traum. Schweißgebadet fuhr sie hoch, zitterte vor Kälte. *Narna, mach schnell, die Ratte kann jederzeit wiederkommen.*

Rasch stopfte sie die Kleidung zurück in die Kiste und suchte weiter nach Erians Buch. Sie fand jede Menge Schriftstücke, doch keine Spur von Erians Aufzeichnungen und ließ resigniert den Deckel der Kiste zufallen. Ihre Beine gaben nach, sie sackte auf das Bett und ihre Finger krampften sich in die Laken. *Der Wolfshut*, war ihr letzter Gedanke.

Peitschenrausch

Der Monsignore stand neben dem Podest und rief Hirak herbei. »Wenn Ihr zurück im Lager seid, treibt Ihr die Erdschnecken zusammen. Wir lassen sie frei.«

Hirak blickte ihn an, als säße ein Huhn auf seiner Schulter.

»Die Aldir-Hexe bleibt als Einzige hier. Sie ist unser Pfand, damit den anderen keine Dummheiten einfallen.« Als Kreton die Zweifel in den Augen des Kommandanten sah, fügte er hinzu: »Keine Angst, Eure Männer dürfen sich zuvor noch vergnügen. Wir werden die Wilden mit Eurer Peitsche verabschieden.«

Hirak grinste, doch seine Zweifel überwogen. »Ist das Eure Absicht? Zuerst karren wir die Aldire her und dann lassen wir sie frei?«

»Stellt Ihr meine Befehle in Frage?«, antwortete Kreton kühl. »Weil Ihr mein Vertrauen genießt, möchte ich Euch meine Beweggründe offenlegen.« Der Monsignore hob einen Finger. »Erstens, Eure Männer haben sich ausreichend vergnügt.« Er würgte den Einwand des Kommandanten ab und hob einen zweiten Finger. »Zweitens benötigen wir keine Aldire, um das Artefakt zu finden. Und drittens sind es zu viele Mitwisser, wenn wir gefunden haben, was wir suchen.« Er entspannte seine Hand und fuhr fort: »Ich gehe davon aus, dass wir in einer Woche hier weg sind.« *Damit hat unser Kommandant nicht gerechnet.* »Und jetzt seht zu, dass Ihr ins Lager kommt.« *Ich will ihre zarten Rücken bluten und Ihre flachen Brüste erstarren sehen.*

Mit einem lauten Befehl sammelte Hirak seine Männer, die sich daraufhin an den Aufstieg machten. Kreton sinnierte, ob er sich das Rätsel des Rauschebarts ansehen sollte, doch dann beschloss er, zügig ins Lager heimzukehren, um der Zeichnung Loriandas zu huldigen. Der Monsignore erklomm mit dem grauen Sorger, der ihm als Wache zur Seite gestellt wurde, Ebene für Ebene.

Auf halbem Weg durch den Kessel blieb Kreton stehen und fischte das Büchlein aus der Tasche. Diesmal ohne ein Tuch zwischen ihm und dem Papier. Als er ihr Porträt ins Licht hielt und auf das rote Haar starrte, bemächtigte sich ein leichtes Zittern seiner Hand und Schweißtröpfchen traten auf seine Stirn. *Zur Vorspeise gibt es nackte Aldira gepaart mit knallenden Hieben.* Dich *hebe ich mir für die Nacht auf.*

Ächzend gelangte der Monsignore an den oberen Rand des Kessels, verschnaufte kurz und schritt beschwingt das Hochmoor entlang. Er saugte die kühle Luft ein, erfreute sich an den gelben Blumen und beobachtete zufrieden, wie ein Vielflügler Nektar aus einer Blüte saugte. *Lorianda. Sie ist wieder da und mit dem Bild kann ich sie finden.* Nochmals zog er die Zeichnung hervor und starrte sie an. *Die Wege des Herrn sind verschlungen, doch er wird mich zu ihr führen, so wie er mich zum Artefakt bringen wird.* Er hielt die Hand vor den Mund, um sein Lachen zu verbergen. *Ich werde Krieger aussenden, um sie suchen zu lassen. Für Hirak muss ich mir eine gute Geschichte ausdenken, sonst wird er seine Leute nicht bereitstellen.* Er beschleunigte seine Schritte und versuchte, an etwas anderes zu denken, doch die rothaarige Lorianda ließ ihn nicht los. *Eine Frau, die über meine Gedanken herrscht, es ist wie damals.*

Vergessen geglaubte Bilder stiegen in ihm auf, als er den engen Schlund betrat. Er und Mila. Das junge hellhaarige Mädchen - schuldig aufgrund ihrer Unschuld. *Zwanzig war ich, und es war richtig.* Der Lichtkrieger war vorausgeeilt und nicht mehr zu sehen. Kreton schlang seinen Mantel enger um den

Körper. *Mila.* Er blieb stehen, presste seine Lippen zusammen und die Finger verkrampften sich. Milas weit aufgerissene Augen starrten ihn an. *Verschwinde!* Er taumelte, drückte zu, bis sie ruhig war, dann öffnete er langsam seine Fäuste. Ließ sie los, für immer und übergab sie der Dunkelheit der Fluten. Seine Schultern prallten gegen die Felsen, dann presste er seine Stirn gegen den kalten Stein. *Werde ich mich von ihr auch trennen müssen?*

Reiß dich zusammen, Kreton, ermahnte er sich. *Der Herr ist auf deiner Seite, er wird dir den Weg leuchten.* Tief atmete er durch, dann rannte er, um dem dunklen Schlund zu entfliehen. *Isolde wird mich retten, doch zuvor werde ich die Erdweiber läutern. Sie sollen mit Schmerzen an das Licht denken, wenn sie uns verlassen.*

Hirak saß auf seinem Ross und ritt gerüstet und bewaffnet auf den Monsignore zu, als er ihn am Pfad zum Lager entdeckte. Fünf weitere Krieger auf ihren Pferden hatten sich vor dem Tor versammelt.

»Monsignore, die Aldire sind geflohen!«, rief Hirak.

Kreton schnaubte. »Dieses dreckige Erdvolk.« *Sie wollen meine Liebe nicht. Sie haben sie auch nicht verdient.* Sein erster Impuls war, den Kriegern zu befehlen, ihnen nachzureiten und alle zu töten. *Ihr würdet sie gerne schlachten. Die Peitsche hat euer Blut geweckt, jetzt seid ihr durstig.*

»Wenn Ihr nicht einmal auf eine Herde unbewaffneter Hühner achtgeben könnt, wie wollt Ihr sie dann schlachten?«, fragte er den Kommandanten.

»Sie sind zu Fuß unterwegs, Richtung Dorf. In einer Stunde haben wir sie eingeholt.«

Der Monsignore winkte ab. »Lasst sie. Ich brauche Euch hier. Beim letzten Mal kam einer Eurer *Krieger* nicht zurück.« Das Wort »Krieger« stieß er abfällig aus. »Diesmal wissen sie, dass Ihr kommt, deshalb werden wir warten, bis wir das Artefakt in unseren Händen halten. Danach können wir uns die Erdwürmer vornehmen.« *Und ich brauche euch, um Lorianda zu suchen.*

Hirak schnaubte, wendete sein Pferd und gab den Lichtkriegern ein Handzeichen, die murrend ins Lager zurückritten.

Kreton streichelte über das Büchlein. *Sieht so aus, als würde heute nur ich mein Vergnügen finden.*

Mit großen Schritten flog er auf seine Hütte zu und sah sofort, dass jemand darin gewesen war. Er blickte sich um, als könnte der Eindringling noch anwesend sein. Seine Kisten waren durchwühlt worden, die kleine Reisetruhe war aufgebrochen. Rasch sah er alles durch: Isolde, die Ringe, seine Lektüren, die Garderobe, der Schmuck, das Geld - nichts fehlte. *Was haben sie gesucht? Doch nicht etwa das Büchlein?* Er nahm den Ledereinband heraus und legte ihn auf das Pult. *War die eingekerkerte Aldira doch eine Schattenhexe? Möglich. Eine bessere Erklärung fällt mir nicht ein.* Erschöpft setzte er sich auf sein Bett, wo ihn ein einzelnes rotes Haar anleuchtete, wie die feine Ader eines Augapfels. Er nahm es mit spitzen Fingern und hielt es gegen das Licht. Blickte auf das Büchlein, suchte ihr Porträt und hielt das Haar zu der Zeichnung hin. »Oder du warst hier, meine Teure? Bist *du* die Schattenhexe?« Kreton lachte und versengte das Haar über einer Kerze. *Wie auch immer, ich werde dich finden.* Vorsichtig trennte er mit seinem Rasiermesser das Blatt mit der Zeichnung aus dem Buch, steckte es in seine Tasche und trat mit dem Büchlein in der Hand ins Freie. *Ich werde das dunkle Werk den Flammen übergeben.*

Gemächlich schritt der Monsignore zur Feuerstelle, wo eine Gestalt zusammengekauert, mit einer Schüssel Suppe in der

Hand, in die Flammen starrte - es war Talias. *Nie hätte ich gedacht, den Jungen noch einmal essen zu sehen. Ein dunkler Zauber oder der Wille des Lichts?*

Nach der Nari-Hexerei war die zahnlose Alte die ganze Nacht bei dem Jungen geblieben. Am nächsten Tag vernahm Kreton, dass er wieder ansprechbar sei, zwei Tage später hörte er, dass er aß. *Ein untrügliches Zeichen, dass er es schaffen würde.* Mittlerweile war eine Woche vergangen, und Talias saß vor ihm, aß, ging und sprach. Trotz seines Umhangs, der seinen Körper verhüllte, sah er abgemagert aus: Dort wo früher pralle Äpfel aus seinem Gesicht gelacht hatten, traten nun die Wangenknochen hervor.

Talias sah den Monsignore aus großen Augen an. »Danke, Herr! Euch habe ich es zu verdanken, dass mein Licht nicht erloschen ist.«

Kreton fürchtete, Talias würde seine Hand nehmen und sie küssen wollen, drum steckte er sie vorsorglich hinter seinen Rücken. Der Junge nahm noch einen Schöpfer und stopfte sich die Backen voll. *Friss nur, du wirst deine Kräfte für deine nächste Aufgabe benötigen.*

»Das letzte Mal, als ich dich sah, hätte ich kein Kupferstück gewettet, dass du die nächste Sonne siehst. Es war die Aldir-Hexe und ich möchte nicht wissen, was sie mit dir angestellt hat.«

Talias nickte, und seine Lippen verzogen sich zu einem Grinsen. »Wir Starkhands sind nicht kleinzukriegen, sagt mein Onkel immer«, nuschelte er mit vollem Mund.

Er weiß, wer ihn gerettet hat und so wie er strahlt, hat er etwas für die Erdweiber übrig. Hat er ihnen zur Flucht verholfen? Der Monsignore fixierte Talias mit zusammengekniffenen Augen. *Ich habe ihn bereits einmal unterschätzt. Doch würde er es wagen, mich zu hintergehen?* »Die Aldire sind weg. Hast du davon garnichts mitbekommen?«

Talias sah ihn erstaunt an und schüttelte den Kopf. »Ich hab geschlafen.« Dann erhob er sich und schöpfte erneut Suppe in seine Schüssel.

So wackelig, wie er auf den Beinen ist, könnte er nicht einmal ein Huhn aus dem Stall lassen. »Schön zu sehen, dass du wieder ganz der Alte bist.« Kreton warf das Büchlein in hohem Bogen ins Feuer und wandte sich wieder seinem Gehilfen zu. »Morgen packst du dein Bündel und gehst in den Kessel. Der alte Luchterbuckel wartet bereits auf dich.« Dann drehte er sich um und entfernte sich.

»Er benötigt deine Hilfe. Es ist ein Rätsel, das du für ihn lösen sollst.«

Rätselkugel

Talias bückte sich, nahm einen dicken Ast, den er auf einen Baumstumpf legte, hob sein Bein und trat darauf. Ein Stich fuhr ihm ins Knie und er stöhnte auf. Mit dem anderen Bein verlief es nicht besser. Viermal sprang er dagegen und jedes Mal war er einem Sturz näher, als der Ast daran, zu brechen. Doch ohne diese Unterstützung würde er den Aufstieg nicht schaffen. *Mir reicht's!* Mit seinem gesamten Gewicht ließ er sich nach hinten fallen, sein Hinterteil landete unsanft auf dem Holz und es knackte. Zufrieden nahm er den neuen Wanderstock.

Talias' Knie zitterten bei jedem Schritt, und manche Bäume standen auf dem Kopf oder drehten sich, denn zu lange hatte er seine Beine nicht benutzt. Sein Körper, den er ohnehin nie unter Kontrolle gehabt hatte, fühlte sich neu an. Keuchend klammerte er sich mit beiden Händen an den Stock, kramte einen Wasserschlauch hervor und trank.

Nach wenigen Schritten musste er wieder anhalten, da seine Hose verrutscht war. Er zerrte an der Schnur und band sie über seiner Hüfte fest, denn durch seine Verletzung hatte er viele Pfunde eingebüßt. Ein Schrei entfuhr ihm, als er dabei die wunde Stelle berührte.

Ewig kam es Talias vor, bis er den Zugang in den Schlund erreichte. Er zögerte, musste ein paarmal durchatmen, bis er sich überwand hineinzusteigen. Die dunklen Wände der Schlucht bewegten sich wie Schlangen - oder torkelte er? Einmal schrammte er links den Fels entlang, dann streifte seine rechte Schulter dagegen, doch diesmal war es eine Unterstützung. Talias grüßte den kopflosen König mit einem lauten »Odobart, alter Sack. Ihr seid all der Schmerz, der mich drückt!« Auf allen vieren kroch er unter der Platte durch, auf der der König thronte, und blieb im feuchten Gras liegen. Tropfen fielen auf sein Gesicht und er riss den Mund auf. Völlig durchnässt hievte er sich an seinem Stock in die Höhe und stapfte durch das sumpfige Grün.

Zwei Buckler, die dabei waren Holzstämme zu verladen, erblickten ihn, kamen her, und als sie ihn erkannten, grüßten sie ihn feierlich. *Wie es aussieht, bin ich bei den Bucklern ein Held.* *»Toröffner«* nannten sie ihn. Sie boten Talias eine Fahrt in ihrem Wägelchen an, die er nicht ablehnte. Zwei weitere Buckler stießen dazu und halfen mit, ihn über die Rampen zu ziehen. Auf der vorletzten Ebene kroch er dankend aus dem Gefährt, suchte seinen Unterschlupf auf, sammelte trockenes Holz und entfachte ein kleines Feuer. Die nasse Kleidung hängte er über seinen Stab und schnappte sich seinen Folianten.

Ein lautes Fiepen wärmte Talias von innen. »Sanson, mein Freund! Du siehst richtig, ich bin es. Dein Talias ist zurückgekehrt.« Die Ratte sprang auf seinen Arm, über seinen Kopf, kitzelte seinen Rücken. »Hier, ich hab dir was mitgebracht.« Er kramte ein Stück Käse aus seinem Beutel und die Ratte begann, eifrig zu nagen. »Sanson, ich bin jetzt ein Held. Ich habe den Eingang zum Stollen geöffnet. Sie nennen mich den Toröffner.« Die Ratte blickte kurz auf und knabberte dann weiter. »Ich habe es geschafft, ganz ohne Magie. Alleine mit meinem Verstand. Und jetzt muss ich zusehen, dass ich zum alten Luchterbuckel komme, er benötigt meine Hilfe.« Ächzend erhob er sich, zog die feuchtwarme Kleidung über und stolperte aus der Kammer. Dünn tröpfelte es vom Himmel.

Meister Luchterbuckel befand sich in seinem Arbeitsraum und war sichtlich erfreut, Talias zu sehen. Er packte seinen Arm dermaßen fest, als wäre er ein Pickel, mit dem er Steine zerschlug. »Es ist mir eine Freude, dich hier stehen zu sehen. Komm mit, ich zeige dir unsere Fortschritte. Du wirst nicht glauben, was wir alles gefunden haben.«

Der kleine Bartträger erzählte den gesamten Weg, ohne einmal Luft zu holen. Als sie die Kammer betraten, wurde es Talias mulmig zumute. Der Raum war kaum wiederzuerkennen: Hell ausgeleuchtet, mit Fackeln in jedem Eck, alles war vollgestopft mit Werkzeugen, Behältern und Materialien. Talias verkrampfte sich, und seine Beine wollten weniger gehorchen als sonst. Plötzlich war es still und er hätte sich gewünscht, der Alte würde einfach weiterschwafeln. Zögernd stieg Talias über das unregelmäßige Muster am Boden, als ein leises Wimmern die Stille durchbrach. An der Wand vor der Rampe zum Stolleneingang saß eine zusammengekauerte Gestalt. *Das ist ein Grim, und er ist angekettet.* Der dreckige Haufen hob den Kopf, als er zu ihm hintrat.

»Wasser. Habt Ihr Wasser für mich?«, krächzte der bärtige Mann.

Talias wandte sich flüsternd an den Forscher: »Weshalb ist er hier festgebunden?«

Der Festgekettete hatte es gehört und fragte: »Erkennt Ihr mich denn nicht wieder? Wart Ihr nicht dabei, wie sie mich ausgepeitscht haben?« Er drehte seinen, mit Wunden übersäten Rücken ins Licht der Fackeln, aus denen eine zähe Flüssigkeit quoll.

Talias schloss die Augen und wandte sich ab.

»Sieh mich an! Ist dein Herz aus Stein?«

Talias schluckte und zwang sich, dem Männlein in die Augen zu sehen. Das Gesicht und die Haare waren verdreckt und erlaubten kein Urteil. *Der rote Bart. Das ist nicht möglich!* Obwohl seine grüne Mütze fehlte, war er sicher. »Ihr seid der Kutscher mit dem Unfall.«

»Euer hoher Herr hat das auch erkannt. Zudem wollte ich weg von hier, mich vor dem Zorn der Odogrim schützen. Ist das denn so verkehrt?«

»Komm her, Junge. Diesem Mann kannst du nicht mehr helfen«, rief ihn Meister Luchterbuckel und zischte leise durch seinen Bart: »Er hat ein Buch mit dunklen Zaubern nach Zokarim gebracht. Das wird bei uns Grim nicht gerne gesehen. Wiewohl, dass es Euer Herr von hier fortgeschafft hat.« Der Meister ging zu einer Wand, an der ein Plan hing. »Sieh her, das ist der Stollriss. Wir sind hier, dann geht es die Rampe runter in einen schmalen Gang mit leichter Neigung, einen Schacht hinab und hier wird es breiter. Da haben wir zwei seitliche Abgänge gefunden, die haben wir wieder dicht gemacht, und am Ende des Hauptgangs fanden wir etwas, das du dir ansehen musst.« Er bedeutete ihm, vorzugehen.

Talias erblickte einen Eimer, steckte den Finger hinein und kostete davon. *Wasser.* Er schob dem Kutscher den Eimer hin und blieb vor dem Abgang stehen.

Zögernd betrat er die Rampe, an die seine letzte Erinnerung die Rutschpartie hinunter war. Beinahe unten angekommen, glitt sein Stock weg, er stolperte und der Arm des Forschers half ihm hoch.

»Wo sind die Buckler?«, fragte Talias.

»Wir haben sie alle abgezogen. Sie schürfen Syrial in den anderen Stollen, bis wir hier weiterkommen.«

Jetzt war es Talias klar. *Ich? Ich soll dafür sorgen, dass es weitergeht? Er denkt, ich kann ihm helfen und setzt seine Hoffnungen in mich.* »Meister Luchterbuckel, Ihr denkt doch nicht, dass ich Euch weiterhelfen kann?«

Der Grim schob ihn sanft weiter und sagte nach einer Weile: »Doch, das denke ich. Wenn nicht du, wer dann?«

Die Stille ließ Talias' Gedanken kreisen. *Wer dann?*, hallte es in seinem Kopf. *Der Monsignore, die alte Aldira, ein Vorarbeiter, ein Buckler - irgendwer.* Viele andere kamen ihm in den Sinn.

»Weißt du, wer dich geheilt hat?«

Aldir-Hexe hat der Monsignore sie genannt. »Die alte Silma, wer sonst?«

»Du hast keine Ahnung, he?«

Talias blieb stehen und drehte sich zu Meister Luchterbuckel um. »Was wisst Ihr davon? Ihr wart hier und durftet nicht weg.«

»Dein Leben hing an einem Faden, so dünn wie der einer Spinne. Du warst mehr tot als lebendig und sie hatten dich aufgegeben. Bis auf die Alte, das stimmt.« Er hob die Kappe und strich über seine Glatze. »Doch gerettet wurdest du von Aldra.« Der Forscher bedeutete ihm, weiterzugehen. »Dein Monsignore hat es dir tatsächlich nicht erzählt? Sie hat dich mit einem Erdzauber gerettet. Ich musste mit deinem Herrn und der Aldira verhandeln. Es war gar nicht so leicht, sie beide für mein Vorhaben zu gewinnen, denn ich wusste, dass ich dich hier brauchen werde. Es bedarf eines Geistes, der etwas flinker ist als meiner.«

Ich bin seine letzte Hoffnung, dachte Talias.

Die Kugeln im Bart des Alten klimperten, als er damit spielte. »Ich hoffe, er hat sein Versprechen eingehalten?«

»Welches Versprechen?«, fragte Talias.

»Er hat sein Wort gegeben, die Gefangenen freizulassen, wenn Aldra dich heilt.«

Talias überlegte. »Nun, Silma war noch da. Die anderen Aldire sind weg, hat der Monsignore gesagt.«

»Gut«, meinte der Forscher und hielt den Jungen an seinem Hemd zurück.

Gleißendes Licht ließ Talias die Augen zusammenkneifen. Es kam aus einem Loch im Boden vor ihnen und war hell, als wäre es ein Fenster, durch das sie an einem sonnigen Tag ins Freie blickten. Er blieb stehen, der Alte drängte sich an ihm vorbei und verschwand durch eine Luke nach unten. Eine eiserne Leiter führte zu einer Plattform, die im Inneren einer gewaltigen Silberkugel zu schweben schien. Talias klemmte seinen Stock unter den Arm und kletterte ihm nach. Inmitten der Plattform ragte ein rundes Podest auf, an dem er sich festhielt. Es war das einzige Objekt aus Stein, von dem ein Steg aus silbernem Metall bis zur Kugelwand führte. Das Licht, das den Weg durch die Luke fand, kam von einer Laterne, wurde vielfach gespiegelt und leuchtete den gesamten Innenraum aus.

»Ich kann dir zeigen, was ich rausgefunden habe«, sagte Meister Luchterbuckel und deutete auf das Podest, in das sieben konzentrische Kreise eingelassen waren, in deren Mitte sich eine achteckige Erhebung befand. Jede der Scheiben besaß eine runde Vertiefung, in die ein Daumen passte.

»Halte dich gut fest!«, rief der Forscher, der zu Talias' Verwunderung keine Anstalten machte, sich festzuhalten.

Der Alte fuhr mit einem Finger in eine der Vertiefungen und begann zu ziehen. Mit einem »Bumm« schloss sich die Luke und Talias umklammerte das Podest, als sich um ihn herum alles zu drehen begann. *Die Kugel lässt sich bewegen und mittels der Kreise steuert man sie.*

»Du kannst die Kugel beliebig drehen. Komm mit!«

Seine Schritte hallten, als er dem Forscher über den Metallsteg folgte, bis er zu einer Platte gelangte, die in die Kugelwand eingelassen war. Feine Linien unterteilten sie.

»Es sind sechsmal sechs Felder und sie lassen sich reindrücken. Ich denke, sie stehen für die sechsunddreißig Zeichen des Odogram.«

Talias zuckte, als der Forscher seine Hand über die glatte Fläche gleiten ließ. »Keine Sorge, wir haben unzählige Male rumgedrückt. Fallen haben wir noch keine ausgelöst.«

»Habt ihr die drei ...«, begann Talias.

»Die drei Worte, die wir gefunden haben? Ja, ich habe sie eingegeben. Unzählige Male. Das Schwierige ist, man kann immer nur ein Feld reindrücken. Drückt man ein anderes, springt das Vorhergehende wieder raus.«

»Wenn es nur ein Buchstabe ist, habt ihr alle versucht?«, fragte er.

»So verrostet bin ich nun auch wieder nicht, mein Junge. Du hast gesehen, wie sich die Kugel dreht. Es gibt auf dem Pult sieben Kreise mit je acht Positionen. In jeder der Positionen findet sich eine Tafel. Wir haben also sechsundfünfzig Tafeln, in die man je einen Buchstaben eingeben könnte. Verstehst du nun, weshalb ich nicht weiterkomme?«

Talias verstand. *Man muss die Kugel in die richtige Position drehen* und *den richtigen Buchstaben drücken. Bloß, wie soll* ich *hier weiterkommen?*

Talias ging zurück in die Mitte und betrachtete das Pult. Die sieben Kreise erinnerten ihn sofort an die Buchstaben, die er in der Eingangskammer vorgefunden hatte: Deren Kreise hatten auch sieben unterschiedliche Größen. Er musste nur beim größten Kreis beginnen, doch gab es zwei Haken: Es waren nur sieben Kreise, seine Wörter hatten jedoch acht Buchstaben. Und er wusste nicht, in welcher Position der Kugel er die Buchstaben drücken sollte.

Das Achteck in der Mitte brachte ihn auf eine abwegige Idee: *Sieben runde Ebenen, in der Mitte der achteckige Sockel. Das ist Zokarim!* Doch wie sollte er die richtigen Positionen finden? Er musste raus aus dem Stollen und in den Ruinen nach Hinweisen suchen.

Aldra

Narna schlug die Augen auf und ihre tauben Hände krallten sich in grobes Leinen. Sie lag auf einem Bett und starrte das Dach einer Hütte an, in der das Licht einer Kerze unruhige Schatten warf. *Die Ratte! Ich liege im Bett der Ratte.* Sie roch, doch der Rosenduft war fast verflogen. *Der Wolfshut. Ich habe mich selbst vergiftet.* Vorsichtig bewegte sie ihre Arme, stellte fest, dass sie nicht gefesselt waren und sie auch ihre Beine rühren konnte. Behutsam drehte Narna den Kopf, sah einen Lederlappen vor dem Fenster hängen und von einer Wand aus Tuch gab es keine Spur. Erleichtert atmete sie durch. *Das ist nicht die Hütte der Ratte. Ich bin bei den Aldir.*

Es bereitete Narna Mühe, sich aufzusetzen, ihre Beine waren steif und die Schritte schmerzten. Sie hangelte sich an der Wand entlang zum Fenster und zog die Haut beiseite. *Witwit.* Es war Nacht, dennoch war das gesamte Dorf auf den Beinen. Die Aldire eilten in ihre Hütten, trugen Kinder, verteilten Speere und beluden Fuhrwerke. *Sie flüchten.*

Ein Schatten kam auf Narnas Hütte zu und trat ein. *Aldra! Hat sie mich gerettet? Wie ist sie freigekommen?*

»Rote Naldar, schön dich auf den Beinen zu sehen. Gelingt es dir, deine Zehen zu bewegen?«, fragte die Dorfvorsteherin.

Narna griff mit ihrer langen Zehe und nickte. Sie konnte sprechen, doch ihr Kiefer und die Zunge fühlten sich taub an.

»Das Gift des Wolfshutes überträgt sich über die Haut. Besonders wenn sie durch kleine Kratzer wund ist. Da hat wohl jemand in Kräuterkunde geschlafen«, lachte die Dorfvorsteherin.

Verdammte Berberitzen. »Hast du mich gerettet?«, stammelte Narna mit ihrer tauben Zunge.

»Nahiral hat dich gerettet.«

Narna sah die Priesterin fragend an.

»Danke den Erdgeistern, dass du noch lebst.«

Soll ich mich bei ihnen bedanken oder sie verfluchen?

»Du möchtest wissen, wie du hergekommen bist?«

Narna nickte.

»Als du bei mir in der Höhle warst, sah ich bereits, dass etwas nicht stimmte: Der fallende Dolch, der Schweiß auf deiner Stirn. Als du sagtest, du möchtest sie alle vergiften, befürchtete ich das Schlimmste.« Die Aldira ergriff ihre Hand. »Ich habe mit der Kraft der Erde meine Wurzeln nach dir ausgestreckt und gespürt, wie du immer schwächer wurdest. Als ich dich verloren hatte, bin ich raus aus meinem Gefängnis, um dich zu suchen.«

»Raus?«, fragte Narna. Sie konnte sich nicht vorstellen, wie Aldra das gelungen sein könnte.

»Eine Mondraute war mein Schlüssel. Mit ihrer Hilfe habe ich die Bretter gesprengt. Würdest du dich etwas mehr für unsere Erdgeister interessieren, könnte es auch dir gelingen.«

Narna dachte zurück an die Lehrstunden Silabels im Fleeran. *Ich konnte die Pflanzen gerade einmal wackeln lassen. Sie muss den Farn beliebig wachsen lassen können, wenn sie damit Holz sprengt.*

»Ich habe dich in der Hütte gefunden und auf dein Pferd gepackt.«

Wie ist sie an der Wache vorbeigekommen?

»Eine Wache hat mich gesehen, die musste ich niederschlagen.«

Narna erstaunte, dass Aldra den Vorfall bedauerte. *Ich hätte ihm einen Dolch in die Rippen gejagt.*

»Wir mussten alle fliehen, sonst wären Unschuldige bestraft worden.«

Für meine Dummheit. Andererseits sind sie jetzt frei. Da erst begriff sie, dass die Priesterin freiwillig in ihrem Gefängnis geblieben war. »Du hättest jederzeit gehen können?«, fragte Narna erstaunt.

»Ja, meine rote Naldar. Doch ich wollte mein Volk keinen Gefahren aussetzen. Ich fürchte, nun werden die Lichtkrieger ins Dorf kommen, um ihren Zorn zu besänftigen.«

Narna griff in ihrem Beutel nach dem Dolch.

Die Dorfvorsteherin schüttelte den Kopf. »Wir werden nicht kämpfen. Ich führe meinen Stamm in die Berge, dort wird die Erde für unseren Schutz sorgen.«

Wie sollen die Erdgeister ihre Schwerter und Pfeile aufhalten?

»Wenn die Dunkelheit des Malkom das Licht nicht vertreibt, werden die Eiswinde des Nyvar sie wegfegen. Wir wissen, wie wir überleben - *sie* wissen es nicht. Im Grun bauen wir ein schöneres Dorf, als wir es je hatten.« Ihr Lächeln erinnerte sie an Sira.

Ich muss hier weg.

»Keine Angst, du musst nicht mit uns gehen.« Sie sah Narna in die Augen und legte ihr beide Hände auf die Schultern. »Die Erdgeister haben etwas mit dir vor. Ich habe gespürt, dass du bereit bist. Sprich mit ihnen!«

Narna wandte sich ab. *Nur weil sie mir das Leben gerettet hat, heißt das nicht, dass sie in meinen Wunden bohren darf.*

»Narimba weiß, dass du es kannst.«

Woher weiß sie von mir und Narimba?

Aldra ließ Narna los und ihr Blick wurde starr. »Es bedrückt mich, dass ich sie nicht erreichen kann.«

»Die Erdgeister?«, fragte Narna.

»Nein, Narimba. Sie hat seit Tagen nicht gewurzelt, das ist äußerst ungewöhnlich und nährt meine schlimmsten Befürchtungen.« Aldra griff ihre Hand und fuhr über das Mal auf ihrem Oberarm. »Die Lichtkrieger werden zu ihr kommen. Reite zu Narimba, wir müssen sie warnen!«

Narna wollte etwas erwidern, doch der Blick der Aldira war zu eindringlich.

»Überbringe ihr die folgenden Worte.« Sie senkte die Stimme und flüsterte ihr ins Ohr: »Das Licht hat sich über die Sonne erhoben, und das alte Tier war der Rebe gewogen.«

Siras Prophezeiung, waren das nicht die gleichen Worte?

»Ich hoffe, sie weiß, was zu tun ist«, endete die Dorfvorsteherin.

»Gut, ich werde es Narimba ausrichten.« *Wenn ich jemals in den Fleeran finde. Und danach bin ich über alle Berge.*

Zum Abschied gab ihr Aldra Verpflegung für den Weg und Halbschatten begrüßte Narna vor der Hütte. Sie erklomm seinen Rücken und ließ das Dorf zum zweiten Mal hinter sich. Mitten in der Nacht brach sie auf - diesmal Richtung Süden.

Das Grab

Der Regen hatte sich verzogen und der Wind ließ die ersten Blätter durch den Kessel schweben. Wie die Federn eines Vogels trug er sie auf und ab. Talias begann seine Suche auf der untersten Ebene beim achteckigen Sockel und schabte mit seinem Stock das Moos von den Gesichtern der verwachsenen Könige. Aus der Eingangskammer kannte er sie bereits, doch im Gegensatz zur Kammer waren es hier acht - Odobart war auch dabei. *Acht Könige, acht Seiten.* Einzig ein verstopftes Loch erregte seine Neugier, drum fuhr er mit den Fingern hinein und entfernte Erde, Wurzeln und Würmer. Mit seinem Stock stocherte er hinein und stieß nach etwa einer halben Armlänge an ein Hindernis. Er drückte und schob, der Ast knackte, doch ansonsten tat sich nichts.

»Was glotzt du mich so blöd an?«, fragte er Oldran den Zweiten, dessen Augen gegen den Himmel gerichtet waren. Talias bohrte seinen Stab in die Pupille. Der Stab verkeilte sich, ein Stück brach ab und blieb im Auge des Königs stecken. Talias setzte sich und lehnte sich mit dem Rücken an den Stein. Sein Blick folgte dem abgesplitterten Holz, das im Auge des Königs steckte und auf die dritte Ebene zeigte, von wo ihn etwas anfunkelte. Sofort musste er an das Tor und den Dolch denken, den er gefunden hatte. *Der silberne Buchstabe!*

So schnell ihn seine Beine trugen, hangelte sich Talias auf die dritte Ebene hinauf, wo über einem Eingang ein silbernes »A« funkelte. *Silber wie die Kugel. Das muss ein Hinweis sein.* Wieder zurück beim Podest, kratzte er die Augen aller Könige auf, die sich alle im Kessel umblickten - nur Odobart schlief. Er nahm das abgebrochene Holzstück und begann mit König Grimwald. *Ebene fünf, Seite zwei,* notierte er im Geiste. Die restlichen Könige folgten und als er alle durchhatte, entschied er, auf der obersten Ebene zu beginnen.

Schnaufend stieg Talias den Kessel hinauf und fand an der Stelle, auf die König Odilus blickte, eine dichte Hecke. Er nahm seinen Dolch und begann die Sträucher, deren Äste dick wie Baumstämme waren, durchzuhacken. *So komme ich hier nicht weiter.*

Eine Ebene abwärts ging er in den Stollen, wo er den Schacht hinuntergestürzt war, rief er in die Dunkelheit und der Rotrock kam gelaufen. Kurz erklärte er ihm, weshalb er seine Männer benötigte. Der Vorarbeiter lieh ihm zwei Buckler mit Werkzeugen, die sich als Orto und Mallo vorstellten. Zurück bei der Hecke dauerte es nicht lange, bis ihre Äxte das Gestrüpp niedergewalzt hatten. Talias hüpfte vor Freude, als ein Tor mit einem silbernen »S« zum Vorschein kam und stöhnte, als ihn ein Stich in die Hüfte auf den Boden zurückbrachte.

Bis zur Dämmerung hatte Talias alle sieben Buchstaben gefunden: SYRIALO. Er holte Meister Luchterbuckel, gemeinsam stiegen sie zur Kugel hinab und kletterten hinein. Talias stellte sich vor das Podest und richtete die Aussparungen der Kreise so ein, dass sie den Fundorten der Buchstaben entsprachen. Dann ging er den Steg vor zur Tafel und zählte bei jedem Buchstaben von »Syrialo« das Odogram bis zum jeweiligen Buchstaben durch und drückte das Feld hinein. Nichts geschah. *Es fehlt ein achter Buchstabe!*

»Meister Luchterbuckel, welche Worte fallen Euch ein, die mit Syrialo beginnen?«

Der Alte nahm seine Kappe und kratzte sich. »Keine, mein Junge. Ich kenne nicht einmal das Wort Syrialo. Das O hinten dran muss etwas zu bedeuten haben.«

Talias stand reglos und starrte auf die Tafel, da regte sich etwas in seinem Beutel. *Sanson? Ist er mitgekommen?* Doch es war nicht Sanson - es war der Dolch. Talias nahm ihn heraus und wie durch einen Zauber wurde er von der Hülle der Kugel angezogen. *Syrial!* Als er sich der Tafel mit dem Dolch näherte, erschienen hauchdünne Kreise und Linien auf den Feldern: Die Zeichen des Odogram. Sie waren keineswegs in der gewohnten Reihenfolge angeordnet und um Zahlen ergänzt worden.

»Seht nur«, sagte er.

Der Forscher trat heran und bekundete seine Überraschung mit einem langgezogenen »Oooh«. Er klopfte Talias auf die Schulter. »Ich wusste doch, weshalb ich dich retten musste. Gute Arbeit, mein Junge.«

Talias ließ den Dolch los, der an der Wand klebte. Er drückte wahllos einen achten Buchstaben, und alle Felder sprangen aus der Versenkung. Dann gab er nochmals Syrialo ein und drückte die Acht. *Der Schlüssel zu Odobart ist die Acht.*

Es rumpelte. Talias schnappte sich den Dolch, sie rannten zur Säule in der Mitte und hielten sich fest. Dunkel wurde es, als sich die Kugel langsam bewegte und die Laterne zu Boden fiel. Diesmal bewegte sich die Kugel anders. Zuvor hatte sie sich geräuschlos gedreht, ohne Erschütterungen, als würde sie schweben, doch nun polterte sie bei jeder Vierteldrehung, als rolle sie über eine felsige Bahn. Die Plattform erzitterte und die Stöße wurden heftiger. Am liebsten hätte Talias die Ohren vor dem betäubenden Lärm verschlossen, doch er wagte es nicht, seine Umklammerung zu lösen. Er spürte, wie die Kugel Fahrt aufnahm, bis sie heftig abgebremst wurde. Für einen Moment stand alles still, dann fielen sie.

Endlos lange und unerbittlich zog sie die Kraft der Erde in die Tiefe. Sein Beutel schnellte nach oben und der Stab knallte gegen die silberne Hülle. *Ich habe die falschen Zeichen gedrückt. Es ist vorbei. Wir werden sterben.*

Spurensuche

Erst als der Tag angebrochen war, suchte Narna sich einen Unterschlupf. Ihr Rücken schmerzte, und ihre Beine baumelten taub von Halbschatten herunter. Immerhin konnte sie ihre Zunge wieder normal benutzen und pfiff eine Melodie. *Es ist Erians Sperlingssinfonie, doch irgendetwas passt nicht ganz.* Unter einem Haselbusch bettete sie sich und schlief bald tief und fest.

Als sie erwachte, stand die Sonne hoch, und die Vögel sangen. Sie schwang sich auf Halbschattens Rücken und machte sich daran, den Fleeran zu finden.

Doch Narna fand ihn nicht. Sie wusste, sie war in der Nähe, konnte den Erdhügel mit dem bunten Baum jedoch nicht ausmachen und gab schließlich auf.

Als der Abend dämmerte, entzündete sie ein Feuer und grübelte bei einem ausgedehnten Mahl. Sie war sicher, dass sie sich an der Stelle befand, an der ihr die Hüterin des Waldes das erste Mal begegnet war. *Es ist wichtig und das Schicksal der Narau könnte davon abhängen. Andererseits sollten sie durch den Ziegenjungen von den Kriegern wissen. Morgen werde ich einen letzten Versuch unternehmen und dann verschwinden.* Da ihr keineswegs nach Schlaf war, fischte sie ihre Zirbenflöte hervor und begann zu spielen.

Die ersten Töne erklangen, doch wehrten sie sich, eine Melodie zu formen. Der Ruf eines Käuzchens ertönte als Antwort auf ihr Spiel. *Der dumme Vogel lacht mich aus.* Wieder und wieder blies sie in das Holzstück. *Wenn ich schon kein Lied zustande bringe, sollten zumindest die Narau damit angelockt werden.*

Doch ihre Bemühungen scheiterten, sie legte die Flöte zur Seite und machte es sich im Gras bequem.

Ein Rascheln im Dickicht ließ sie hochfahren, doch es war nur eine Maus, die neugierig auf ihr Essen starrte. »Marok?«, fragte sie und war erstaunt, dass sie den Namen des Tieres behalten hatte. *So falsch kann ich nicht liegen.* »Ich gebe dir etwas von meinem Kuchen ab, doch zuerst bringst du mich zu Narimba.« Beim Wort Narimba quiekte das Tier, aber es war kein Beifall, wie sie es zuvor erlebt hatte - die Maus wirkte verängstigt und rannte weg. Narna sprang auf und lief hinterher. »Marok, warte!«

Im Licht des Mondes folgte sie dem kleinen Nager durch dichtes Gestrüpp und über verschlungene Pfade, bis dieser anhielt und fiepte. Erst beim zweiten Hinsehen erkannte Narna das Erdloch. *Gevatter Nisberts Höhle!* Nochmals stieß die Maus einen Laut aus. »Schon gut, hier ist deine Belohnung.« Marok schnappte sich den Kuchen und rannte weg. Auf leisen Sohlen stieg Narna in die Tiefe hinab.

»Ist jemand da?«, rief sie in die Dunkelheit und tappte voran, da warf der Mond sein Licht auf eine Gestalt, die reglos bei einem Fenster stand. »Ich bin Narna Feuervogel. Ich suche Narimba, könnt Ihr mir helfen?« Der Schatten rührte sich keinen Halm breit. Sie trat näher und erkannte erleichtert, dass es eine Figur aus Holz war, die einen Narau mit einem Pilzkopf zeigte. An der Wand daneben waren weitere Figuren aller Größen aufgereiht.

Narna bückte sich, nahm einen kleinen Reiter hoch und erkannte im blassen Mondlicht, dass die Schnitzerei bemalt war. *Es ist ein Lichtkrieger.*

»Fasst das nicht an!«, ließ eine Stimme sie herumwirbeln. Hätte sie nicht den näselnden Tonfall des Igelmannes erkannt, hätte sie wohl den Reiter nach ihm geworfen.

»Die Naldar umarmen Euch, Gevatter Nisbert.«

»Ihr seid es! Weshalb seid Ihr zurückgekehrt, und was sucht Ihr in meinem Haus?«, fragte er mit giftiger Stimme.

Sie wollte ihm nichts von ihren Erlebnissen und dem Auftrag verraten, deshalb kam sie gleich zur Sache. »Ich suche Narimba. Seid so gut und bringt mich zu ihr.«

Nisbert stemmte seine Hände in die Hüften. »Pah! Und deshalb schleicht Ihr Euch nachts in meine Bleibe? Kommt morgen wieder.«

Ich werde ihm nicht die Borsten pinseln, eher werde ich sie ihm ausreißen. »Los, bringt mich zu ihr. Es ist wichtig!«

»Gar nichts werde ich unternehmen, und jetzt lasst mich in Ruhe.« Seine höfliche Miene war einer drohenden gewichen, die Borsten auf seinem Haupt stellten sich auf und richteten sich gegen sie.

»Ihr wollt doch nicht, dass Euren Figuren etwas zustößt?« Narna hielt ihm das Holzpferd vor die Nase und presste ihren Daumen an den Vorderlauf der Figur, bis das Holz ächzte.

Nisbert sah sie ungläubig an, dann stammelte er: »Ihr wollt unbedingt zu ihr – bitte sehr. Doch sagt nicht, ich hätte Euch nicht gewarnt!«

Jetzt war es Narna, die verdutzt schaute.

»Narimba.« Er sprach den Namen aus, als wäre sie eine Verstoßene, nicht die Baummutter, die er angehimmelt hatte. »Sie war in letzter Zeit ständig erzürnt und hat sich zurückgezogen. Ich würde es nicht darauf ankommen lassen.«

War das ein Schluchzen in seiner Stimme? Wenn sich der Wurm wichtig machen will, ist er an die Falsche geraten. »Bringt mich zu ihr.«

»Gut, wenn Ihr es denn so wollt, dann folgt mir, doch mich wird sie nicht so schnell zu Gesicht bekommen.«

Was muss Narimba angestellt haben, dass er so gekränkt ist? Seine Frisur kritisiert? Den Mantel verunglimpft? »Danke, Gevatter Nisbert. Wenn Ihr möchtet, dürft Ihr morgen meine Flöte bemalen«, bemühte sie sich um versöhnliche Worte.

Mit erhobenem Kinn schritt der Igelmann voran und Narna folgte den weiß leuchtenden Spitzen seiner Borsten durch den Fleewald.

Sie landeten nicht bei dem Erdhügel mit dem großen bunten Baum, sondern in einem Sumpf.

»Das ist nicht der Weg zum Fleeran!« *Was hat er mit mir vor?*

»Narimba ist nicht mehr im Fleeran«, antwortete Nisbert und schritt weiter auf den Pfuhl zu.

Weit zog er sich hin, erlaubte weder Baum noch Strauch, Wurzeln zu schlagen. Ödes Land, mehr tot als lebendig. Nisbert blieb stehen.

»Weiter werde ich nicht gehen«, sagte er. »Folgt dem Pfad. Ihr werdet schon sehen.«

Narimba wollte, dass ich bleibe und ihre Schülerin werde. Sie wird froh sein, dass ich zurück bin. Die Erde schmatzte bei jedem ihrer Schritte, als Narna auf die Scheibe des beinahe vollen Mondes zuging. Kein Lebewesen war zu sehen, es roch nach Fäulnis und Torf und ein kalter Nebel hing über den trüben Pfützen.

Nach einer endlosen Weile ragte ein Schatten aus dem Wasser. *Das muss sie sein.* »Narimba!«, rief Narna. »Die Naldar umarmen dich.« Sie vernahm ein Ächzen und Plätschern und trat näher zu dem Gewächs, das im Wasser stand. *Hier stimmt etwas nicht.*

König Odobart

Die Kugel wurde abgefedert und der Aufprall, der folgte, war sanft. Der Stab polterte zu Boden und Talias verharrte lange, bis er sich bewegte. Die Knöchel seiner Finger schmerzten, denn die Spitzen hatten sich in den Stein des Podestes gegraben. Er atmete tief durch, löste seine Hände und ließ sich auf den Boden gleiten.

»Wir leben«, sagte er in die Dunkelheit, doch Meister Luchterbuckel antwortete nicht. Talias fand seine Arme um das Podest geschlungen und betastete den Kopf des Grim, aus dem eine dicke Beule herausragte. Talias rüttelte den Alten, doch er regte sich nicht. »Bockmist, wie soll ich hier rauskommen? Wie soll ich Hilfe holen? Wo bin ich eigentlich?« Er sah nach oben, wo er die Luke vermutete - Finsternis.

Talias tastete nach seinem Feuerstein, schlug ein paar Funken am Metallsteg an und blickte sich um. Der Stab lag unten in der Kugel, drum kroch er auf allen vieren den Steg entlang bis zur Wand und rutschte dann auf seinem Hinterteil die Kugelwand hinunter. Am tiefsten Punkt angelangt, kroch er auf den Knien weiter, bis er das Holz zu fassen bekam. Seine Wunde versetzte ihm einen Stich, als er versuchte, sich auf den Steg hochzuziehen. Auf den Stab gestützt, gelang es ihm, ein Bein auf den Steg zu schwingen und unter Schmerzensschreien hievte er sich nach oben. An die Kugelwand gelehnt, setzte er sich und verschnaufte.

Als sich sein Atem beruhigt hatte, krabbelte er zurück zum Podest, nahm seinen Beutel und klemmte sich den Stab unter den Arm. Eine Sprosse nach der anderen erklomm er, bis ihm warme Luft entgegenschlug.

Es roch alt und feucht, als Talias den Stab durch die Luke schob und folgte. Seine Hände fanden glatten, warmen Stein, auf den er sich setzte. Er wickelte den Zunder um seinen Stab und entzündete ihn mit dem Feuerstein und seiner Metallspange, doch mehr als ein Glimmen brachte er nicht zustande.

Talias stand auf, folgte einer Wand, die er ertastete und folgte ihr, bis seine Beine an etwas Festes stießen – einen Krug aus Stein. Er drehte den steinernen Zapfen, der die Öffnung verschloss, kräftig und zog ihn heraus. Seine Hand glitt in das Gefäß, dessen Inhalt sich wie Sand anfühlte. Gleich daneben fand er weitere Krüge und als er den Zweiten öffnete, roch er es sofort: *Lampenöl!* Er kippte das Gefäß, ließ die Flüssigkeit auf den Boden rinnen und tauchte den glimmenden Stab ein. Eine Stichflamme ließ ihn zurückfahren.

Talias fand sich in einer achteckigen Kammer mit etwa dreißig Fuß Durchmesser, in deren Mitte eine steinerne Statue aufragte: *Odobart! Der letzte König der Odogrim. Ich habe sein Grab gefunden.* Ich *habe gefunden, wonach der Monsignore seit Jahren sucht.* Es war der König in einer silberglänzenden Rüstung, in deren Oberfläche Symbole eingearbeitet waren, die im Schein der Flammen lebendig wurden. Mit beiden Händen hielt er einen schweren Hammer, dessen Kopf unzweifelhaft aus Syrial bestand. Die Augen verströmten Weisheit und Entscheidungskraft. Das Gesicht war schmal und kantig, seine Nase gerade wie ein Keil. Der Bart des Königs war kunstvoll geflochten und mit funkelnden Edelsteinen besetzt. Ohne es zu merken, senkte Talias sein Haupt und kniete nieder.

»Jetzt bin ich hier, mein König«, sagte er. »Beim Herrn, ich bin überwältigt, doch wo sind die unermesslichen Schätze, die sich die anderen erhoffen?«

Eine tiefe Stimme hallte von den Wänden. »Wahre Schätze erblickt dein Herz, doch fassen kann sie nur dein Geist. Wohohoho!«

Talias drehte sich um. Der Kopf von Meister Luchterbuckel ragte aus der Luke. Ein dunkler Fleck prangte auf seiner Glatze. »Sieh an, wir sind am Ziel.« Der Forscher sprang heraus, blieb wie angewurzelt vor der Statue stehen und warf sich dann auf den Boden, umarmte die Beine des Königs und weinte wie ein kleines Kind.

Talias trat unterdessen zu den Krügen: Im ersten war tatsächlich Sand, im dritten fanden sich kleine Steine. Talias griff hinein und ließ sie im Licht blitzen. »Er hat *doch* einen Schatz hinterlassen!«

Der Forscher erhob sich, blickte auf die gelben und grünen Steinchen in seiner Hand und lachte: »Hat er nicht. Nein, das hat er nicht!«

Talias sah ihn fragend an.

»Das sind billige Schmucksteine: Zoisiten, Mondsteine und Quarz. Wenn es einen Schatz gibt, dann hat er ihn besser versteckt.«

Sie suchten die Kammer ab, doch nichts deutete auf ein weiteres Versteck hin. *Keine weiteren Rätsel,* freute sich Talias. »Denkt Ihr, er ist uns böse, wenn wir den Hammer mitnehmen?«, fragte Talias, denn die Waffe ließ sich dem König aus den Händen nehmen und war erstaunlich leicht.

Dabei fiel Talias' Blick auf ein Detail an Odobarts Hand: Er trug einen Ring. Talias leuchtete mit seinem Stab auf das Kleinod, dessen acht Ecken silbern glänzten. Sieben Seiten zeigten die Gesichter seiner Vorderen, aus der achten ragte ein kleiner Hammer. Vorsichtig zog er dem König den Ring vom

Finger und schob ihn in seinen Beutel. Irgendetwas verstörte ihn dabei, doch er konnte es nicht benennen.

»Was machst du da?«, fragte ihn Meister Luchterbuckel.

»Ich hole mir ein kleines Andenken.«

»Solange du nicht auf die Idee kommst, Steine aus seinem Bart zu klopfen, ist es recht.«

Als das Öl niedergebrannt war, hatten sie sich ausreichend umgesehen. Außer der Statue und den Krügen gab es hier nichts zu finden, so stiegen sie mit einem Krug Schmucksteine und dem Hammer durch die Luke. Das letzte Leuchten der Fackel tauchte die Kugel in fahles Rot und als sie beide vor dem Podest standen, fragte Talias: »Habt Ihr eine Ahnung, wie wir hier wieder wegkommen?«

Der Forscher lachte. »Dafür habe ich dich dabei.«

Talias ging zur Tafel an der Wand, deren Zeichen noch gedrückt waren, und drückte ein weiteres Feld, sodass sie alle wieder heraussprangen. Nichts geschah. Dann legte er den Dolch darauf und gab die Zeichen erneut ein – nichts. Erfolglos gab er Odobart, Sindron und Oktonor ein.

Ich muss die Position der Kreise verändern. Talias ging zum Podest und verschob die Vertiefungen in die Ausgangsposition, doch die Kugel bewegte sich nicht. *Mist, jetzt sitzen wir hier fest!*

Eine Idee traf ihn, wie ein Blitz. Talias kramte Odobarts Ring hervor und wusste plötzlich, was ihn verstört hatte: *Weshalb ist die Innenseite achteckig?* Der Ring passte genau auf das Achteck in der Mitte.

»Festhalten!«, rief Talias und drückte den Hammer nach unten. Die Kugel vibrierte, polterte und rumpelte. Dann stieg sie wie eine Luftblase auf, bis die Fahrt mit einem Platschen zu Ende war.

Talias schob die Kreise in ihre Ursprungsposition zurück und die Luke öffnete sich. Einzelne Wassertropfen besprenkelten sein Gesicht, als er nach oben blickte. Noch nie hatte er sich mehr gefreut, den Sternenhimmel zu sehen. »Meister! Meister Luchterbuckel seht nur, die Sterne!«

Talias erklomm die Leiter und fand sich am Fuße des Kessels wieder: Dort, wo sich das Podest mit den Königen befunden hatte, ragte nun die silberne Kugel aus dem Fels, wie ein gigantischer Apfel, der vom Baum gefallen war. Erleichtert entstieg Talias dem Rund und der Alte folgte ihm mit einem beherzten Sprung.

»Wir haben es geschafft«, sagte Talias und hielt seine Wunde, die wieder zu bluten begonnen hatte.

»Du hast es geschafft, mein Junge. Doch eine schwierige Aufgabe steht uns noch bevor.«

Talias sah den Forscher ungläubig an. »Wir haben das Grab gefunden!«

»Das Grab, ja. Doch wir müssen dem Monsignore beibringen, dass das, was er sich erhofft hatte, nicht dort war. Er wird mehr als erzürnt sein.«

Es kommt mir vor wie ein Traum. Hätte ich den Hammer und den Ring nicht, würde ich denken, es war einer.

Im Sumpf

Welk hingen Narimba ihre Äste und Blätter ins Gesicht, als die Hüterin des Waldes die Augen aufriss. Das Leuchten war verschwunden und einem trüben Schleier gewichen.

»Was willst du?«, fragte sie Narna.

Was ist mit ihrer Stimme geschehen? Erkennt sie mich nicht? »Ich bin es, Narna Feuervogel aus dem Flüsterwald. Ihr wolltet, dass ich Eure Schülerin werde.«

»Du bist schon einmal abgehauen. Ich kann keine neuen Schüler gebrauchen. Sieh zu, dass du verschwindest!«

Ich werde meine Aufgabe erfüllen, und dann gehe ich. Ich hatte nicht vor, länger zu bleiben. »Ich soll Euch etwas von Aldra Nordwind bestellen: Das Licht hat sich über die Sonne erhoben, und das alte Tier war der Rebe gewogen.«

Ein donnerndes Lachen erschallte über dem Moor. »Denkt die kleine Aldira, dass ich es nicht weiß? Sie soll mir fern bleiben mit ihren Ratschlägen - und du mir auch.«

Nisbert hatte recht, sie ist ungenießbar und rasch erzürnt.

Narna wollte sich abwenden, da plätscherte es an ihrer Seite und glitschige Tentakel wickelten sich um ihre Beine: Glitten von den Fesseln ihrer Füße die Schenkel hinauf. Es waren Wurzeln, die aus dem Wasser ragten und sie festhielten.

»Misch dich nicht in meine Angelegenheiten«, zischte Narimba.

Die Wurzeln drangen zu Narnas Armen vor, umschlangen den Kopf und ihren Hals. Sie wagte nicht, sich zu rühren, und starrte auf den Nabel der Baummutter. Dort, wo Marok mit ihren Jungen gehaust hatte, war es stockdunkel, doch für einen

Wimpernschlag erkannte sie darin ein rotes Augenpaar. *Das ist nicht Marok. Bilde ich mir das alles nur ein?* Etwas daran verstörte sie, doch die Wurzeln, die ihren Kopf anhoben, verjagten ihre Gedanken.

»Du nimmst jetzt dein Pferd und reitest in die nächste Stadt. Wir wollen hier keine Langzehen, die bei der ersten Gelegenheit aufgeben und abhauen.«

Narna spannte ihre Muskeln an und versuchte, den Kopf in den Nacken zu legen, doch die Wurzeln waren zu stark. Um Narna endgültig wütend zu machen, kratzten die feuchten Finger Narimbas an ihrem Mal. Narna sammelte alle Kraft, riss und zerrte.

Mit einem Mal ließen sie die Fangarme los, und Narna fiel rücklings in ein sumpfiges Loch. Die Hüterin des Waldes brüllte vor Lachen. Narna stellte sich vor, wie sie ihrer Ranunkel eine Blüte ausriss.

Ohne sich umzusehen, stapfte Narna den Weg durch das Ödland zurück. Sie trat gegen die Erde, dass ihre große Zehe knackte und schnaubte. *Was möchte ich mehr, als in die Städte reiten? Sie hat mich von meinen Aufgaben entbunden.* Narna riss an einer dünnen Wurzel, die sich in ihrem Haar verfangen hatte, aus dem modriges Wasser troff, und warf sie in weitem Bogen in den Sumpf. »Lasst mich in Ruhe!«, schrie sie. *Was stört mich daran?*

Narna fing an zu laufen und atmete durch, als sie im Schoß der Bäume landete, wo ein Geruch, der dem des Moores ähnelte, ihre Nase kitzelte. *Die Schattenröhrlinge wären eine Möglichkeit, dem Ärger zu entfliehen.* Sie bückte sich, säbelte mit ihrem Nagel die Stämme der Pilze durch und suchte mit einer Handvoll Schattenröhrlingen ihren Lagerplatz. Halbschatten stand neben einer schwachen Glut, die verblieben war. Sie verstaute die Pilze in ihrem Lederbeutel und bettete sich ins hohe Gras, bis sie eine traumlose Dunkelheit umfing.

Die Sonne stand nicht am Himmel, als Narna die Augen aufschlug. *Ich reite am Schatten-Tag. Was macht das für einen Unterschied? Da werde ich zumindest keine Lichtkrieger antreffen.* Die kalte Hand um ihre Hüften bemerkte sie erst, als sie sich aufsetzte. Tödliche Erinnerungen, wie sie neben Siras Leiche erwacht war, meldeten sich. Narna schleuderte den fremden Arm weg, sprang auf und starrte auf den weißen Körper. *Aura.* Das Mädchen hatte sich zu ihr gelegt und schlief. Nun musste sie über ihre Angst lachen und begann, das Feuer zu schüren.

Narna knabberte geröstete Haselnüsse, als die Kleine munter wurde und sie mit ihren großen Zähnen schüchtern anlachte. Narna reichte ihr eine Handvoll Nüsse, die sie zaghaft in den Mund schob.

»Tut mir leid, Mädchen, das wird das letzte Mal sein, dass wir uns sehen. Ich reite in die Stadt.« Narna warf ihre Decke über den Rücken von Halbschatten und befestigte ihren Beutel.

Aura sprang auf, hielt sie am Arm fest und sprach, doch es kamen nur unverständliche Laute aus ihrem Mund.

Narna schluckte, die Worte kamen nur schwer über ihre Lippen: »Narimba hat mich weggeschickt.« Sie fühlte sich, als wäre sie abermals von ihrem Stamm verstoßen worden. *Deshalb meine Wut.*

Aura nickte aufgeregt, breitete ihre Arme weit aus und spreizte die Finger.

»Narimba«, wiederholte Narna.

Aura nickte. Dann wurde ihr Gesicht zu einer Fratze, die Augen traten hervor, und die Zähne bissen in die Luft. Sie legte die Arme an den Körper und bewegte ihre Hände, als wären sie Flügel.

Narna riet: »Ein Vogel? Waren es Krähen?«

Aura spitzte ihre Lippen und pfiff leise.

»Ein Käuzchen?«

Aura nickte energisch.

»Was ist mit dem Käuzchen?«

Wieder zeigte Aura die Fratze.

»Ist das Käuzchen gefährlich?«

Das Mädchen nickte langsam und starrte durch die Bäume, als hätte es Angst, gehört zu werden.

»Fürchte dich nicht, wenn es nur ein Käuzchen ist, wird Narimba es verjagen. Sie ist schließlich die Hüterin des Waldes.« Narna nahm Halbschatten an dem Strick um seinen Hals. »Lebewohl.«

Doch Aura gab nicht auf, deutete auf Narnas Dolch und pfiff wieder wie ein Käuzchen.

Weswegen sollte ich ihnen helfen? Es ist nicht mein Stamm. Ich habe keinen Stamm mehr. »Ich bin nicht hier, um Käuzchen zu jagen. Ihr seid viele in eurem Stamm, ihr schafft es auch ohne meine Hilfe.« Narna streichelte der Kleinen durchs Haar. »Sei nicht böse.«

Narna stieg auf Halbschatten und ritt davon, ohne sich noch einmal umzusehen.

Die Röhre

Der Monsignore stand in seinem Schlafrock vor der Waschschüssel, in der Hand den Spiegel und das Rasiermesser und war eben dabei, sich den Bart zu stutzen, da vernahm er Hiraks Rufe.

»Monsignore, Monsignore, das Grab. Sie haben das Grab gefunden!«

Kreton warf das Messer in die Schüssel und streifte seinen dicken Mantel über. Dass nur eine Wange von den Stoppeln befreit war, störte ihn heute nicht. *Das Grab, endlich. War es erneut mein tölpelhafter Gehilfe? Wenn er es war, der das Artefakt gefunden hat, schicke ich ihn möglicherweise zu den Magistoren nach Kerten.* Er strich die Seifenreste von seiner Wange und glättete damit sein Haar. *Wenn der Junge Rätsel zu lösen vermag, an denen der alte Luchterbuckel scheitert, ist es vielleicht besser, ihn nicht in meiner Nähe zu wissen. Wer weiß, was der Bursche sonst treibt, außer seine schmierigen Theaterparodien aufzuführen.* Mit dem Zeigefinger fuhr er in den Spalt seiner Lippe. *Ich habe den Burschen unterschätzt, weiß der Herr, auf welche Gedanken er noch kommt. Er kennt die Briefe, die ich geschrieben habe, und weiß, mit wem ich mich treffe. Nun hat er das Artefakt.* Er biss sich in den Finger. *So oder so - Talias muss verschwinden!*

Bereits am Eingang des Kessels blendete den Monsignore die riesige Kugel, die aus dem Gestein ragte und die gesamte Ruine ausleuchtete. *Ist das das Artefakt? Ist es möglich, dass es so groß ist? Oder haben die Odogrim ihre Toten in Glitzerkugeln bestattet?* Hirak hatte Mühe, mit ihm Schritt zu halten, so schnell hastete Kreton die sieben Ebenen hinab. Unten angekommen, war es schwer möglich, einen Blick auf das Rund zu werfen, denn zu hell strahlte das Licht. Kreton beschattete seine Augen, näherte sich dem Objekt und betastete das kühle Metall. Er klopfte. *Silber. Nicht das, was ich mir erhofft hatte, aber immerhin haben wir das Licht in den Kessel gebracht. Der Herr des Lichts wird es uns danken.* Mit zugekniffenen Augen wandte er sich ab.

Der Monsignore fand seinen Gehilfen und den Forscher in dessen Kammer, wo sie aßen. »Das Grab. Wo ist es?«, begrüßte er sie.

Talias legte den Löffel zur Seite. »Monsignore, ich bin erfreut, Euch zu sehen.«

»Schwafel nicht herum. Wo ist es?«

Talias zog sich an seinem Stock hoch. »Tief drunten in der Erde.«

»Und was ist das?« Kreton deutete auf den hellen Schein, der seinen Weg bis in die Kammer fand.

»Mit dieser Kugel sind wir gefahren«, sagte Talias.

»Talias hat es geschafft, das Rätsel zu lösen. Wir sind mit dieser Kugel tatsächlich in das Grab gelangt«, mischte sich Meister Luchterbuckel ein und musste einen Seufzer unterdrücken. »Es war bei weitem nicht so prächtig, wie ich es mir vorgestellt hatte - eine achteckige Kammer mit dreißig Fuß Länge.«

»Zeigt sie mir einfach«, unterbrach ihn der Monsignore.

»Ich fürchte, das wird nicht möglich sein«, sagte der Alte.

Die Zähne des Monsignore knirschten. Er zischte: »Was soll das bedeuten: Wird nicht möglich sein?«

»Die Kugel fährt nicht mehr. Wir haben versucht, sie nochmals zum Grab zu steuern, doch sie bewegt sich nicht.«

»Wir haben alles von Wert aus dem Grab mitgenommen, bis auf Odobarts Statue«, sagte Talias.

Na bitte, da hat einer mitgedacht. »Wo sind die Schätze?«

Talias deutete in eine Ecke. »Sein Hammer, der Kopf dürfte aus Syrial bestehen, und ein Krug mit Edelsteinen, wenn auch minderwertigen.«

Die Grim sind viel zu gierig, als dass sie einem Toten Schätze überließen, die sie zuvor dem Berg mühsam entlockt haben. Wieso also sollten wir irgendetwas von Wert vorfinden? Ich bin wegen eines anderen Schatzes hier. Wenn das Artefakt nicht dabei ist, war alles umsonst. Der Monsignore ballte seine Finger zur Faust. »Sonst nichts? Eine dunkle Kugel vielleicht?«

Talias und der Forscher schüttelten den Kopf. »Wir haben alles abgesucht, es gab keine Verstecke«, sagte der Junge.

Der Monsignore musste um seine Beherrschung ringen. »Ich will es sehen. Irgendwie *muss* man hinunterkommen, auch ohne diese Kugel. Holt Eure Arbeiter!«, wandte er sich an Meister Luchterbuckel.

Eine Woche lang versuchten sie, durch die Röhre, in der die Kugel gerollt war, hinunterzusteigen. Als zwei Buckler in den senkrechten Schacht stürzten und nicht mehr auftauchten, streikten die Arbeiter. Drei wurden ausgepeitscht, doch auch das half nichts. Lieber ließen sich die Arbeiter auspeitschen, als in das Loch zu steigen. Der Monsignore ließ den Kutscher von seiner Kette und schickte ihn in den Rachen, um Seile zu befestigen - er ward nie wieder gesehen. Beim letzten Versuch, in dem Kreton einen Ildamaer hineinschickte, konnte dieser vermelden, dass der Schacht wie ein Brunnen mit Wasser gefüllt sei. Hiraks Männer mussten den Monsignore mit Gewalt davon abhalten, selbst hineinzugehen. Das Grab blieb unerreichbar, das Artefakt verschollen.

Kreton hieb gegen die Kugel. *Zweifellos eine schöne Arbeit. Möglich, dass ich sie einmal holen lasse, wenn die Kasse des Ordens es verlangt. Doch mein Auftrag ist nicht erfüllt.* »Wir gehen«, vermeldete der Monsignore niedergeschlagen. »Bis morgen am Mittag sind alle Männer im Lager versammelt. Nehmt Syrial mit, so viel ihr könnt.« Gebückt trat er den Weg ins Lager an.

Kornilius Luchterbuckel der Siebzehnte hielt Talias zurück, als dieser mit dem Stock in der Hand aufbrechen wollte. »Junge, wir bleiben noch ein wenig. Mein wirrer Geist hat geträumt.« Er deutete auf die kleine Pfeife, die an seinem Gürtel hing. »Von einer Glocke!« Sein Lachen entblößte einen Schlund umringt von faulen Zähnen.

Falsche Freunde

Narna ritt, was das Zeug hielt. Sie wusste nicht, ob es der Schatten-Tag war, der sie antrieb, der Fleewald, den sie hinter sich lassen wollte, oder die Sehnsucht nach den Städten. Erst als Halbschatten ihr zu verstehen gab, dass er eine Pause benötigte, zügelte sie ihr Tempo. *Wir müssten bald am Langen Weg sein, dann bekommst du deine Pause.* Doch der lange Weg blieb fern.

Schließlich stieg sie mit schmerzenden Beinen und gepeinigtem Gesäß ab. *Ich bin zu lange geritten.* Sie aß ein wenig von dem Brot, das ihr Aldra vor der Abreise gereicht hatte und mit jedem Bissen fühlte sich ihre Kehle trockener an. *Sie hat mich gerettet und mir zu essen gegeben. Ich habe ihren Auftrag erfüllt.* »Ich habe Narimba die Botschaft überbracht, mehr hat sie nicht verlangt«, sagte sie sich laut vor. Dennoch plagte sie ihr Gewissen, denn sie musste an Aura und ihren Arm denken, den sie um sie gelegt hatte. *Es sind nicht meine Sorgen, die mich plagen.*

Narna streichelte Halbschattens Rücken, doch das Pferd scheute gegenüber ihren Berührungen und auch ihr Wasser wollte er nicht trinken. »Sei nicht beleidigt. Ich weiß mittlerweile, dass ich zu weit geritten bin.« Sie pflückte ein paar saftige Fenchelblätter und hielt sie dem Tier vor die Schnauze. »Es tut mir leid! Du bist es nicht, auf den ich wütend bin.« *Ich bin es,* dachte sie.

Narna nahm auf einem Stein Platz und kramte in ihrem Beutel. Eigentlich wollte sie die Flöte herausnehmen, doch ihre Finger griffen nach dem Ledersäckchen. *Heute komme ich ohnehin nicht weiter, da kann ich wenigstens meine Laune aufbessern.*

Sie drehte den Hut des Schattenröhrlings vor ihrer Nase. *Das sind die einzigen Freunde, die mir geblieben sind. Auf sie ist immer Verlass.* Der modrige Geruch, den der dunkle Pilz verströmte, ließ ihre Gedanken zum Sumpf zurückkehren.

Etwas ist faul. Weshalb steckt Narimba in einem Sumpfloch, weit weg von den anderen? Wenn sie Ruhe haben will, muss sie sich doch nur in ihr Erdloch zurückziehen. Narna ließ sich die Begegnung mit der Hüterin des Waldes noch einmal durch den Kopf gehen. *Sie hat mich mit ihren Wurzeln festgehalten, obwohl ich bereits gehen wollte. »Misch dich nicht in meine Angelegenheiten«, waren ihre Worte. Dabei habe ich mich nirgends eingemischt.* Dann war es ihr klar. *Narimba möchte, dass ich mich einmische! Sie wollte, dass ich etwas sehe, deshalb haben mich ihre Tentakel gepackt. Die roten Augen! War das das Käuzchen, vor dem Aura Angst hatte?*

»Wir wollen hier keine Langzehen, die bei der ersten Gelegenheit aufgeben und abhauen!«, rief sie und musste lachen. Halbschatten hörte auf zu grasen und sah zu ihr herüber. *Narimba hat genau gewusst, wie sie mich wütend macht - sie hat mich herausgefordert!*

Jetzt war Narna auch klar, weshalb sie die Stimme der Baumfrau über ihre Ohren vernommen hatte und nicht in ihrem Kopf. *Sie kann nicht wurzeln, denn im Sumpfloch hat sie keine Verbindung zur Erde. Es war ein stummer Hilfeschrei und sie hat mir gesagt, was sie von mir erwartet: Ich soll kämpfen!*

Narna blickte auf den Schattenröhrling in ihrer Hand. »Was, wenn ihr mich genauso täuscht? Wenn ihr keine Freunde seid?«

Sie stand auf und zertrampelte die Pilze.

»Halbschatten! Wir reiten zurück. Etwas hat sich in Narimbas Nabel eingenistet und wir werden es rausholen.«

Der Gong

Grau ragte die Kugel aus den Resten der Könige, deren geborstene Antlitze verstreut herumlagen. Der wolkenverhangene Himmel erleichterte ihr Vorhaben. Als sie sicher waren, dass alle Arbeiter den Kessel verlassen hatten, machten sie sich ans Werk. Sie lachten. Auch wenn der Plan des Monsignore gescheitert war, waren sie zufrieden: Sie durften das Grab des Odobart erblicken. *Wer kann so etwas schon rumerzählen?* Dieser Spaß sollte im wahrsten Sinne den *krönenden* Abschluss bilden. *Der Alte ist tatsächlich ein bisschen verrückt*, dachte sich Talias und zog genüsslich am Pfeifchen. Diesmal gelang es ihnen nicht, den gesamten Kessel einzunebeln. Sie kicherten, rissen dicke Moosbüschel aus und stopften sie in ihre Ohren.

»Bereit?«, schrie der Forscher. Talias nickte und der Alte schwang den Hammer.

Die Vibration der Kugel ließ den Schall, wie einen Stich in Talias' Körper schneiden, seinen Körper erzittern und seine Wunde pochen. Er krümmte sich vor Schmerzen, ging zu Boden und für einen Augenblick setzte sein Herz aus. Trotz der Moosbüschel wurde er taub und sein Kopf war dumpf, als hätte ihn jemand unter Wasser gedrückt. Er schrie, doch was er hörte, war lediglich die Leere.

Als Talias die Augen öffnete, bebte die Kugel und sprang, als wäre sie lebendig. Der Kreis der Könige begann zu bröckeln und Steine schlugen von unten gegen seine Rippen. *Talias, steh auf*, meldete sich sein Verstand. Er sah den Forscher, der eben auf die Beine kam und wild mit den Händen ruderte, um ihm zu bedeuten mitzukommen. Talias fasste den Stab, drückte sich hoch, presste seinen Beutel an den Körper und rannte.

Kaum hatten sie die unterste Ebene verlassen, brach der Boden auf und Wasser bahnte sich den Weg in den Kessel. Fontänen stiegen auf und Steine flogen durch die Luft. Talias blickte nicht zurück, folgte dem Forscher aufwärts und kämpften Stufe um Stufe gegen den Fels. Auf halbem Wege erwachte sein Gehör und ein dumpfes Rauschen drang aus der Tiefe. Kurz sah er hinab: Das Wasser stieg, floss zu ihm hinauf, riss Bäume weg, sprengte Mauern, begrub Stollen und flutete Ebene um Ebene.

Beim letzten Rund holte das Wasser Talias ein, riss ihn mit und kaltes Nass füllte seine Lunge. Er spuckte, umklammerte den Stab und prallte gegen einen Fels, röchelte und schluckte. Seine Beine strampelten, die Arme ruderten, bis ihn nach einem Schlag gegen den Kopf die Dunkelheit umfing.

Ein Luftzug auf seiner Stirn und der Wind streichelte sein nasses Haar. Gierig saugte Talias die Luft ein, hustete, spuckte und keuchte, öffnete die Augen. Meister Luchterbuckel sah ihn an. »Du wirst eine Beule, groß wie die meine, bekommen.« Er lachte.

»Wenn es sonst nichts weiter ist«, sagte Talias, der auf einem kleinen Felsvorsprung oberhalb des ersten Runds lag, dessen Kleidung am Körper klebte und der sich freute, als er seinen Stab und den Beutel erblickte.

Vom Kessel war nichts mehr zu sehen, stattdessen lag ein runder See vor ihm, an dessen Oberfläche Bretter, Laternen, Säcke und anderes Gerümpel trieben und ein Waldhörnchen in den Fluten ruderte.

»Vielleicht war es doch nicht so gut, die Glocke zu läuten«, sagte Talias und spitzte die Lippen. »Die letzte Stätte der Odogrim ist jetzt Geschichte.«

»Ja, wir haben Geschichte geschrieben. Wann hat man denn schon mal die Gelegenheit dazu? Bisher habe ich sie lediglich studiert.«

Triefend zogen sie los.

»Sieh nur, sieh!«, rief der Alte, als sie auf das Moor zuschritten. »Es ist weg! Das Moor ist auch Geschichte.«

Talias stapfte durch die sumpfige Wiese und dort, wo das Moor gelegen hatte, hatte sich ein schlammiger Krater gebildet.

»Zokarim wurde mit dem Wasser aus dem Moor geflutet. Ganz schön verrückt, diese Odogrim«, sagte er.

»Verrückt? Das ist genial, mein Junge. Vielleicht finden wir letztendlich doch noch, weswegen wir hier sind. Komm!«

Der Kessel war ähnlich groß wie die Ruine der Odogrim, nur die Wände waren schwarz und es stank nach Moder und Erde. Der Alte verschwand hinter der Uferböschung, wo eine dunkle Treppe hinunter in den Abgrund führte, deren Stufen von einer Schicht aus Algen und Schlamm überzogen waren.

Bei jedem Schritt drohte Talias, auszurutschen, doch sein Stab leistete ihm gute Dienste. So gelangte er, unterbrochen durch mehrere Pausen, nach unten, wo die Treppe auf halber Höhe, vor einer Felswand, endete.

Meister Luchterbuckel blickte sich hüpfend um und klopfte, kratzte, roch, bis seine Finger eine Vertiefung fanden. Er scharrte den Schlamm weg und legte ein Loch frei.

Als Talias sah, dass es achteckig war, fischte er triumphierend Odobarts Ring heraus, ließ ihn in das Schloss gleiten und drehte den Hammer. Geräuschlos öffnete sich der Berg.

Auf der Jagd

Narna war erst bei Anbruch des nächsten Tages losgeritten und hatte sich im dichten Fleewald verirrt. Längst schon sollte sie den Fleeran erreicht haben, doch der Wald wurde immer unzugänglicher und es gab keine Orientierungspunkte - alles sah gleich aus. Deshalb kletterte sie auf einen hohen Baum, um sich umzusehen, denn möglicherweise gab es eine Anhöhe in der Nähe, von der sie einen besseren Überblick hätte. Doch alles, was sie sah, war ein buntes Blätterdach: Die Landschaft war eben wie eine Wasserpfütze.

»Halbschatten, findest *du* zurück?« Sie überließ ihrem Pferd das Kommando, bis die Sonne den höchsten Punkt am Himmel erreichte und ritt nach einer Pause weiter. Die Pfade wurden schmäler und immer häufiger musste sie absteigen und ihr Pferd am Strick führen, bis es schließlich keine Wege mehr gab. *Wie soll ich hier jemals rausfinden?*

Als es zu dämmern begann, hatte Narna nicht die geringste Ahnung, wo sie war. *Wenn die Baumgeister etwas mit mir vorhaben und Narimba meine Hilfe braucht, wird es klappen und sie helfen mir, Aura zu finden.* Breitbeinig stellte sie sich auf die Erde, schloss die Augen und summte. Ihre Gedanken wurden zu Wurzeln, die sich tief in die Erde gruben und eins mit ihrem Element wurden. Sie griff nach fremden Strängen, hörte das Rauschen von Stimmen und spürte den Puls der Erde. Sie wusste nicht, was sie sich erhofft hatte, doch nichts geschah und so hielt sie resigniert nach einem Lagerplatz für die Nacht Ausschau.

Der Ruf einer Eule weckte Narna, die erschrocken auf das weiße Federkleid starrte und an das Käuzchen mit den roten Augen denken musste. *Das ist bloß eine Eule - eine störende Eule.*

»Verzieh dich, Großauge«, rief sie, doch der Vogel stellte seine Rufe nicht ein. Narna ließ ihre Schleuder kreisen und zielte, da bemerkte sie ein langes weißes Haar, das aus den Krallen ragte. *Es hat funktioniert: Aura hat die Eule geschickt!*

Narna folgte ihrer geflügelten Anführerin, bis der Wald sich lichtete und das weite Moor vor ihr lag. Sie umrundete das Sumpfgebiet am Waldrand entlang, bis sie zu der Stelle gelangte, an der sie Nisbert verlassen hatte, und fand sich wenig später dort, wo sie Aura nächtens besucht hatte. Narna setzte sich und begann, auf ihrer Flöte zu spielen. Ihr Spiel verbesserte sich und wenn man es wusste, konnte man Erians Sperlingssymphonie erkennen.

Aura wartete, bis Narna ihr Lied beendet hatte, und trat freudestrahlend zwischen den Bäumen hervor. In der Hand hielt sie ein feinmaschiges Netz.

»Damit fangen wir das Käuzchen, stimmt's?«, fragte Narna.

Das stumme Mädchen lachte.

»Wir dürfen es nicht unterschätzen«, sagte Narna. »Wenn es Narimba ausschalten kann, müssen wir vorsichtig sein.«

Aura nickte.

»Hast du einen Plan?«, fragte Narna.

Die Kleine schüttelte den Kopf.

»Wir müssen das Käuzchen von Narimba weglocken, damit wir sie nicht gefährden.«

Aura fuchtelte mit ihren Armen. Sie spielte mit den Händen ein kleines, flinkes Tier.

»Eine Maus wäre ein guter Köder. Du meinst doch nicht, Marok würde bei unserem Plan mitspielen?«

Aura nickte und sah betrübt drein.

»Was ist?« Narna sah den Gesten zu. »Das Käuzchen hat ihre Jungen gefressen?« *Da würde ich auch den Köder spielen.*

In der Dämmerung legten sie sich seitlich des Pfades, der in den Sumpf führte, auf die Lauer und als alles bereit war, stieß Aura einen hellen Pfiff aus. Lange Zeit geschah nichts, Narnas Arme verkrampften sich und sie rieb sich die Augen. *Ist das Käuzchen nicht da? Hat es Marok ebenso verspeist wie ihre Jungen?*

Ein Schrei ertönte und Narna schnellte, mit dem Netz in der Hand, hoch. Aura tat es ihr auf der anderen Seite des Weges gleich. Narna hörte nichts und sah nichts, doch etwas hatte sich im Netz verfangen. Sie zog den Dolch und richtete ihn gegen ein Steinkäuzchen, das in den Maschen zappelte und sie mit großen Augen ansah. *Dieses putzige Wollknäuel soll eine Gefahr sein?*

Narna zögerte. Aura gab einen undefinierbaren Laut von sich, der wohl »Mach schon« bedeuten sollte. *Ich töte keine unschuldigen Tiere,* sagte ihr Verstand. Ihr Instinkt sagte: *Das ist kein Käuzchen.* Bevor Narna reagieren konnte, veränderten sich die Augen des Tieres, färbten sich rot und ein schriller Schrei fuhr ihr bis ins Mark. Sie bedeckte ihre Ohren, um ihre Seele vor der Pein zu schützen, der Dolch entglitt ihr und landete auf dem Boden.

Das Käuzchens verwandelte seine Gestalt: Schwarze Schwaden umfingen das Gefieder, Gliedmaßen formten sich, das Netz zerriss und für einen Atemzug erblickte Narna eine Fratze.

Aura stieß zu. Gleißende Strahlen, heller als Weiß, traten aus der Wunde und schnitten Löcher in die Dunkelheit. Narna hob schützend ihre Arme. Noch ein Schrei, dunkle

Fetzen stürmten empor und vereinten sich mit dem Nachthimmel – es war vorüber.

Narna blickte auf Aura, die in einer Hand den Dolch und in der anderen das zerrissene Netz hielt. *Keine Spur von dem Käuzchen, es hat sich in einen Schatten aufgelöst und ist verschwunden.*

Narna lachte: »Ich dachte, es ist nur ein Käuzchen und ich töte kein süßes Wollknäuel.« Sie nahm Aura bei der Schulter, deren Gekicher ihre Zähne entblößte. »Gut gemacht! Du hast nicht bloß uns gerettet, auch Narimba wird dir danken.« Narna nahm Aura den Dolch aus der Hand, den diese verkrampft umklammerte. »Komm, lass uns nach unserer Baummutter sehen, bevor die Schattenkreatur auf die Idee kommt, sich erneut bei ihr einzunisten.«

Jetzt kam auch Marok aus der Deckung und sie rannten den Pfad entlang. Wie versteinert ragte Narimba aus dem Sumpfloch: Ihr Haupt war verdorrt und die Blätter zusammengerollt wie Puppen einer Raupe - jegliches Leben war aus ihr gewichen.

Das Artefakt

Talias stand vor der Öffnung im Fels und trat von einem Fuß auf den anderen. *Ist das das Ding, das der Monsignore sucht? Gut versteckt war es in jedem Fall.* Die Wände waren schwarz, die Nische war schwarz und das Objekt darin ebenso. Winzig und rund lag sie im Schatten: eine dunkle Perle, die das Licht aufsaugte. Der Alte streckte seine Hand danach aus und ließ sie wieder sinken, sein Gesicht verzerrt, in einer Mischung aus Konzentration, Entschlossenheit und Zweifeln. Als focht er einen inneren Kampf, der ihn zerriss. Talias packte ihn am Arm. »Ist es das Artefakt, das mein Herr sucht?«

Der Grim fuhr herum, als hätte er vergessen, dass er hier war.

»Ich sehe Eure Zweifel. Was ist es, das Euch bedrückt?«, fragte Talias.

Mit zitternder Stimme begann der Forscher: »Junge, mein Junge, sei froh, dass du nichts darüber weißt. Dieses Ding ist Segen und Fluch zugleich. Bis jetzt war es nicht mehr als eine Legende: Seit Jahrhunderten vergraben in alten Geschichten und verblassten Papieren.«

Er nahm seine Pfeife, rauchte die Blätter an und flüsterte: »Es ist eine Hyle der Macht. Lass mich von vorne beginnen, dann kennst du die ganze Geschichte oder besser das, was wir darüber zu wissen glauben. Vor Äonen begann das Zeitalter des Feuers mit dem Aufstieg Arakanuiis. Er vereinte die Stämme des Feuervolkes und verhalf den Tarweii zu einer nie gesehenen Blüte. Die mächtigen Festungsanlagen Ashtaiis wurden in dieser Zeit errichtet. Aus riesigen Vulkansteinen, die er von den Odogrim aus der Flammenwand heraushauen ließ. Vier ausgewachsene Pantoren waren nötig, um einen dieser Steinblöcke ans andere Ende der Welt zu fliegen. Von seinem Volk wurde er ‚Arranuk' - Weltenbauer – genannt. Die anderen Völker nannten ihn 'den Versklaver'. Woher er die Hylen der Macht hatte, werden wir wohl nie erfahren, denn hier widersprechen sich die Aufzeichnungen. Die einen behaupten, er habe sie in einer unterirdischen Feuerstätte geformt, andere, er sei in der Zeit gereist und mit ihnen zurückgekehrt. Manche behaupteten, er sei an einem weit entfernten Ort hinter den Wolken gewesen und habe Sterne vom Himmel geholt. Wieder andere schrieben, er habe die mächtigsten der Magistoren versammelt und in einem geheimen Ritual die Steine erschaffen. Es ist auch nicht so wichtig.«

Der Forscher spielte gedankenversunken mit den Perlen in seinem Bart.

»Was ist nicht so wichtig?«, fragte Talias.

»Wo er sie herhatte, die Hylen. Tatsache ist, dass ihm jede Hyle Macht über ein Element verlieh: Zeit, Erz, Wasser, Erde, Luft, Feuer, Licht, ...« Der Alte zögerte. »Und Schatten. Sie sind das achte Element.« Der Grim schluckte und fuhr fort: »Mit den Elementen beherrschte Arakanuii die Völker. Er ließ eine goldene Scheibe fertigen, in die er die Hylen fasste. Als Amulett trug er sie auf der Brust. Die Tarweii nannten sie 'Nuk'autok', Weltenscheibe. Die Artefakte machten ihn unsterblich, und so herrschte er viele Jahrhunderte.«

»Unsterblich?«, fragte Talias.

Der Alte lachte. »Ja, mein Junge. Hast du noch nie von den Hyrale aus dem Volk der Nyrne gehört? Sie leben außerhalb der Zeit und altern sehr langsam. Ihre Ältesten sehen aus wie

Kinder.« Er zog seine buschigen Brauen hoch und blies Rauch aus. »Wenn du über die Zeit herrschst, bist du unsterblich.«

Talias kniff ein Auge zu und spitzte die Lippen. »Dann müsste er noch leben.«

»Das Schicksal. Es war das Schicksal, das ihn zu Fall brachte, und die Liebe.« Der Alte kicherte in seine Kappe. »Bald schon besaß er alles und jeden. Doch etwas fehlte und plagte ihn. In seinem Herzen war ein Platz leer. So begehrte er das einzige Ding auf dieser Welt, das er nicht besitzen konnte: die Liebe einer Frau. Er hatte Hunderte Frauen, doch alleine die Liebe blieb ihm verwehrt. Schließlich fand sie den Weg in sein Herz durch den Traum von einem besonderen Geschöpf. Arakanuii verliebte sich in Olvira vom Volke der Olumot.« Meister Luchterbuckel klopfte auf sein Knie. »Stell dir vor, Junge, das Feuer verzehrt sich nach dem Wasser.«

Kichernd nahm er einen tiefen Zug. »Sie war das schönste und begehrenswerteste Geschöpf dieser Zeit. Zahlreiche Schriften, Malereien und Statuen zeugten von ihrem Antlitz. Allerdings ließ Arakanuii das meiste davon selbst anfertigen. Ein regelrechter Kult entstand um das Wesen der Olvira, obwohl sie nie gesehen ward.«

Der Forscher kniff seine Augen zusammen. »Er wusste nicht einmal, ob die Frau seines Begehrens tatsächlich existierte. Doch sie tauchte immer wieder in seinen Träumen auf. Nichts ersehnte er mehr, als sie zu berühren. Er wollte sie haben, sein Verlangen erlöschen sehen. So schickte er seine besten Kundschafter aus, um seine Angebetete zu suchen, und bot dem Finder ein eigenes Königreich. Doch Olvira blieb für ihn unerreichbar. Bis ihm eines Tages Ortwar, der Raue, ein Kapitän der Olken, von einer kleinen Insel im Osten der Wilden Seele berichtete. Er behauptete, an der Küste zahlreiche große Statuen gesehen zu haben, die Olviras Abbild zeigten. Arakanuii stach selbst in See, um sie zu finden. Viele Monde war er unterwegs, bis sie eines Nachts zu ihm kam. Olvira machte Arakanuii ein verlockendes Angebot, das er nicht ausschlagen konnte. Eine einzige Nacht mit ihr zum Preis des Nuk'autok.«

Der Forscher warf seine Kappe in die Luft und fing sie wieder auf. »Kein Grim kann verstehen, wie er so dumm sein konnte. Die Tarweii ticken wohl etwas anders. Olvira befahl ihm, die Weltenscheibe den Fluten der Wilden Seele zu überlassen, und begab sich dann selbst ins Wasser. Er folgte ihr und wurde nie wieder gesehen. Es dauerte nicht lange, bis sein Reich zerfiel. Nuk'autok sollte viele Jahrhunderte verschollen bleiben.«

»Wie ist sie wieder aufgetaucht, die Weltenscheibe?«, fragte Talias.

»Ein Telfis mit dem Namen Soroku fand das Amulett in den Fluten und brachte es seinem König. Der baute damit die ersten Unterwasserstädte der Olumot. Der Aufstieg des Wasservolkes begann, doch ihr König, Olmut der Weise, gebot ihnen Einhalt. Er wollte das Amulett und die Hylen in Sicherheit wissen.«

Der Alte kratzte seine Glatze »Könnte fast ein Grim gewesen sein, dieser Fischkönig. Er war es, der die Hylen der Macht verschwinden ließ. Er beschloss, jedem Volk einen Elementstein zu geben. In weiser Voraussicht verhinderte er, dass die anderen Völker mit Hilfe ihrer Hylen zu mächtig wurden oder sich gegenseitig Schaden zufügten. So gab er jedem Volk die Hyle eines anderen Elementes, um die Steine für alle Zeiten zu verwahren und den Frieden auf Artei zu sichern.«

Talias wollte etwas fragen, doch er hatte das Gefühl, dass der Alte mit seiner Geschichte noch nicht fertig war.

Mit starrem Blick fuhr dieser fort: »Soweit ich weiß, gab es zwei Ausnahmen: Den Nari ließ er ihre Hyle der Erde, weil er dachte, sie bedürften deren Schutz. Und den Schatten verwehrte er die ihre, da er deren Bösartigkeit fürchtete.« Rauch stieg aus seiner Nase. »So erhielten die Odogrim diese Hyle der Macht und verbargen sie, damit sie niemals wieder das Licht der Welt erblicken sollte.« Er trat einen Schritt beiseite und deutete auf das Ding in der Felsnische. »Bis jetzt. Das hier, mein Junge, ist die Hyle der Schatten.«

Als würde der Stein verstehen, begann er zu pulsieren.

Nahiral

Die Sonne versank im Moor, mit ihr verstarb das Rot des Abendleuchtens und wich einem kühlen Blau, das dem Mond geschuldet war, der voll und blass über der Ödnis aufstieg. Marok war als Erste bei Narimba, sprang auf ihren Arm, kletterte zum Ohr und entließ einen verzweifelten Schrei. Narna strich vorsichtig über die aufgesprungene Haut der Baummutter, die hart wie Rinde und bleich wie die Himmelsscheibe den schweren Körper überzog. Narimbas Bauch lag still und ihr Nabel war zu einem schwarzen Loch vergrößert, dessen Rand rote Adern säumten. Narna konnte nicht ermessen, wie weit sich der Schatten in ihren Körper gefressen hatte. *Sie atmet nicht.*

Narna boxte mit der flachen Hand in die Rippen der Baummutter. »Atme, komm schon!« Ihre Hiebe wurden kräftiger, doch es änderte nichts, die Hüterin des Waldes regte sich nicht - sie war tot wie das Wasser, in dem sie lag. Narna riss ihren Kopf in den Nacken und schrie. *Alles war umsonst!*

Narna verspürte den Drang wegzulaufen, brachte es jedoch nicht über sich, die Verstorbene so zurückzulassen. »Wir müssen sie wegbringen«, sagte sie nach einer Weile. Aura nickte und wischte sich eine Träne aus ihrem Auge. »Holen wir die Männer aus deinem Dorf.« Narna wollte loslaufen, da schlang sich eine Wurzel um ihr Bein und flüsternd vernahm sie eine Stimme in ihrem Kopf.

»Ich wusste, dass du zurückkommst. Dass unsere Zeit so knapp sein würde, wusste ich nicht.« Ächzendes Holz ließ sie fremden Schmerz verspüren. »Ich habe es an deinem Mal gesehen: Du bist eine Schicksalswenderin. Nur eine Seele aus jedem Volk ist dazu bestimmt.« Narna wollte etwas einwenden, doch es gelang ihr, sich zu beherrschen. »Ich spüre deine Zweifel, sie werden vergehen. Hör gut zu, es ist wichtig. Deine erste Aufgabe.« Ein lautes Knarren übertönte die Worte in ihrem Geist, als ein Arm Narimbas wie ein morscher Ast abbrach und in den Sumpf platschte. Die Wurzel um ihren Fuß löste sich, und die Stimme in ihrem Kopf verstummte.

Narna warf sich auf den Boden, packte zu und rutschte mit dem Wurzelstrang in der Hand auf den Tümpel zu. »Finde meinen Stab, sie dürfen ihn nicht bekommen.« Das feuchte Holz entglitt ihr. Narna griff ins Wasser und tastete nach dem Ende - nichts. Ohne zu überlegen, sprang sie hinterher. Finsternis. Sie ruderte, wahllos griffen ihre Hände zu, fanden etwas, das eine Wurzel sein konnte. »Schützt den heiligen Baum, denn sie werden kommen.« Stille umfing sie. Narna drückte das Holz in ihren Fäusten, so fest sie konnte, doch es ließ sich kein weiterer Laut herauspressen. Schließlich überwog ihr Drang zu atmen, und ihre Finger lösten sich.

Narna ruderte an den Rand des kalten Lochs, wo sie Aura herauszog. »Hast du es gehört?«, fragte sie das Mädchen, das zu begreifen schien, weshalb Narna der Wurzel hinterhergesprungen war, und schüttelte den Kopf. *Besser so. Ich, eine Schicksalswenderin? Lächerlich, was immer es bedeuten soll.* »Sie sagte, wir müssen den heiligen Baum schützen.« Zögernd fügte Narna hinzu: »Sie werden kommen, hat sie gesagt. Wer auch immer *sie* sind.« *Wenn ich dafür sorgen soll, dass sie den Stab nicht kriegen, ist es besser, wenn ich das für mich behalte.*

Narna erhob sich. »Komm, holen wir die anderen. Wir können sie nicht in diesem stinkenden Tümpel liegen lassen.«

Es waren acht kräftige Männer nötig, um die Baummutter aus dem Sumpf zu hieven und ins Dorf zu bringen. Sie gruben ein Loch, in das sie die kurzen Beine Narimbas stellten, als pflanzten sie einen Baum. *Sie* wird *ein Baum*, wurde Narna klar.

Am nächsten Tag bei Sonnenaufgang versammelte sich das ganze Dorf und feierte den Übergang der Hüterin des Waldes von der fleischlichen Welt zur Erde. Es wurde gegessen, gesungen und getanzt.

Narna bekam ihren Kopf nicht frei, zu sehr nagten die letzten Worte der Verstorbenen an ihr. *Mein Mal. Schicksalswenderin. Was soll das bedeuten?* Klarer war ihr Auftrag: *Ich soll ihren Stab finden. Hat sie ihn verloren, wurde er gestohlen, oder hat sie ihn versteckt? Sie hat gesagt, finde meinen Stab, nicht findet ihn - ich alleine soll ihn finden.* Ihr Instinkt sagte ihr, dass sie dieses Thema für sich behalten sollte. Beim Schutz des heiligen Baumes dagegen war das gesamte Dorf gemeint, war sie sich sicher.

Wenn ich etwas verstecken würde, dann in meinem Kogi. Während die anderen feiern, gehe ich in Narimbas Haus und sehe mich um.

Die Hyle der Schatten

Kreton war eben dabei, Isolde in seine Reisekiste zu packen, als ihn ein lautes Dröhnen innehalten ließ. Verwirrt trat er vor die Tür und blickte zum Himmel, als könnte er dort die Quelle des Geräusches ausmachen. Der Ton verebbte und der Monsignore wartete, doch es sollte kein weiterer erklingen. *Alles umsonst. Herr, habt Ihr mich verlassen? Ich werde in meine Sinode zurückkehren und weitermachen, als wäre nichts gewesen. So lange, bis die Schatten über uns herfallen.*

Zurück in der Hütte wandte er sich seinem Gepäck zu. Die letzte Kiste war gepackt, seine weiße Robe, der purpurne Umhang, die Ringe und seine roten Schuhe lagen bereit. Als Mann des Glaubens würde er in seine Heimat zurückkehren. Der Monsignore strich über den weichen Samt, roch an den Ledersohlen und probierte, ob die Ringe noch passten. Er überlegte, ob er mit Isolde beten sollte, doch entschied, früh zu Bett zu gehen, denn es fehlte ihm die Kraft, und am nächsten Tag in aller Frühe wollten sie aufbrechen. Das Bild Loriandas versteckte er in seiner kleinen Kiste, denn er wollte niemanden sehen - nicht einmal sie. Erschöpft ließ er sich ins Bett fallen, schlief rasch ein und versank in wirren Träumen.

Seine Geliebte widersetzte sich seinem Wunsch nach Einsamkeit und besuchte ihn, sprach ihm gut zu und flehte ihn an, nicht aufzugeben. Sie richtete ihn auf, schmeichelte ihm, liebkoste seine Lippe und stellte ihm in Aussicht, sein Verlangen zu erfüllen. Dann stieß sie ihn weg, er landete unsanft am Boden und sie stand Isolde schwingend über ihm. »Alles wirst du bekommen, doch zuvor bringst du mir ein Geschenk!« Peitschenhiebe knallten auf die Dielen, Lorianda verschwand, doch das Pochen blieb und riss ihn aus dem Schlaf. Jemand hämmerte gegen seine Tür.

Der Monsignore riss die Augen auf, warf seinen Mantel über und rief: »Was wollt Ihr? Betet, dass es wichtig ist, sonst soll Euch der Gott des Lichts strafen.«

»Es ist wichtig«, vernahm er die helle Stimme seines Gehilfen. *Womit will der sich jetzt wieder wichtig machen?*

Der Monsignore erhob sich und öffnete die Tür, vor der Talias und der alte Luchterbuckel standen. Das Grinsen des Forschers zog sich bis zu seinen Ohren.

»Lasst uns rein, wir bringen Euch etwas von großem Wert«, trompetete der Forscher und zwängte sich an ihm vorbei.

Der Junge trug ein Bündel, das rohe Eier zu enthalten schien, sah sich suchend um und entschied sich, es auf den Tisch zu legen. Mit seinen klobigen Fingern nestelte Talias an dem Knoten, der das Tuch zusammenhielt, durch dessen grobe Fasern ein schwaches Leuchten drang. Der Junge schlug den Stoff zur Seite. Kreton hielt den Atem an.

Schwarz war sie, pulsierte und feine Linien, die die Farbe wechselten, durchzogen ihre Oberfläche.

»Das, werter Monsignore, ist die Hyle der Schatten«, sagte der Forscher und musste eine Träne verdrücken.

Die Hyle zog Kreton in ihren Bann, er fiel auf die Knie, seine Hände langten nach dem Objekt, doch plötzlich hielt er inne. *Ich werde sie erst berühren, wenn ich mehr über sie weiß.* Er schob seine Nase vor, beobachtete fasziniert das Spiel der Farben und musste seine Emotionen im Zaum halten, um nicht loszuheulen wie ein kleines Kind. »Wo, wo habt Ihr sie gefunden?«, stammelte er.

»Ach, es sollte eigentlich mehr ein Jux sein«, begann Talias.

Meister Luchterbuckel fuhr fort: »Ich wollte die Glocke der Odogrim läuten, den Gong habt ihr sicherlich gehört.«

»Dann mussten wir um unser Leben laufen - besser *schwimmen*, denn der Kessel wurde geflutet. Mit Müh und Not sind wir den Fluten entronnen«, sagte Talias.

»Das Wasser des Hochmoores hatte sich über die Ruine ergossen und das letzte Reich der Odogrim versenkt. Dafür fanden wir in dem leeren Becken des Moores eine Treppe, die zu einem Schrein führte«, sagte der Alte und kicherte.

»Der Ring des Odobart passte und gab das hier frei«, endete Talias.

»Gut, gut, der Herr des Lichts hat uns nicht vergessen«, sagte Kreton mit zitternden Lippen und rieb sich die Augen. »Schnürt sie ein. Talias, du holst Hirak her. Kein Wort darüber zu irgendwem!« Er sah dem Jungen und dann dem Forscher eindringlich in die Augen. »Tut so, als wäre nichts gewesen, und packt eure Sachen, morgen reisen wir ab.« Damit verjagte er die nächtlichen Besucher aus seinem Refugium.

Kreton verspürte den Drang, das Artefakt zu erkunden, doch sein Verstand warnte ihn. *Zuerst muss Emerald es untersuchen. Wenn man mächtige Waffen einsetzen möchte, sollte man wissen, wie sie funktionieren und sicherstellen, dass sie einen nicht selbst zerstören.* Er starrte auf das Bündel, als ein lautes Pochen an der Tür den Kommandanten ankündigte.

»Hirak, Hirak, glaubt Ihr an den Herrn des Lichts?« Der Lichtkrieger nickte und sah ihn fragend an. »Falls Ihr jemals Zweifel hattet, sollten sie nun ausgeräumt sein. Der Herr wollte es, und so geschah es: Er hat uns als seine Werkzeuge ausgewählt, seine Boten des Lichts, die seinen Willen wirken.« Der Kommandant sah ihn an, als wäre er betrunken.

Kreton lachte. »Wir haben sie gefunden! Besser: Sie ist zu uns gekommen, die Waffe, von der ich Euch erzählt habe.« Er deutete auf das Bündel. »Lasst eine Kiste zimmern, und dann sorgt dafür, dass sie Tag und Nacht streng bewacht wird. Und erzählt niemandem davon – niemandem! Wir müssen hoffen, dass die Verstärkung bald eintrifft, denn der Feind wird seine dunklen Krallen ausstrecken - bereitet Euch darauf vor.«

Ein Grinsen erschien auf dem Gesicht des Kriegers, als er nach dem Bündel griff. Kreton schlug seine Hand zur Seite. »Seid nicht töricht! Es ist ein Artefakt voller Schattenmagie. Mein Magistor muss es untersuchen, bevor wir vermögen, es einzusetzen.«

Der Riese sprang zurück und wandte seinen Blick ab. »Ihr bekommt Eure Kiste«, damit verließ er die Hütte.

Als Kreton endlich alleine war und betete, sickerten salzige Tränen durch den Spalt seiner Lippe und entspannten seine Zunge. Er schniefte, weinte, lachte und der Schlaf umfing ihn mit dem Bündel in den Armen.

Als er erwachte, war es weg.

Der Stab

Ein kalter Hauch stieg Narna entgegen, als sie den Erdbau Narimbas betrat und sich durch den stockdunklen Eingangsbereich tastete. Es roch feucht und etwas modrig, als hätte sich der Sumpf bis hierher ausgebreitet. Die Lichtflügler, die ihr beim ersten Besuch geleuchtet hatten, waren verschwunden, nur ein heller Streifen markierte den Weg. *Ich werde mehr Licht brauchen, wenn ich hier etwas finden soll.*

Als ihre Arme gegen eine Wand aus getrockneten Blättern stießen, zuckte sie zusammen. Verärgert über ihre Schreckhaftigkeit schubste sie die Büschel zur Seite, deren Blätter raschelnd zu Boden fielen und wohlige Düfte verbreiteten. *Ihre Teekräuter.* Dahinter fand sie die Feuerstelle, die kalt wie ein Bergsee dalag. *Zumindest ist Zunderzeug da.* Sie rieb ein Holz an, entzündete damit eine Kerze und stellte sie in eine Laterne.

Mit dem Licht in der Hand durchsuchte Narna die Behausung und rief sich dabei in Erinnerung, wie der Stab Narimbas ausgesehen hatte. *Ein krummer, grüner Ast, umschlungen von blättrigen Ranken, die Spitze geformt wie ein Kiefernzapfen. Töpfe, Krüge, Löffel, Gewürze und allerlei Nüsse - nichts, wo sich ein Stab verbergen könnte.* Erst jetzt bemerkte sie, dass mit dem Feuer auch das Plätschern des Baches erstorben war, und bückte sich zu der Furche im hinteren Teil des Baues hinunter. Das Wasser war versiegt, nur schlammige Erde zurückgeblieben. Narna griff hinein und beschmierte ihre Arme mit dem kühlen Brei.

Schicksalswenderin hallte es in ihrem Kopf, als sie ihr Mal damit bedeckte und versuchte, rasch an etwas anderes zu denken. Sie trommelte mit den Fingern auf den Wurzelstuhl, auf dem sie seinerzeit Platz genommen hatte, und führte ihre Laterne dicht über jeden einzelnen Wurzelstrang, der von der Decke in den Raum ragte, doch keiner sah annähernd so aus wie Narimbas Stab.

Narna drang weiter in das Erdreich vor und fand eine Nische, in der die Baummutter ihre Vorräte gelagert hatte: Äpfel, Kraut, Süßwurzeln, Grundbirnen, Pastinaken und Baumharz. Sie tauchte ihren Finger in die süße Masse und leckte ihn ab. *Die Narau essen doch mit ihren Fingern*, beschloss sie.

Im hinteren Teil des Erdbaues gelangte sie in eine kleine Kammer mit strohbedecktem Boden. *Auch die Baummutter schlief im Liegen, damit wäre dieses Rätsel gelöst.* Narna durchstreifte das Stroh, bis sie sicher war, dass sich kein Stab darin verbarg und schob es schließlich zur Seite um zu prüfen, ob sich darunter eine geheime Öffnung befand. *Nichts. Wenn der Stab nicht in ihrer Höhle ist, kann er überall sein.*

Narna löschte die Laterne und ging auf den Ausgang zu, da stellte sich ihr ein gezackter Schatten in den Weg. *Nisbert! Was will der hier?*

»Sieh an. Was habt Ihr hier zu suchen?«

Narna wollte einfach an ihm vorbei und raus aus der Höhle, doch der Igelmann machte sich breit.

»Das Gleiche könnte ich Euch fragen.«

»Wagt nicht, mich einer Unverschämtheit zu bezichtigen.«

Sie konnte spüren, wie sich seine Wangen röteten.

»Ich wusste, dass es einen Verräter im Dorf gibt. Jetzt weiß ich, wer es ist!«, sagte er.

Narna war sprachlos.

»Erst als Ihr herkamt, wurde Narimba sonderbar. Ihr kommt zurück, und sie ist tot. Wenn das ein Zufall ist, möcht' ich keine Äpfel mehr essen.«

Sie hatte genug gehört. Mit der flachen Hand stieß sie ihn gegen die Brust, er verlor das Gleichgewicht und stolperte einen Schritt nach hinten. Das genügte, um an ihm vorbeizukommen. Hinter ihrem Rücken vernahm sie leise sein Geschnatter.

Narna rannte aus dem Dorf, erklomm eine hohe Blauschattenkiefer und nahm auf einem Ast Platz. Der Wind spielte mit den blauen Nadeln und ließ sie sanft schaukeln. Narna nahm einen Zapfen, riss ihm eine Schuppe nach der anderen aus und warf sie hinunter. *Immer ist es das Gleiche: Sie beschuldigen mich. Ich werde einfach gehen - Schicksalswenderin hin oder her. Sie wollen mich nicht, also sollen sie alleine zurechtkommen. Was geht es mich an?*

Ein leiser Pfiff unter ihr, ließ sie nach unten blicken, wo sie die weißen Zähne Auras anleuchteten. *Was will sie von mir?* Narna kletterte hinunter.

»Na, hast du schon genug vom Feiern?«, fragte Narna.

Aura nickte.

»Ist kein guter Tag heute.«

Das Mädchen hielt sie fest. *Weiß sie, dass ich gehen will?* Als die Kleine keine Anstalten machte loszulassen, erzählte Narna:

»Narimba hat mir etwas aufgetragen, bevor sie starb.«

Aura blickte erstaunt.

»Ich soll ihren Stab finden. Sie dürfen ihn nicht kriegen, hat sie gesagt. Deswegen hab ich es für mich behalten.« Sie senkte ihre Stimme. »Ich denke, es war gut so. Nisbert ist überzeugt, dass es einen Verräter im Stamm gibt - er denkt, ich bin es.«

Das Mädchen schüttelte ungläubig den Kopf.

»Vielleicht hat er recht mit dem Verräter. Nur *ich* bin es nicht.«

Aura sah aus, als denke sie nach.

»Weißt du, wo Narimbas Stab sein könnte?«

Die Kleine ließ ihre Finger wie Stacheln vom Kopf stehen.

»Nisbert? Du denkst, er hat ihn?«

Aura nickte.

Bei Einbruch der Dämmerung lag Narna vor dem Eingang zu Nisberts Höhle unter einem Busch. Er blickte sich um, als er seine Behausung verließ, deckte den Eingang mit den Ästen einer Hasel ab und schlurfte dann ins Holz. Sie wartete kurz, bevor sie sich aus ihrem Versteck wagte, schob die Äste beiseite und huschte in die Öffnung. Dunkelheit verschlang sie, und mit der Zehe stieß sie an einen Hocker. »Verdammt!« *Ich hätte Licht mitbringen sollen.* Doch ihre Augen gewöhnten sich rasch an die Dunkelheit und die Fensteröffnungen sorgten für eine spärliche Beleuchtung. Ihre Hoffnung galt den Schnitzereien des Stachelmannes, denn dort ließe sich ein Stab gut verstecken.

Narna betastete die große Holzfigur, die bei einem Fenster stand und einen Stab in der Hand trug, doch es war nicht der Gesuchte. Die anderen Schnitzwerke waren zu klein, als dass sie etwas hätten verbergen können. Sie drang weiter in die Höhle vor, gelangte durch ein Loch in der Wand in die angrenzende Werkstatt. Allerlei Hölzer standen herum und stapelten sich. Ein Stock hing von der Decke, der mit einer Klappe verbunden war, die eine Dachluke verschloss. Sie hob ihn an und das Rund erhellte einen dicken Stumpf, der auf einem Tisch lag: Ein fülliger Körper, aus dessen Rumpf Äste ragten. *Narimba, da besteht kein Zweifel. Daran arbeitet er gerade.*

Narna sah die Stöße mit den Hölzern durch, doch keines davon kam in Frage, der gesuchte Stab zu sein. *Verdammt, er hat ihn nicht.* Sie schloss die Dachluke und stieg zurück in den Hauptraum. *Hier muss es noch etwas geben.* Sie fand ein weiteres Loch, das in eine Kammer führte und stieg gebückt hindurch. Der Schatten eines Turmes aus Äpfeln ragte vor ihr auf, deren Geruch den der erdigen Behausung überdeckte. *Äpfel, sonst nichts. Wo schläft er?* Ihre Finger glitten über den warmen Lehm der Wand und fanden einen Lederlappen, der eine weitere Öffnung im hintersten Bereich der Höhle verdeckte. Sie schob ihn zur Seite - dahinter war es stockfinster. *Das muss seine Schlafkammer sein.*

Narna tastete sich vorwärts. Ihre Zehen traten auf Zweige, Blätter und raschelndes Stroh, ihre Arme griffen ein riesiges Gebilde, das bis über ihren Kopf ragte: Eine Röhre, rund und weich wie ein Vogelnest. Sie kroch hinein und schob sich vor, bis sie am hinteren Ende anstieß. *Bequem, wie der Drogu nächtigt.*

Narna hörte nichts außer ihrem eigenen Atem, legte sich auf den Rücken und streckte ihre Arme über den Kopf, als ihre Finger auf etwas Festes stießen: Ein zapfenförmiges Rund mit einem Stiel daran. *Der Stab, ich habe ihn gefunden! Aura hatte recht, Nisbert ist der Verräter. Hat er die Schattenkreatur gerufen, die Narimba getötet hat?*

Narna zerrte den Stab aus dem Dickicht und verließ die Bettstatt. Als sie das Leder am Eingang beiseiteschob, hörte sie Rufe.

»Wer ist da? Komm heraus, elender Dieb, ich bin bewaffnet!«

Es ist Nisbert.

Gesucht!

Kreton war sofort hellwach und seine Finger griffen nach etwas. *Wo ist sie?* Sein erster Gedanke galt Lorianda, doch dann erinnerte er sich an den Grund ihrer Feier. *Die Hyle. Sie ist fort!* Er suchte nach dem Bündel, aber er war alleine in seinem Bett. *Habe ich alles nur geträumt? So wie die Nacht mit ihr?*

Die rothaarige Schöne war zu ihm gekommen und gemeinsam hatten sie den Fund des Artefaktes zelebriert. »Du hast sie gefunden«, waren ihre Worte. »Ich wusste, du würdest mich reich beschenken.« Zum Dank bereitete sie ihm Vergnügungen, von denen er nicht zu träumen gewagt hatte. Sie verwöhnte ihn mit ihren Krallen, leckte ihm den Rücken, befingerte den Spalt in seiner Lippe. Hemmungslos galoppierten sie, bis sie sich erschöpft auflösten.

»Sie war es!«, schrie Kreton. »Sie hat sie gestohlen!« Er sprang auf und holte das Porträt seiner Geliebten aus der kleinen Kiste. »Diese Schattenhure hat mich verhext. Ich werde sie finden und töten!« *Wie Mila. Das erste Weib, das meine Gedanken verstört hat.*

»Monsignore Morgenwasser, ist alles in Ordnung?«, vernahm er gedämpft eine Stimme.

Nackt stieß der Monsignore die Tür auf. »Nichts ist in Ordnung!«, bellte er den Lichtkrieger an. »Holt Hirak!«

Der Kommandant traf ein, als er in seine roten Schuhe schlüpfte.

»Die Kiste ist fertig«, begrüßte er ihn.

»Ihr könnt reinscheißen, wenn Ihr wollt! Ich benötige Euren Holzkasten nicht mehr.« Kreton warf sich den purpurnen

Umhang über sein bodenlanges Kleid. »Eure Wachen haben versagt! Unsere Waffe wurde letzte Nacht vom Feind gestohlen.«

Kreton ließ das Gesagte wirken. Hirak sah die Wache vor der Hütte an.

Der apfelfressende Riese hob die Schultern. »An mir is kener vorbei.«

Hirak blickte zum Monsignore, der ahnte, dass das nur die halbe Wahrheit war. *Vermutlich ist er eingeschlafen, oder die Diebin ist mit einem dunklen Zauber an ihm vorbei.* »Es war eine Schattenhexe. Wir müssen sie finden, bevor es zu spät ist.« Er hielt Hirak das Bildnis von Lorianda vor die Nase. »Sie war es!«

Hirak betrachtete das Porträt eingehend, rümpfte die Nase, kratzte sich im Schritt.

Möchte er, dass ich es ihm leihe?

»Ich kenne sie«, sagte er.

Der Monsignore wusste nicht, wie ihm geschah, wusste nicht, ob er zornig oder erfreut sein sollte. *Hat sie mich mit einem Lichtkrieger betrogen?*

»Es ist das Weib, das Kendrik abgestochen hat. Ihre Zotteln waren anders, und sie hatte Blätter an.« Hirak rieb sich die Nase. »Es war eine Naldar, da bin ich mir sicher.«

Kreton starrte ungläubig auf den Kommandanten. »Seid Ihr Euch sicher?«

»Ja, eine Langzehe, sie können auf Bäume klettern wie Eichhörnchen.«

Was erzählt er mir da?

»Sie muss im Dorf gewesen sein, als wir die Vorräte geholt haben. Es ist eine von ihnen - da bin ich ganz sicher.«

»Wir reiten los! Ruft Eure Männer«, befahl der Monsignore. »Diesmal werden wir keinen verschonen.«

Kreton rief Talias: »Wir brechen auf. Kümmere dich um meine Kisten und sieh zu, dass du nichts vergisst.« Sein Gehilfe starrte ihn an. »Jetzt sofort. Mach schon, wir sind in Eile!« Kreton streifte die Handschuhe über, steckte die Ringe an und verließ die Hütte, ohne sich umzublicken. Mit der kleinen Kiste unter dem Arm schwebte er zur Kutsche. Als er saß, nahm er Loriandas Porträt heraus und starrte es an. *Verräterin, Diebin, Schattenhure, Geliebte. Was bist du?*

Die Krieger ließ er vorausreiten und folgte ihnen mit der Kutsche. Einige Grim und der Ziegenkopf mit seinem Hund schlossen sich dem Tross an.

Noch bevor er das Dorf der Nari sah, trug der Wind Rauchschwaden in die Kutsche des Monsignore. Als sie ankamen, beugte er sich aus dem Fenster, um sich ein besseres Bild machen zu können: Der gesamte Hang stand in Flammen, denn der Wind hatte dafür gesorgt, dass jede der hölzernen Behausungen brannte wie Zunder. Seltsam kam ihm die Stille vor, die lediglich vom Knacken der Sparren oder fallenden Balken unterbrochen wurde. *Keine Schreie, kein Kampflärm?*

Hirak ritt zu ihm und beugte sich zum Kutschenfenster hinunter. »Sie sind fort! Das Dorf war leer, als wir kamen.«

»Sie haben unsere Waffe und bringen sie in Sicherheit«, sagte Kreton. *So wie wir es hätten machen sollen.*

»Den Spuren nach sind sie bereits vor einigen Tagen aufgebrochen.«

Wo bringt ihr die Hyle hin? Wenn ich ein Erdwurm wäre, würde ich sie meiner Anführerin bringen. »Holt den Ziegenkopf her! Er wird uns verraten, wo sie hingegangen sind.«

Xiran starrte auf die lodernden Flammen, als er zur Kutsche trat. Kreton öffnete die Tür und bedeutete ihm, einzusteigen. Sein Köter sprang bellend vor dem Gefährt auf und ab.

»Luran, nru!«, befahl der Ziegenjunge, woraufhin sich das Tier vor die Tür legte.

Als Xiran Platz genommen hatte, reichte ihm Kreton eine Flasche und dieser nahm einen großen Schluck.

»Unter deinen Leuten ist eine Hexerin der Schatten. Kennst du sie?«, fragte Kreton, als er ihm das Bildnis von Lorianda zeigte. Die Hörner des Jungen pochten gegen die Wand, als er den Kopf schüttelte. »Sie hat eine mächtige Waffe von uns gestohlen.« Er sah, wie Xirans Hand zu zittern begann und er rasch noch einen Schluck nahm. *Er hat Angst, das ist gut.* »Du wirst uns jetzt zu deiner Hüterin des Waldes bringen.«

Xiran schien seine Möglichkeiten abzuwägen und Kreton konnte förmlich sehen, was der Drogu dachte: *Soll er davonlaufen oder mich töten? Keines von beidem, er ist ein Feigling.* »Wir möchten die Hüterin lediglich befragen. Wenn sie nichts gestohlen hat, wird ihr nichts zustoßen.« Der Junge starrte auf das Porträt. »Gefällt sie dir? Ich werde dich reichlich belohnen, dann kannst du in die nächste Stadt ziehen und jedes Mädchen haben, das dir gefällt.« Er strich Xiran mit seinem Handschuh über das Horn. »An Gebranntem soll es dir nicht mangeln.«

»Xiran bringen Euch zu Narimba.« Der Drogu wollte sich erheben, doch die Hand des Monsignore gebot ihm, zu bleiben.

»Du darfst hier bei mir bleiben, bis wir da sind.«

Kreton wollte gegen die Wand der Kutsche klopfen, damit sie losrollte. Da traf ein Reiter mit glänzendem Helm und Banner ein, von dessen wehendem Stoff ein Lichtsymbol mit güldenem Pfeil leuchtete. *Die Weihrer Flitze. Unsere Verstärkung ist eingetroffen!*

Weiße Farbe

Narna schlüpfte aus Gevatter Nisberts Schlafraum. In der Ferne hörte sie Hölzer poltern und die Stimme des Drogu wurde lauter:

»Wenn ich dich erwische, blutest du!«

Ich muss hier raus - die Dachluke! Narna rollte durch das Loch in die Werkstatt, sprang auf die Werkbank und stieß den Deckel der Dachluke auf. Sie warf den Stab hindurch, sprang, klammerte sich an den Rändern fest und zog sich hoch. Ihre Beine zappelten in der Luft, stießen gegen ein Gefäß, das umkippte, vom Tisch rollte und zerbrach. *Verdammt!*

Donnernd näherten sich die Laute des Stachelmannes. Narna glitt ab, doch ihr Fuß fand Halt auf dem Tisch. Mit aller Kraft zog sie sich nach oben und schwang ihre Beine ins Freie. Nisbert kam und schrie - Narna rannte.

Erst beim blauen Baum erlaubte sie sich eine Atempause, sah sich um, lauschte und schnupperte. Ein sonderbarer Geruch kitzelte ihre Nase, doch nichts rührte sich. Als sie sicher war, alleine zu sein, erklomm sie den Baum, dessen Nadeln ihre Haut ritzten. Erinnerungen an die Berberitze und ihre Vergiftung wurden wach: Ihre Finger verkrampften sich und Schweißperlen standen auf ihrer Stirn. *Weiter! Ich werde doch keine Angst vor ein paar Nadeln haben - ich bin eine Schicksalswenderin. Bald glaube ich es selbst.*

Hoch im Geäst befestigte sie Narimbas Stab. Von hier oben konnte sie zahlreiche Feuer erblicken, die die Narau auf der Anhöhe entfacht hatten und gedämpfte Gesänge drangen zu ihr vor. *Meine erste Aufgabe ist vollbracht – zumindest ein Teil davon. Zeit, Narimba meine Ehre zu erweisen.*

Die Narau priesen die Hüterin des Waldes mit lauten Gesängen und wilden Tänzen. Sie tranken und aßen mit ihr und erzählten aus dem Leben der Vergangenen, bis der Tag die Nacht vertrieb.

Narna saß an einem Feuer, in der Hand Friedensbrot und Wein und streckte ihre Zehen in Richtung der Flammen, bis sich eine wohlige Wärme ausbreitete. Es duftete nach Zedernholz und Kiefernzapfen.

Silabel, die Priesterin, die ihre Lebensmitte bereits überschritten hatte, setzte sich zu ihr. Die Furchen ihrer Haut waren tiefer geworden, die Augen verkrochen sich in ihren Höhlen. »Was hat sie dir gesagt?«, fragte sie Narna.

Narna starrte in die Flammen. »Wir müssen den Baum schützen.«

Als die Lehrerin Narnas Zögern bemerkte, legte sie den Arm auf ihren. »Du kannst mir alles erzählen, Narimba hat mir vertraut.«

Sie hat keinem mehr getraut - außer mir. »Sie sprach davon, dass jemand kommen würde.«

Die Priesterin sah ihr an, dass das nicht alles war und schwieg.

»Narimba sprach von einer Prophezeiung: Das Licht hat sich über die Sonne erhoben, waren ihre letzten Worte«, log Narna.

»Ich kenne die Prophezeiung. Wir dachten, wir hätten mehr Zeit - Nun könnte es zu spät sein.«

»Wofür zu spät?«, fragte Narna.

Die weichen Züge um Silabels Mund wurden hart. »Schon bald werden wir angegriffen. Ob Licht oder Schatten, ist einerlei. Wir müssen uns verteidigen.«

»Geht fort, versteckt euch in den Wäldern oder in den Sümpfen.« *Das wäre für mich auch das Beste.*

»Nein, meine Liebe, es geht um den heiligen Baum. Wir können ihn nicht alleine lassen.« Sie rückte näher zu Narna und flüsterte: »Er ist ein Wächter.« Die Priesterin nahm einen Schluck Wein. »Sie waren es, die das letzte Zeitalter der Schatten beendeten.«

Narna reichte ihr vom Brot. »Erzähl«, bat sie.

»Als die Welt jung war, herrschten die Schatten auf Artei. Kerzak, der Tote, unterwarf die Völker und überzog mit seinen dunklen Horden das Land. Alle hatten sich ihm ergeben, bis auf ein kleines Volk in den Wäldern des Nordens.« Sie machte eine bedeutungsvolle Pause. »Nahira, unsere Urmutter, lebte dort mit ihren Nachkommen. Heute würden wir sagen, es waren die Ersten unseres Volkes. Sie lebten wie Kinder und sprachen mit den Erdgeistern. Kein Zweifel war ihnen angeboren, und ihre Seelen waren rein wie Wasser.«

Gebannt starrte Narna in die Flammen, als würde sie darin ihre Altvorderen erblicken. Zustimmend knackten die Äste im Feuer.

»Schattenwolken bedeckten den Himmel, die Erde verdorrte, und die Pflanzen starben. Als die Erdmutter dies sah, schickte sie ihre Kinder aus. Mit Hilfe der Erdgeister vertrieben sie Kerzak in die Schattenwelt. Den niederen Schatten gewährten sie, zu bleiben, gebunden an die Körper der Lebenden.« Die Priesterin hielt ihre Hand den Flammen entgegen, dass ein dunkler Fleck ihr Gesicht beschattete. »Siehst du?« Narna nickte. »Zeit ihres Lebens bewachten die Kinder Nahiras die Pforten in die Schattenwelt – und das tun sie auch heute noch.« Sie deutete auf den heiligen Baum.

»Das ist ein Kind Nahiras?«, fragte Narna.

»So ist es. Die Kinder der Urmutter wurden uralt, doch mit der Ära der Zeit vergingen sie und verwandelten sich in

Bäume. Verstehst du nun, weshalb wir ihn nicht alleine lassen können?«

Narna nickte, doch wirklich klar war es ihr nicht. *Schützen wir ihn, weil er ein Kind der Urmutter ist oder weil er eine Pforte bewacht? Beides*, entschied sie.

Aura kam und setzte sich zu ihnen. »Wir beginnen gleich heute mit unseren Vorbereitungen«, fuhr Silabel fort. »Narimba wollte, dass ich dir Nahiral beibringe. Da es eilt, lehre ich dich Dinge, die sonst nur Priesterinnen wissen dürfen.«

Mein Auftrag ist, den Stab in Sicherheit zu bringen. Ich werde bleiben, solange ich es für sicher halte.

Silabel erhob sich, als sich der Horizont aufhellte. »Zeit, das Fest zu beenden, sonst holen uns die Schatten im Schlaf.«

Narna wollte aufstehen, doch Aura schnappte ihren Fuß und bohrte ihren Finger in Narnas Sohle.

»Was soll das, willst du mich kitzeln?«

Aura schüttelte den Kopf und hielt ihren Finger vor Narnas Nase: Er war weiß. Narna starrte auf ihre Fußsohle: Sie war ebenfalls weiß. *Farbe. Das erklärt den seltsamen Geruch. Ich muss in Nisberts Werkstatt hineingetreten sein.* Sie rannte zur blauen Kiefer, auf deren Zapfen sich feine Tautropfen sammelten und im Morgenlicht glänzten. Sie strich über die dicke Rinde des Stammes, auf der sich keine Farbreste ausmachen ließen und auch der umliegende Waldboden zeigte keine weißen Abdrücke ihres Fußes. Es beruhigte sie, dass der Stab in Sicherheit war. *Trotzdem muss ich das Weiß von meinem Fuß bekommen, sonst weiß Nisbert, dass ich den Stab habe.* Sie rieb ihre Füße im feuchten Gras, doch die Farbe blieb.

Am Rande der Sümpfe fand sie einen Rohrkolben, mit dem sie die Sohle im Sumpfwasser abrieb und sich die Färbung löste, lediglich ein blasser Schleier blieb zurück.

Angriff

Freudig blickte der Monsignore auf den Reiter der Weihrer Flitze und dankte dem Herrn des Lichts mit einem Stoßgebet. *Er hat uns nicht verlassen. Mit Hilfe unserer Verstärkung haben wir ein leichtes Spiel mit den Erdkröten.* Als Kreton aus der Kutsche stieg, wog Xiran seine Möglichkeiten erneut ab. Doch Kreton warf ihm einen Blick zu, der »Rühr dich und stirb«, bedeutete, so blieb der Ziegenjunge in der Kutsche sitzen.

Kreton winkte den Reiter der Flitze und Hirak herbei und hob sein Kleid, als er durch den Matsch watete, um unter einem nahen Baum mit ihnen die Lage zu besprechen. Der Flitz stellte sich als Späher Hubmar Tannhorst vor und verneigte sich ehrfürchtig vor dem Monsignore.

»Wie viele Eurer Kollegen habt Ihr mitgebracht?«, fragte ihn Kreton.

Es stellte sich heraus, dass ihnen nicht bloß siebenundsiebzig Weihrer Lichtreiter und drei Dutzend Bogenschützen, sondern auch ein Trupp Kreutinger Spieße zu Hilfe geeilt waren, die eine halbe Tagesreise südlich auf weitere Befehle warteten.

Hirak schickte drei Männer mit Xiran voraus, um mit seiner Hilfe die Hüterin des Waldes zu finden. Der Rest von ihnen machte sich auf den Weg zum Lager der Flitze.

Als der Abend hereingebrochen war, traf der Monsignore im Lager der Lichtreiter ein. Sein Herz machte einen Sprung: Feuer brannten, und Banner wehten in einem Meer aus weißen Zelten. *Sie werden mir die Hyle zurückbringen, deshalb sind sie gekommen. Der Herr wird es verstehen, dass ich sie belügen muss, damit sie mir helfen.*

Der Kommandant der Flitze, ein alter Dickwanst mit hoher Stirn und aufrechtem Gang, empfing ihn. Begleitet vom Obersten der Kreutinger Truppe, einem kräftigen Kerl, mit vorstehendem Kiefer und wallendem Haar.

Kreton kam gleich zur Sache und tischte ihnen eine Geschichte auf: »Wir wurden von Schattenkreaturen angegriffen, als wir Arbeiter für die Sinode in Birnstengl rekrutieren wollten. Hirak und seine Männer waren zufällig in der Nähe, weil sie bereits hinter der Hexe her waren und kamen uns zu Hilfe. Uns wird nicht viel Zeit bleiben, bevor sie neues Unheil beschwört.« Er kramte das Bild Loriandas hervor. »So in etwa sieht sie aus. Wir wissen, dass sie bei den Aldir war. Mit ihrer roten Mähne sollten wir sie leicht finden können.« Er glättete eine Haarsträhne, die von einer Windböe aufgestellt wurde. »Sie hat einen wertvollen Gegenstand gestohlen. Wir vermuten, dass sie ihre Beute zur Hüterin des Waldes, ihrem Oberhaupt, bringt.«

»Unsere Männer sind bereits dabei, sie aufzuspüren«, mischte sich Hirak ein.

»Wir sollten unverzüglich angreifen«, sagte Kreton.

Die beiden Männer nickten wohlwollend. »Möge uns das Licht leuchten«, sangen sie im Chor.

Es wird heller leuchten, als sie ahnen.

Sie wiesen dem Monsignore ein geräumiges Zelt zu und servierten ihm eine Portion Hammelbraten. Als er gespeist hatte, drehte er eine Runde durch das Lager. Es waren kampferprobte Männer, deren Gesichter nach Zank und Blut geiferten, ihre Worte derb und die Schwerter scharf. Raufereien heizten ihre Gemüter an und Schlachtgesänge brachten sie zum Kochen. *Ihr werdet eure Befriedigung bekommen und ich die meine.*

Kretons Nacht blieb traumlos und er fror trotz der Felle, da ein eisiger Wind durch die Planen fuhr. Noch bevor die Sonne erwachte, stellte er sich zitternd an eines der Feuer und rieb seine Hände.

Hirak trat zu ihm. »Wir wissen, wo sich die Nari verschanzt haben. Es sind wenige, und sie sind unbewaffnet. Ich weiß nicht, ob es für die Flitze und Spieße ein Vergnügen wird.«

»Glaubt mir, es wird ihnen schmecken«, sagte Kreton. »Und bedenkt, dies ist nur der erste Bissen. Der nächste wird erheblich größer sein - er könnte ihnen im Halse stecken bleiben.« *Leicht bekleidete Nari-Weiber sind Kuscheltiere gegen die schwarzen Kreaturen, die kommen werden.*

Der nächste Tag stand im Zeichen der Vorbereitungen für die Schlacht. Waffen wurden gewetzt, Pfeile surrten durch die Luft, Rösser wurden gestriegelt, Rüstungen poliert. Ein Ochse wurde geschlachtet, und während er ausblutete, fertigten sie einen Bratspieß aus einem Baumstamm. Der Monsignore drehte nervös im Lager seine Runden. Die Männer hingegen waren ruhig, als gingen sie am nächsten Morgen in die Predigt - jeder wusste, was er zu tun hatte. Bevor es Abend wurde, rief der Monsignore die Kommandanten zu sich.

Ihr Plan war einfach und durchschlagend: Sie würden die Weihrer Bogenschützen in Position bringen, danach die Spieße vorschicken und dem Feind mit den Reitern den Rest geben. Die Kommandanten wogen alle Eventualitäten ab und diskutierten. Kreton fand ihre Vorbereitungen übertrieben. *Wenn es ihnen Spaß macht, sollen sie debattieren. Unsere Gegner sind*

Tiere. Der Kampf wird vorüber sein, bevor er richtig begonnen hat. Seine Gedanken wanderten zu Lorianda und der Hyle.

Irgendwann reichte es ihm, und er unterbrach die Kommandanten schroff. »Hört auf, von diesen Erdwürmern zu sprechen, als wären es ernstzunehmende Gegner! Ihre Waffen sind primitiv, und Rüstungen kennen sie nicht. Das hier«, er zeigte das Bild Loriandas in die Runde, »ist die einzige ernstzunehmende Gefahr. Seid wachsam, denn die rothaarige Hexe ist der dunklen Zauberei mächtig. Eure Männer müssen sie fassen, dürfen ihr jedoch kein Haar krümmen – verstanden?« Er wischte sich einen Tropfen Spucke von der Lippe und verließ die Runde. *Wenn sie jemand tötet, dann ich,* dachte er.

Rankeflink

Die nächsten Tage ging Narna Nisbert aus dem Weg und sie war nicht verwundert, dass er es genauso machte. *Besser so, wer weiß, was ich mit ihm anstelle oder er mit mir.* Silabel hatte das Kommando im Dorf übernommen, bis die Frauen beim nächsten Neumond eine neue Stammesmutter wählten. Sie bereitete das Dorf auf einen Angriff vor: Fallen wurden gegraben, Waffen geschnitzt, Zäune aufgestellt und viel gebetet.

Narna half, wo sie konnte und Silabel bestand darauf, dass sie jeden Tag in Nahiral unterrichtet wurde. Da der Tag der Priesterin voller Aufgaben war, fanden sie frühmorgens zusammen, um mit der aufgehenden Sonne zu lernen. Der Unterricht gefiel Narna und war mit den bisherigen Lektionen nicht zu vergleichen. Sie spürte, wie sie vorwärtskam, und lernte jeden Tag Neues.

Nach einer Woche meinte Silabel: »Du bist jetzt reif für deinen ersten Erdzauber: Wir nennen ihn Rankeflink.«

Narna stemmte ihre Sohlen in den weichen Boden, schloss die Augen und summte. Ihre Gedanken griffen nach der Wurzel eines benachbarten Löwenzahns. Sie spürte, wie der Saft in ihren Blättern pulsierte, ließ ihre Energie in die jungen Triebe fahren. Die Wurzeln schwollen an, ihr Hals wurde lang und die Arme breiteten sich aus. Narna riss die Augen auf: Der Löwenzahn reichte beinahe bis zu ihren Hüften.

»Gut gemacht«, lobte sie die Priesterin. »Ich habe damals einen Jahreslauf geackert, bis es mir geglückt ist - du hast Talent.«

Wenn die Arbeiten im Dorf erledigt, das Abendmahl verschlungen und der Tratsch beendet waren, zog sie sich zurück und übte den Rankenzauber verbissen jeden Tag.

Die Pflanzenstränge und Narnas Anspannung wuchsen, denn wie die Narau wartete sie darauf, den heiligen Baum zu verteidigen. Zahlreiche Löcher waren rund um den Hügel ausgehoben und mit Bolzen gespickt worden, die mit dem tödlichen Saft des Wolfshutes getränkt waren.

Sie musste nicht lange warten. Ein verschrecktes Reh, ein Rudel Wildschweine und zahlreiche Kleintiere hetzten den Hügel hinauf und ein Späher hastete ins Dorf und ließ die große Baumtrommel erschallen. *Es ist soweit - sie kommen!*

Blutkrähe

Mitten in der Nacht setzten sich die Lichtkrieger in Bewegung, um das Erdvolk anzugreifen. Kreton hatte kein Auge zugetan, denn das Lager war voller Stimmen, die Befehle riefen und es klapperte in allen Ecken, wenn die Männer mit ihren Rüstungen an seinem Zelt vorbeischritten - manche lachten, einige pfiffen, andere sangen lauthals.

Als die Krieger weg waren, senkte sich Stille über das Gelände, dennoch konnte Kreton den ersehnten Schlaf nicht finden und gab schließlich auf. Er schlenderte in der Finsternis zwischen den weißen Zelten umher und sah außer einer Wache, die bei einem Feuer in der Mitte des Platzes stand, keine Seele. Die Krieger und ihre Pferde waren auf dem Weg zur Schlacht, nur etwa eine Handvoll war zurückgeblieben, um ihre Habe zu bewachen und ein ordentliches Mahl für die Rückkehrenden vorzubereiten.

Kreton genoss die Stille und saugte die kalte Nachtluft durch seine Schneidezähne. *Bereits morgen werde ich mit der Hyle in den Süden reisen und diesen elenden Wald hinter mir lassen. Ich werde den Weisenrat versammeln und ihnen klarmachen, was zu tun ist. Wenn ich Glück habe, werden meine Männer herausfinden, wo die Erdwürmer die Hyle der Erde verstecken. Vielleicht bringen sie mir gleich zwei der Hylen mit.* Bei dem Gedanken musste er schmunzeln und verdeckte den Spalt in seiner Lippe diesmal nicht.

Kreton sah den Schemen nicht, hörte einzig die Schwingen, die über ihm kreisten. Sein erster Gedanke galt den Schatten. *Sie haben abgewartet, bis die Krieger weg waren, jetzt holen sie mich.*

Gebückt ging er in Deckung und wollte bereits die Wache herbeirufen, da erkannte er den Umriss eines Pantors. *Fiora. Möglicherweise bringe ich dem Weisenrat sogar eine dritte Hyle.*

Das Ungetüm landete abseits am Waldrand, die Wache bekam davon nichts mit. Diesmal sollte es der Monsignore sein, der die Geliebte des Luftkönigs überraschte. Fiora ließ sich von einem jungen Luftreiter in güldener Rüstung aus dem Sattel heben, drückte ihre Lippen auf seine und schob seine Hand beiseite, die von ihrem Bauch nach oben wanderte. Mit großen Schritten und erhobenem Haupt stakste sie auf die Zelte zu.

»Die Königin der Lüfte beehrt mich zum zweiten Mal«, begrüßte Kreton sie.

»Monsignore, wie schön, dass Ihr diesmal Stehvermögen beweist. Eigentlich hatte ich damit gerechnet, wieder in Euer Bett zu dürfen.«

»Ich hoffe, Ihr bringt mir gute Neuigkeiten. Seid Ihr bei den Windwächtern vorangekommen?«

Sie lachte glockenhell. »Keine Sorge, ich habe meine Kontakte vertieft. Doch das ist nicht der Grund für meinen Besuch.«

Kreton war überrascht und blieb stumm.

»Es geht um meinen Mann.«

Er ist nicht ihr Mann. Der König steigt lediglich mit ihr ins Bett.

»Leomir sieht die Bedrohungen, vor denen er gewarnt wurde, als Finte der Ildae. Nicht die Schatten sind es, die ihn ängstigen. Er hat die fixe Vorstellung, Euer Volk würde einen Angriff auf unsere Inseln vorbereiten.«

Kreton schluckte. »Dieser alte Narr! Wie sollten wir Inseln, die hoch in den Wolken schweben, einnehmen können?«

Fiora streichelte seinen Arm. »Er sieht die Unternehmungen, die ihr finanziert habt, als lange angelegten Plan, unser Territorium einzunehmen. Der Bau des Himmelsturmes, die lange Treppe, alles, was unsere Völker enger miteinander verbunden hat, stellt er in Frage.«

»Was ist sein Plan? Möchte er die Tausende von Steinen, die wir über Jahre hinweg raufgeschafft haben, wieder abtragen? Nur weil er einem Irrsinn verfallen ist?« Kreton ballte die Hand zur Faust.

Jahrelang haben wir bauen lassen und Unsummen investiert.

»Derzeit denkt mein Hündchen nicht über eine Zerstörung nach. Er wälzt lediglich Pläne, wie er die Bauwerke, die uns mit der Erde verbinden, aufrüsten kann. Und«, sie machte eine bedeutungsvolle Pause und kniff ihn in die Wange, »er hat ein neues Vorhaben.«

Jetzt bereitet sie mir doch Vergnügen. Was ist es wohl, was den alten Geist außer ihrem Körper antreibt? »Er will mein Geld«, sagte der Monsignore.

»Was sonst, meine schimmernde Münze? Er hat mich bekniet, ob ich nicht zu Olkan von Sedoke fliegen könnte, um die nötigen Mittel aufzutreiben.«

»Schön, dass er denkt, die Fischköpfe hätten so viel Geld.« *Weshalb lässt sie mich zappeln? Entweder sie rückt jetzt damit heraus, oder sie kann sich einen anderen Geldgeber suchen.*

»Er plant eine fliegende Festung«, sagte Fiora.

Kreton starrte sie an. *Was ist das denn für eine Narretei?*

»Er möchte eine Wunderwaffe bauen, mit der er seine fliegenden Inseln verteidigen kann«, sagte Fiora.

Kreton fuhr sich über den Mund. »Und mit der er andere angreifen kann«, fügte er hinzu.

»Richtig, mein Großer, ihr habt es sofort erfasst. Mein Hündchen musste ich erst auf diesen Gedanken stoßen.« Sie spitzte die Lippen. »Welche Antwort soll ich ihm bringen?«

»Sagt Olkan, er soll ihm das Geld leihen. Ich möchte alle Konstruktionspläne sehen und über den Fortschritt informiert werden.« *Wenn mir etwas missfällt, drehe ich ihm den Geldhahn zu. Und wenn es mir gefällt, bauen wir unsere eigenen fliegenden Festungen.* »Sonst noch etwas?«

»Ihr habt doch nicht wirklich vor, die Rastrovi anzugreifen?«, fragte sie.

Jetzt lachte Kreton laut. »Meine Liebe, Ihr wisst, dass wir Ildae nur einen Feind fürchten: Er ist dunkel und bringt Wahnsinn und Zerstörung - die Schatten sind es, die wir bekämpfen, ansonsten hat keiner etwas zu fürchten.« *Außer er durchkreuzt meine Pläne.* »Sagt Eurem König, dass Ihr erfahren habt, die Lichtkrieger hätten ein Heer in den Norden gesandt. Das dürfte seine Ängste beschwichtigen. Und treibt ihm die Idee, wir wären eine Bedrohung, mit Euren Hüften aus.« Er wollte ihren Bauch sehen, doch diesmal zog sie ihren Pelzmantel fest um die Taille.

Kreton drehte sich um und ließ Fiora stehen. »Und seht zu, dass er Euch ehelicht!«, rief er lachend. *Denn bald wird ihn das Zeitliche segnen, dafür werde ich sorgen.*

Leise hörte der Monsignore, wie sich die Schwingen des Pantors hinter seinem Rücken entfernten. Nachdenklich schritt er im Morgengrauen auf das Lager zu, da sah er aus dem Augenwinkel einen seltsamen Vogel: Eine Krähe, und sie war rot. Kreton musste an die Worte des Ziegenjungen denken: *Rotes Tier kommt mit Schatten.* Die rote Krähe flog von Ast zu Ast und verschwand dann in einem der Zelte. *Ein geflügelter Dieb. Vielleicht war es so ein Vieh, das meine Hyle gestohlen hat?*

Der Monsignore bemühte sich, leise aufzutreten und näherte sich dem Zelt. Als er davorstand, war von dem Vogel nichts mehr zu sehen. Er lauschte. Aus dem Inneren kamen seltsame Laute. Kreton hielt den Atem an. Es war eine fremde Sprache, deren Worte er dunkel empfand, obwohl er ihren Sinn nicht erfasste. *Die Schatten sind bereits hier!*

Kreton eilte zu der Wache in der Mitte des Lagers. »Weckt Eure Männer und folgt mir leise«, befahl er dem Krieger. Der junge Soldat zögerte kurz, dann gehorchte er seinem Befehl. Mit drei Lichtkriegern im Schlepptau näherte er sich dem Zelt, aus dem die seltsamen Laute gekommen waren: Es lag still da. Kreton deutete mit dem Zeigefinger auf den Eingang.

Ein Lichtkrieger stellte sich mit gespannter Armbrust auf, die beiden anderen rissen die Planen in die Höhe. »Rauskommen!«, befahlen sie dem Bewohner. Kretons Kinn klappte nach unten, als sich blonde Zotteln, gefolgt von einem massigen Körper aus dem Zelt zwängten.

»Dafür werde ich dich zu deinem Onkel zurückschicken!«, schrie der Monsignore und wandte sich an die Krieger. »Nehmt ihn fest und seht zu, dass keine Zauber mehr aus seinem Mund kommen.«

Talias versuchte nicht, etwas zu erwidern, sondern drückte Kreton das lederne Büchlein in die Hand.

Einige Seiten waren an den Rändern angekohlt. *Er muss es aus der Feuerstelle im Lager gefischt haben. Törichter Junge!*

Mit gesenktem Kopf ließ Talias sich von den Männern abführen.

Sie kommen

Die Nari blieben erstaunlich ruhig und jeder von ihnen wusste, was er zu tun hatte. Die Späher kehrten zurück, die Fallen waren entsichert und Silabel versammelte mit der Baumtrommel den Stamm unter dem heiligen Baum. »Unsere Feinde sind auf dem Weg und sie übertreffen uns an Zahl. Doch ihr wisst in euren Herzen, dass Wertungen keine Bedeutung haben.« Sie nahm eine Handvoll Erde und berührte damit den Baum. »Unser Bruder ist es, für den wir kämpfen: Er ist ein Bewahrer der Erde und befreite einst unser Volk. Wenn er fällt, werden wir folgen - vergesst das nicht.« Dann sangen sie so schön, dass Narna dachte, die Sterne würden herabschweben und mit ihnen tanzen.

Der Gesang und die Worte der Priesterin verliehen Narna Mut. Sie wusste, dass es richtig war, was sie tat, doch ihr Verstand lockte Zweifel an und je mehr Zeit verstrich, desto lauter meldeten sie sich. *Ich habe die Krieger gesehen: Sie sind mit Metall bewaffnet, herzlos und schwer. Sie wurden geboren, um Kriege zu führen und zu töten.* Narna wog einen Stein in ihrer Hand. *Für sie sind wir Kinder.* Um sich Mut zu machen, summte sie das Lied der Erde. Ihr Blut wurde still, der Atem ruhig. Mit den ersten Strahlen der Sonne drangen Tod und Verderben in den Fleeran.

Drei hölzerne Barrikaden ragten am untersten Ende der Rampe auf: Dicke Spieße und Dornen sollten die Angreifer fernhalten. Erst hinter der letzten waren die Nari postiert. Je einen Steinwurf weiter folgte ein Zaun, der ihnen Deckung bot, so würden sie ausreichend Gelegenheit bekommen, den Eindringlingen zuzusetzen.

Gebannt starrte Narna auf den Waldrand und knetete den Stein in ihrer Hand. Sie sah die Angreifer nicht, hörte bloß das Knacken der Äste, wenn die Feinde durch die Fallgitter brachen. *Waren sie sofort tot, oder brüllten sie nicht?* Ein Zischen, wie von einem Schwarm Krähen, erfüllte die Luft: Brennende Pfeile hagelten auf die Barrikaden und die dahinter verborgenen Köpfe nieder. Die tödlichen Boten durchtrennten einige Lebensfäden, und die untersten Zäune fingen Feuer. In den Reihen der Nari blieb alles ruhig. Narna presste den Stein, so fest sie konnte, und legte ihn in die Schleuder.

In silbernen Helmen, rasselnden Hemden und weißen Umhängen rannten die Angreifer auf die Barrikaden zu. Golden leuchtete die Sonne auf ihrer Brust. *Lichtkrieger.* Die Pfeile der Nari sangen als Antwort in der Luft. Ein flinker Bursche, noch ein halbes Kind, rannte voraus und wurde von einem Pfeil in die Schulter getroffen. Er ließ sich nicht aufhalten und auch, als sein Bein getroffen wurde, rannte er weiter. Das nächste Geschoss prallte an seinem Hemd aus Ketten ab. Erst als ein Pfeil aus seinem Hals ragte, ging er zu Boden.

Erinnerungen an Erians Tod wurden wach, als Narna auf die weißen Federn des Schaftes starrte. *Diesmal waren wir es.* Sie biss die Zähne zusammen und warf ihren Kopf in den Nacken. *Sie haben Erian auf dem Gewissen, jetzt werden sie meine Rache spüren.*

Narna schwang ihre Schleuder und zielte auf einen großen Dicken, der sich langsam bewegte. Ihr Stein traf, doch prallte er von seinem Helm ab. Wieder und wieder schwang sie ihre Schleuder, aber nur einen der Kämpfer brachte sie zu Fall. Die anderen verfehlte sie, oder ihre Steine prallten ab. *Sie sind uns überlegen - wir werden den Zugang nicht lange verteidigen können.*

In der Zwischenzeit tobte ein erbitterter Kampf um die unteren Barrikaden. Die Speere der Nari konnten die erste Angriffswelle zurückdrängen, doch immer mehr Krieger sammelten sich und hieben auf die Pflöcke und Ranken ein. Tote Krieger türmten sich vor dem Hindernis.

Die Bogenschützen der Angreifer wagten sich aus ihren Verstecken und versuchten mit Brandpfeilen die Zäune, die sich am Aufstieg befanden, zu treffen. Sie umstellten den Hügel und schossen von allen Seiten. Als Antwort der Nari rollten Baumstämme den Abhang hinunter, die ein paar Schützen, die sich hinter einem Busch verschanzt hatten, niederwalzten. Als die Bogenträger rannten, hagelten ihnen Steine hinterher. Es gelang den Angreifern, einen weiteren Zaun in Brand zu setzen, dann zogen sie sich zurück. Das Erdvolk hieb mit Fellen und laubbedeckten Ästen auf die Flammen ein, um sie zu ersticken. Dicke Rauchschwaden hüllten den Hügel in ein dunkles Kleid.

Narna traf einen fliehenden Bogenschützen am Bein, da hörte sie Hufe herandonnern und die Erde zitterte. Die Schreie eines Pferdes, das in eine Falle geraten war, übertönten das Kampfgetümmel, dann verebbten die Trampelgeräusche.

Zwei Reiter mit schwarzen Hengsten lösten sich aus der Deckung des Waldes und ritten auf die Barrikade zu. Sie schwangen eiserne Haken mit Seilen daran und zielten auf die dahinterliegende Absperrung. Der erste Lichtreiter traf und machte mit seinem Gaul kehrt, der zweite verfehlte. Ein Fußkämpfer mit langem schwarzem Haar benutzte die Toten als Treppe und schwang sich über die erste Barrikade. Ein Speer blieb in seiner Hüfte stecken und brachte ihn zu Fall, doch er raffte sich auf und es gelang ihm, den Haken über das zweite Hindernis zu werfen. Jubel brandete bei den

Lichtkriegern auf und Blut färbte die Zähne des Helden, als er lachte - dann war die Schlacht für ihn vorüber.

Die beiden Pferde ritten los, strafften die Seile und unzählige Krieger zogen mit ihnen. Der Hanf knarrte. Mit lautem Krachen rissen sie die hintere Barriere weg und walzten mit ihr das vordere Hindernis nieder.

Einzig eine Wand aus Holz und Dornen trennte die wilde Meute jetzt noch vom Erdvolk und dem Anstieg zum Heiligtum. *Erdgeister steht uns bei!*

Verbrannte Erde

Die beiden Reiter kehrten zurück, schwangen unter den anfeuernden Rufen ihrer Mitstreiter ihre Haken und machten sich auf den Weg, die letzte Barrikade zu beseitigen.

Silabel, die neben Narna stand, versank in ein Gebet, wippte und summte. Die Ranken um die Barrikade spannten sich, Dornen schossen zu allen Seiten weg und die Krieger an vorderster Front stürzten davon. Das erste Pferd scheute und trampelte einen Bogenschützen nieder. Der andere warf seinen Haken, spannte das Seil und wickelte es um seinen Sattelknauf. Langsam ließ er sein Ross fortschreiten. Die obersten Balken ächzten und mit einem Knall brachen einige Hölzer von der Spitze weg.

Das Donnern von Hufen und eine Staubwolke aus dem nahen Wald ließen die Kämpfer innehalten, als eine Horde Lichtreiter aus dem Grün hervorstieß. Dunkel waren ihre Rösser und schimmernd ihre Rüstungen.

Zuvorderst ritt ein Riese auf einem schwarzen Hengst. Narna kniff die Augen zusammen. *Der Apfelfresser.* Er preschte durch die Reste der Barrikaden und sprang mit seinem Ross über den Wall. Das Pferd streifte einen Pflock, riss sich die Flanke auf und schlingerte kurz. Der Riese verlor das Gleichgewicht, doch dann fanden beide Halt, er zog sein Schwert und schwang es gegen die Verteidiger. Die Nari stoben auseinander wie Pilzsporen. Mit gewagten Sätzen folgten weitere der Reiter.

Silabel versank erneut in Trance und kurz darauf wuchsen die Ranken an der Barriere in die Höhe. Ein Lichtreiter setzte zum Sprung an, verriss die Zügel und landete auf einem Pflock. Das Pferd seines Nachbarn scheute und bugsierte ihn über das Hindernis scheppernd zu Boden. Die folgenden Reiter versuchten, ihre Rösser zu zügeln, aber sie waren zu schnell, und es waren zu viele. Die Vordersten wurden gegen die Pflöcke gedrückt, Mann und Ross brüllten in Todesangst und der Druck ließ die Balken stöhnen - mit Getöse brach die letzte Sperre entzwei. Wie Wasser durch einen geborstenen Damm strömten die Angreifer durch die Öffnung.

Die Nari, die hinter der Barriere Widerstand geleistet hatten, rannten um ihr Leben. Einigen gelang die Flucht hinter den nächsten Zaun, andere verschanzten sich in den Höhlen, wo der Tod etwas länger auf sie wartete.

Die Angreifer waren zu zahlreich und standen bald vor dem nächsten Zaun, der mehr ein Schild war als ein Hindernis. Die Nari wehrten sich mit Pfeilen, Speeren, Hölzern und Steinen. Die Lichtkrieger auf ihren Rössern mit ihren Rüstungen und Waffen ritten sie einfach nieder.

Fuß um Fuß gelangten die Gegner den Hügel hinauf und es war nur eine Frage der Zeit, bis sie das Heiligtum einnehmen würden. Als sich die Eindringlinge auf dem Abschnitt direkt unter Narna befanden, griff eine Hand nach ihr.

»Aura«.

Das Mädchen reckte ihre Faust in die Höhe und umschloss den Arm mit der anderen Hand.

»Der Stab, was ist mit ihm?«

Aura wedelte mit den Händen.

»Ich soll ihn holen?«

Die Kleine nickte eindringlich.

»Das geht nicht, er ist nicht hier – ich hab ihn in Sicherheit gebracht.«

Aura zerrte an ihrem Arm und Silabel kam hinzu. *Die Situation ist ausweglos. Ich kann es ihr erzählen.*

»Aura möchte, dass ich Narimbas Stab hole, doch ich kann es nicht. Die Baummutter bat mich, ihn in Sicherheit zu bringen.«

»Ich denke, sie wollte mehr als das. Bring ihn zu uns.«

Wozu soll das gut sein? »Ich muss verhindern, dass er in die falschen Hände gerät«, erwiderte Narna.

»Dann hole ihn, denn sonst wirst du nie erfahren, was mit ihm geschieht.«

Diesmal war es ihr Instinkt, der siegte.

Narna blickte sich um: Horden tummelten sich vor den Zäunen. Sie ging auf die andere Seite des Hügels, wo es ruhiger war und nur ein paar Nachzügler den Hang hinauftrotteten: Verwundete Krieger oder solche, die die Höhlen geplündert hatten. Narna fand eine Efeuranke, an der sie die halbe Distanz zum Weg unterhalb überbrücken konnte. Als kein Krieger in Sicht war, kletterte sie hinunter und hing zwei Körperlängen über dem Boden - einzig ein Weißdornbusch würde ihren Fall abfedern. *Wenn ich mich verletze, ist es vorbei.* Aus den Augenwinkeln sah sie, wie drei Lichtkrieger in Rüstungen um die Ecke bogen. *Verdammt.*

Die Krieger liefen auf sie zu. Narna schloss die Augen und ließ los. Der Busch federte ihren Sturz ab und hinterließ eine Schramme in ihrem Gesicht. Sie rollte sich ab, kam auf die Beine und rannte ein Stück bergauf den Weg zurück, um den Kriegern zu entfliehen. Eine Biegung würde sie kurze Zeit aus der Sicht ihrer Häscher verschwinden lassen. *Nur, was ist dahinter?*

Narna nahm die Kehre und landete im Rücken einer Schar Berittener. *Ich sitze in der Falle.* Die Reiter hatten sie noch nicht gesehen, doch ihre Verfolger würden jeden Augenblick hier sein. Sie trat an den Abgrund. *Es ist zu steil - ich würde durch Busch und Blatt hinunterstürzen und mir alle Knochen brechen.* Da entdeckte sie einen Haken, der sich in die Erde gefressen hatte - daran ein Seil.

Kaum waren ihre Häscher in Sicht, ergriff Narna das Seil und sprang die Böschung hinunter. Zweige, Steine, Erde stießen gegen ihren Körper. Als ihre Füße Halt fanden, ließ sie los und rannte den Weg entlang auf die Reste der Barrikaden zu. Die letzte Böschung war weniger steil: Narna rutschte ein Stück auf den Fersen, glitt beim Versuch, sich festzuklammern, aus, brach einige Äste ab, rollte, warf sich herum und landete auf allen vieren. Gebückt hastete sie auf den Waldrand zu. Ein Pfeil bohrte sich neben ihr ins Gras. *Bogenschützen!*

Rufe näherten sich. Narna dachte nicht mehr nach und rannte weiter in den Wald hinein. *Hier bin ich zu Hause, kommt nur und holt mich.* Keuchend erreichte sie den blauen Baum und sah sich um, bevor sie ihn erklomm. *Ich bin alleine.*

Narna jagte den Stamm hinauf, nahm den Stab an sich und kletterte mit einer Hand hinunter. Als der Hügel mit dem Heiligtum in ihr Blickfeld geriet, hielt sie inne: Lediglich ein Zaun schützte die verbliebenen Erdlinge vor den Angreifern. Unvermittelt tat sich eine grüne Wand vor den Kriegern auf. *Silabel hat eine Dornenhecke sprießen lassen. Wie soll ich jemals wieder zu ihnen gelangen?* Narna überlegte, den Stab zu nehmen und mit ihm wegzugehen. Zu sehr hing sie am Leben und zu gering waren die Aussichten für das Heiligtum ihres Volkes. *Ich sollte ihn in Sicherheit bringen, hier überbringe ich ihn dem Feind. Vor einem Mond hätte ich mich mit Vergnügen in ihre Schwerter geworfen, um mit Erian zu sterben. Erian.*

Eine liebliche Melodie mischte sich unter das ferne Kampfgeschrei. Narna lauschte. Sie kam vom Fuß des Baumes und rief sie. *Die Sperlingssymphonie – Erians Lied.* Narna spähte durch die Äste nach unten und sah eine Gestalt davonhuschen – *konnte das sein?* Beinahe verlor sie den Halt, der Stab entglitt ihr und polterte durch die Zweige auf den Boden. Hastig kletterte sie hinunter und sah sich um. *Hier ist niemand.* Eine bekannte Stimme ließ sie erstarren: »Narna, halte sie auf. Beeile dich, sonst werdet ihr vergehen.«

Erian! Er ist hier! Ihr Herz pochte bis zum Hals und sie vergaß alles um sich herum. Wie in einem Traum packte sie den Stab und stürzte in den Busch, aus dem die Stimme kam. Ein Sperling flog auf, setzte sich auf einen Zweig und trällerte Erians Melodie.

Sie pflückte eine Ranunkel und riss Blatt für Blatt die Blüten aus. *Ich werde mir deine Mörder holen - einen nach dem anderen.*

Der Sperling flog davon. Narna eilte ihm nach - auf das Heiligtum zu.

Der Wächter

Narna folgte dem Sperling durch den Wald, überquerte die Lichtung am Fuß des Hügels in großem Bogen um die Angreifer, und kam seitlich auf den Zugangsweg. Den Stab in der Hand preschte sie an den Kriegern vorbei, den Hügel hinauf - da sie von hinten kam, achtete keiner auf sie. Erst bei der letzten Kehre stellte sich ihr ein langer Dünner, dem die Haare an den Wangen klebten, in den Weg. Er reckte seinen Dolch und schritt auf sie zu. Narna rannte los, geradewegs auf ihn zu, den Stab eng am Körper. Ihr Gegner sprintete los. *Noch eine Pferdelänge.* Knapp vor ihr bremste der Krieger ab, duckte sich, holte aus und schwang den Dolch in tödlicher Absicht. Sie fasste den Stab am unteren Ende, warf ihren Körper zur Seite und stieß zu. Der Zapfen an der Stabspitze bohrte sich ins Gesicht des Angreifers. Knackend brachen Zähne aus und er ging zu Boden. Der Sperling jubelte, Narna lief weiter.

Vor der nächsten Kehre hielt Narna an. Pferde schnaubten, die Luft war von Schweiß und Rauch getränkt und dumpfe Hiebe drangen zu ihr, wenn Metall auf Holz traf. *Werden die Wunden, die an diesem Tag geschlagen wurden, jemals verheilen?* Der Sperling zwitscherte. Narna schaute nach oben, wo die Efeuranke, an der sie hinuntergeklettert war, auf halber Höhe des Hanges baumelte. *Niemals komme ich da ran.* Sie hatte keine Zeit, denn vom Weg unterhalb hörte sie Pferde herantraben. *Mutter des Waldes, hilf mir. Was soll ich machen?*

Narna blickte auf den Stab. *Nahiral, das ist es! Auf einen Versuch lasse ich es ankommen.* Sie schloss die Augen, summte und aus ihren Sohlen drangen Wurzeln tief in die Erde und suchten. Sie fanden den Efeu und verbanden sich. Ihre Kraft floss in die Ranke und ließ sie wachsen - länger und länger.

Das Traben der Pferde wurde lauter. Narna sprang hoch und packte den grünen Strang. Mit dem Stab in einer Hand kam sie nur langsam voran, doch es genügte, um aus der Reichweite der Reiter zu kommen.

Ein Knacken über ihr verhieß nichts Gutes und dunkle Schwaden stiegen in den Himmel. *Es klingt wie ein großes Feuer: Der heilige Baum - er brennt!* Sie kletterte, so schnell sie konnte und zog, oben angekommen, das Pflanzenseil herauf, damit ihr keiner folgen konnte. Der Sperling flog davon, ohne sich zu verabschieden.

Es sah schlecht aus für das Erdvolk: Der heilige Baum stand in Flammen und einzig eine hohe Dornenhecke hielt die Widersacher zurück und schützte die verbliebenen Nari. Aura war verwurzelt und wippte wild mit ihrem Körper, Silabel schrie Befehle. Narna rannte zur Priesterin und drückte ihr den Stab in die Hand.

Da ertönten Laute vom Fuß des Hügels: Blattflöten erfüllten die Luft mit Hoffnung. *Aldire!* Einige Aldir-Reiter preschten mit ihren Pferden aus dem Wald und bewaffnete Nari in bunten Gewändern stürmten den Hügel hinauf. *Sie kommen zu spät! Bis sie hier sind, sind wir alle tot, und das Heiligtum ist abgebrannt.*

Narna blickte zu Silabel: Die Priesterin rammte den Stab in die Erde und schloss die Augen. Im gleichen Augenblick brachen die ersten Lichtkrieger durch.

Einer, dessen Kopf wie ein Kürbis aussah, schlug wild auf sein Ross ein und trieb es durch die Dornenhecke. Die Hinterbeine verfingen sich und Blut färbte die Dornen. Er riss an den Zügeln, doch das Pferd war am Ende und sank brüllend in die Knie. Der Riese stieg ab, trat ihm fluchend in die Seite und trennte mit einem Schwerthieb den Kopf des Tieres ab. Dann erblickte er den Stab. Gemächlich schritt er auf Silabel zu, die ihn, in ihr Gebet vertieft, nicht kommen sah. Die Blicke des Kriegers verrieten Narna, dass er Silabel nicht bloß töten würde. *Er genießt es.*

Narna zog den Dolch und stellte sich vor Silabel hin. Der Riese lachte und sein Blick wanderte von ihr zum Stab. Triumph blitzte in seinen Augen auf, doch da war noch etwas Ungreifbares - *etwas verunsichert ihn.* Es sah aus, als müsste er sich entscheiden, wen er zuerst töten sollte.

Er entschied sich für Narna. Kräftige Schwerthiebe fuhren auf sie nieder. Narna sprang zur Seite und stieß den Dolch nach vorne, doch für seine Größe war der Krieger erstaunlich wendig. Mit einem schnellen Griff packte er ihren Arm, entwand ihr den Dolch und ein kräftiger Schlag mit seiner Armschiene warf sie benommen zu Boden.

Wie durch einen Schleier sah Narna, wie sich der Riese hinter Silabel stellte. Die Priesterin bemerkte nichts: Sie wippte mit geschlossenen Augen, den Stab fest umklammert. Das Leder knarrte, als seine großen Hände an den Riemen ihres Halsschmucks zerrten und sie in die Höhe zogen. Silabel erkannte zu spät, was geschah: Ihre Augen traten hervor, die Beine zappelten in der Luft und Steine sprangen aus dem Halsband.

Die Steine. Bei Siras Leichnam waren sie auch herausgelöst. Jetzt weiß ich, wie sie gestorben ist.

Die Zunge des Kriegers schnellte heraus und leckte Silabel übers Ohr. Er sah Narna an: »Ja, ich habe es schon einmal so gemacht. Sie war hübscher, und wir hatten viel Zeit.«

Er war es - er hat Sira getötet! Narna steh auf, räche deine Ziehmutter und rette Silabel.

Narna kroch auf allen vieren zu Erians Dolch, erhob sich und ging wankend auf das Monster zu. Der Krieger ließ die Bänder los, woraufhin Silabels Kopf nach vorne fiel und ihr Körper zusammensackte - lachend reckte er ihren Stab in die Luft. Narna war unfähig, sich zu rühren und beobachtete machtlos, was sich vor ihren Augen abspielte.

Der Riese pfiff. Ein Reiter kam und der Kürbiskopf warf ihm den Stab zu. »Der ist für Hirak. Bring ihn in Sicherheit!« Der Reiter preschte davon - mit ihm der Stab.

Ich habe ihn verloren und bei meiner ersten Aufgabe versagt. Ich bin keine Schicksalswenderin! Nur eine dumme kleine Nari, die sehr wütend ist.

»Komm schon, mein roter Leckerbissen«, köderte sie der Hüne, warf sein Schwert zur Seite und griff sich in den Schritt. »Für dich brauche ich mein Langschwert. Du musst mir nur helfen, es zu ziehen.«

Narna hob die Klinge und rannte auf ihn zu. Noch bevor sie ausholen konnte, packte er ihren Arm, warf sie auf den Rücken und legte seine Arme auf ihre. Seine Zunge leckte über ihr Gesicht und erkundete ihre Augen. Narna biss zu. Der Riese schrie, hatte plötzlich ein Messer in der Hand und zielte auf ihre Kehle. Narna schloss die Augen. *Erian, ich will zu dir.*

Ein gurgelnder Laut ertönte und das Messer landete in ihrer Halsbeuge. Narna riss die Augen auf: Aus dem Hals des Riesen ragte eine Spitze und das Monster sackte zur Seite.

»Xiran!« Sie stand auf und wollte den Drogu umarmen.

»Verräter!«, schallte es von einem Ross und ein Schwert schlug nach dem Ziegenjungen. Es war der dunkelhäutige Muskelprotz mit dem kurz geschorenen Haar. *Er hat Erian getötet. Jetzt ist er dran.* Narna schubste Xiran zur Seite, sein Arm wurde aufgerissen und ein Horn abgetrennt. Xiran packte seinen Speer.

Narna bückte sich nach Erians Dolch, da berührte jemand zaghaft ihre Schulter. Mit zitternder Hand und rot geweinten Augen reichte ihr Nisbert ein Stück Holz. *Narimbas Stab! Wie kommt er zu ihm?*

»Das ist der echte Stab. Benutzt ihn, wenn Ihr uns retten wollt.«

Schwer wog das Holz in Narnas Hand. Sie überlegte nicht lange, umklammerte den Stab und rammte ihn in die Erde. Die Welt veränderte sich: Die Kampfgeräusche wurden dumpf, die Lebenden verblassten und feine Härchen an ihren Sohlen drangen in die Erde, wie die Fühler eines Schmetterlings. Sie erkannte jede Pflanze, jedes Tier, spürte die einzelnen Fasern ihrer Körper. In der Mitte all dessen ragte ein dunkler Schatten auf: *Der Wächter.* Narna sammelte ihre Kräfte: Die Energie der Erde floss auf den Schatten zu, seine Wurzeln regten sich, Leben strömte in seine Hülle, doch sie fühlte auch den Schmerz an seiner Haut - *die Flammen.*

Der Baum erwachte: Seine Stämme erhoben sich aus der Erde wie die Beine eines Riesen und die langen Äste wurden zu Armen, die wild um sich schlugen. Alte Augen, die in seiner Krone saßen, blickten sich um. Der Baum fegte die Krieger von ihren Pferden und strich die Angreifer hinfort als wären es abgestorbene Blätter.

Mit dem Stab war es für Narna ein Leichtes, mit den Pflanzen zu sprechen - sie befahl, und die Erde gehorchte. Spitze Halme wuchsen zu Speeren heran, Ranken schlangen sich um die Beine der Angreifer und fesselten sie, Äste peitschten die Krieger von ihren Pferden und knarrendes Holz schrie, sie sollten verschwinden.

Die Lichtkrieger bekamen es mit der Angst zu tun, flohen den Hügel hinunter und landeten in den Armen der nachstoßenden Aldire. Einige warfen die Waffen weg, manche sprangen die Böschung hinunter und blieben verrenkt liegen – die, die sich wehrten, verließen die Anhöhe nicht.

Ein kleiner Trupp, in dem Narna Erians Mörder erblickte, bahnte sich mit seinen Streitrössern eine Schneise und floh in die Wälder.

Narna ließ den Stab erschöpft fallen und sank zu Boden.

Aura

Als Narna das Bewusstsein wiedererlangte, blickte sie in ein vertrautes Augenpaar. »Aldra!«

»Shhh, meine Rotlocke. Trink das.«

Narna trank. Ihre Gliedmaßen, die sich leer anfühlten, erwachten, der Lebensstrom begann zu fließen und ihr Schädel pulsierte. Sie lag am Fuß des Hügels unter freiem Himmel in einem weichen Bett, das nach frischem Heu und Kräutern duftete. Die Gerüche hatten etwas Heimeliges: Narna fühlte sich geborgen und sicher wie damals, als ihre Mutter noch lebte und sie als Kind mit ihr in der Wiese lag. *Wir haben einfach den Schwalben zugesehen.* Die geschlagene Schlacht war weit entfernt, wie eine blasse Erinnerung.

»Wir haben sie verjagt«, sagte Narna.

»Du warst es, Narna. Der Dank unseres Volkes gilt dir.« Ein schaler Geschmack begleitete Aldras Worte und die Dorfvorsteherin sah ihren fragenden Blick. »Es war kein Sieg der Erde. Zu hoch sind unsere Verluste.«

Narna hatte den Eindruck, dass die Aldira etwas vor ihr verbarg und erhob sich. »Was ist mit Silabel, hat sie es geschafft? Und Xiran?«

»Sie leben. Doch viele andere folgten dem Ruf der Erdgeister.«

»Aura? Ist die Kleine wohlauf?«

»Da musst du die Narau fragen.«

»Sie ist noch ein halbes Kind, mit weißem Haar und großen Augen. Sie spricht nicht.«

»Wir haben viele Verwundete, ich werde nach ihr sehen.«

»Ich gehe selbst.« Aldra wollte Narna zurückhalten, doch sie schob ihre Hand beiseite. »Es geht mir gut. Ich bin bloß etwas müde.« *Sie erzählt mir nicht alles, sie denkt, sie muss mich schonen.*

Narna sprang auf und sah sich um: Zahlreiche Aldire waren in Gebete vertieft und kümmerten sich um die Verletzten. Hinter den Barrikaden türmten sich die Opfer der Angreifer. Sie stieg über einen blutverschmierten Schuh, zog einen abgebrochenen Pfeil aus der Erde, wandelte zwischen stöhnenden Nari umher. Sie suchte nach dem Schein von Auras Haar im Sonnenlicht, aber in der Ebene war das Mädchen nicht zu finden.

Eilig stieg Narna den Pfad hinauf, der von Toten gepflastert war. Sie umging die zerstörten Zäune und rief nach Aura. Zwei Frauen rollten die verendeten Leiber von Ross und Reiter in einem Karren den Hügel hinab.

»Habt ihr Aura gesehen?«, fragte sie.

Die beiden schüttelten ihre Zweige. »Da oben lebt nichts mehr.«

Narna rannte los und erst als sie bei den verkohlten Resten des Heiligtums anlangte, blieb sie stehen. Von der kahlen Krone des Baumes stieg ein dunkler Faden in den Himmel, als hinge er daran. *Der Wächter. Er ist vergangen. Und keine Spur von Aura. Bei den Erdgeistern!*

Narna schloss die Augen und versuchte zu wurzeln - es gelang ihr nicht, denn sie konnte sich nicht konzentrieren und ihre Sohlen schmerzten. Sie beschloss, in den Höhlen der Narau nachzusehen. Narimbas Bleibe war leer, die Kammer verwüstet und sie fand Stiefelabdrücke im Bachbett. *Die Schlacht wurde bis hierher getragen.* Sie rief, doch außer dem Plätschern des Baches antwortete niemand.

Ein Erdloch nach dem anderen durchsuchte sie: Ging hinein und rief nach dem Mädchen.

»Wen rufst du, meine Schwester?« Eine Narau mit Farn im Haar kam aus einer Bleibe.

»Hast du Aura gesehen?«

»Zuletzt oben am Fuß des Heiligtums.«

Da hab ich sie auch gesehen.

Der Farnkopf half ihr beim Suchen und schritt mit ihr den gesamten Hügel, die Wiese mit den Verwundeten und den Waldrand ab. *Nichts.*

Als letzte Möglichkeit kam Narna der Lagerplatz am Rande der Sümpfe in den Sinn. Sie suchte das Dickicht ab, bildete mit den Händen einen Trichter und rief. Ein gleißender Sonnenstrahl, der vom Helm eines Lichtkriegers zurückgeworfen wurde, ließ sie zusammenzucken. Narna schlich sich von hinten an und als sie sah, dass er drei Pfeile im Rücken hatte, atmete sie durch. *Er ist wohl Aldra und ihren Leuten in den Weg gekommen.*

Narna folgte dem Pfad durch die Sümpfe, bis zur Stelle an der Narimba festgesteckt war. Doch auch hier fand sie keine Anzeichen der jungen Aldira. *Bei den Erdgeistern! Die Lichtkrieger werden sie doch nicht mitgenommen haben?* Sie nahm einen Stein und schleuderte ihn in die Luft. Ihr Auge blieb beim blauen Baum hängen. *Dort könnte sie sein.*

Sie rannte zur Blauschattenkiefer, kletterte hinauf, sah sich um und rief. Ihr Blick wanderte über den Waldboden, wo eine Igelfamilie durch die gefallenen Blätter stapfte. *Nisbert. Möglicherweise ist Aura in seiner Höhle. Dann kann ich ihn gleich fragen, woher er den Stab hatte.*

Narna klopfte an das Holz am Eingang zu Nisberts Höhle. Es dauerte, bis der Igelmann mit rotem Kopf und einem Bündel in der Hand herauskam.

»Ihr geht?«, fragte Narna.

»Wir alle werden den Fleeran verlassen müssen. Wisst Ihr es denn nicht?«

Narna schüttelte langsam den Kopf.

»Der Wächter ist verloren, das Dorf ist nicht mehr sicher.« Seine Nase streifte ihr Ohr. »Schatten. Sie werden kommen und die alten Tore aufstoßen. Da ist es besser, nicht in der Nähe zu sein.« Er legte Narna eine Hand auf die Schulter. »Danke, Ihr habt uns alle gerettet. Zumindest fast alle. Die meisten. Ihr wisst, was ich meine.«

»Nein, Gevatter Nisbert. Ihr wart es. Ohne den Stab wäre keiner von uns mehr auf eigenen Beinen den Hügel hinuntergelaufen.« Sie drückte ihm einen Kuss auf die Wange. Verlegen wandte er den Kopf ab.

»Ich hatte solche Angst«, stotterte er. Tränen stiegen ihm in die Augen. »Ich bin alt und müde.«

»Kommt schon, helft mir, Aura zu suchen, und erzählt mir, wie Ihr an Narimbas Stab gekommen seid.«

»Ich dachte, Ihr wärt die Verräterin und als ich Euren Fußabdruck in meiner Werkstatt gesehen hatte, war ich mir ganz sicher. Eine solche Zehe hat sonst keiner im Dorf«, sagte Nisbert.

Die weiße Farbe! Ich bin reingestiegen, als ich durch die Luke geflohen bin.

»Nachdem es eine Replik war, die Ihr gestohlen hattet, versteckte ich mich und wartete ab.«

»Eine Replik?«

»Eine Nachbildung, die ich für Narimba angefertigt hatte. Sie bat mich darum, als sie sah, dass die Feinde nach ihrem Stab griffen. Ihre Weisheit war unübertroffen.« Nisbert wischte sich eine Träne mit dem Handrücken weg und schniefte. »Ich Hohlkopf! Sie hatte mich dermaßen gekränkt, dass ich bereits damals gehen wollte. Viel zu spät habe ich erkannt, was wirklich passiert war.« Er lächelte Narna an. »Ihr habt es durchschaut, dass sie von der Schattenkreatur beherrscht wurde. Nicht schlecht für eine Langzehe.«

»Aura hat es erspürt. Sie war es auch, die mich den Stab holen ließ. Wir müssen sie finden.«

Gemeinsam gingen sie ins Dorf zurück und fragten jeden Kopf, der des Weges kam, nach Aura. Doch sowohl die Narau als auch ihre Schwestern wussten nicht, wo das Kind mit dem weißen Hemd geblieben war.

»Es bleibt nur eine Möglichkeit: Sie wurde von den Lichtkriegern verschleppt«, sagte sie zu Aldra, die solange die Führung im Dorf übernommen hatte, bis Silabel genesen war. »Wir müssen ihnen nach, und Aura befreien«, drängte Narna.

»Wir werden nichts dergleichen unternehmen. Zu viel Blut verschmutzt bereits unsere Erde.«

Narna griff ihren Arm. Etwas zu fest, wie sie an Aldras Gesichtsausdruck bemerkte. »Aura war es, die die Schattenkreatur aus Narimba vertrieben hat. Und sie war es, die mich auf den Stab gebracht hat. Wir haben ihr viel zu verdanken.«

»Wenn jemand freiwillig mit dir geht, soll es gut sein.« Es war Aldras letztes Wort.

»Wenn es sein muss, werde ich alleine gehen«, sagte Narna. *Ich brauche eure Hilfe nicht.*

Die Spuren der Krieger und ihrer Pferde waren nicht zu übersehen. Vorsichtig schlich Narna der mordenden Meute hinterher. *Ich werde in ihr Lager schleichen und so schnell weg sein, dass sie es nicht bemerken.*

Niederlage

Kreton hörte die Männer bereits von weitem - es waren nicht die siegreichen Gesänge, die er erhofft hatte. Unzählige Verletzte strömten in das Lager, manche von ihnen hatten es eilig, wollten sie das Lager lebend erreichen. Die verbliebenen Krieger holten heißes Wasser und versorgten die Wunden ihrer Kameraden. Die Männer bissen auf Holz, schrien oder verloren das Bewusstsein, wenn Splitter aus ihrem Fleisch gezogen wurden.

Später kamen weitere Reiter, die Fußtruppen und ein Fuhrwerk jammernder Gestalten. Wie ein Trauerzug schleppten sie sich zwischen den weißen Zelten hindurch, die Köpfe gesenkt, klagend. Kreton sah Hirak neben dem Fuhrwerk reiten - er brauchte nicht zu fragen. *Sie haben verloren. So wie es aussieht, haben die Erdwürmer nicht nur gesiegt, sie haben unsere Truppen vernichtet.* Kreton richtete seinen Blick zum Himmel: Die Sonne war hinter einer dichten Wolkendecke verschwunden. *Herr, weshalb hast du uns verlassen? Oder waren bereits höhere Mächte als die der Erdhexen am Werk? Wurde etwa die Hyle der Schatten gegen unser Volk gerichtet?* Er ballte die Hand zur Faust und knirschte mit den Zähnen. *Wohl eher nicht, denn sonst wäre keiner von ihnen zurückgekehrt.*

Kreton konnte den Anblick der verwundeten Krieger nicht ertragen. Verhielten sie sich vor der Schlacht wie übermütige Welpen, die balgten und sangen, sahen sie nun aus, als würden sie am liebsten unter den Zitzen ihrer Mutter verschwinden - winselnd und kriechend. Er war versucht, Isolde zu nehmen und auf die Versager einzudreschen, bis sie alle reglos am Boden lagen - so wie die Krieger aussahen, bedurfte es dazu wenig. *Ein Kind könnte sie töten, und es waren Kinder, die sie so zugerichtet haben.* Mein Gott, *wenn wir den Wilden mit ihren primitiven Waffen unterliegen, wie sollen wir den Schatten standhalten? Wenn das alles ist, was wir zustande bringen, werden die Schatten nach Kerten durchmarschieren, bevor das neue Jahr anbricht.*

Mit festen Schritten trat der Monsignore Hirak entgegen. Der Kommandant zuckte kurz zusammen, als er vom Pferd stieg. *Er hat etwas abbekommen: Sein Arm ist steif, und er ist blass wie unsereins.*

»Wir standen kurz vor dem Sieg, dann haben die Erdhexen zu zaubern begonnen - niemals hab ich ein dunkleres Werk gesehen.«

Kreton strich sich über den Mund.

»Ein Baum, den wir in Brand gesetzt hatten, erwachte zum Leben wie ein Ungetüm, das einem Albtraum entsteigt. Wenn Ihr meinen Worten keinen Glauben schenkt, fragt die Männer.«

Sie haben die Hyle der Erde eingesetzt. Immerhin weiß ich jetzt, wo sie zu finden ist. »Was ist mit der roten Frau?« Beinahe hätte er »Lorianda‹ gesagt.

»Sie war dort, doch wir bekamen sie nicht zu fassen. Diesen Stab haben wir ihr abgenommen.«

Hirak warf dem Monsignore ein Holz zu, das dieser mit Mühe auffing. *Wirft er es, weil er seinen Arm kaum heben kann, oder wollte er es mir an den Kopf werfen?* Kreton drehte das krumme Ding und starrte auf den Zapfen an der Spitze. *Wenn* das *etwas Besonderes sein soll, bin ich der Falsche. Ich werde ihn Emerald zur Untersuchung geben.*

Kreton blickte auf den dunklen Fleck, der sich auf Hiraks Waffenkleid ausbreitete. »Seht zu, dass Ihr Eure Garderobe wechselt, und dann möchte ich einen Bericht über unsere

Verluste. Ihr werdet wohl Verständnis dafür haben, dass Eure Männer heute keinen Wein trinken werden.« Kreton drehte dem Kommandanten den Rücken zu und fuhr schmunzelnd fort: »Wir benötigen ihn, um ihre Wunden damit auszuwaschen.«

Mit dem Stab in der Hand schritt der Monsignore zurück zum Zelt.Er lehnte das knorrige Ding neben sein Pult und begann im Kreis zu gehen. Mit einer Niederlage hatte er nicht gerechnet. *Einerlei, ich werde Lorianda kriegen und mit ihr die Hyle der Schatten. Aber warum haben sie die Hyle der Erde benutzt? Wenn Lorianda bei ihnen war, weshalb dann nicht auch die Hyle der Schatten? Muss sie die Schattenhyle selbst erst erproben?*

Kreton umfasste sein Kinn. *Wenn Emerald bloß hier wäre. Nicht einmal eine Nachricht habe ich von ihm erhalten - ich werde ihm nochmals schreiben. Sobald die Truppen wieder einsatzfähig sind, werde ich jedes Nest nördlich des Steinernen Vorhangs nach dieser rothaarigen Hexe absuchen lassen.* Er fuhr sich durchs Haar und spielte mit dem Spalt in seiner Lippe. Wie er in seinem Handspiegel sehen konnte, breitete sich ein Grinsen auf seinem Gesicht aus: Diesmal war es kein einfältiges Grinsen - es war triumphal. *Ich werde sie herlocken! Zuvor muss ich dafür sorgen, dass sie nicht in den Süden verschwindet.*

Kreton trat vor das Zelt und stellte zufrieden fest, dass sich die Sonne den Weg durch die Wolken gebahnt hatte. Als er nach Talias rufen wollte, fiel ihm ein, dass er den Jungen aus seinen Diensten entlassen und wegsperren lassen hatte. *Dieser Tölpel! Ich muss einen Brief an seinen Onkel aufsetzen. All die Schreibarbeit, und wenn man ihn braucht, treibt er Unfug.*

Kreton ging zurück ins Zelt und formulierte im Geiste den Wortlaut des ersten Schreibens, das er aufsetzen würde. Er würde dem Weisenrat von der Hexerei der Nari, den Verlusten auf Seiten der Lichtkrieger und dem Diebstahl der Hyle berichten. *Sie müssen den Steinernen Vorhang abriegeln. Kein Erdwurm, kein Schatten, nicht einmal ein Furz darf über den Pass gelangen.* Als er die Worte eindringlich genug geformt hatte, setzte er sich an sein Pult und brachte sie zu Papier.

Als Nächstes formulierte er den Brief an Theowill Starkhand. Mit wenigen Worten informierte er ihn, dass sein Neffe bald wieder an seinem Trog fressen würde. Sobald er in Kerten war, würde er ihm die Beweise für die dunklen Zauber, denen Talias nachging, aushändigen. *Ein Buch voll schwarzer Laute, das ist gut.* Kreton schmunzelte, wenn er daran dachte, wie er es Talias' Onkel präsentieren würde. Zügig gingen ihm die Worte von der Hand. *Jetzt noch das Schreiben an Emerald, dann wird das Licht wieder für uns leuchten.* Die Dämmerung war hereingebrochen, als er die Feder in das Tintenfässchen tauchte und ihn ein Schwall genuschelter Laute vor dem Zelt innehalten ließ. *Der alte Luchterbuckel, was will der hier? Ich denke nicht, dass er mir bei der Hexenjagd eine Hilfe sein könnte. Er sollte besser nach Hause gehen und sich in seinen Papierbergen vergraben.*

Kreton legte die Feder zur Seite, zog seinen Mantel an und trat ins Freie, wo der alte Forscher, seine Kappe knetend, vor den beiden Wachen stand.

»Werter Kornilius, wie kann ich Euch behilflich sein?«

»Monsignore Morgenwasser, es ist so.« Der Forscher kratzte sich am Kopf. »Ich habe nachgedacht. Wo soll ich bloß anfangen? Etwas missfällt mir an der Geschichte mit der Hyle.«

Er wird nie sofort auf den Punkt kommen, möglicherweise bringen ein paar Schritte an der kühlen Abendluft Ordnung in seinen Geist. Kreton setzte sein freundlichstes Lächeln auf und schob den Grim vom Zelt weg. »Kommt, lasst uns ein paar Schritte gehen. Beginnt einfach am Anfang.«

In feindlichen Reihen

Die Dämmerung umfing Narna, als sie in der Ferne Rauch aufsteigen sah und gedämpfte Stimmen vernahm. *Ich werde mich in einem weiten Bogen nähern, gewiss haben sie Späher.*

Tatsächlich saß ein Krieger in einem Baum, als sie sich näherte. Narna beschloss, auf der Rückseite des Lagerplatzes mit ihrer Erkundung zu beginnen. Auf einer Lichtung hatten die Krieger ihre Zelte aufgestellt, deren weiße Hauben, wie Schneewehen den Platz bedeckten. Dazwischen brannten zahlreiche kleine Feuer und erinnerten sie an das Fest für Narimba.

Nur wenige der Männer waren auf den Beinen, einige saßen an den Feuern und wärmten ihre klammen Finger. Junge Burschen schleppten dampfende Eimer von den Feuerstellen zu den Zelten. Narna stellte sich vor, wie die Männer nach dem Kampf ihre Rüstungen ablegten, das Blut und den Dreck abseiften, erschöpft und verwundet in ihre Felle sanken. Die Wunden der Pferde, die unruhig zwischen den Zelten standen und fraßen, wurden ebenso versorgt und ihre Felle gestriegelt.

Narna suchte sich einen Baum am Rande der Lichtung, von dem aus sie das Lager vollständig überblickte. Rasch wusste sie, wo Leben war und wo bereits die Geister der Getöteten die Krieger heimsuchten. Ein Zelt erregte ihre Neugier: Es war hell ausgeleuchtet, von Fahnen umgeben, und zwei Wachen standen davor. Der Schatten einer Gestalt lief beständig im Kreis - gebückt und die Hände gefaltet. *Der Rattenkönig! Wenn Aura in Sicherheit ist, knöpfe ich ihn mir vor.*

Bei der Latrine gab es ein häufiges Kommen und Gehen. Zwei Betrunkene grölten und wurden von einem Dritten ermahnt, ihre Fressen zu halten. Das Gezeter eines Verwundeten, dem sie das Bein absägten, ertönte aus einem nahen Zelt. Zwei Krieger zerhackten ein Pferd, das die Schlacht nicht überstanden hatte. In einer dunklen Ecke erspähte Narna einen Wagen, auf dessen Kutschbock ein Wachmann saß und rauchte. Es war ein in die Jahre gekommener Lichtkrieger mit grauem Backenbart und zerschlissenen Kleidern, auf dessen Haupt eine blaue Filzkappe saß, von der eine Feder wegstand, wie bei einem Fasan. *Aura könnte in dem Wagen sein - ich muss ihn mir ansehen.*

Gerade als Narna von ihrem Beobachtungsposten klettern wollte, sah sie, wie ein kleines Männlein mit langem, weißem Bart zum Zelt mit den Fahnen ging. *Es ist ein Grim.* Er blieb davor stehen und trat von einem Bein aufs andere. Die Plane vor dem Eingang wurde zurückgeschlagen, die Ratte trat in ihrem Pelzmantel heraus und die beiden gingen, vertieft in eine Unterhaltung, weg - die Wachen blieben beim Zelt zurück. Narna konnte es kaum glauben. *Sie kommen direkt auf mich zu. Der Grim stellt keine Gefahr dar, ich könnte die Ratte problemlos töten. Wer weiß, wann ich jemals wieder eine solche Gelegenheit bekomme, um Erian zu rächen.* Fest umklammerte sie den Griff ihres Dolches.

Dennoch zögerte sie und eine Stimme mischte sich in ihre Gedanken. *Du bist hergekommen, um Aura zu finden - befreie sie und verschwinde.* Narna blickte zu dem Wagen: Der Krieger mit der Feder an der Kappe war weg, der Kutschbock leer. Sie suchte die Zeltreihen ab und fand die Feder, gemächlich durch das Lager wandern. *Er geht zu den Latrinen. Die Ratte töten oder Aura befreien - entscheide dich!*

Ohne zu überlegen, kletterte Narna ein paar Äste hinab, sprang hinunter und rannte, geduckt mit dem Dolch in der Hand, los Richtung Wagen. Als sie das Dach des Wagens bereits sehen konnte, vernahm sie Stimmen, verließ den eingeschlagenen Weg, verschwand hinter einem Zelt und betrat die nächste Reihe.

Kurz vor ihrem Ziel wurde Narna langsamer, legte den Kopf in den Nacken, schnupperte und lauschte. Weder vor noch aus dem Wagen drangen Hinweise auf Leben zu ihr. Sie umrundete das Gefährt, an dessen Ladefläche eine Leiter gelehnt war. Sie atmete tief durch und sah sich um. *Keiner in der Nähe.* Rasch erklomm sie die hölzernen Sprossen, die unter ihrem Gewicht knarrten. Sie fuhr mit ihrem Dolch durch das Seil, mit dem die Plane zugebunden war und verschwand im Wagen.

Drinnen war es dunkel und einzig durch einen Spalt fand das Licht einer Fackel seinen Weg herein. Zahlreiche Säcke, Kisten und Bündel stapelten sich. *Nahrung, Waffen und Werkzeuge. Keine Aura.* Sie wollte bereits verschwinden, da bewegte sich etwas im hintersten Teil der Ladefläche: Ein Paar zusammengeschnürter Füße, die große Lederstiefel kleideten. Den Dolch vor der Nase ging Narna nach hinten und fand einen stämmigen Jungen mit auf den Rücken gefesselten Armen und einem Fetzen im Mund. Rote Backen lagen wie Äpfel in seinem bärtigen Gesicht. Wären seine Haare nicht hell und seine Stiefel riesig gewesen, hätte es ein Grim sein können.

An ein Fass gelehnt saß er auf dem Boden und sah Narna mit großen Augen an. *Es ist einer von ihnen!* Sie drehte sich um und wollte weg, da fing er zu brabbeln an. *Vielleicht kann er mir sagen, wo sie Aura hingebracht haben.* Narna hob den Dolch und schnitt den Knebel durch.

Mit dem Dolch an seiner Kehle fragte sie ihn: »Wo haben sie das Mädchen hingebracht?«

»Welches Mädchen?«, fragte der Gefesselte in der Sprache der Nari.

»Sie ist jung, hat weißes Haar und spricht nicht. Aura ist ihr Name.«

Der Junge runzelte die Stirn. »Ich bin schon länger hier eingeschlossen. Wenn du mich freilässt, helfe ich dir beim Suchen.«

Narna zerschnitt die Fesseln an seinen Füßen und als sie ihn umdrehte, stockte sie. Sein Hemd war herausgerutscht und auf der Haut darunter erblickte sie ein Mal - es bewegte sich. *Er hat ein Mal und es sieht aus wie meines.* Ihre Gedanken überschlugen sich, als sie das Seil durchschnitt. *Schicksalswender. Nur eine Seele aus jedem Volk ist dazu bestimmt*, erinnerte sie sich an Narimbas Worte.

Der Junge streckte sich und rieb seine Handgelenke. »Danke, ich bin Talias.« Er streckte Narna seine Hand entgegen.

Narna legte den Kopf in den Nacken und schnupperte. *Pfeifenrauch!* »Wir müssen weg«, sagte sie.

Der Wagen wankte, als sich die Wache auf den Kutschbock setzte. Narna schlich zur Plane und lugte hinaus: Alles war ruhig. Sie sprang vom Wagen und duckte sich. Talias nahm die Leiter und als er von ihr herunterstieg, schaukelte der Wagen.

»He, was ist da los?«, rief der Wachmann und stand plötzlich mit gespannter Armbrust vor Narna. Talias nutzte den Moment und schlich auf der anderen Seite davon. Bevor Narna wusste, wie ihr geschah, war sie von Kriegern mit gezückten Waffen umringt. *Eine falsche Bewegung und sie töten mich.*

Einer der Krieger nahm ihr den Dolch ab, dann fesselten sie ihre Arme auf den Rücken. »Is das nich die Schattenhexe, die der Monsignore sucht?« Einer hielt ihr eine Fackel vor die Haare, dass sie dachte, sie würden Feuer fangen.

»Dummkopf! Sieht die Erdschlampe wie eine feine Dame aus?«

»Die auf'm Bild hatt' kene Blädder an«, mischte sich ein anderer ein.

»Nehmen *wir* sie oder wollt ihr sie der Ratte bringen?«

»Die ist für uns.« Gierige Finger betatschten sie.

»Wenn es die Hexe ist, kriegen wir Ärger.«

»Der Alte schläft sicher schon. Wenn du ihn wegen so einer weckst, *dann* bekommst du Ärger.«

»Fragen wir Hirak.«

Sie zerrten Narna ans andere Ende des Lagers, wo sie einige Zeit vor einem Zelt warten musste. Der stiernackige Krieger mit der dunklen Haut und dem kurz geschorenen Haar erschien, packte sie am Kinn und riss ihren Kopf hoch, damit sie ihm in die Augen sah. »Könnte schon sein«, meinte er. »Ich nehm sie mit. Ihr könnt euch wieder schlafenlegen und träumen.« Murrend zogen die Krieger ab.

Der Hüne stieß Narna unsanft in die Rippen und führte sie zum Zelt mit den Fahnen. »Monsignore!«, rief er verhalten. »Monsignore, ich glaube, wir haben Eure Hexe gefasst.«

In ein Nachthemd gekleidet trat das Rattengesicht aus dem Zelt und musterte Narna von oben bis unten. Seine Stirn glänzte, Speichel troff von seiner Lippe und seine Hand zitterte, als er über ihren Arm strich.

»Diesen Dolch trug sie bei sich«, sagte der Stiernacken und reichte ihn seinem Gegenüber.

»Sie ist es! Knebelt sie, dann könnt ihr uns alleine lassen«, sagte der Rattenkönig.

Der Krieger stopfte ihr einen Stofflappen in den Mund. »Seid Ihr sicher? Sie hat bereits einmal einen Mann getötet. Ich könnte meine Männer vor dem Zelt postieren, falls es Probleme gibt.«

»Das war kein Mann, das war ein Kind. Und jetzt verschwindet, ich möchte keinen in der Nähe wissen!«

Der Kommandant schaute verdutzt, dann schob das Rattengesicht Narna in das Zelt.

Sein Atem roch nach Minze, die Haut nach Rosen. Narnas Glieder wurden steif, als sie an das Bett in der Hütte zurückdachte. »Kommt in mein bescheidenes Reich, werte Lorianda.«

Deshalb hat er mich so sonderbar angesehen. Er verwechselt mich mit jemandem und denkt, mich zu kennen. Narna versuchte, wohlwollend dreinzublicken und trat unter das Dach in ein geräumiges Zuhause, das mit Teppichen ausgelegt war. Ein kleiner Tisch mit einer Waschschüssel und einer brennenden Kerze stand an der Zeltwand. Er führte sie zu einem Stuhl, der davor stand, daneben lehnte ein Stab. *Nisberts Nachbildung.*

»Setzt Euch. Ich stelle Euch nur ein paar Fragen, dann nehme ich Euch den Knebel und die Fesseln ab, meine Liebe.«

Sie nickte und setzte sich auf den Stuhl.

»Ihr habt sie nicht, die Hyle. Sonst wärt Ihr kaum zu mir gekommen. Wisst Ihr, wo sie geblieben ist?«

Narna schüttelte den Kopf.

»Seid Ihr wegen mir gekommen?«

Narna starrte auf den Dolch.

»Oh, verzeiht«, sagte er und legte ihn auf den Tisch. »Ihr seid also wegen mir gekommen?« Nervös glättete der Rattenkönig sein Haar und die Röte stieg ihm ins Gesicht.

Wenn ich ihm sage, dass ich nicht seine Lorianda bin, tötet er mich. Ich werde mit ihm spielen, bis ich eine Gelegenheit zur Flucht bekomme. Sie lächelte ihn an.

»Nur wegen mir?«, fragte er neckend.

Narna nickte.

Er ging zu einer Kiste und nahm eine Peitsche heraus. »Oder wegen uns beiden?«

Narna erstarrte.

»Ich dachte, du magst sie?«

Narna bemühte sich, ihre Furcht zu verbergen.

»Dann eben nur wir beide.«

Der Rattenkönig stellte sich hinter Narna und legte seine Hände auf ihre Schultern, dann strich seine Zunge ihren Hals entlang. *Ich könnte ihm mit meinem Kopf eine verpassen.* Der Ildae erhob sich und führte sie zu seinem Bett. Er warf sie auf den Bauch und legte sich neben sie. Narna versuchte, erfreut zu wirken. Die Ratte fummelte an ihrem Blätterkleid herum und fluchte. »Dann lässt du es eben an.« Mit seiner Nase schob er ihr Kleid hoch. Narna drehte sich und stieß ihm ihre Ferse ins Gesicht, doch der Stoß verfehlte seine Nase und traf die Wange.

Empört schrie er auf. »Du Miststück! Was willst du von mir?«

Narna sprang auf und versuchte, zum Tisch zu gelangen. Die Ratte nahm die Peitsche und stellte sich ihr in den Weg.

Narna fauchte.

»Wer bist du?«, fragte er. »Du bist nicht meine Lorianda!« Die Peitsche wickelte sich um ihren Hals und er zog sie zu sich. »Egal wer du bist, das wird deine letzte Nacht sein.«

An der Peitsche zappelnd schleifte er Narna auf das Bett. Sie trat gegen den Stuhl, der gegen den Tisch flog, versuchte, ihr Knie in seinen Bauch zu rammen, mit ihrer Zehe das Leder zu greifen. Verzweifelt saugte sie den Hauch des Lebens durch ihre Nase, doch es gelangte nichts in ihre Kehle. Sämtliche Luft wich aus ihrem Körper, ihre Sinne schwanden und die Erdgeister nahmen sie in ihre Arme. *Erian, ich komme zu dir.*

Narna spürte Schläge auf ihren Wangen, öffnete die Augen und saugte tief Luft ein. Der Griff um ihren Hals hatte sich gelockert und verschwommen sah sie eine Gestalt. *Erian? Ich bin bei ihm. Ich muss tot sein.* Sie lachte. Er leerte ihr die Wasserschüssel über den Kopf und verschwand.

Benommen setzte sie sich auf. Vor ihren Füßen lag die Ratte - reglos, blutend.

Narna, hau ab, bevor sie dich erwischen. Sie taumelte auf den Ausgang zu.

Zwei Wachen näherten sich im Laufschritt: »Monsignore, wart Ihr es, der geschrien hat? Monsignore!«

Narna griff nach dem Dolch, ließ sich hinter das Bett fallen und rollte sich auf der Rückseite des Zeltes unter der Plane durch.

Die Wachen kamen und fanden ihren Herrn.

Narna rannte Richtung Waldrand, als wäre eine Meute Hunde hinter ihr her.

Abschied

Es war Nacht, als Narna zurück in den Fleeran kam. Die Aldir hatten Wachen aufgestellt, damit sie vor weiteren Angriffen der Lichtkrieger gewarnt waren. Sie sah zu, dass sie in ihrer Höhle verschwand, um sich von der Begegnung mit dem Rattenkönig zu erholen. Als sie sich auf ihren Strohsack legen wollte, bemerkte sie, dass ein Körper eingerollt in einer Decke darauf lag - helle Haarspitzen leuchteten hervor. *Aura! Sie lebt.* Narnas Herz schlug wild, und eine Träne glitt über ihre Wange. Sie streichelte den Kopf des Mädchens, schlang den Arm um sie und war bald eingeschlafen.

Als Narna erwachte, war sie alleine und die zweite Hälfte des Tages war angebrochen. Aura wartete vor ihrer Höhle und drückte ihr ein Stück Honigwabe in die Hand. Ihre großen Zähne glänzten in der Sonne, als sie Narna anlächelte.

»Schön, dass du wieder da bist. Ich dachte, die Ildae hätten dich gekriegt.«

Aura schüttelte ihren Kopf. Sie zeigte ihr mit den Fingern unterschiedliche Tiere.

»Du bist mit den Tieren in den Wald geflohen?«

Aura nickte. *Einzelheiten werde ich wohl keine erfahren. Sie ist wieder da und unversehrt.* Die Kleine berührte vorsichtig Narnas Hals, der noch immer schmerzte. Sie konnte sich denken, dass er mit roten Striemen übersät war. Fragend sahen sie Auras Augen an.

»Ach das! Eine Ratte wollte mich verspeisen. Dann hat sie gemerkt, dass ich ungenießbar bin.« Sie lachten, Aura sprang ihr auf den Rücken und sie wälzten sich kichernd im Gras.

Dann kam Silabel und schloss Narna in ihre Arme. »Narna, ich danke dir. Du hast nicht nur mein Leben, sondern unseren Stamm gerettet.«

Narna lachte. *Vielleicht bin ich doch eine Schicksalswenderin? Für einen Moment könnte ich es glauben.* »Es waren Aura und Nisbert, denen du danken musst.«

Der Blick der Älteren wurde ernst. »Es war mutig von dir, alleine ins Lager der Lichtkrieger zu gehen, um nach Aura zu suchen.« Ihr Blick haftete an Narnas Hals. »Doch es war ebenso töricht. Ich werde Brei auf deine Wunde geben, dann sollte der Schmerz bald nachlassen. Komm mit, Aldra und ich müssen etwas Wichtiges mit dir bereden.«

Narna folgte der Priesterin in Narimbas Höhle, wo Xiran bei Aldra am Feuer saß.

Jetzt war es Narna, die sich dem Ziegenjungen an den Hals warf. »Danke Xiran! Ohne dich wäre ich nicht mehr und viele andere auch.« Sie drückte ihm einen Kuss auf die Wange.

»Ja, unser Ziegenjunge war sehr mutig, doch zuvor hat er einige Torheiten begangen«, sagte Aldra.

Xiran senkte den Kopf und starrte in die Flammen.

»Du kannst jetzt gehen«, verabschiedete ihn Aldra. »Narna, setz dich, wir haben nicht viel Zeit. Weißt du, was das ist?« Die Dorfvorsteherin hielt ihr Narimbas Stab vor die Nase.

»Narimbas Stab«, sagte Narna. *Was sonst?*

»Es ist nicht nur ein Stab, denn in die Spitze ist etwas sehr kostbares eingearbeitet.« Sie drehte das Holz und zwischen den Ranken an der Spitze schimmerte etwas Grünes durch, das aus fester Materie und dennoch lebendig wirkte. Narna holte tief Luft.

Als könnte Aldra ihre Gedanken lesen, fügte sie hinzu: »Diese Perle war es, die dich mit der Natur in Einklang brachte: Es ist die Hyle der Erde.«

Narna verstand nichts.

Nachdem ihr die Dorfvorsteherin die Legende der Weltenscheibe Nuk'autok und von den Hylen der Elemente erzählt hatte, begriff sie es. »Dann waren die Ildae also nicht hier, um unser Heiligtum zu zerstören, sondern wegen der Hyle?«

»Das vermuten wir«, mischte sich Silabel ein. »Narimba sah diese Gefahr voraus und brachte deshalb ihren Stab in Sicherheit.«

»Sie hat Nisbert mit der Herstellung eines Duplikates beauftragt«, erklärte ihnen Narna.

Die beiden Frauen sahen sie erstaunt an.

»Was soll jetzt mit dem Stab geschehen?«, fragte Narna.

»Deswegen bist *du* hier. Wir möchten, dass du den Stab in Sicherheit bringst, falls das überhaupt möglich ist.«

Narna blieb die Luft weg. »Ich? Wie soll ich das anstellen?«

»Narimba hat dir vertraut. Sie wollte, dass du den Stab wegbringst. Wir sehen es wie sie.«

Silabel trat an Narna heran, reichte ihr ein Bündel und sie öffnete es: Es war ein neues Blätterkleid. *Ich habe schon ein Kleid, viel lieber würde ich eines aus Stoff tragen.*

»Es ist kein gewöhnliches Kleid. Narimba hat es nach deinem ersten Besuch anfertigen lassen«, sagte Silabel. »Es kann die Farbe seiner Blätter an die Umgebung anpassen.«

Tatsächlich verfärbten sich die Blätter, als sie es herausnahm und ans Feuer hielt.

»Es wird dafür sorgen, dass du ungesehen deine Aufgabe erfüllen kannst. Du wirst den Stab in den Süden bringen«, sagte Aldra. »Wir sehen die einzige Möglichkeit, unser Volk zu behüten, darin, die Hyle zu unserer Beschützerin der Heiligtümer zu bringen.«

Narna schluckte. »Weshalb nehmt ihr den Stab nicht mit in die Berge?«

»Die Lichtkrieger werden uns verfolgen. Sie werden vermuten, dass wir die Hyle bei uns tragen.«

»Ihr könntet sie schützen, doch ich wäre verloren, wenn sie mich finden.«

»Da ist eine andere Gefahr, die wir fürchten. Auch sie hat Narimba kommen sehen - eine alte Prophezeiung.«

»Ich weiß, die Schatten«, sagte Narna.

»Wenn es den dunklen Gestalten gelingt, ihre Pforten zu öffnen, wird der Norden versiegen. Im Süden liegt unsere Hoffnung, doch wenn wir alle zusammen gehen, werden sie uns aufhalten.« Aldra nahm Narnas Hand und blickte auf ihr Mal. »Alleine wirst du es schaffen.«

Jetzt machen sie mich zur Schicksalswenderin.

Zum Abschied drückte sie Aura so fest, dass Narna aufstöhnte. Erinnerungen an die letzte Umarmung Siras stiegen in Narna hoch. *Diesmal bin ich die Erwachsene.*

Nisbert liefen die Tränen über die Wangen, als er ihr ein Paket überreichte. »Proviant für den Weg«, mehr brachte er nicht heraus. Außer den beiden durfte keiner von Narnas Abschied wissen.

Im Morgengrauen stieg Narna den Hügel hinab, ohne sich noch einmal umzudrehen - sie wusste, dass die beiden ihr nachsahen.

Als sie den Wald erreichte, begann es zu regnen. Sie umfasste den Stab fest und lächelte. *Die Erdgeister sind auf meiner Seite und Narimba hat es mir versprochen: Ich werde die großen Städte sehen. Auf in den Süden!*

Das Ende

Nachdem er den Monsignore niedergeschlagen hatte, suchte Talias das Büchlein, fand es in der kleinen Kiste und nahm es an sich. Die rote Nari lag auf dem Bett und bewegte sich. Er blickte auf ihren Arm. *Sie trägt das gleiche Mal wie ich. Ob sie weiß, was es bedeutet?* Er spitzte die Lippen. *Hat sie mich deshalb befreit? Wie dem auch sei, sie hat mir geholfen, jetzt helfe ich ihr.* Talias tätschelte ihre Wangen und kippte den Inhalt der Waschschüssel über den roten Kopf. Sie kam zu sich und fluchte auf Naldi.

Talias warf einen letzten Blick auf Kreton Morgenwasser, der blutend auf der Erde lag. *Er wird es überleben - und hoffentlich niemals erfahren, dass ich es war.* Rasch verließ er das Zelt.

Am Waldrand schnappte Talias seinen Rucksack und den kleinen Käfig. Die Ratte fiepte. »Hab keine Angst, Sanson. Ich bin es, dein Talias.« Er griff hinein und wollte das Tier hinter den Ohren streicheln, doch Sanson wich vor seiner Berührung zurück. »Drei Tage haben sie dich alleine gelassen. Hier, du musst ja am Verhungern sein.« Er steckte der Ratte ein Stück Wurst durch die Stäbe. Zuerst zögerte sie, aber der Hunger besiegte ihr Misstrauen. »Langsam, sonst verschluckst du dich noch.«

Als sie den Langen Weg erreichten, hatte Sanson die ganze Wurst und ein Stück Brot aufgefressen. »Wir werden abseits des Weges gehen, die große Ratte wird sicher wütend sein und nach mir suchen lassen.«

Schließlich überkam Talias der Hunger, er setzte sich auf einen Baumstumpf und riss das Brot entzwei. Als er satt war, stand er auf. »Ich muss pinkeln, pass mir ja gut auf den Käfig auf.« Die Ratte fiepte und ihre Pfoten scharrten an dem Objekt, das in ein Tuch gewickelt unter dem Heu lag. »Und auf die Hyle. Wir müssen sie vor diesem Verrückten in Sicherheit bringen.«

Ein Käuzchen saß auf einem Ast und starrte auf die beiden herab.

ENDE

Möchtest du, dass Narnas Reise weitergeht?

Zuerst möchte ich mich bei dir bedanken. Du hast es bis hierher geschafft. Durch dich haben meine Worte ihren Sinn erfüllt. Das ist das schönste Geschenk für mich. Vielen Dank!

Möchtest du, dass Narnas Reise weitergeht? Weshalb frage ich dich? Du denkst, es liegt nicht in deinen Händen, ob und wie die Reise weitergeht? Du irrst! Denn du kannst einiges dazu beitragen. Schreibe mir eine E-Mail an post@wolfgangkirchner.com, oder melde dich einfach für meinen Newsletter auf element8-fantasy-buecher.com an, damit ich sehe, dass du Interesse an einem nächsten Teil der Geschichte hast. Sag mir, was dir gefallen hat, was nicht, in Form eines Briefes oder als Rezension. Gib mir Sterne beim Händler deines Vertrauens, damit andere sehen, wie es dir gefallen hat. Ja, so einfach ist das.

Doch du könntest noch mehr beitragen. Wenn dich Narna, Talias und Kreton begeistern konnten, erzähle deinen Freunden, Gefährten und Verwandten vom Flüstern der Erde. Bei Tee, Wein oder auf Social Media teilt man alte Geschichten am Besten. Leihe oder schenke ihnen dieses Buch, wenn du magst. Weshalb ich dich mit diesen Dingen belästige? Für einen Autor sind dies lebenswichtige Angelegenheiten. Die sollte man nicht den alten Hühnern überlassen.

Auf bald,
Dein Wolfgang

Bedanken möchte ich mich bei ...

Dir, weil du dieses Buch gelesen hast. Bei meiner geliebten Irene und meiner Familie, die mir den Raum boten, dieses Buch zu schreiben. Bei Rainer Wekwerth, der mir in seinem großartigen Schreibkurs (www.kreatives-schreiben.net) gezeigt hat, wie man professionell schreibt, und für seine Unterstützung als Coach. Gugsi, Sheelane, Hugo und Josef für ihre Begleitung von der ersten Minute an, ihre wertvollen Anmerkungen, das Korrekturlesen und für unser gemeinsames Baby das Element8-Rollenspiel. Zny für sein wundervolles Cover, die Landkarte und seine Artworks, die die Völker Arteis lebendig machen (www.zny.at). Sandra Lode, die mit Erfahrung, Kompetenz und viel Sprachgefühl meinem Text den letzten Schliff gab und einen schönen Klappentext formulierte (www.textkontur.com). Shao Hui für sein unfehlbares Auge und die tollen Autorenfotos (www.heshaohui.at). Markus, Bara und Jörg für eine angenehme Büroatmosphäre, die besten Webseiten, die man kriegen kann (www.mstefan.com), und einen rockigen Soundtrack (www.ginasaysno.com). Allen, denen ich von meinem Projekt erzählen durfte und die mir Mut gemacht haben, es durchzuziehen.

Jetzt weiterlesen im zweiten Teil der Element8-Reihe

Die Reise der beiden Schicksalswender Narna und Talias geht in »Pochendes Erz« weiter. Was hat Meister Luchterbuckel an der Geschichte mit der Hyle missfallen? Wie wird der Monsignore auf den Diebstahl reagieren? Kann Talias seinen Häschern entkommen? Wird Narna ihren Auftrag erfüllen und damit der dunklen Bedrohung Einhalt gebieten?

Nach »Das Flüstern der Erde« dreht sich im zweiten Teil des Fantasy-Epos alles um das Element Erz. Sind die Grim in ihren steinernen Hallen vor den Schatten sicher? Wie gelingt es König Lindwin, sein Volk zu schützen?

Das Volk des Erzes, die Grim, hütet seit Jahrtausenden ein Geheimnis, das unter der Festung Grimswacht schlummert. Lautwin Langzecher, ein junger Abenteurer, begibt sich mit seinem schrulligen Vetter Achtzehn auf eine gefährliche Reise, um seinen verschollenen Onkel zu finden. Als sie ihr Weg nach Grimswacht führt, stellen sie fest, dass nicht nur die Schatten bereits dort sind ...

Element8: Pochendes Erz
Fantasyroman, 476 Seiten
SHADOW PRESS, Wolfgang Kirchner
eBook ISBN 978-3-9504223-2-0
Taschenbuch ISBN 978-3-9504223-3-7

Glossar

Aldir - Stamm des Erdvolkes

Arakanuii - Herrscher im Zeitalter des Feuers

Artei – Kontinent, auf dem sich alles abspielt

Areti - gemeine Sprache

Baumtafeln von Fleewin - Heiligtum der Nari

Brüder des Lichts – Ordensgemeinschaft der Kirche des Lichts

Buckler - Unterart der Grim, die großteils unter der Erde lebt

Drogu – Tiermenschen, Stamm des Erdvolkes

Dunkelklamm - Gebirgskette nahe der Hauptstadt der Grim

Erd-Tag - vierter Tag der Woche

Erz-Tag - zweiter Tag der Woche

Feuer-Tag - sechster Tag der Woche

Flee - riesiges Waldgebiet östlich des Langen Weges

Fleeran – Heimat der Narau

Fleewin - Heiliger Ort der Nari

Flitze - Bogenschützen

Flüsterwald – Heimat der Naldar im hohen Norden

Fluu - kleines geflügeltes Fabelwesen, das Wünsche erfüllt

Fuß - Maßeinheit, ein Fuß ist ungefähr dreißig Zentimeter

Grim - Volk des Elementes Erz

Grimsch – Sprache der Grim

Grimsche Glyphen – Schrift der Grim

Grim-Natter - ungiftige Schlange, die zumeist in felsigen Gebieten vorkommt

Grun - Jahreszeit der Ruhe

Grundbirne - Kartoffel

Hohengrim - Unterart der Grim, die großteils über der Erde lebt

Hohe Schanze - Gebirgszug am Lande der Grim

Hylophemus - legendärer Gelehrter der Grim

Hyrale - Stamm des Zeitvolkes, der außerhalb der Zeit lebt

Ildae - Volk des Elementes Licht

Ildamaer - geheime Truppe der Lichtreiter

Ildirn - Jahreszeit der Ernte

Iulysum - Buch mit verbotenen Zaubern

Kerten - Hauptstadt der Ildae

Kertener Bolzen - Bogenschützen-Einheit der Lichtkrieger

Kerzak, der Tote – Anführer der Schatten in einem frühen Zeitalter

Ketteln - Bodengewächs mit trichterförmigen Blättern

Kilikiti - großer Strom

Kneifer Schnäpper - Armbrustschützen-Einheit der Lichtkrieger

Kogi - kugelförmiges Haus, das wie ein großes Vogelnest zwischen den Bäumen hängt

Krom - Land des Erzvolkes

Kukurbita – Kürbisgewächs

Lange Zacken - Gebirgskette

Langer Weg - bedeutende Straße, die sich durch den gesamten Norden des Landes zieht

Licht-Tag - siebenter Tag der Woche

Lichtbund - Eheschließung vor der Kirche des Lichts

Lichtflügler - Insekt, das im Dunkeln leuchtet

Lichtreiter - berittene Einheit des Lichtvolkes

Luft-Tag - fünfter Tag der Woche

Magistor - Gelehrter

Malkom – Jahreszeit der Dunkelheit

Manaki - süßer Wein

Manokbaum - hohe Bäume aus leichtem Holz

Meile - Maßeinheit, eine Meile ist ungefähr anderthalb Kilometer

Nachtfresser - Schattenkreatur

Nahira - Urmutter des Erdvolkes

Nahiral - Zaubersprache der Erdgeister

Nahiri - Erdgeister

Naldar – Erdläufer, Stamm des Erdvolkes

Naldi - Sprache des Erdvolkes

Narau – Pflanzenwesen, Stamm des Erdvolkes

Nari - Volk des Elementes Erde

Narim – Jahreszeit der Blüte

Nuk'autok - legendäres Amulett, das Herrschaft über die Elemente verleiht

Nur – Land des Erdvolkes

Nyrne - Volk des Elementes Zeit

Nyrnisch - Sprache der Nyrne

Nyvar – Jahreszeit des langen Frostes

Odogram - Schriftzeichen der Odogrim

Odogramsch – Sprache der Odogrim

Odogrim - verschollene Sippe des Erzvolkes

Oktal/Oktale - Währung des Lichtvolkes

Olgun - Jahreszeit des Regens

Olken - Fischwesen aus dem Wasservolk

Olumot – Volk des Elementes Wasser

Palantis - Land des Lichtvolkes

Pantor - großer Flughund, auf dem man reiten kann

Proton - Oberhaupt der Kirche des Lichts

Rastovar – Sprache des Luftvolkes

Rastrovi - Volk des Elementes Luft

Rauke - Rucola

Ritvar - Jahreszeit der Winde

Ritwind - Sturm

Satander Spitzen - berittene Einheit der Lichtkrieger

Schattenröhrlinge – halluzinogene Pilze

Schatten-Tag - achter Tag der Woche, an dem keine Sonne scheint

Schattenviper - giftige Schlange

Schattenwespe - Schattenkreatur

Schnäpper - Armbrustschützen

Schnippermücke - Stechmücke

Siebenseitige Pyramide – Symbol der Kirche des Lichts

Sinode - Gotteshaus der Lichtgläubigen

Steinerner Vorhang – Gebirgsmassiv, das den nördlichen Teil des Kontinentes abtrennt

Syrial – seltenes Erz

Taliot - Jahreszeit der Hitze

Tanz der Nre - rituelles Fest der Naldar

Tarweii - Volk des Elementes Feuer

Telfis - Fischart

Wasser-Tag - dritter Tag der Woche

Weihrer Flitze - berittene Bogenschützen

Weisenrat - Regierung des Lichtvolkes

Wilde Seele - Meer im Osten des Kontinents

Windwächter – geflügelte Menschen des Luftvolkes

Wolfshut - Giftpflanze

Zeitensammler - Magistorengilde für Zeitzauber

Zeit-Tag - erster Tag der Woche

Zmir - Hauptstadt der Grim

Zokarim - verschollene Festung der Odogrim

Zope – Fischart